Hollywood era el cielo

La vida de Lupe Vélez

CELIA DEL PALACIO

Título: Hollywood era el cielo. La vida de Lupe Velez
© 2014, Celia del Palacio

© D.R. de esta edición:
Santillana Ediciones Generales, SA de CV
Av. Río Mixcoac 274, col. Acacias
CP 03240, teléfono 54 20 75 30
www.sumadeletras.com.mx

Imagen de cubierta:

Primera edición: mayo de 2014

ISBN: 978-607-11-3320-5

Impreso en México

*Estamos hechos de la misma materia que los sueños
y nuestra breve vida cierra su círculo con otro sueño.*
William Shakespeare
La tempestad

Para María Elena, Isabel, Gretel, Constanza, Gloria Angélica, Elena y Laura. Gracias por todo.

Para las mujeres que han logrado, más que sobrevivir, sobresalir y dar sentido a su vida en circunstancias y entornos adversos.

PRIMERA PARTE

Capítulo uno

Y por extraña alquimia del cerebro
su deleite siempre se volvía dolor
su inocencia, deseo feroz
su ingenio, amor,
su vino, fuego
Edgar Allan Poe

12 de diciembre de 1944. Hollywood, California.

La música, como un vals que empezara muy suavemente, fue imponiéndose con la fuerza de un canto sagrado sobre las ruidosas conversaciones. Las voces innumerables se volvieron apenas un rumor mientras los mariachis y muchos de los invitados cantaban *Las Mañanitas* con unción frente a la Virgen, como si sus vidas se volvieran dignas de ser vividas frente a aquella imagen.

La Guadalupana, rodeada de rosas blancas y de veladoras, era la festejada principal; ella, Lupe, sólo había tenido la suerte de que la bautizaran con el nombre de la virgen. Los dos grandes óleos a los lados de la imagen sagrada parecían unirse a la devoción: la *Mujer Rezando* de Lorenzo di Bicci aun dentro del retablo gótico parecía orar hacia Guadalupe; el retrato de Lupe pintado por Tito Corbella, el pintor de moda, adquiría igualmente un aire de devoción solemne, paradójico en medio de la fiesta.

Era la media noche y los invitados que se habían retrasado podrían distinguir la casa desde lejos, construida al estilo de una hacienda neocolonial, porque todas las luces del jardín, de la cancha de tenis, de la alberca, y otras más que se habían colocado estratégicamente para la ocasión, estaban encendidas. La enorme cochera descubierta estaba llena de limusinas, duesenbergs, cadillacs, lincolns, roadsters convertibles. Sobre la calle dos patrullas ayudaban a que los recién llegados no estorbaran el tráfico de North Rodeo Drive. La crema y nata de Hollywood se había dado cita

11

para festejar a Lupe más que a la virgen, pero aceptaban con buen humor las extravagancias religiosas de la mexicana. Un trío sucedió al mariachi y el ruido de las conversaciones se restableció de tal modo que por momentos parecía imponerse a la música romántica.

Ahí estaba Bö Roos, el poderoso representante de Lupe, hablando animadamente con Art LaShelle y alguna actriz aspirante a estrella; se dirigían a la mesa de nogal del comedor italiano cubierta con las delicias de la cocina mexicana servidas en fuentes de plata.

—Tal vez puedo conseguirte una pequeña parte en la próxima película de Boggy —decía a la rubia desconocida—; su esposa Bobbie lo miraba cínicamente resignada.

Las bebidas ocupaban uno de los cristaleros del fondo. El tequila, la champaña, el whisky y todo tipo de vinos franceses se servían en copas de cristal. Sobre la mesa había guacamole, mole poblano, tortillas recién hechas que Johnny Weissmuller, el inigualable Tarzán, Errol Flynn y Humphrey Bogart, como muchos otros, devoraban entre trago y trago.

Los invitados habían invadido todos los espacios: comían, bebían y conversaban bajo los inmensos candiles del gran salón, en el estudio cubierto con alfombras persas y lleno de piezas prehispánicas y objetos de arte medieval; incluso en el desayunador y la escalera. Estelle Taylor y Louella Parsons se contaban secretos cerca de la alberca, porque el jardín también se había llenado de gente a pesar del fresco de la noche de diciembre. En un grupo aparte, segregado por voluntad propia, estaban los trabajadores de la limpieza, los tramoyistas, los iluminadores, los técnicos, muchos de ellos de origen mexicano, a los que Lupe invitaba infaltablemente cada año a celebrar el día de la virgen... y su santo.

El espectacular vestido rojo con lentejuelas que le dejaba descubiertos los hombros tersos y el cuello hasta el nacimiento de los pechos la hacía aparecer muy hermosa. El cabello, suelto y rizado, le caía hasta los hombros y brillaba como cobre pulido; parecía enmarcar los ojos de los que no podía desprenderse una especie de tristeza extraña en ella. En ese momento se esforzaba por reír, pero Johnny, que la conocía tan bien, adivinó su fatiga y su oscuridad. La siguió con la mirada mientras se desplazaba entre los que la besaban y le hablaban. Pero ella no parecía muy atenta; sólo avanzaba. Cuando llegó a la tarima de los músicos pidió silencio en el micrófono.

—Buenas noches, amigos —dijo en español.

Una vez más se estableció el silencio al cabo de unos instantes.

Continuó en el inglés perfecto que desmentía el acento con que debía hablar en las películas.

—Como todos saben, cada doce de diciembre le hago una fiesta a la virgencita de Guadalupe, que es mi madrina y que me ha traído hasta aquí, igual que a muchos de ustedes. Sí, ustedes, mis paisanos queridos — y señaló al fondo.

El aplauso la interrumpió. Levantó la copa y bebió un sorbo.

—Sólo quiero agradecerles por estar aquí, por ser mis amigos queridos, por estar conmigo en el día de mi santo... Y si no los volviera a ver nunca, quiero decirles que los quiero. ¡Los quiero de veras, a todos, a todos!

Sólo Johnny advirtió el tono amenazador de despedida de aquellas palabras, los demás reían, brindaban con la estrella desde lejos. "Dios te bendiga, Lupe", gritaban unos en español. "Eres lo máximo", decían otros en inglés. Todos aplaudían.

Desde la tarima, Lupe localizó a Beryl, la ex mujer de Johnny y se dirigió a ella entre la gente. Quiso apartarla para hablar en privado, pero las felicitaciones, los abrazos no cesaron y la conversación se centró en la salud de los niños, en el decorador de moda. Por fin Lupe le susurró al oído:

—Te lo suplico, ven a verme mañana. Tengo que decirte algo importante —había una súplica en su voz.

La rubia lo prometió con solemnidad antes de que el torbellino arrastrara de nuevo a la anfitriona. A pesar de haber bebido poco, Lupe se sintió agotada, muy cerca de la ebriedad. Bö Roos llegó a su lado y la mujer se prendió del brazo del dandy.

—Querida, estoy arreglando nuestro asunto, no te desesperes. Necesito un día más para ultimar detalles. ¿Nos vemos el jueves por la mañana? Todo estará listo entonces.

Lupe asentía con sonrisa ausente. Bö no estaba seguro si ella comprendía lo que había dicho.

—¿Estás bien?

—Estoy tan cansada Bö… ¡Si pudiera salir de aquí!

—Te llevo a tu habitación.

—¿Y los invitados?

—Yo me encargo. No te preocupes.

—¿"Tío Bö" se encargará de todo? —estaba ya medio dormida.

—Así es Lupe, como siempre…

Cuando la cabeza de la mujer tocó la funda de satín blanco, fue perdiendo la conciencia. ¡Si pudiera regresar a los días de la infancia cuando su padre la arrullaba! En medio de la confusión y la fatiga la voz de Bö Roos se convertía en la voz de don Jacobo:

—No tengas miedo, Polvorilla.

La venció el cansancio. Tras las noches de insomnio el arribo de la inconciencia fue una bendición.

Capítulo dos

…pero sabía
cómo hacer hermosa la locura, y cómo lanzar
sobre las acciones y los pensamientos equivocados
un celestial torrente de palabras.
Lord George Gordon Byron

18 de julio de 1908. Barrio de San Sebastián, San Luis Potosí, México

Llovía con viento esa noche de julio en San Luis Potosí. Los truenos y relámpagos rompían la oscuridad con escalofriantes destellos. Los habitantes de la ciudad se habían puesto a rezar la Magnífica y habían sacado las palmas benditas y los crucifijos de plata anudados en anchos listones rojos para pedir que no cayera un rayo en sus casas, que la tormenta no derrumbara los techos, que el agua no matara a nadie.

En la casa de adobe del tradicional barrio de San Sebastián, las sirvientas rezaban, con las palmas y crucifijos en la mano, la oración de Santa Bárbara para que la señora no se muriera de parto.

A eso de las tres de la madrugada, los gritos de la parturienta cesaron de golpe y fueron sustituidos por los chillidos de una criatura recién nacida. ¡Y cómo lloraba la condenada!

Don Jacobo Villalobos Reyes tomaba una copa de mezcal tras otra, fumando su puro. Medía incansable con sus pasos la extensión del corredor. Cuando oyó los gritos del bebé, entró al cuarto de la parturienta.

—Es niña —su suegra Carmen ya tenía al bultito de carne envuelto en una mantilla blanca.

—Otra niña… —susurró Jacobo, disimulando su desilusión y apenas echando un vistazo a su nueva hija—. ¡Y cómo grita!

Se acercó a la cama donde su esposa lo esperaba con las mejillas encendidas por el esfuerzo y los ojos húmedos. Las finas

15

facciones de Josefina se recortaban contra la luz que el quinqué proyectaba en la habitación. Con los largos cabellos sudorosos extendidos sobre la almohada y los ojos semicerrados, parecía una figura de cera.

—Le pondremos Guadalupe.

Jacobo no contestó.

—Cárgala —insistió su mujer—. Para que veas cómo se parece a ti, es igualita.

Con mucho cuidado abrazó a la recién nacida, imitando con torpeza los movimientos de la mujer que la mecía; era el ritual acostumbrado y tal vez la única vez en mucho tiempo que tendría en brazos a su hija. La niña se calló por fin, mirando a su padre entre las brumas que todavía cubrían sus ojitos grises.

—¡Le gusta! —exclamó la suegra y luego de observarla un momento continuó—: ¡Va a ser tremenda la Lupita! ¡Cómo grita!

Jacobo esbozó una sonrisa que se desvaneció al entregar a la niña a su esposa para que la amamantara. Luego besó a Josefina en la frente antes de salir de la habitación.

La lluvia y los relámpagos no cesaban aquella noche de verano, pero el llanto de la recién llegada alcanzaba a escucharse en todos los rincones de la casa. Jacobo recorrió el pasillo bordeado por grandes macetones y jaulas hasta el cuarto de los niños. Su figura alta y llena de energía se distinguía en la oscuridad, con el sarape de Saltillo subido hasta la cabeza para protegerse de la humedad y el aire, lo único que sobresalía era el puro que sujetaba entre los dientes.

En la enorme habitación, los cuatro niños estaban despiertos, asustados por la tormenta que con sus aullidos y estertores parecía un ser de otro mundo y amenazaba con llevárselos. Cuando Jacobo abrió la puerta, los pequeños se apretaron entre sí, descubiertos por la luz de los relámpagos que inundó súbitamente todo el cuarto. Temían que su padre los reprendiera por no haberse dormido. Mercedes, la mayor, con sus ocho años cumplidos, se sentía responsable por sus hermanos. Había permitido que Luisa, de seis, Josefina de cuatro y el pequeño Jacobo de dos se pasaran a su cama. Hechos bolas, pretendían enfrentar el miedo.

—Tienen una hermana.

Jacobo aspiró largamente de su puro, hablando más para sí mismo que para sus vástagos; esperó un momento a ver si había alguna reacción. Un rayo iluminó una figura de la virgen; el hombre como si hubiera recordado algo de súbito, continuó:

—Se llama Guadalupe.

Los niños siguieron mirándolo en silencio. La sombra enhiesta recortada contra la noche les producía pavor.

Jacobo cerró la puerta y se dirigió al cuarto de visitas al fondo de la casa para intentar conciliar el sueño. Al día siguiente, como siempre, tendría que madrugar.

Se tiró en la cama pero no pudo dormirse de inmediato. Pensaba en su nueva hija, un poco conmovido, pensaba en los tiempos que les había tocado vivir y en sus años de matrimonio que ya habían desgastado el amor.

Jacobo tenía veintidós años cuando conoció a Josefina Vélez Gómez, que a los dieciocho, era una belleza aristocrática con la voz de un ángel.

Entonces vivía en Monterrey y ella llegó allí con la compañía Austri Palacios a presentarse en el teatro. La oyó cantar y se enamoró de inmediato; su instinto de conquistador nato le dijo que esa muchacha soñadora tendría que ser suya.

Cuando Josefina le anunció que seguiría en la gira de la compañía, la idea de vivir sin ella le fue a Jacobo intolerable; se había acostumbrado en poco tiempo a su voz dulce, a sus bromas de niña y le había gustado la miel de su boca, probada a escondidas en un instante de distracción de su madre en la oscuridad. Él era joven, pero tenía medios; era empleado de la cervecería Cuauhtémoc, una de las industrias más modernas de la ciudad, además provenía de una buena familia: su padre era un abogado respetable, con ambiciones políticas que el gobierno veía con buenos ojos, y todos sus parientes eran bien conocidos en la aristocracia regiomontana.

Cierto que a su madre no le gustó mucho la idea de que su hijo se casara con una cantante, en vez de elegir a alguna de las muchachas de familia de abolengo que eran niñas de su casa. Josefina parecía decente, aunque anduviera con una compañía de zarzuela; y viajaba con su madre. Por otro lado, bien sabía la madre de Jacobo que él le daría dolores de cabeza a cualquiera: era mujeriego e inquieto, de hecho era el más incontrolable de sus hijos.

Jacobo esbozó una sonrisa socarrona al recordar las bromas que hacía en su juventud: una de sus favoritas era brincar en la azotea, de un lado al otro del patio interior, para volver loca a su madre suplicándole que bajara.

Entonces él usaba su truco favorito para hacerse perdonar: desaparecer durante días. ¿Cuántas veces se desapareció de esa manera después de algún disgusto para que su familia se preocupara? Llegó a fingirse muerto más de una vez, sólo para imaginar la angustia de sus padres, para medir qué tanto lo querían y si estaban dispuestos a perdonar sus malditurías.

Doña Luisa, su madre, finalmente dio su bendición al matrimonio. Sabía que ninguna de las niñas de buena familia que ella hubiera escogido para él, aceptaría a Jacobo.

Se casó con Josefina en el templo del Sagrado Corazón y luego hubo una discreta fiesta donde acudieron sólo los familiares más cercanos. Después de unos meses, su padre ofreció ayudarle a poner un negocio. Eran buenos tiempos, un nuevo siglo iniciaba y surgió una oferta interesante en San Luis Potosí; se trataba de adquirir y administrar un café en la calle de Zaragoza, a corta distancia de la catedral. Aquella pequeña ciudad estaba llenándose de fábricas ahora que el ferrocarril llegaba allá; de seguro la industria minera y otras manufacturas se potenciarían ¡El futuro les esperaba ahí!

Así empezó su vida matrimonial, que pronto fue bendecida por la llegada de una niña. El café Royal era muy exitoso y gozaba de una fiel clientela, pero Jacobo se aburría: su gusto por las mujeres no podía ser atemperado fácilmente y después de algunos años, ni la dulzura ni la belleza de Josefina bastaron para detenerlo. Era bien parecido, con un porte distinguido y no había mujer que se le resistiera; sus excesos en asuntos de faldas le merecieron el sobrenombre de "El Gallo". Además ansiaba tener aventuras, quería más, mucho más que administrar un café, por más próspero y concurrido que fuera; y aventuras tenía, también en el aspecto político: de vez en cuando viajaba de regreso a Monterrey a participar en las reuniones del Club Antirreeleccionista.

Jacobo seguía fumando, incluso ahora que ya casi amanecía. Había renunciado a dormirse, aunque en menos de una hora tendría que abrir el café para que los proveedores dejaran las mercancías.

El cariño de Josefina se había enfriado un poco, conduciendo todo el afecto a sus hijos, que eran su adoración. Cuando su esposa descubría alguna de sus aventuras, salía el rencor con palabras de hiel: ella había dejado el teatro, el éxito, los aplausos, los viajes, ¡todo! ¡Lo había dejado todo por él!, ¿así le pagaba?

En esas ocasiones, Jacobo usaba su treta favorita: desaparecía unos cuantos días para que Josefina enloqueciera de angustia, luego aparecía como si nada hubiera pasado y Josefina se aguantaba la rabia aunque la carcomiera por dentro.

A Jacobo no le preocupaba particularmente el desamor de su mujer, pero sí en cambio el hecho de tener que quedarse en San Luis Potosí el resto de su vida, envejecer en un país en donde parecía no pasar nada. Progreso, modernidad, eso sí, para aquellos que pudieran pagarlos, aunque hubiera gente que protestara, allá, lejos, por fortuna, donde el gobierno podía controlarlos.

Las campanas de la iglesia barroca de San Sebastián llamaron a la primera misa. Todavía llovía un poco, pero de seguro saldría el sol. Jacobo decidió levantarse, había que enfrentar el nuevo día.

En 1910, un hombre de baja estatura que prometía la libertad y un futuro mejor para todos fue hecho prisionero en San Luis Potosí. Luego lo habían soltado, dándole la ciudad como cárcel, por lo que muchas tardes se sentaba en el Café Royal, en una de las mesas cercanas a la ventana con algunos de sus amigos, a discutir. Cuando él no estaba, los parroquianos comentaban la noticia de cómo aquel hombre se había atrevido a enfrentarse a don Porfirio. Su nombre era don Francisco I. Madero. Algunos clientes se burlaban de su atrevimiento, otros comentaban en voz baja entre tragos de cerveza qué pasaría si tenía razón.

—El país ya va por fin tranquilo hacia el futuro —decían los funcionarios del gobierno, retorciéndose el bigote—, no necesitamos a nadie que venga a llevarnos dizque por el buen camino. ¿Qué ya no se acuerdan de la guerra, de tanta sangre, tanta angustia?

—La gente se queja de los abusos del gobierno —respondían otros, los de las manos callosas, tomando su cerveza.

—No se les olviden los levantamientos de Río Blanco y Cananea —sentenciaban los señores de lustrosos sombreros de copa.

—¡Eso fue hace cuatro años, quién se va a acordar!

Tal vez de aquello no se acordaran todos, pero sí de los levantamientos cada vez más frecuentes en los ranchos cercanos a la ciudad. Muchos se acordaban, pero no quisieron decir nada.

Jacobo, detrás del mostrador, con su puro entre los dientes, tampoco quiso pronunciar palabra. No contó cómo él mismo había estado el año anterior en Monterrey en algunas reuniones de inconformes, invitado por Pablo de los Santos y por Leandro Espinoza, quien tenía fama de anarquista. No se podía dar el lujo de que lo tacharan de revoltoso los clientes del café y dejaran de asistir, por lo que nomás apretaba el puro y guardaba silencio.

Lupe era entonces una pequeña que apenas podía caminar sola y aun así se paseaba entre las mesas oyendo las conversaciones sin comprender una palabra. Aunque su madre o alguna de las criadas intentaba sujetarla, ella, rejega, forcejeaba para liberarse y buscar los objetos brillantes o esconderse debajo de las faldas de las mujeres que al verla le hacían cariños.

Cuando hacía alguna travesura grave, su madre la metía al corralito situado en la trastienda de donde, por más que lo intentara, no podía salir sola. Aquel era el peor de los castigos para la niña que de inmediato comenzaba a gritar con su voz ronca:

—¡Mamá, sácame del corral!

Al no tener respuesta, continuaba:

—¡Papá, sácame del corral!

Como nadie le hacía caso, poco después seguía gritando:

—¡Abuela, sácame del corral!

Si aquello no surtía efecto, gritaba:

—¡Diosito, sácame del corral!

Y ante el silencio del Altísimo, terminaba llamando con grandes berridos:

—¡Diablo, sácame del corral!

Entonces la abuela le decía a doña Josefina:

—Ay hijita, no sé qué habrás hecho, pero con esta niña, lo vas a pagar con creces.

Era peleonera y rijosa, pero no dejaba de ser una niña simpática: conquistaba a la gente con los ojos negros y grandes que sonreían desde mucho antes de que su boca comenzara a hacerlo. Su pelo ensortijado se recogía en la parte superior de la cabeza con un enorme moño de seda.

Lupita era reconocida como la niña más traviesa de los cuatro vástagos de la familia Villalobos, la que siempre les sonreía a los clientes sentándose en su regazo, consiguiendo que le regalaran golosinas y le prestaran atención; en particular, desde que había nacido su hermano Emigdio y ella había tenido que luchar por conservar el amor de su padre.

Le costó trabajo: desde que había tenido conciencia, tuvo que demostrar que ella podía hacer lo mismo que un niño, lo mismo que su hermano Jacobo, favorito del padre, y aún más, como jugar con mayor pericia a la rayuela. El hermano pequeño, por lo demás, les resultaba aburrido tanto a su padre como a ella: sólo sabía dormir y comer de los abultados pechos de su madre. Esos pechos que ella quería seguir tocando, pero que le estuvieron ya para siempre vedados. "¡No importa!" se decía para tolerar la frustración, "si mamá ya no me quiere, papá me querrá siempre".

Meses más tarde el señor Madero tuvo que escaparse de la ciudad con rumbo al norte y convocó a la gente a las armas para derrocar a don Porfirio; en San Luis muchos amigos de Jacobo le tomaron la palabra.

San Luis Potosí perdió entonces la calma. En mayo de 1911, por las calles de la ciudad corrieron los hombres rabiosos vitoreando a los revolucionarios, rompiendo los vidrios y gritando maldiciones. Jacobo y Josefina tuvieron que cerrar el café y poner la tranca gruesa, así como cubrir las ventanas con tablones. "¡Ahí viene Cándido Navarro!", se oían los gritos de los obreros, de los empleados del ferrocarril, aún por encima de las trancas, a través de las puertas cerradas. Doña Josefina, sus hijas y el bebé, acompañados de la abuela Carmen y las sirvientas, se hacían bola en uno de los cuartos, rezándole a la virgen de Guadalupe. Mientras, Lupita acompañaba a su padre y a su hermano Jacobo, atenta a lo que pasaba afuera, por eso no tenía miedo: ellos la trataban como a un varoncito, compañero de aventuras. Pasaron algunos días así, sin salir de la casa, hasta que los hombres furiosos se marcharon de nuevo y se pudo volver a la vida normal.

Al Café Royal llegaron los maderistas a festejar la victoria, eran jóvenes y hacían bromas; levantaban a Lupita en el aire y le decían:

—¡Qué niña más bonita! ¡Cuando crezcas me casaré contigo!

Ella les creía y les regalaba su mejor sonrisa, haciéndoles ojitos, cual era su costumbre con los clientes que le caían bien.

Lupe jugaba con su hermano Jacobo a las escondidas entre las mesas, derramando los refrescos en una u otra hasta que los gritos de su madre los mantenían quietos por un rato. Era mucho más divertido jugar con su hermano al trompo o la rayuela que sentarse con sus hermanas a peinar muñecas. Ellas no querían jugar con ella, la consideraban demasiado brusca: empujaba, pegaba como niño y aquello les era intolerable.

Lupita y sus hermanos permanecían ajenos al peligro latente fuera de la ciudad de San Luis. Pequeñas gavillas asaltaban ranchos y sólo una vez, cuando iban todos los niños con su madre y su abuela a misa, presenciaron un macabro espectáculo: un gendarme pendía de un poste de telégrafo y se balanceaba como una piñata. Doña Josefina gritó hasta quedarse ronca y los niños se agarraban a su falda, aterrorizados. Sólo Lupita miró con detenimiento el bulto con la lengua de fuera y los ojos huecos, hasta que su abuela Carmen la jaló del brazo y se la llevó de ahí.

Los nombres que repetían los adultos no significaban gran cosa, pero la emoción, el susto, se iban identificando con aquellos nombres.

—¡Mataron a Madero! —leyó en voz alta su padre el encabezado de *El Estandarte*.

—Fue el traidor Victoriano Huerta —continuó otro de los presentes.

Y Lupita sintió miedo. Ya no recordaba a Madero, pero la angustia que sentía su padre le decía que aquello tenía que ser algo muy malo. Por primera vez su mundo amenazaba con desmoronarse. Se abrazó a las piernas de Jacobo, quien la levantó en brazos.

—¡No tenga miedo mijita! ¡Hay que enfrentar a los traidores con balas, no con lágrimas! El señor Carranza ya se levantó en Coahuila y nuestro gobernador también. Ya verá, mija, cómo prontito acabamos con él. ¡Usted es bien macha y no debe tener miedo! ¿Me entendió?

Entonces la niña se sintió especial. Su padre se dirigía a ella, la consideraba diferente, como a su hermano Jacobo; los demás no entendían nada.

Fue por esos años que toda la familia fue a ver una película. El Cine París había cerrado, así que se conformaron con ir al viejo teatro donde se presentaban las vistas. Al estar ahí en la oscuridad, escuchando la música de la pianola que tocaba don Andrés, el viejito ciego, parecía que nada estaba ocurriendo en el país. Como si las fuerzas federales adictas a Huerta no estuvieran matando a los carrancistas y a los maderistas que huyeron de la ciudad; como si los habitantes de San Luis no estuvieran aterrorizados por el asalto al tren de Tamaulipas, por los levantamientos en muchos de los ranchos de los alrededores.

En una manta de cielo enorme, aparecieron las imágenes en la oscuridad: un señor con lentes, muy serio sobre su caballo andaba disparando su rifle contra un grupo de sombrerudos. Allá lo vio Lupita cabalgando en los llanos sembrados de magueyes, vivo y a la vez sin estar ahí. Lo vio como un gigante, como un monstruo. Sus hermanas lloraron, se pegaron de las faldas de doña Josefina, pero Lupita siguió mirando y sintió cómo se le oprimía el pecho, como si no debiera estar viendo lo que veía, como si estuviera frente a una aparición sagrada, un fantasma convocado por ritos que los humanos no debieran conocer, y menos una pequeña niña. Tomó la mano de Jacobo y preguntó:

—¿Quién es ese señor?

—Es Victoriano Huerta, Lupita. El traidor más malo y cobarde del país.

—¿Nos puede matar?

—No, Lupita. Lo que vemos ahí es como una fotografía que se mueve —le dijo entre risas.

—Entonces es como un sueño… como una pesadilla.

Desde entonces, ella insistía en ir a la función el domingo. Aquello se volvió un excelente incentivo para hacer que se portara bien.

—Lupita, quédate quieta, si no, no habrá función.

—Lupita no fastidies a Mercedes, no le jales el pelo a tu hermana Josefina. ¡Te lo buscaste! ¡Este domingo no habrá función!

Así vio en domingos sucesivos las cinco partes de *El misterio de Jack Hilton*, se rio a carcajadas con *Rodríguez le tiene miedo al agua*, con *El paraguas del señor cura* y con *La mujer de Polidor*; se ilusionó con *Los zapatos maravillosos* y con *La señora capitana* y se divirtió de lo lindo con *Los granujas* y sus travesuras.

El cinematógrafo y el campo eran los momentos más preciados que pasaba con su padre. La familia tenía un ranchito a poca distancia de la capital del estado y los sábados Jacobo iba a revisar las faenas y a pagar a los trabajadores. Algunas veces se hacía acompañar por Lupita y Jacobo, ante las súplicas de doña Josefina de que no lo hiciera: los rebeldes andaban cerca, se oía de quemas de ranchos, de secuestros...

El hombre se reía de ella.

—En los tiempos que corren, estos niños no le deben tener miedo a nada. Además el camino es seguro, están los rurales cuidando y voy con dos de los muchachos bien armados.

Las hermanas, Mercedes, Luisa y Josefina nunca quisieron ir con ellos: tenían miedo de todo, no les gustaba andar en el monte, les molestaba el sol, así que ni siquiera las contaban. La comitiva emprendió el camino. Lupe iba rezongando porque su padre no la dejaba montar sola y la había subido con Atilano, el mozo de la casa, mientras que Jacobo, de seis años ya, se lucía sobre su manso caballo, aunque custodiado muy de cerca por uno de los peones.

Aquel día de octubre de 1912 los viajeros no alcanzaron a llegar a su destino. Habían pasado apenas el rancho de San Pablo cuando oyeron los disparos. ¿Quiénes eran los que los agredían? ¿No habían visto que había criaturas? ¿Y los rurales?, ¿dónde habían quedado los rurales?, se preguntaba Jacobo, con más rabia que miedo.

El padre de Lupe sacó el rifle de la alforja, estaba cargado. Pablo, otro de los peones, disparó varias veces contra los matorrales. Lupe empezó a llorar.

—¡Nada de tener miedo! ¡Si no quiere que nos maten, deje de chillar! —y luego, dirigiéndose a Atilano—: ¡Pélate pa'l monte! ¡Allí los alcanzo! Si le pasa algo a la niña me respondes con tu vida.

Se acercó al caballo de Jacobo y con el fuete lo golpeó para que se echara a correr.

Lupe sentía el aire frío cortarle las mejillas. La adrenalina corría por sus venas y la hacía presa de una emoción que nunca había sentido antes. Escuchaba los balazos a sus espaldas y el galope del caballo de su hermano. "Jacobo", pensaba, "que no alcancen a Jacobo". Luego oyó el golpe. Cuando volvió la cabeza y vio el alazán del niño en el piso se le heló la sangre en el cuerpo, gritó para que Atilano se detuviera, pero el hombre, presa del terror, no paró hasta llegar al rancho.

Cuando llegaron les esperaba una sorpresa: todo estaba quemado y saqueado, la casita de adobe y los campos de los alrededores. Junto a una tapia estaban los cuerpos balaceados de cuatro rurales; los habían fusilado y nadie se había preocupado por enterrarlos.

Lupe no lloraba. El terror era una masa de hielo en su pecho, apenas podía respirar. Pocos minutos más tarde apareció su padre; traía un bulto. Cuando Lupe pudo verlo más de cerca, se dio cuenta de que era su hermano Jacobo. Su padre la apretó contra su pecho para evitar que lo viera, pero era demasiado tarde. El cuerpo del niño estaba destrozado por las balas.

Se supo que habían saqueado el rancho los huertistas de Argumedo y que los peones habían tenido que escaparse, seguro se habían ido a la bola. Jacobo juró venganza.

Aquella muerte puso el punto final a la relación ya de por sí deteriorada de sus padres. Ella los oía por las noches, cuando todos pensaban que estaba dormida. Su padre quería irse. Hablaba de Villa y de Carranza, de ir a defender la revolución y de acabar con los huertistas de Benjamín Argumedo que le habían matado a su hijo preferido. Y su madre lloraba, entre sollozos lo culpaba de la tragedia; su voz se hacía tan aguda que molestaba los oídos. Lupita pensó que su padre tenía razón al querer irse a dispararles a los malos y no volver a escuchar esa voz que se hacía tan agria y turbia. Tenía que ser mejor andar a caballo todo el día en las montañas, sentir el aire frío en la cara que ayudara a no recordar, en vez de sentarse a coser o bordar, entre chillidos de dolor por la muerte del niño, como hacían sus hermanas y su madre.

A la mañana siguiente de la primera discusión, a la hora del desayuno, Lupe se acercó a Jacobo y una vez sentada sobre sus piernas le preguntó haciéndole ojitos, como cuando quería salirse con la suya:

—Cuando te vayas a pelear con Pancho Villa me vas a llevar contigo, ¿verdad?

—¡Claro que sí, Polvorilla! Hasta los malditos federales se van a espantar cuando te vean y les dispares ¡pum! —tomó el dedito de la niña, apuntando hacia un jarrón especialmente odioso de la vitrina.

—Yo no me llamo Polvorilla.

—¡Y sí te llamas! Eres una polvorilla que corre, brinca, no se detiene, haces travesuras, y ¡pum! estallas como la pólvora cuando algo no te gusta. ¿No arañaste a Mercedes cuando te quitó tu trompo? ¿No mordiste a Josefina cuando se comió tu rebanada de pastel?

Lupita afirmó con la cabeza en silencio, esperando el regaño, pero su padre no la castigó, le dijo en cambio:

—¡Polvorilla te haz de llamar!

Desde ese día, Lupita corría por el patio disparando a los pájaros, a las sirvientas y a sus hermanas con su peligroso dedo índice, luego se quedaba quieta esperando que las víctimas cayeran a sus pies como en la película, gritando su nuevo nombre de batalla.

—Esa niña está llena de fuego —decía su padre con orgullo al verla.

—Esa niña un día nos va a dar un susto —pensaba su madre, agitando la cabeza—, ¡Dios no lo quiera!

Una mañana de enero, cuando Lupita despertó, se encontró con la noticia de que su padre se había ido. Su madre lloraba en el comedor, Mercedes, Luisa y Josefina, también sentadas a la mesa, no hacían sino mirar el mantel, su abuela Carmen tenía una expresión lúgubre en el rostro. Nadie había probado el café con leche.

—¡Va a volver, a llevarme! —gritó Lupe con su voz ronca, pateando el piso, amenazando con una rabieta de enormes proporciones.

—No sabemos si va a volver, Lupe —dijo su madre, desquitándose con ella de la rabia y la frustración—. ¡Ese hombre es un egoísta que sólo piensa en sí mismo!

—¡Te digo que va a volver! ¡Me lo prometió! —los ojos negros de Lupe estaban llenos de lágrimas.

—¡Las promesas de tu padre, como las de todos los hombres son caca de vaca! Más vale que lo vayas entendiendo desde ahora.

Lupe lanzó un alarido desde el fondo de la garganta y jaló el mantel: volaron las tazas y el café con leche hizo un charco en el piso.

Doña Josefina la jaloneó y le propinó dos bofetones que sólo hicieron que Lupe corriera hacia la calle entre berridos.

Pasaron los días y su padre no regresaba. Ella lo esperaba todas las tardes, después de disparar contra los huertistas invisibles alrededor del patio hasta que se cansaba; entonces sacaba su sillita de madera rosa y esperaba detrás de la puerta del zaguán, viendo pasar a la gente junto a un perro callejero que se había encariñado con ella porque le daba de comer algunos mendrugos remojados en leche. Le puso Pancho Villa.

Fueron pasando las semanas, los meses e incluso los años y el padre de Lupe sólo regresaba unos cuantos días para volver a irse. A finales de 1915, Jacobo se incorporó al ejército de línea de los carrancistas con el rango de coronel: las gavillas villistas habían sido derrotadas y la única alternativa a la muerte era seguir a Carranza.

Entonces Lupe se dio cuenta de que por más que se esforzara, por más rápido que corriera, por más duro que pegara, él jamás la llevaría a pelear en la revolución. En el fondo sabía que lo que a ella le faltaba era algo definitivo y que jamás podría compensar esa falta: nunca sería su hermano Jacobo. Ese día sintió que se le congelaron las lágrimas adentro para siempre.

Luego, poco a poco, la niña se fue consolando. Le gustaba jugar a la actriz: abrazaba y besaba su almohada, imaginando que era un enamorado, como en las películas, y se decía que algún día ella abrazaría y besaría a un hombre en el teatro de la misma manera. Cuando el galán fantasma se portaba mal, cuando amenazaba con dejarla, ella tomaba un cuchillo para apuñalar la almohada, entonces las blancas plumas se salían, convirtiéndose, a los ojos de la pequeña, en chorros de sangre de los hombres que dejaban a las chicas. Doña Josefina la regañaba al ver aquel estropicio, pero a Lupe le daba igual.

Otros días, la pequeña jugaba con el espejo, revisando su imagen, covirtiéndose en otra, besándose y poniendo ojos de amor, como los que hacían las actrices de las películas. Luego, encerrada en su cuarto, convertía los postes de su cama en amantes: se abrazaba de ellos y los besaba. Repegaba su cuerpecito a la madera, sintiendo un calor creciente que lograba consolarla del vacío, de la ausencia, de la soledad.

También hacía que Emigdio formara parte de sus juegos: él era el galán y Lupe lo besaba y le hacía ojitos; además su hermanito le servía para realizar sus experimientos. ¿Por qué su padre quería un varón? ¿Para qué servía esa cosa que los varones tenían entre las piernas, además de para orinar de pie, cosa muy útil en medio de la revolución? Un día obligó a su hermano a bajarse los pantalones para que ella pudiera analizar el asunto, pero justo en el momento en que tocaba el pene de Emigdio, doña Josefina entró al cuarto y se quedó horrorizada:

—¡Demonio de escuincla! ¡Deja a tu hermano en paz! ¡Eso que haces es pecado!, ¿entiendes? ¡Condenación eterna! Ya va siendo hora de que aprendas y hagas tu primera comunión, a ver si se te salen los diablos de adentro.

Y aquello llevó a que Lupe asistiera a las pláticas con las señoritas Rendón y aprendiera el catecismo, aunque nunca entendió de qué manera eso tenía que ver con el cuerpo desnudo de su hermano.

Una tarde oyó a Pancho Villa ladrar y aullar de dolor y salió a ver qué ocurría. El perro se había enfrascado en una pelea con el bulldog de Víctor, el vecino, que tenía unos diez años.

—¡Suéltalo! —gritaba la niña al atacante—. ¡Pancho, ven acá!

—Tu perro es un zonzo —le dijo el niño, sujetando a su mascota.

—¡El zonzo eres tú! —respondió Lupe sacándole la lengua.

Unos días más tarde, cuando los animales parecieron contentarse, Víctor se acercó al zaguán y le extendió a Lupe su trompo.

—¿Sabes jugar?

—¡Claro que sé!, ¿crees que soy tonta? —preguntó todavía resentida, pero dispuesta a enfrentar un buen reto.

Se hicieron amigos. Poco después Lupe le preguntó si quería ser su novio.

—¿Qué hacen los novios? —preguntó el niño.

—No sé, se agarran las manos, se dan de besos… —Lupe recordaba las películas y los juegos con las almohadas y con su hermano.

—Es aburrido. Mejor vamos a jugar.

El chico la ayudó a tolerar la ausencia de su padre. Jugaban al trompo y muchas veces iban a atrapar ranas a la pila de agua, a pocas calles de la casa. Un día cogieron tantas, que no cabían en el frasco que llevaban. La niña regresó a la casa con su botín, pero al poco rato, las ranas andaban brincando por toda la sala, para terror de su abuela Carmen. Su madre la persiguió con la escoba por todo el patio por desobediente: tenía prohibido ir a la pila. Lupita nomás se burlaba, con esa risa sonora que estremecía la casa.

Lupe no olvidaría la fecha: septiembre de 1919. Acababa de cumplir once años y su padre llegó como otras veces, polvoriento y cansado, pero esta vez, en cuanto se lavó y se arregló, reunió a la familia en el comedor.

—Me voy para México con el candidato Rafael Nieto. Barragán le robó la elección y no nos vamos a dejar, vamos a hablar con el presidente —hizo una pausa, esperando las reacciones de su familia. Nadie pronunció palabra—. Se está poniendo muy feo aquí, ustedes ya lo saben, entre la influenza y los saqueos. Además, si las cosas no salen bien, Barragán va a tomar represalias, me conoce perfectamente y sabe que tengo familia, así que quiero que vengan conmigo.

Un silencio profundo se hizo en el recinto. Doña Josefina se sujetó el pecho y susurró:

—¡Ave María Purísima! ¡A México!

Lupe en cambio, estaba emocionada:

—¡A México!

—No podemos perder ni un día —continuó Jacobo—. México es la ciudad más segura y ahorita tenemos la escolta de Nieto. Si no nos vamos con ellos correremos más peligro: no se puede andar así nomás cruzando el país.

—Pero, ¿de qué vamos a vivir? ¿cómo le vamos a hacer? —Josefina estaba angustiada.

—Ya tengo quien me compre el café. Venderemos la casa y las tierras también, con eso empezaremos un negocio, además allá tengo amigos que nos van a ayudar, van a ver.

En unos cuantos días todo estuvo listo. San Luis se estaba quedando atrás y mientras sus hermanas lloraban en el vagón del tren, Lupe miraba todo con ojos ávidos, preguntaba todo, quería saber. Era la primera vez que iba tan lejos. ¡A una nueva ciudad! ¡La capital!

Capítulo tres

El verso, la fama y belleza son intensos, es verdad,
pero la muerte es más intensa, la muerte
es el más alto galardón de la vida.

John Keats

13 de diciembre de 1944 .Hollywood, California.

Lo primero que vio Lupe al abrir los ojos, fue la cortina de gasa blanca agitándose con el viento de la tarde. Beulah Kinder había abierto las ventanas y corrido las cortinas para que entrara la luz. Había dejado la bandeja del desayuno en la mesa de noche. El aroma del café caliente se metió hasta los sueños de Lupe y la trajo de regreso.

—¿Qué día es hoy? —preguntó todavía adormilada.

Era miércoles 13 de diciembre, el día siguiente de la fiesta del día de su santo.

—Día 13 —repitió Lupe con voz que quiso hacer neutra.

Un escalofrío la agitó de pronto. Lupe era muy supersticiosa y no le gustaba viajar o tomar decisiones trascendentes en los días 13, decía que era de mala suerte.

Brincó de la cama y se puso la bata sobre la pijama de satín. Dio un par de sorbos de café y mordisqueó apenas un bísquet con mantequilla.

Beulah Kinder, el ama de llaves que había acompañado a Lupe por más de diez años, había llevado el copioso desayuno que Lupe acostumbraba: jugo de naranja, huevos con tocino, bísquets, mermelada y café. Todo eso junto al periódico, que generalmente su patrona hojeaba en la cama mientras comía; pero al parecer ése no sería un día como los otros.

—Tenemos que seguir empacando, querida señora Kinder —dijo Lupe, tranquila.

Pero un momento después, sin que mediara explicación alguna, estaba arrojando al piso los vestidos que el ama de llaves había extendido sobre el sofá de la habitación, para luego sentarse a llorar encima de ellos. La señora Kinder fue a abrazarla de inmediato.

—¿Para qué empacamos? ¿A dónde vamos a llegar con esta gira? ¿Qué vamos a hacer?

—Ya verá que resolvemos este asunto de la mejor manera, señora. Si no hay otro remedio, con mucho gusto nos vamos usted y yo a una casita en las montañas o a Acapulco, hasta que todo se haya resuelto.

Lupe se conmovió al escucharla. El llanto cesó en ese momento. Tomó el pañuelo que la mujer le extendió.

—¡Gracias de verdad, mi querida señora Kinder! Usted es mejor que mi hermana, tal vez mejor madre que mi madre. ¿Qué es lo único que se le ocurre hacer a mamá? ¡Un escándalo! ¿De qué me sirve eso? Y luego me manda su carta, su carta de bendiciones de Navidad y ¿con qué termina?, "lo que ustedes gusten dar para mi Navidad y año nuevo". ¿Es lo único en lo que piensa?, ¿en lo que le puedo dar? ¿En un momento así?

—Verá que entre el señor Roos y usted encuentran alguna salida. Lo de menos es cancelar la gira por razones de enfermedad, ¡qué se yo! Nada de eso importa.

—¡Ay, pero cómo duele saber que el hombre que más he amado en la vida no está dispuesto a amarme! Ahora que la vida nos regala esta oportunidad. ¡Ésta es una señal del cielo! ¿Es que nunca me ha amado? ¿Por qué no puede divorciarse y venir a vivir conmigo? ¡Yo soy quien debería estar con él! ¡Estamos destinados a estar juntos! Y si él viniera, si el amor de mi vida regresara a mis brazos, ya nada de lo anterior importaría… ¡ya nadie me podría hacer daño!

Aquel soliloquio en realidad no estaba esperando una respuesta y la señora Kinder tampoco tenía ninguna, por lo que cuando sonó el timbre, se levantó del piso aliviada.

Era Néstor Michelina, el doctor de Lupe, que venía a hacer la visita de rutina. Mientras el médico subía, Lupe se las arregló para secarse las lágrimas y aparecer tranquila.

A partir de entonces, la mujer se las arregló para fingir que no ocurría nada extraordinario. Habló con mucha gente por teléfono a lo largo del día y ninguno de sus interlocutores notó algo extraño en ella.

Después, mucho más tarde, llegó a visitarla Estelle Taylor; la acompañaban Jack y Benita Oakie. Para entonces, Lupe había bajado a la sala, perfectamente vestida y arreglada. A pesar del arreglo, se distinguían las ojeras y una ligera palidez que ella no pudo disimular con el maquillaje.

—Quisimos venir a alegrarte la tarde —le dijo Estelle, bebiendo unos sorbos de la Margarita que Lupe le había ofrecido—. Anoche te fuiste de la fiesta sin decir adiós y nos quedamos preocupados. ¡Ésa no eres tú, Lupe! Jamás te habíamos visto así. ¿Qué pasa?

Lupe no sabía si podía confiar tanto en sus amigos y por otro lado, no podía, materialmente, seguir fingiendo y poner cara de fiesta. No se quería relajar del todo, ya que estaba esperando que de un momento a otro llegara Beryl y, a ella sí, pudiera confiarle su predicamento. Pero pasaban las horas y Beryl no aparecía. ¿Vendría?

Comenzó a desesperarse y ni siquiera las bromas de Jack y Benita lograban hacerla sonreír, les contestaba cualquier cosa, deseando que se marcharan de una vez. Aburrida, desvió la plática hacia la guerra, la crisis, el dolor que se colaba por todas partes, hasta que dieron las doce de la noche y por fin la pareja se fue, sin saber cómo alegrar a Lupe.

Ella le pidió a Estelle que se quedara otro rato. Una vez a solas, sirvió otra ronda de margaritas e, incapaz de mantenerse quieta, recorría la sala de un lado a otro, con pasos nerviosos, como una pantera magnífica, como un lustroso felino enjaulado.

—Estoy cansada de todo y de todos, Estelle —se detenía un momento junto a la ventana, aspirando el humo del cigarrillo—.

Dicen que soy peleonera y es verdad, ¡he tenido que pelear por todo en la vida! No ha habido un sólo hombre con el cual no haya tenido que pelear para que me deje existir. ¡Ya me cansé! ¡No puedo más!

—La vida es una pelea querida —le dijo Estelle—, una pelea que no se acaba nunca. ¡Tienes que seguir peleando por lo que quieres, preciosa! Tú y yo sabemos que nadie nos lo va a regalar. ¿O sí? Algo sí te digo: ¡a mí nadie me ha regalado un carajo!

Lupe detuvo su marcha una vez más, miró a su amiga como queriendo atravesarla y, una eternidad después, esbozó una sonrisa traviesa.

—¡Tienes toda la razón mi querida Estelle!, ¡gracias! Me has resuelto una situación que yo creía que no tenía remedio.

La rubia no entendía muy bien qué había pasado, pero suspiró con alivio al recibir a Lupe en sus brazos. Intuía que estaba en medio de una situación muy seria y que cualquier cosa que hubiera dicho, las había salvado a ambas de algún desastre inimaginable.

Capítulo cuatro

…luz y oscuridad
espíritu y polvo…y las pasiones y los pensamientos puros
están revueltos, contendiendo sin fin ni orden…
Lord George Gordon Byron

Octubre de 1919. Ciudad de México

La familia Villalobos rentó una casa grande en una de las colonias de moda. Santa María la Ribera tenía un nombre extraño que a Lupe le encantó. La casa era de un sólo piso, pero tenía una sofisticación que ella nunca había conocido: pisos de mármol, una fachada *art déco* como lo exigía la gran sociedad del momento, muebles nuevos, alfombra; sólo algunas cosas vinieron con ellos desde San Luis: el piano de su madre, su posesión más preciada; las camas con pilares de caoba y dosel; las mecedoras de mimbre y un juego de sala del mismo material. Todo lo demás se compró con el dinero de las propiedades que habían quedado atrás.

Lupe estaba fascinada, tenía nuevos escenarios para sus travesuras y sus juegos. Cuando la mudanza se completó y para celebrar su llegada a la ciudad, Lupe reunió a la familia en la sala para mostrarles un número de teatro que había estado ensayando desde hacía tiempo. Aquel día estaban de visita en la casa los nuevos amigos de su padre: el general Marcelo Caraveo y sus dos hermanos, José y Samuel, pero Lupe no se amilanó y se dispuso a presentar su espectáculo.

Les quitó las sábanas a las camas y se hizo un vestido largo con ellas, los aros de metal que sujetaban las cortinas se convirtieron en pulseras, se sujetó el pelo ondulado con flores y con un peine de carey a manera de peineta. Así, disfrazada de dama andaluza, entró a escena entonando un cante jondo con una expresión tan dolorida que hizo estallar las carcajadas del auditorio.

Después de algunas semanas, Jacobo dijo las palabras tan temidas por todos:

—Me tengo que ir, el gobernador Nieto me necesita, me pide que regrese con él. No sé cuánto tiempo pueda sostenerse en el poder, pero tengo que acompañarlo.

Doña Josefina permaneció en silencio, sabía que había otra razón: su marido hacía mucho tiempo que no le pertenecía y, según le habían dicho algunas clientas del café antes de dejar San Luis, hacía meses que tenía otra mujer. ¡Qué vergüenza siquiera pensarlo! Era una prostituta que se llamaba Josefina y, para colmo, lo estaba esperando en San Luis. No era como otras veces, cuando el famoso "Gallo" tenía romances fugaces con actrices y tiples, con meseras del café, con señoritas incluso; no, esta vez Jacobo se había encaprichado con su homónima y no veía la hora de volver con ella. No dudaba que más que el peligro, la razón de traer a su familia a la Ciudad de México era para deshacerse de ellos con alguna dignidad. Pero no había ninguna dignidad en ser una mujer "dejada" y una vergüenza adicional era que aquella mujer se llamara igual que ella. Por eso quiso creerle a Jacobo cuando les dijo:

—Nos veremos muy pronto, en cuanto sea posible.

Cuando su padre fue a despedirse de Lupe antes del amanecer al día siguiente, no supo si fue su beso culpable, el tono de su voz, pero algo le dijo a la niña que pasaría mucho tiempo antes de que lo volviera a ver.

Había que adaptarse a la nueva vida en la capital. No extrañaba San Luis Potosí, le gustaba la ciudad: los tranvías, las avenidas, los contrastes: los edificios junto a las casas modestas, los automóviles junto a las carretas de caballos. Todo le gustaba menos la escuela, y hubiera hecho cualquier cosa —de hecho llegó a extremos— para no ir. Le aburrían a muerte las clases: repetir nombres de próceres y aprenderse las tablas de multiplicar. ¿Para qué serviría todo eso?

En muchos momentos sentía una gran inquietud, no sabía qué hacer consigo misma, no sabía qué ser. Sacaba de quicio a su madre vistiéndose con la ropa de su hermano, con el pelo debajo de una gorra.

—¡Eres una mujercita, Lupe! ¡Por Dios santo! ¡Tienes que ser una damita, portarte bien!, ¿por qué no puedes ser como tus hermanas?

Lupe no las comprendía: no hacían travesuras, no les gustaba coquetear. Ni siquiera a Mercedes, la mayor, que acababa de cumplir diecinueve. Sabía coser y tocar el piano, sabía cocinar y se estaba preparando para llegar a ser una buena esposa. Para exasperación de Lupe, Mercedes no miraba nunca a los ojos de su pretendiente, el hermano del general Caraveo, Samuel, cuando éste la visitaba en casa.

Lupe odiaba esa actitud, odiaba la quietud de la sala, el tic-tac del reloj marcando los minutos que no acababan de pasar.

—¡Yo no quiero ser una damita, quiero ser hombre! Quiero ser hombre para irme de aquí como mi padre y hacer lo que me dé la gana.

Un bofetón se estrelló en su mejilla. Al sentirlo, Lupe salió corriendo y gritando a voz en cuello:

—¡Te odio! ¡Por tu culpa papá nos abandonó!

Con la partida de su padre se había acabado la edad de oro, se había ido su más fiel admirador, su compañero de aventuras, su novio, ¡todo! A pesar del dolor de haberlo perdido, podía entender que se hubiera ido, ya que su madre no había sabido retenerlo: con esa voz chillante, ese cuerpo grueso, las incipientes arrugas… A ella jamás le pasaría algo así. Ella sería siempre bella, no envejecería nunca, ni la abandonarían los hombres.

Se robó las medias de seda de su madre, estaba harta de usar calcetines, de ser niña y ser tratada como tal; quería ser grande, conquistar muchachos, llamar la atención. Cualquier cosa con tal de verse en el espejo y saberse mujer, tocarse las piernas frente al azogue cómplice, sentir la carne palpitante bajo la seda y desearse, sentirse deseada.

De su nueva casa disfrutaba particularmente la azotea, para terror de su madre y de su abuela Carmen. Era su mayor espacio de libertad y muchas tardes se subía a mirar el cielo, a intentar abarcar la ciudad desde ahí. En vísperas de exámenes, se negó en redondo a ir a la escuela y subió a la azotea para esconderse. Cuando su madre la vio allí, le pidió desde el jardín del frente que bajara. Lupe gritó que no.

—Baja ahora mismo o subiré por ti —amenazó doña Josefina, muerta de vergüenza al ver que la gente en la calle las miraba.

Pero Lupe no bajó. Por el contrario, se acercó peligrosamente al filo de la azotea, con las puntitas de los pies en el vacío. ¡Qué sensación de libertad!

—Si me haces ir a la escuela me aviento —declaró serena.

La madre sintió que el corazón le daba un vuelco. Las muchachas y doña Carmen habían salido al jardín también. Los transeúntes se detuvieron a mirar la escena y pronto había un grupo de personas gritándole a Lupe que debía bajar.

—¿Me obligarás a ir? —Lupe avanzó unos cuantos milímetros hacia el borde, para dejar en claro que estaba hablando en serio.

Doña Josefina se vio obligada a ceder.

—¡Quédate pues! ¡Pero bájate, por amor de Dios!

Cuando la chica dio un paso atrás, la gente comenzó a aplaudir, los niños chiflaban y gritaban y Lupe se quedó sorprendida al sentir de nuevo el golpe de adrenalina en las venas y una emoción creciente. Hizo una caravana a su "público", lanzando besos y tocándose el corazón, como había visto hacer a las actrices.

Desde entonces la azotea se convirtió en su escenario favorito y el público se instalaba en las sillas dispuestas sobre el pasto en el jardín. El espectáculo atraía a la gente en la calle y los chicos la miraban desde abajo, aplaudiendo a rabiar al verle furtivamente las pantorrillas, enfundadas en las medias de seda, y el comienzo de los muslos al desnudo.

Ella les mandaba besos y hacía caravanas, agradeciéndoles de corazón; cuando terminaba la función, la "estrella" daba un beso en la mejilla a los muchachos que le llevaran un listón para sus trenzas o la foto de una actriz. Le gustaba saberse atractiva para los chicos y sabía usar su incipiente femineidad para atraerlos. Pero si alguien quería agredirla, no dudaba en tirar puñetazos, arañar, morder, con la misma energía que un muchacho.

Conociendo mejor la ciudad, se aventuró hasta el centro y más de alguna vez se metió a escondidas en el teatro para ver a las bailarinas y actrices vestirse y maquillarse para la escena; ella, haciéndose pasar por mandadera, estudiaba cada movimiento. Luego, de regreso en su casa, se ponía los vestidos de su mamá; se maquillaba con harina, aplastaba fresas o mojaba papel de china rojo para pintarse la boca.

Sentía un enorme placer al mojarse los labios con el jugo de las fresas, ¡cómo querría haber besado a un hombre! ¡que disfrutara de esa boca humedecida y sabrosa! Se mordía los labios, ardiendo de placer anticipado.

Cuando se miraba en el espejo, no se reconocía, se hacía muecas, se hacía ojitos, coqueteaba con su imagen de mujer fatal y besaba su propio reflejo en el espejo como solía hacer desde pequeña. Luego imitaba a las actrices que había visto en el teatro, para mejorar su propio espectáculo de azotea.

Le encantaba ser vista, como si de la mirada de los otros, del aplauso, dependiera su vida. Sólo en el momento en que la gente le aplaudía se sentía tranquila, sólo entonces sabía quién era. No tenía que seguir corriendo para escapar de las balas, del aburrimiento de las tardes sentada en su sillita rosa esperando a su papá, a ese padre que no regresó, ni siquiera cuando se decía que el país por fin había alcanzado la paz.

Pasaron casi tres años casi sin sentirse y la familia Villalobos se asentó cada vez mejor en la Ciudad de México. Lupe tenía trece años y seis meses cuando se enamoró de un muchacho de veintiuno. Eran los primeros días de diciembre de 1921 cuando lo conoció; iba a la clase vespertina en la escuela acompañada de varias amigas, riéndose de alguna de las maestras, cuando un hombre pasó a caballo demasiado cerca de ellas. Era obvio que quería asustarlas para burlarse de las niñas.

Lupe intentó quitarse del camino con tanta prisa que se lastimó un brazo al golpearse en un tronco; entonces, furiosa, le gritó al jinete los insultos más horribles que pudo recordar. Él, al oír aquella andanada de maldiciones, pensó que la había lastimado y regresó a revisarla; se bajó del caballo para disculparse. Ella no prestó atención y siguió gritándole:

—¿A qué clase de idiota se le ocurre acercarse tanto a la gente? ¿Le parece muy chistoso, señor? ¡Modales debería haberle enseñado su señora madre, si es que tiene, porque parece huérfano!

—¿Lastimé a una niña tan bonita como tú? Lo siento mucho —preguntó él con dulzura, sin registrar los dichos de la muchachita.

Tras escucharlo, Lupe guardó silencio y lo miró por primera vez. Era muy guapo y joven, moreno, alto, de barba cerrada y bigote peinado a la última moda.

La chica sintió algo raro en el estómago. Le gustó su aspecto y le encantó su voz; era un muchacho simpático que de inmediato le hizo plática. Del golpe pasaron a los caballos, al clima benévolo de aquella tarde a fines de otoño… y ahí estuvieron bajo la sombra del árbol, hablando un buen rato.

Sus amigas la llamaron, entre risitas; era hora de irse a la escuela. Lupe les dijo que se adelantaran, que ella las alcanzaría enseguida. No quería que nada interrumpiera ese momento, como si estuviera dentro de una película que no debía terminar nunca. Le dijo que se llamaba Melitón.

—¿Melitón? ¿qué nombre es ese? ¡Nunca había conocido a nadie que se llamara Melitón!

—En realidad me llamo Emilio, pero en mi casa siempre me han dicho Melitón: Emilio, Emilito, Milito, Melitón… les parece chistoso y por costumbre se me quedó.

—¿Y a dónde va usted con tanta prisa que no le importa atropellar a la gente? —le preguntó Lupe, coqueta.

—A ver a mi novia —dijo sin rodeos el joven.

Lupe volvió a sentir algo raro en el estómago, como un tirón. No, un muchacho tan guapo no podía tener una novia, ¡ella debería ser su novia!, pensó, mientras maquinaba algún plan para conquistarlo. Siguió coquetéandole, con su voz más dulce, mirándolo con esos ojos negros que sabía de fuego, primero con inocencia, luego con pasión, entrecerrándolos y mordiéndose los labios mientras se atrevía a extender la mano para tocarlo por un momento.

—¡Ay, caray! ¡Cómo me gustaría que usted fuera mayor! —dijo el muchacho, nervioso.

—Ya soy grande —le dijo Lupe con mirada inocente para que él no descubriera que mentía—, en pocos meses voy a cumplir quince años.

Ahí comenzó su tormento. Por supuesto que no fue a la escuela ese día. Se fue de pinta, tomó el tranvía y llegó hasta el campo para pensar en él. Comenzó a espiarlo, se escondía a verlo platicar con su novia en la ventana de ella, aunque sintiera los piquetes de celos taladrarle el seso y el corazón. ¿Qué tenía aquella muchacha que no tuviera Lupe? ¡Más años! ¡Más pechos! ¡Una falda más larga y tacones altos! ¿Por qué siempre a ella le tenía que faltar algo?

Entonces empezó su transformación: se descosió la bastilla del vestido para que se viera más largo, a escondidas se puso los zapatos de Mercedes, que aunque le quedaban grandes, eran de tacón y se veía más alta.

Todos los días se subía a la azotea de su casa para ver a Melitón. Se imaginaba que aparecía en la calle, que daba vuelta a la esquina en su caballo tinto y que le decía adiós lanzándole un beso con la mano.

Un día no aguantó más, lo esperó bajo el árbol donde lo había conocido. Cuando él la vio, se detuvo y le preguntó cómo estaba, con una sonrisa que dejaba ver sus dientes blancos.

Lupe, en vez de responderle, le preguntó a su vez:

—¿Ya va a ver a su novia? ¡Dígame! ¿La quiere usted?

—Señorita, está usted hablando como niña —le dijo, sin dejar de sonreír.

—Míreme —le pidió Lupe, comenzando a enojarse—, mire mis tacones, ya estoy grande.

—Claro, está usted muuuuy grande —dijo, conteniendo apenas la carcajada, al ver los zapatos evidentemente ajenos de la niña. Antes de que ella pudiera responderle, le dijo—: Me tengo que ir, pero ¿nos vemos mañana?

—Aquí estaré.

Ella se le acercó, entornando los ojos, con la respiración agitada, pero él se limitó a darle unas cuantas palmaditas en la cabeza.

—Sólo mi padre hace eso —Lupe apenas pudo contener el enojo, la frustración, la rabia, y un súbito extrañamiento por Jacobo.

En ese momento volvió a ser una niña pequeña, con unas ganas incontrolables de que la abrazaran y poder cerrar los ojos sin pensar en nada. Pero Melitón ya se había subido al caballo y enfilaba hacia la casa de su novia.

Al día siguiente las horas se le hicieron largas antes de que llegara la tarde. Se puso su mejor vestido y cuando su madre, extrañada, le preguntó por qué ese entusiasmo por ir a la escuela, ella respondió:

—Es que hay fiesta y voy a bailar.

Se pintó los labios con papel de china rojo bien mojado; quemó unos cerillos y se pintó las pestañas, que quedaron tupidas y negras como carbón, y así ajuareada, se instaló en la sombra del árbol y ahí se quedó esperándolo un rato que le pareció eterno.

La espera y el arreglo valieron la pena. Cuando Melitón la vio, se quedó en silencio, mirándola de arriba a abajo y por fin le dijo:

—¡Qué bonita está usted!

Lupe sintió que el corazón se le salía del pecho. Se humedeció los labios, que se pusieron más rojos.

—…tan bonita que la podría besar —el muchacho sujetó su barbilla y Lupe tembló—. ¿Qué haría si la beso? ¿Va a gritar?

Ella sólo movió la cabeza para decir que no y cerró los ojos; Melitón la besó despacito y Lupe sintió que por fin su vida había empezado; descubrió que el amor era como en las películas, ¡todo un sueño!

A partir de ese día se encontraba con su amado al salir de la escuela. No le importaba llegar a su casa después de las ocho de la noche, cuando ya estaba oscuro; doña Josefina la esperaba en el quicio de la puerta y al verla aparecer, después de suspirar aliviada, la regañaba y hacía un gran escándalo que terminaba en súplicas y lágrimas.

Pero Lupe tenía otros problemas: Melitón seguía yendo a ver a su novia después de dejarla a ella en la esquina de su casa. Primero pensó que él recapacitaría, pero cuando fueron pasando las semanas y aquello no ocurrió, Lupe lo enfrentó:

—Tiene que dejar a su novia, y tiene que ser ¡ya! ¿Me entendió?

—Pero Lupita, ¡usted es una niña! ¿A poco cree que usted y yo nos podemos casar? ¿Qué dirán sus papás?

—¿Ah sí? Con que soy una niña, ¿no? —Lupe puso los brazos en jarras y se irguió totalmente para dejar ver sus pequeños pechos incipientes y hacerse más alta—. Pues si no deja usted a su novia, le voy a demostrar qué niña soy: voy a coquetear con todos los hombres de la ciudad y los tendré a mis pies, va usted a ver. ¡Si usted no me quiere, ya verá cómo ellos sí!

Melitón se burló de ella, le hizo cariños, le pellizcó las mejillas, pero ella fue implacable y, ante las burlas, se fue caminando hasta su casa y lo dejó ahí plantado.

Lupe cumplió sus amenazas. Se esforzó en sus tácticas: les sonreía coqueta a todos los hombres que encontraba, les hacía guiños, les preguntaba inocentemente alguna cosa y luego los tocaba como sin querer. Su estrategia surtió efecto; tenía ocho, diez, veinte hombres rondándola y ella les daba cita en el árbol donde se había encontrado siempre con Melitón, de tal modo que él la viera haciéndoles bromas y perdiéndose entre la gente del barrio con ellos del brazo. Melitón no podía creerlo, pasó de la burla a la indignación y a los celos, así que por fin dejó a la novia y volvió a los brazos de Lupe, prometiéndole amor eterno.

—Cuando sea rico me casaré contigo. Tú eres rica y yo soy pobre y a tu mamá no le va a hacer ninguna gracia nuestra boda, pero voy a ahorrar para comprarte una casa grande donde quepan muchos niños —ahora que ya eran novios, podían hablarse de tú y Lupe sintió que nunca había sido tan feliz en toda su vida.

Ante el curso de los acontecimientos, doña Josefina vivía aterrada. No dejaba de preguntarle a Lupe la edad del muchacho, su ocupación (era dependiente en una tienda) y sus pretensiones con la niña.

—¡Es ocho años mayor que tú! ¡Un hombre de veintiuno ya quiere otra cosa!

—¿Como qué? —le preguntaba Lupe, sinceramente interesada.

La madre, en vez de contestarle y ocultando su turbación, le seguía preguntando:

—Cuando están solos, ¿te toca las piernas?

Lupe no entendía por qué Melitón le tocaría las piernas si lo interesante era darse de besos en la boca y pellizcarse los cachetes.

Doña Josefina al ver que no podía saber exactamente hasta dónde habían llegado los avances del muchacho, le prohibió verlo, pero mientras más le prohibía, ella más la retaba. Nadie le podía prohibir a Lupe hacer alguna cosa y su madre debería haberlo sabido para entonces.

A partir de ese día, Lupe decidió experimentar qué se sentía que le tocaran las piernas a fin de saber por qué era algo tan malo. Los novios se escapaban siempre en el caballo de Melitón hasta un llano donde nadie podía verlos, así que después de la plática con su madre, ese día fue la misma Lupe quien condujo la mano del joven hasta sus piernas cubiertas por las medias de seda robadas a doña Josefina.

Era agradable sentir aquella mano pasar por encima de la tela y fue todavía mejor cuando llegó hasta la carne desnuda. Sentía más y más calor a medida que la mano subía y bajaba, además de un cosquilleo cada vez más fuerte en el centro de su cuerpo; luego, al percibir la respiración de Melitón muy agitada, la suya propia se fue haciendo más rápida. Entonces el muchacho se detuvo.

Aquel día el joven la llevó de inmediato a su casa, pero Lupe el día siguiente y el otro, al percibir el miedo de Melitón, quiso ir todavía más lejos. A las caricias en las piernas siguieron otras: la mano de Melitón llegó más arriba y al llegar a tocar sus *bloomers* de algodón y hundir un dedo en su sexo, Lupe sintió que todos sus miembros se debilitaban y que un calor intenso que brotaba de su sexo inundaba todas las partes de su cuerpo. Su boca emitió un gemido que no provenía de su voluntad, cerró los ojos.

—¿Te lastimé? —preguntó Melitón con la cara roja.

Lupe negó en silencio, todavía con los ojos cerrados. Sentía que aquello era algo importante y que una barrera se había roto aquel día.

—Tócame tú —pidió él.

Melitón condujo la mano de la niña por debajo del pantalón hasta que ella pudo asir un miembro que le pareció enorme y duro como piedra. Por un momento se asustó, pero se rehizo en seguida. Eso era lo que hacían las mujeres mayores y las mujeres mayores no se asustaban, así que sujetó el sexo de su novio con más fuerza y, conducida por la mano de él, lo acarició hacia arriba y hacia abajo, hasta que un gruñido brotó de la boca del joven y la mano de Lupe se mojó con un líquido caliente y viscoso.

Cada día Lupe quería seguir experimentando, quería volver a sentir el calor recorriéndole el cuerpo con la dulce caricia de Melitón; su curiosidad era insaciable, así que le pidió a su novio que se quitara la ropa, toda la ropa, y ella lo recorrió palmo a palmo con sus manos, pudo ver cómo se erguía su sexo. No se cansaba de probar nuevas formas de hacerlo llegar al punto en que explotaba y le mojaba las manos, la cara, los pechos, el vientre, con aquel líquido de sabor fuerte, salino.

Hasta que llegó el día en que Melitón no pudo, no quiso contenerse y a pesar de la culpa que sentía por seducir a una niña, el cuerpecito tenso y caliente de Lupe pegado al suyo le hizo olvidar cualquier reparo.

—Hay algo más que hacen los grandes, algo que no hemos hecho.

—¿Hay todavía algo que no hemos hecho?

—¿Quieres probar? Podría dolerte la primera vez…

—¡Claro que sí! ¡No me importa!

El muchacho la cubrió de besos, lamió con cuidado los pezones duros en los pequeños pechos de la muchacha, lamió su vientre cubierto de vello ligeramente oscuro hasta llegar a su sexo y hacer que Lupe se arqueara de placer, como ya había hecho otras veces. Luego se situó arriba de ella e introdujo con dificultad su sexo en el de ella. Tenía toda la intención de retirarse de inmediato, en cuanto sintiera los primeros estertores del orgasmo, pero no pudo hacerlo: se derramó dentro.

Lupe experimentaba aquello con la curiosidad acostumbrada, se dejaba hacer, sintiendo profunda confianza en Melitón: sabía que él no le haría daño; además quería ser grande, hacer lo que las mujeres mayores hacían para retener a los hombres. Sintió dolor pero se aguantó, sintió cómo el cuerpo de su novio se ponía tenso. La cara de Melitón era de súplica y su mirada era como la de los santos en la iglesia, contemplando una realidad alterna que estaba más allá de la comprensión de los humanos; luego se había abandonado en sus brazos.

Entonces Lupe lo entendió todo: era como haber descubierto la pieza que faltaba en el rompecabezas de las relaciones de los adultos, el rollo perdido en las películas de amor. De pronto entendió los gestos, los rostros suplicantes, las intenciones detrás de las miradas. ¡Ése era el verdadero secreto del amor! Ante el súbito agotamiento de Melitón, su rendición absoluta entre sus brazos, Lupe se sintió poderosa, supo que su novio jamás se iría de su lado, siempre y cuando ella siguiera haciéndolo sentir así.

Pasaron varias semanas y Lupe no se cansaba de pedirle a su novio que hicieran esas cosas que los hacían gozar tanto. Las veces siguientes fueron también placenteras para ella: cerró los ojos y se dejó llevar por las sensaciones que el miembro masculino le despertaba por dentro: una agitación profunda, un calambre gigantesco. Y entonces Lupe supo para qué servía esa cosa que tenían los varones entre las piernas.

Aquel día regresó a la casa con el rostro más encendido que nunca y la falda sucia. Eran más de las nueve de la noche y su madre la esperaba en la puerta, como ya se había hecho costumbre.

—¿Qué es lo que haces con ese muchacho, Lupe?

No le quiso decir que ahora sí le tocaba las piernas, y los pechos, y…

—Cosas de novios.

Lupe corrió a encerrarse al cuarto que compartía con su hermana Josefina, dando por terminado el interrogatorio.

Ante la imposibilidad de explayarse con mayor detalle, al día siguiente, en la mañana de Navidad de 1922, doña Josefina le pidió a Lupe que se arreglara y se la llevó en el tranvía hasta el centro y luego, caminando, hasta un hospital: llevaba una canasta con algunos alimentos para las enfermas, como regalo de nochebuena. Entraron a un pabellón con muchas camas apenas separadas por un biombo. Josefina sabía muy bien a dónde ir y se detuvieron frente a la cama de una mujer. A Lupe le pareció hermosa como la virgen: con una piel blanca, traslúcida, como si fuera de cera y los ojos claros que miraban al vacío; sus manos descansaban sobre las sábanas como dos lirios marchitos, porque aunque lo intentó, no pudo levantarlas. Trató de hablar, pero no pudo pronunciar palabra, sólo emitía sonidos ininteligibles. Lupe la miraba y sufría al ver algo tan hermoso y a la vez terrible.

—¿Qué le pasa? —le preguntó a su madre en un susurro.

—Se está muriendo.

Sintió cómo se le salían las lágrimas. No podía creer que alguien tan joven y hermosa fuera a morir; quiso salir, pero su madre la sujetó del brazo y la mantuvo quieta.

—¡Mírala bien, Lupe! Esto les pasa a las mujeres que dejan que los hombres se aprovechen de ellas, las que se entregan cuando les hacen promesas nada más —guardó silencio un momento y luego preguntó—: ¿Te vas a portar bien?

Lupe seguía llorando bajito y mirando a la mujer, le dijo que sí a su madre entre sollozos.

En el camino de regreso, Josefina continuó su ardua lección:

—En esta vida una mujer puede hacer lo que le dé la gana, Lupe. Puede conseguirse joyas bonitas, ropa cara y terminar como la muchacha del hospital. O puede tener menos y ser una mujer decente. Tú sola tienes que tomar esa decisión, nadie puede hacerlo por ti: te puedes ir al infierno si quieres o vivir una buena vida. Es *tu* vida y depende de ti cómo la vivas, yo no puedo andar detrás de ti para siempre.

A partir de ese día, a Lupe se le quitó el sueño y el hambre: no olvidaba la cara de esa mujer en su lecho de muerte. Pensaba si acaso no podría tener joyas bonitas, ropa cara y ser una mujer decente. Pensaba si el novio de su hermana Mercedes se habría aprovechado de ella cuando salían a solas durante varias horas y ella regresaba con una joya que se iba a la casa de empeño para pagar la renta; o si ella le daba algo a cambio de la canasta de vinos, jamones, dulces y despensa que llegaba puntual todos los sábados y servía para alimentar a la familia. Concluía que aquello era distinto: Sebastián acababa de pedir a su hermana en matrimonio. Aquello la consoló un poco, no tenía que dejar de hacer las cosas que hacía con Melitón, ya que él era el hombre con el que se iba a casar.

Pero empezó a sentirse físicamente enferma, ¿se habría contagiado ya del mal que hace morir a las mujeres que se creen de las promesas de los hombres? No le preocupó mayormente no tener la "visita" que llegaba mes a mes a manchar sus sábanas y la obligaba a ponerse compresas de algodón entre las piernas, lo que la preocupaba en extremo eran las náuseas matutinas que la hacían vomitar en la bacinica delante de Josefina.

Por fin su hermana se atrevió a acusarla con su madre y aquella misma mañana ya la esperaban en el comedor doña Josefina y su abuela Carmen.

—Hoy no vas a ir a la escuela.

Lupe estaba sorprendida. Ambas gritaban cosas al mismo tiempo:

—Josefina dijo que vomitas todas las mañanas. ¡Mira nomás la cara que tienes! Ahora mismo me vas a decir qué cosas has hecho con ese muchacho.

—¿Te bajó la regla este mes?

—¡Estás embarazada! ¡Qué ojos de vaca preñada tienes ya!

Ante esta última exclamación, la sangre se le fue a Lupe hasta los pies. Ella no podía estar embarazada, eso les pasaba a las mujeres más grandes…

—¡Tenemos que encontrar al tipo ese! ¿Cómo dices que se llama?

—Melitón… Emilio del Valle —tartamudeó.

Ahí empezó el revuelo en la casa. La abuela Carmen le ordenó quedarse en su cuarto, había perdido la dulzura que siempre tenía su voz cuando hablaba con ella. Su madre en cambio, y al mismo momento, le ordenó vestirse para llevarla con el médico y luego llamó a Mercedes a gritos:

—Mándale recado a Sebastián para que venga de inmediato.

Doña Josefina fue rápida en sus determinaciones: cuando el médico confirmó el embarazo, hubo consejo familiar para decidir lo que se podría hacer, ya que habían recibido ayuda de diversos lugares. Las mujeres mayores de la casa mandaron llamar a Lupe, que después de la visita al médico permanecía encerrada en su habitación, mirando a una araña tejer en el rincón.

—Escucha muy bien lo que te voy a decir, Lupe. Tienes ya casi tres meses de embarazo, como ya te lo dijo el doctor. ¡Vas a tener un hijo! —reiteró la madre, para que no hubiera lugar a confusiones.

—Melitón se va a casar conmigo, me lo prometió y lo va a cumplir —contestó Lupe desafiante. Ya le había mandado recado con su hermano Emigdio. Iban a verse en el lugar de siempre para ponerlo al tanto de todo.

—Cállate —ordenó la abuela Carmen con ojos de fuego.

—Tienes catorce años, escuincla —le dijo su madre con desprecio—, y tu novio es un infeliz que no puede mantenerte, además de que no es digno de esta familia. Es un pobretón, un pobre diablo, un mentecato. No te vas a casar con él, eso te lo digo yo. No vas a arruinar tu vida casándote con ese miserable.

Todo estaba preparado para que Lupe se fuera a casa de sus tíos en San Antonio, Texas, en compañía de su hermana Josefina. Harían el examen de admisión en un colegio privado en cuanto llegaran para entrar en el ciclo escolar de octubre, cuando la criatura hubiera nacido. El bebé se quedaría con los tíos hasta que supieran cómo proceder.

—Lupe, lo que te ocurre es un secreto de muerte que no puedes revelar a nadie fuera de tu familia, ¿entiendes? Si alguien más se entera, nunca te casarás y te irás derechito al infierno, ¿está claro?

Las amenazas de su madre habían surtido algún efecto y en los días anteriores a su partida, Lupe no habló con nadie.

Ella no lo sabía, pero Samuel Caraveo y su poderoso hermano, el general, habían provisto los fondos y las relaciones para que las dos muchachas pudieran ingresar en el prestigioso colegio católico de las hermanas de la congregación de la Divina Providencia en San Antonio; ahí, un político americano prominente, amigo del general Caraveo, había hecho significativas donaciones y no les negarían la entrada. Josefina y Lupe estudiarían ahí, aprenderían inglés y refinarían su educación como muchachas modernas; doña Josefina podía estar tranquila, aquel colegio era exclusivo para mujeres, era uno de los pocos que impartían educación universitaria a las damitas, con su academia de estudios básicos incorporada. ¡Quién sabe! Con el tiempo, ambas podrían incluso graduarse ahí.

Josefina estaba mucho menos encantada con la posibilidad de dejar su casa y su familia por culpa de su fastidiosa hermana menor. ¿Por qué ella tenía que irse si era Lupe la que se portaba mal? ¿Por qué a ella le tocaba ir de chaperona? ¡Tendría que ser al revés! Parecía increíble que hasta Lupe tuviera novio cuando que era cuatro años menor. Josefina, a sus dieciocho años, era orgullosa y tímida, no le resultaba fácil relacionarse con los muchachos y ¡ciertamente no tenía mucho interés en conocer otros lugares ni convivir con extraños!, pero Mercedes por supuesto no podría ir, comprometida como estaba con Samuel Caraveo y Luisa tenía un pretendiente de buena familia al que no podía darse el lujo de perder.

A la misma hora en que se estaba decidiendo el destino de Lupe en la sala de su casa, Melitón llegaba al lugar de las citas con su novia. Ahí, en vez de ver a su querida Lupe, se encontró con el hermano del general Caraveo y un par de soldados que lo convencieron a golpes de abandonar la ciudad y no volver a buscar a la muchacha.

Unos cuantos días más tarde, en ese helado enero de 1923, toda la familia fue a llevar a las hermanas a la estación del tren. Doña Josefina lloraba:

—¡Mis niñas preciosas! ¡Quién sabe cuándo vuelvan a ver a su madre!

Mientras Josefina se abrazaba de su mamá conteniendo las lágrimas y odiando a su hermana por ponerla en ese trance, Lupe miraba a todos lados, incapaz de creer que Melitón no hubiera ido a buscarla. Le había mandado mil recados a través de Emigdio, pero no había recibido respuesta. Emilio del Valle había desaparecido.

—¡Mi Lupita! Tendrá que parir lejos de su madre… —seguía quejándose doña Josefina.

—¡Mejor! ¡Te odio y no me importa no volver a verte nunca!

Capítulo cinco

Entonces extendería mi lánguido cuerpo
Bajo la sombra más negra del bosque salvaje,
Y trataría de acallar la llama incesante
Que hace presa de mis órganos vitales...
Percy Bysshe Shelley

14 de diciembre de 1944. Hollywood, California.
3:30 AM

—Es muy tarde. ¿Crees que sea seguro salir a esta hora?

Lupe apagó el cigarrillo en el cenicero de cristal cortado que descansaba en la mesita junto a la puerta. Oía a Estelle Taylor como a través de una espesa neblina. Los temores de su amiga le produjeron un súbito fastidio. Las tres y media de la mañana y todo sereno.

Luego se sintió un poco culpable. Tal vez debió haber dejado que Estelle se fuera junto con Jack y Benita. Fijó la atención por un momento en los pasos de la esbelta mujer, en los zapatos de tacón de aguja que se iban enterrando en el césped del jardín. ¿Estaría su amiga lo suficientemente sobria para manejar con seguridad hasta su casa?

Lupe la tomó por el brazo con rabia:

—¡Ay querida! ¿De qué tienes miedo? Yo no le tengo miedo a nada. ¡A estas alturas a lo único que temo es a la vida misma!

Estelle miró a quien la conducía a grandes pasos hasta su sedán color plata: era una mujer bajita, esbelta, con una larga melena color de cobre. Nadie habría creído que ella le temiera a la vida. Lupe era una de sus mejores amigas, desde los lejanos días en que juntas habían filmado una película con Lon Chaney, y una de las cosas que más admiraba de ella eran su vivacidad y energía, como la que desplegaba aquella madrugada para conducirla hasta el auto de manera segura, aunque fueran pocos los pasos que mediaban entre la puerta de la Casa Felicitas y el auto estacionado en la cochera.

55

A diferencia de otras veces en que la risa explosiva, el parloteo interminable hubieran sido la constante entre ellas, el gesto de la mexicana aquella noche era una mueca dura y desesperanzada, con apenas una chispita de fuego en los ojos.

—Promete que me llamarás mañana, cuando hayas decidido qué hacer —Estelle le tomó de la mano a través de la ventanilla del auto y luego sacó la cabeza rizada y teñida de rubio platino para darle un beso a su amiga en la mejilla.

—Sí, sí... —dijo Lupe. Le dio unos golpecitos en la mano enguantada y se cerró el enorme botón del abrigo.

Lupe esperó en el jardín a que Estelle encendiera el Packard. Ningún auto en North Rodeo Drive, sólo las sombras de los ficus y la luz mercurial derramándose en el pavimento. Unos cuantos metros en reversa para salir de la cochera y luego el sedán plateado se dirigió hacia Sunset. Poco después sólo quedaban las luces rojas de los faros traseros en la oscuridad, como dos ojillos diabólicos al fondo de una cueva.

¿Debió haberla detenido? ¡Pudo haberle pedido que la acompañara unas horas más! Y sin embargo, ¿para qué? Lupe volvió a la casa y dio vuelta a los tres cerrojos. Evitó mirar la imagen de la virgen de Guadalupe que descansaba en la hornacina bajo la escalera. Las gladiolas blancas seguían frescas, seguían encendidas las veladoras que había mandado poner, como todos los años, el día doce de diciembre y que permanecerían encendidas cada noche hasta que se acabaran. ¿Tenía derecho a pedir un milagro? Le dio vergüenza pensarlo siquiera.

Los ladridos de los perros llegaron hasta la sala desde su casita en el patio de atrás.

—¡Chips!, ¡Chops! —gritó—. ¡A callar! Ya deberían estar dormidos.

Subió los escalones con lentitud, agotada. Era totalmente cierto lo que les había dicho a sus amigos aquella noche: estaba harta. Harta de pensar, de buscar soluciones, de pelear por todo, por cada cosa, cada hombre, cada éxito en su vida. Y aun así, lo que había dicho Estelle tenía sentido. La lucha no se acaba nunca.

La pijama de satín azul estaba extendida sobre la colcha blanca. Se veía casi demasiado pequeña, como la de una muñeca sobre la enorme cama de casi tres metros de ancho. La señora Beulah, siempre eficiente y considerada, la había puesto ahí. No tardaría en ir a darle las buenas noches a pesar de la avanzada hora.

Se quitó los brazaletes uno por uno, así como el anillo con el enorme diamante de dieciseis quilates de forma rectangular, abandonándolos con descuido sobre el peinador, blanco, como el resto de los muebles de la habitación. Tomó el cepillo con mango de plata y después de quitarse los dos broches con chispas de diamante, deshizo el peinado y cepilló la melena cobriza.

—¿Se le ofrece algo más, señora? —Beulah Kinder asomó la cabeza canosa por la ranura de la puerta.

—Ya duérmase, mi querida amiga —Lupe la miró con afecto a través de la luna redonda del peinador.

La señora Kinder dudó un momento.

—¿No quiere que me quede a acompañarla? ¿Una última manita de Russian Bank?

¿Cuántas veces habían repetido esa rutina a horas descabelladas como ésa? ¿Cuántas veces Lupe la animaba a jugar a las cartas antes de dormir, cuando todos los invitados se habían ido, y luego pretendía enfurecerse cuando perdía?

—¡Ya es muy tarde! —Lupe se levantó del taburete frente al espejo y se dirigió a abrazar a la señora Beulah—. Ya pasan de las tres... ¡Ahora sí que la he tenido despierta mucho tiempo y por poco y nos amanece! ¡No se le olvide apagar las veladoras de la virgen! No queremos que se nos queme la casa si los perros hacen travesuras. Tal vez venga alguien todavía, pero iré a abrirle yo misma.

La señora Kinder sonrió, cómplice como siempre. Sabía qué significaba aquello y su discreción era a toda prueba. A la mañana siguiente Lupe tal vez le contaría quién era el visitante secreto, aunque bien podía imaginárselo.

Capítulo seis

¡Qué difícil era entonces creer;
qué difícil y qué doloroso era creer que existía el invierno!
Delmore Schwartz

Enero de 1923. Ciudad Juárez, Chihuahua-San Antonio, Texas.

Cuando el tren llegó a Ciudad Juárez, el general Caraveo y su esposa Manuelita estaban esperando a las hermanas Villalobos en la estación. Personalmente las acompañaron, se preocuparon por saldar las cuentas y presentar los permisos correspondientes para que las niñas pudieran cruzar la frontera. En El Paso estaban esperándolas sus tíos, Daniel y Marcelina Vélez, que vivían cerca de San Antonio y habían aceptado alojarlas y cuidarlas durante los meses siguientes.

A Lupe le gustó la granjita cercana a la ciudad, pero lo suficientemente lejos como para mantener el aislamiento necesario en esta situación. El trato de sus tíos era también muy gentil. Aunque eran muy religiosos, tenían la paciencia suficiente para tolerar los desplantes de Lupe y explicarle, paso a paso, lo que iba a pasar después.

La tía Marcelina había crecido en San Antonio y era hija de buenas familias, se había casado con el tío de Lupe hacía casi diez años y no habían podido tener hijos, por lo que la idea de criar a un bebé de su misma familia les parecía un regalo del cielo.

—Las llevaremos al colegio mañana mismo para que presenten los exámenes y las hermanas sepan en qué grado situarlas —les dijo Marcelina a las recién llegadas antes de dormir. Luego repitió lo que su madre les había dicho hasta el cansancio—. El bebé es un secreto, ya lo saben. De ninguna manera podrán decírselo a nadie, porque las expulsarán del colegio y les espera el descrédito, el deshonor, el mismito infierno.

—¿Ni siquiera a las hermanas? —preguntó Josefina.

—Sobre todo a ellas no —sentenció la tía, severa.

Cuando las niñas llegaron al Nuestra Señora del Lago, se quedaron impactadas por aquellos viejos edificios construidos en un estilo que jamás habían visto, con enormes y delgadas torres que querían alcanzar el cielo. El colegio estaba situado en las afueras de San Antonio, al sur del lago Elmendorf, en un paraje llamado Lake View, y Lupe pensó que ese lugar se parecía a los castillos europeos que aparecían en las películas de fantasmas. Adrede se lo dijo a Josefina para que tuviera miedo.

Una monja joven que hablaba español las acompañó por los senderos de tierra sembrados de pinos hasta el edificio principal, el Old Main, donde estaba la oficina de la directora.

Era la hermana María Asunción, pero las niñas tendrían que llamarle "Reverenda madre superiora"; al igual que la joven que las recibió, vestía el hábito oscuro de las religiosas de la Divina Providencia y la cofia blanca que le cubría la cabeza. Sólo se le veía la cara redonda llena de arrugas. Les contó que aquel colegio tenía una historia larga que venía de Francia, como algunas de las hermanas de la orden, todavía; que la academia de Saint Martin recién empezaba a funcionar como escuela de prácticas para las universitarias y que tendrían compañeras de muchos lugares de la Unión Americana. Eso sí, la disciplina sería muy estricta.

—Pero si observan buena conducta no debería haber ningún problema —concluyó, esbozando una sonrisa—. Bienvenidas.

La misma monja joven del principio, mucho más simpática, las condujo hasta uno de los edificios de reciente construcción, donde estaba el dormitorio de las niñas; se quedarían algunos días para que hicieran varios exámenes y las madres pudieran ver que su comportamiento fuera aceptable, a fin de incorporarlas cuando iniciaran las clases en el nuevo ciclo de octubre.

Lupe se portó bien, todavía asustada por su nueva situación, y las hermanas Villalobos pasaron todas las pruebas. A pesar de que Lupe tenía casi quince años, la pusieron en cuarto grado, con niñas de nueve y diez años. No hablaba una palabra de inglés y su educación no había sido precisamente esmerada: en San Luis las escuelas habían cerrado intermitentemente durante la revolución y en los tiempos en que la escuela sí funcionaba, ella se las había arreglado muchas veces para no ir a clase; algo parecido había ocurrido cuando llegó a la Ciudad de México.

Cuando concluyó el periodo de prueba, sus tíos fueron a recogerlas y las llevaron una vez más a la granja. Las hermanas Villalobos pasarían ahí siete meses y, contrariamente a lo que había imaginado, ese tiempo fue para Lupe un oasis de paz. Las horas se iban en actividades domésticas que Lupe encontró divertidas, como alimentar a los pollos e incluso alguna vez ordeñar a las vacas. La tía Marcelina se ocupaba de su educación religiosa y las llevaba a misa. Mientras el embarazo de Lupe no estuvo muy avanzado, también las llevaba a dar una vuelta a la ciudad a ver las tiendas, a la fuente de sodas y al cinematógrafo, que era una de las cosas que más le gustaban a Lupe. Ahí vio las nuevas películas, oyó la música de moda y aprendió pasos de baile que nunca había visto, a pesar de los regaños cariñosos de su tía:

Lupe, no te muevas tanto.

Lupe, tienes que descansar.

Lupe, en tu estado no es conveniente…

Y sí, Lupe empezó a sentir cómo su esbelta figura se iba engrosando y que había movimientos extraños en su vientre. Ya no podía saltar ni bailar como ella hubiera querido, también tenía prohibido montar a caballo, que era una de las cosas que más disfrutaba… Llegó un momento en que incluso le fue difícil amarrarse los zapatos. Estaba llena de antojos extraños, como los pepinillos sobre rebanadas de pan o platos interminables de crema con azúcar. Se miraba en el espejo y encontraba los mismos labios apetitosos, pero también unas mejillas sonrosadas y los ojos radiantes, poseedores de una nueva luz.

Josefina, por su parte, no lograba ocultar los celos ante la atención que Lupe recibía. ¿Por qué tenía su tía que tratarla con tanta dulzura si su insoportable hermana se había portado tan mal?,

¿si había hecho llorar tanto a su madre?, ¿si ella misma había tenido que renunciar a su vida por acompañarla? ¿Por qué la gente quería a Lupe si se la pasaba rompiendo todas las barreras, traspasando todos los límites?

Lupe no parecía registrar siquiera los sentimientos que despertaba en su hermana, esa chica que ella consideraba un poco tonta, un poco lenta, definitivamente aburrida, aunque buena persona.

Una mañana de agosto, cuando Lupe despertó, se dio cuenta de que su cama estaba mojada.

—¿Me habré orinado? ¡Qué vergüenza!

Iba a lavar la sábana en el lavabo cuando sintió que un liquido transparente con unos hilillos de sangre le corría por los muslos. Su rostro aterrorizado asustó a Josefina, que corrió a avisar a la tía.

—¡Ya va a nacer! —gritó Marcelina con júbilo y espanto a la vez. El tío Daniel corrió a llamar a la partera.

Lupe sintió los dolores más terribles de su vida en las siguientes horas. Al atardecer, estaba cansada, harta. Hubiera querido bajarse de la cama y desentenderse del asunto de una vez por todas. Aquella cosa, aquella criatura extraña que le crecía en la barriga se rehusaba a salir y Lupe hacía todo lo posible por deshacerse de ella.

Por fin, pasadas las seis, Lupe dio a luz una niña. La partera la miró con satisfacción y después de limpiarla con agua tibia, se la enseñó a su madre. La muchacha por fin vio a su hija: tenía la cara amoratada y los ojos vidriosos; lloraba a gritos, como arrepentida de haber llegado al mundo.

—¡Acércatela al pecho! —ordenó la partera, una mujer de origen mexicano ya entrada en años—. El primer calostro es lo mejor para los recién nacidos.

Lupe obedeció con miedo y repugnancia; la niña se pegó a su pezón y después de unos momentos comenzó a succionar de él. Aquella sensación era nueva para ella y no supo qué hacer.

Los primeros días, mientras permaneció en la cama y su tía la mimaba con caldo de gallina, Lupe estuvo contenta, a pesar de los llantos de la criatura que no parecía conformarse con lo que chupaba de su madre; pero después comenzó a desesperarse y a desear salir de ahí.

La tía Marcelina era quien en realidad se hacía cargo de la niña: ella le había tejido chambritas y le había mandado a hacer todo el ajuar; era ella quien cambiaba los pañales sucios y curaba los cólicos frotando aceite caliente en la pancita de la bebé. Lupe no entendía el entusiasmo de aquella mujer por cargar a la niña ni la paciencia que tenía para arrullarla en la mecedora hasta que finalmente se dormía.

La joven madre alimentó a Juanita —así llamaron a la niña— el tiempo que estuvo en la casa de sus tíos, más de dos meses, hasta que fue hora de regresar al colegio. Después, la tía contrató a una nodriza, una mujer de color, rolliza y agradable, que venía de las plantaciones de algodón en Luisiana.

Lupe vivió la entrada al colegio como una liberación de la responsabilidad de atender a la niña, ya que no sentía ningunas ganas de hacerse cargo de ella: por más que buscaba y rebuscaba en su corazón, no podía encontrar una brizna de espíritu maternal. Sólo encontraba fastidio, miedo, asco.

A pesar de que la disciplina en realidad era muy estricta y las clases le resultaron aburridas, estuvo contenta en Nuestra Señora del Lago. A diferencia de su tímida y orgullosa hermana, Lupe de inmediato se hizo de amigas, de cómplices para sus correrías. Le parecía indispensable establecer vínculos y resultar simpática, así que no le importó darse a entender a señas, hacer muecas graciosas, compartir su amadísimo chicle (prohibido por las religiosas), todo, para hacerse querer.

Como parte de su estrategia, desde el mismo día de su llegada se hizo la graciosa: cuando la hermana María Auxiliadora la presentó ante el grupo, ella puso la cara más dulce que pudo, pero cuando la religiosa se volteó a escribir su nombre en el pizarrón, ella le sacó la lengua, para delicia y admiración de las compañeras, que jamás se hubieran atrevido a hacer algo semejante.

Algo parecido ocurrió cuando un día la hermana, harta de que Lupe la desobedeciera, le sacó el chicle de la boca y se lo pegó en la nariz. En cuanto la maestra le daba la espalda, Lupe se arrancaba la goma de mascar y se la metía a la boca, pero en cuanto alguien la veía, de inmediato la regresaba a su nariz. ¿Pensaban que la estaban castigando? ¡No! Lupe confesaba a su compañerita de banca que era lo mejor que le había pasado: tendría su chicle siempre a la mano y a la vez, a la vista de todo el mundo. Con todas las burlas que hacía Lupe a espaldas de las maestras, se ganó la admiración y afecto de sus compañeras, que le festejaban sus ocurrencias.

No siempre lograba salirse con la suya y más de alguna vez la castigaron, dejándola sola en el salón para que escribiera mil veces "Debo portarme bien". Pero ni siquiera eso doblegaba su carácter y tarareaba canciones de moda mientras llenaba las planas.

Decía a todo aquel que deseara escucharla que odiaba la escuela, que le aburrían las matemáticas, la historia, la mecanografía. Lupe no entendía por qué no podía simplemente pasársela bien, descubrir nuevas cosas, en vez de repetir las mismas lecciones y aprender materias que no servían para nada. Pero había muchas cosas de Nuestra Señora del Lago que sí le gustaban: los alrededores, las amigas de todas partes de Estados Unidos… Le intrigaban las religiosas que recorrían los caminos de tierra alrededor de los edificios con tanta serenidad, como si no tuvieran ninguna prisa; hubiera querido disfrutar la rutina, la seguridad de que todos los días transcurrirían sin ningún sobresalto. Sin duda envidiaba las voces de las hermanas cantando en el coro; los primeros momentos de la misa en aquella capilla estilo gótico que acababa de ser terminada eran mágicos: las voces de las monjas, el sol pintando el piso de mármol italiano de colores a través de los vitrales, el aroma del incienso. Pero después de un rato, se escabullía al jardín con fastidio.

Sólo cuando estaba en la granja cuidando a Juanita extrañaba la paz del colegio, donde no había llantos de criaturas hambrientas a la media noche, ni pañales sucios, ni responsabilidad mayor que ir a la clase.

Aprendió inglés con facilidad ya que era su instrumento de comunicación, además de que le fascinaba ese mundo nuevo, hablado, cantado, escrito en aquel idioma: quería aprender las canciones que las chicas mayores cantaban, quería ser una chica moderna, una *flapper*. Cuando estaba sola en su habitación, se recogía la falda del uniforme y se sujetaba los rizos negros por encima de la cabeza para que pareciera que los tenía cortos; a falta de papel de china, se mordía los labios para que quedaran rojos y se miraba en los cristales, ¡pálido reflejo de una *flapper*!

Por más que el colegio le fastidiara y le aburriera, no quería que llegaran los fines de semana, ya que eso implicaba ir a la granja y jugar con la niña, cargarla, cuidarla aunque fuera un rato, sin poder salir a la ciudad a ver películas ni tiendas. Los tíos iban a recogerlas el sábado a medio día y sólo excepcionalmente iban al cine el domingo, después de la misa. Así que Lupe disfrutaba esos momento al máximo y hacía todo lo posible por aprender de las actrices a bailar el *shimmy*. De inmediato, al regresar al colegio, practicaba aquellos bailes modernos que hacían que su cuerpo se moviera todo y no tuvo ningún empacho en enseñarles a sus amigas:

—A ver, sin despegar los pies del piso, baja una rodilla, luego la otra, así, y luego cada vez más rápido, más rápido, más rápido, que se mueva todo, ¡hasta que ya no puedas soportarlo! ¡Más rápido! Ahora los brazos.

Cuando la hermana María Auxiliadora la descubrió impartiendo semejante clase, con varias pupilas de faldas arremangadas y pelo sujeto a la cabeza, moviendo las caderas como si se les fueran a zafar, se llevó a Lupe de un brazo, a escribir innumerables planas de "Debo portarme bien".

Aunque también sus amigas impartían tales lecciones (una de ellas, proveniente de Hawai, le enseñó a bailar el "hula-hula", moviendo rítmicamente las caderas), ellas nunca fueron descubiertas por las religiosas.

Así llegó marzo de 1924. ¡La primavera estaba en todo su apogeo y ella estaba sentada en un aburrido salón de clases! Entonces pensó en escaparse. Más allá de la iglesia, al final del terreno que ocupaba el colegio había un puente y aunque las muchachas tenían permiso de llegar hasta él cuando jugaban, no podían ir más allá. Lupe decidió cruzarlo, así, simplemente, tomar el autobús en la parada que estaba a menos de diez metros de distancia y llegar hasta el centro. El plan era bueno y quiso compartirlo con su hermana, pero Josefina era miedosa y no quería meterse en problemas.

La primera vez que lo intentó, logró llegar hasta el puente; una vez en la parada del autobús, vio venir un enorme auto negro. La madre superiora, al ver a la alumna con el uniforme del colegio, ordenó al chofer que se detuviera.

—¿A dónde cree que va, señorita? —apenas pudo contener el enojo.

Lupe, lejos de arredrarse, respondió insolente:

—A comprar chicle, reverenda madre superiora.

La hermana María Asunción la obligó a subir al auto y después de una reprimenda, de la cual Lupe sólo escuchó "peligro", "responsabilidad" y "desobediencia", la encerró en el salón a escribir las consabidas planas.

Lupe no era alguien que se diera por vencida tan fácilmente. Esperó algunos días a que se olvidara su fallida fuga, reconoció su error al haberse ido vestida de uniforme, así que se cambió de ropa; salió sin que nadie la viera y sin invitar a su hermana esta vez. En lugar de esperar el autobús cerca del puente, caminó hasta la siguiente parada y así logró llegar a la ciudad.

Había ahorrado dinero para aquella ocasión y se fue derechito a las tiendas que sólo había visto al pasar con sus familiares. Se compró la ropa que siempre había querido: un hermoso vestido corto de encaje con fondo de satín y zapatillas forradas de la misma tela con tacón de carrete, medias de seda y collares de falsas perlas que le daban vuelta en el cuello varias veces. ¡Qué felicidad! ¡Por fin se veía como una verdadera *flapper*!

Caminó algunas calles admirándose en las vidrieras, ¡qué irresistible era! ¡Qué bellos ojos! ¡Qué piernas! ¡Qué manera de moverse!, ¡todos los chicos se enamorarían de ella! Su teoría parecía resultar cierta: a pocos metros, un muchacho le guiñó un ojo, luego otros dos, a quienes ella dedicó su sonrisa más coqueta, pero cuando uno de ellos la detuvo de un brazo y le mostró su placa, el corazón de Lupe se encogió. ¡Eran policías vestidos de civil, mandados por la madre superiora para buscarla! Lupe no supo cuál era la peor desilusión: que hubieran descubierto su fuga o que los muchachos no estuvieran verdaderamente impactados por su apariencia de chica moderna.

—¡Esta vez ha llegado usted demasiado lejos, señorita! —la hermana María Asunción parecía desesperada.

Luego se le acercó y le quitó las peinetas del pelo, para que cayera a su largo natural. Lupe se quitó los collares y guardó silencio.

—No puede permanecer aquí, la tendré que enviar a un reformatorio. Es lo que hacemos con las alumnas que se escapan, las que dan un mal ejemplo.

Lupe, a pesar de sí misma, se asustó; no quería ir al reformatorio. ¿Cómo saldría de ese embrollo? Comenzó a llorar cada vez más fuerte. Se acordó de la muerte de su hermano, de su carita triste, de sus ojos huecos; se acordó de su padre, de cuando la había dejado la primera vez, de las largas tardes sentada en el zaguán, del silencio de los años siguientes, sin una carta, sin una letra; se acordó de Melitón, de la manera en que la había abandonado. Entonces sus sollozos se hicieron verdaderamente conmovedores.

—¡Ya me voy a portar bien! —suplicaba entre lágrimas—, seré buena y no tendrá más quejas de mí.

La religiosa no pudo resistir el llanto y las promesas, la dejó quedarse, aunque no se escapó del castigo de siempre, esta vez encerrada, sin salir el fin de semana. Era una condena aceptable, incluso deseable, sobre todo porque no tendría que cuidar a Juanita y porque su popularidad con sus compañeras subió exponencialmente. En cuanto llegó al comedor, las niñas la rodearon, llenándola de preguntas:

—¿Qué sentiste, Lupe?

—¿Tuviste miedo?

—¿Qué te preguntaron los policías?, ¿te llevaron a la Estación?

—¿Te molestaron en la calle, viendo que ibas sola?

Lupe respondía, llena de orgullo. ¡Le encantaba ser la que se atrevía a hacer cosas prohibidas, para restregarle su miedo a las otras en la cara!

A Nuestra Señora del Lago sólo entraban varones en los días de fiesta. En los festivales de fin de curso, las kermeses y el carnaval, la disciplina del colegio se relajaba un poco y los familiares se quedaban todo el día. Ahí conoció a los hermanos, a los pretendientes de sus compañeras y se propuso conquistarlos. Mientras todas las alumnas permanecían quietas escuchando los discursos del padre Federico, Lupe sonreía provocativa a los muchachos, les hacía ojitos y les lanzaba besos con discreción.

Aunque seguía recordando a Melitón, Lupe no podía evitar coquetearles a todos los hombres. ¡Tenía que ser mirada! No soportaba la indiferencia de los muchachos, sin importar qué tuviera que hacer para llamar su atención. No le importó que sus compañeras la odiaran por quitarles a los pretendientes, aquel impulso era más fuerte que ella misma. En aquellas fiestas Lupe mandaba recados a los chicos a través de Josefina, quien con su aspecto serio y recatado no levantaba ninguna sospecha. Así, más de algún muchacho se aventuró a campo traviesa y llegó a buscarla por la noche, lanzándole piedritas a su ventana y cantándole canciones de última moda a la luz de la luna. Lupe, por supuesto, abría la ventana y cantaba con ellos:

Charley my boy, oh Charley my boy
You thrill me, you kill me with shivers of joy
You've got the kind of, sort of, wonderful ways
That makes me, takes me, tell me
What shall I say?*

---

* Charley mi chico, oh Charley mi chico/me emocionas, me matas con estremecimientos de dicha/tienes el tipo, la clase, de ademanes maravillosos/que me hacen, que me atrapan, dime/¿qué puedo decir?

Y Lupe sentía que todo su cuerpo quería bailar, moverse al ritmo de aquella música, para que las notas alegres borraran todo el aburrimiento y le permitieran ser libre, aunque estuviera encerrada.

En la fiesta de fin de cursos, a mediados de junio de 1924, después de que Lupe recibiera sus calificaciones sorprendentemente buenas del cuarto grado, y Josefina sus notas reprobatorias del sexto, sus tíos se acercaron a abrazarlas. Cuando la familia estuvo reunida a la sombra de un sicomoro, el tío Daniel les entregó una carta de su madre.

—¡Se van de regreso!

¿Vacaciones en México? Doña Josefina había mandado dinero para que regresaran de inmediato, pero ¿volverían el año siguiente?

Lupe se despidió de sus amigas y de las hermanas de la Divina Providencia, recogió sus escasas pertenencias y se fue con su hermana a la granja, para preparar el viaje de regreso.

Después de la cena esa noche, los tíos permanecieron en silencio en la mesa del comedor.

—¿Y ahora qué va a pasar? —preguntó Lupe, curiosa.

—La bebé se quedará con nosotros —la tía Marcelina enjugó una lágrima—. Sé que será muy duro para ti separarte de ella, Lupita, pero habíamos acordado que eso sería lo mejor.

En efecto, aquello era lo acordado y Lupe no encontró ninguna razón para protestar. Le dio pena reconocer que lejos de sentir algún dolor, sentía un enorme alivio. Optó por guardar silencio. Su tía añadía, suponiendo en la muchacha una gran tristeza, que sólo serían unos meses de separación, ya que de seguro volverían en octubre para el siguiente curso.

En vez de ir directo a comprar los boletos del tren, la tentación la venció al día siguiente. Sacó el dinero que Josefina había guardado y se fue de compras a la ciudad. ¡Era rica y libre! ¿Cuántas maravillas podrían adquirirse con trescientos cincuenta dólares?

Alcanzó para una docena de medias de seda, que hacían lucir sus piernas más largas; varias sandalias de tacón, algunas con pedrería incrustada, que la harían parecer una reina, y vestidos de seda que brillaban como arcoíris. ¡Cómo se admiraba en el enorme espejo de la tienda! ¡Debía estar en el cielo! Luego compró algunos regalos para su familia e incluso un ukelele. Apenas quedó suficiente para comprar los pasajes y nada para comer en los días del viaje, pero eso sí, parecía una diosa sacada del celuloide.

Cuando Lupe llegó cargada de paquetes y Josefina se enteró de que no había dinero para los gastos del viaje, rompió a llorar.

—¡Deja de chillar! —ordenó su hermana —, ya veremos cómo resolvemos este asunto. ¡Mira qué preciosas medias! Te doy permiso de usarlas; y ¡mira mi ukelele nuevo! Ya aprendí a tocarlo:

Who's sorry now, who's sorry now
Whose heart is achin' for breakin' each vow
Who's sad and blue, who's cryin' too
Just like I cried over you. *

"¡Vaya descaro!", pensó Josefina, "¡si alguien no se arrepiente de nada es este pequeño demonio!". Odiaba a Lupe por irresponsable, por caprichosa, por egoísta, por atrevida, por simpática, por hermosa, por coqueta, por inteligente, por el mero hecho de existir. Un rato después, cuando lo pensó mejor, esbozó una sonrisa malévola. De este trance Lupe no podría salir, la esperaba un castigo ejemplar, una paliza, el encierro, ¡lo peor de lo peor! Entonces sería ella, Josefina, quien cantaría a gritos: "Who's sorry now?".

Al día siguiente, Josefina casi se desmaya cuando vio salir a Lupe del baño. Se había cortado el pelo, se había puesto el mejor de los vestidos nuevos y unos zapatos brillantes. Iría al consulado mexicano, dijo, y Josefina se sintió obligada a ir con ella, para evitar que hiciera más tonterías.

---

* ¿Quién se arrepiente ahora? ¿quién lo siente ahora?/¿De quién es el corazón que sufre por haber roto cada promesa?/¿quién está triste y melancólica? ¿quién llora también?/Como yo he llorado por ti.

—¡Nomás quédate callada mientras yo hablo! —le ordenó Lupe.

El cónsul las recibió después de un rato y Lupe explicó, haciendo pucheros, que se habían quedado sin dinero para permanecer en la escuela hasta que reiniciaran las clases, que tenían que volver a su casa. Se enjugó unas cuantas lágrimas, pidiéndole que por favor, ¡por favor!, las ayudara a regresar con su familia. Al cónsul le cayó en gracia aquella muchachita de corta estatura y ojos brillantes; decidió darles cincuenta dólares para pagar los gastos al llamar al colegio y comprobar que las hermanas Villalobos habían estado ahí.

Cuando cruzaron la frontera de regreso en Ciudad Juárez, los compañeros de viaje les contaron las noticias más frescas de la revolución que había empezado el diciembre anterior. Adolfo de la Huerta se había rebelado contra el presidente Obregón y ahora, aunque don Adolfo había huido del país, la rebelión seguía viva. No había que sorprenderse si les tocaban balazos en el camino.

Pero Lupe no estaba preocupada, no les tenía miedo a los balazos. Más le preocupaba cómo iba a pasar el tiempo en los largos días del recorrido. Para matar el aburrimiento, tocaba el ukelele y cantaba las canciones de moda que había aprendido. Su voz era ronca, pero era muy afinada y su alegría era contagiosa, incluso cuando cantaba canciones tristes como *I wonder what's become of Sally* que había oído por todas partes en la versión de Al Jolson, acompañada del ukelele:

I wonder what's become of Sally,
That old gal of mine.
The sunshine's missing from our alley,
Ever since the day Sally went away.*

---

* Me pregunto qué fue de Sally/esa antigua novia mía/la luz del sol ya no brilla en nuestro callejón/desde el día en que Sally se fue.

También bailó el hula-hula, el *shimmy* y el charlestón para los pasajeros que le aplaudían. Les hacía mucha gracia la energía de la jovencita de dieciséis años que no tenía vergüenza de moverse de aquel modo, agitando sus pulseras y sus collares de falsas perlas. Una pareja de gente mayor la admiraba fervientemente, no se cansaba de decirle que bailaba y cantaba muy bien y Lupe se llenaba de orgullo, porque era la primera vez en la vida que alguien le decía que era buena para algo.

A pesar de la amenaza permanente de ser atacados, Lupe se sentía en ese tren más libre que nunca, cantando y bailando; después de casi cinco días de oír el ukelele, Josefina le ordenó que se quedara callada por un rato, así que Lupe se fue a recorrer los vagones. Llegó hasta la máquina y al contrario de lo que una señorita pudiera hacer, a Lupe le entusiasmó el ruido ensordecedor, el viento rozándole las mejillas y jugando con su melena corta, el silbido del tren opacando cualquier pensamiento, cualquier recuerdo. El maquinista, al ver a una chica en aquel lugar, quiso hacerla regresar, pero ella sabía cómo convencerlo: le sonrió con coquetería, le preguntó cómo se manejaba aquella máquina y si le daba permiso de quedarse un ratito, chiquito, ahí con él haciéndole compañía. El hombre cedió, encantado con la muchacha y respondiendo a las preguntas que la insaciable curiosidad de la chica imaginaba:

—¿Para qué sirve esta palanca?

—¿Qué ciudad sigue?

—¿Cuántos kilómetros faltan?

A Lupe le gustó la experiencia, aquel veloz artefacto le recordaba mucho las cabalgatas con su padre. Descubrió que le gustaba la velocidad para sentirse más viva, sobre todo si estaba junto a un hombre que la protegiera. Pasó un buen rato antes de que se aburriera, pero al final le dio frío y decidió regresar a su vagón, tiznada de grasa y carbón, sólo para descubrir que Josefina estaba vuelta loca buscándola y había involucrado en la búsqueda al garrotero y a varios de los pasajeros. Ella se moría de risa, aunque a nadie más le hizo gracia aquella broma.

—¡Eres igual a papá! ¡Desconsiderada e irresponsable! —Josefina le dio un pellizco tan fuerte que le dejó el brazo morado.

Esa misma tarde llegaron a la Ciudad de México.

Capítulo siete

Quisiera ocultar la verdad
Quisiera protegerte
Pero con la bestia que vive adentro
No hay dónde esconderse.
"Demonios"
Imagine Dragons

14 de diciembre de 1944. Hollywood, California
3:50 AM

La puerta del cuarto se cerró y Lupe borró la sonrisa de su hermoso rostro, dirigiéndose a la mesita frente al ventanal, la que sostenía los licores y algunas copas de cristal con filo dorado en una bandeja.

No era muy sensato tomar alcohol a esas horas. La zebra de porcelana la miraba, acusadora. Ya había tomado bastante aquella noche, parecía decirle. No le haría ningún bien y ya empezaba a sentir la punzada en el riñón. Tal vez un poco de jerez, dudó. La hermosa mano blanca de uñas medio pintadas de rojo se detuvo sobre las licoreras de cristal cortado.

Tenía que ser brandy, algo fuerte que desvaneciera los temblores del cuerpo. Se sirvió una buena porción. ¿La mitad de la copa? ¿Tres cuartos? ¿Alcanzaría para apagar la sed? ¿Alcanzaría para darle el valor necesario?

Después de tres tragos, le empezaron a arder los ojos. Tenía que hacerlo ya. Todavía le temblaba la mano cuando descolgó el auricular. Giró el disco con lentitud para marcar cada uno de los números. Pronto una voz masculina respondió del otro lado.

—Hola —susurró ella por lo bajo—, soy yo.

—¡¿Lupe…?! —había sorpresa, desconcierto en aquella voz.

—Tenemos que hablar… ven a tomarte una copa conmigo.

—Es tarde, ¿no crees?

Lupe no quiso averiguar si aquella expresión se refería sólo a la hora.

—Más bien es muy temprano… —Y luego, ante el silencio de su interlocutor—. Ven, hablemos.

Después de un momento que a Lupe le pareció eterno, por fin el hombre respondió:

—Está bien. Dame una hora.

Tenía una hora para arreglarse, para arreglarlo todo. Salió al pasillo que ya estaba en penumbras para tomar un ramo de flores blancas que descansaba en la capilla consagrada a la virgen, al lado de su recámara. Acomodó los nardos y las gladiolas en los floreros de porcelana, de cristal cortado, en toda la habitación, en las mesas de noche, en el peinador, en la mesa de las bebidas junto a la ventana, en la mesa del vestidor. Pronto el cuarto se llenó de un aroma enervante. Luego dispuso las velas rojas en los lugares estratégicos para que se reflejaran en los espejos enormes, las encendería en cuanto oyera llegar a su invitado.

Volvió a sentarse frente al peinador. Se retocó el maquillaje con cuidado: el polvo de Max Factor elaborado especialmente para los estudios de cine con verdaderas perlas molidas, le daba a su rostro un brillo espectacular; las pestañas se alargaban y espesaban aún más con el rimmel color grafito y los enormes ojos negros se hacían todavía más grandes con la línea negra en el párpado superior. La boca jugosa, la boca que prometía el cielo, se pintó de rojo fuego y la diva resurgió desde lo más profundo del azogue.

Buscó el negligé más provocativo entre la ropa colgada en el vestidor y después de admirar sus curvas en el espejo, como cuando era pequeña, no pudo evitar sonreír.

Las medias de seda que él disfrutaba acariciar, las zapatillas blancas y la bata con enormes flores de plumas en el cuello completaron el ajuar. Se cepilló la melena cobriza y volvió a ponerse los broches de diamantes que se había quitado.

—Ésta es mi noche —susurró encantada—, ¿alguien podría negarme algo a mí hoy? ¡No lo creo!

En cualquier momento, su amante iba a llegar y ella tendría que emprender la última lucha, vencer su voluntad.

Al verse en el espejo, recordó, quién sabe por qué, aquella vez en San Antonio cuando se había gastado el dinero del regreso a casa en medias de seda y zapatos brillantes. ¡Qué tiempos aquellos de inocencia! ¡Cuánto había odiado aquel colegio de monjas! Y a la vez, ¡cuánto extrañaba aquella paz que no había vuelto a sentir desde entonces!

"Mamá me quiso poner a salvo, a su manera lo logró", pensó, "ojalá que pudiera volver a hacerlo ahora...".

Lupe recordaba el regreso a la Ciudad de México en el tren y cómo había disfrutado tanto de sentir el aire en la cara, la melena al viento, en la libertad total en compañía del maquinista.

Lo que Lupe había tratado de esconder entonces era la tristeza de niña, de mujer abandonada, la culpa de haber dejado a su hija, aquella niña a la que se sentía incapaz de criar, a los quince años recién cumplidos, en una maternidad no deseada, ominosa, deshonrosa hasta hacerla sentir un guiñapo. Tanta era la culpa, el deseo de desaparecer, tanta era la persecución por los monstruos de la vergüenza, que lo único posible era el espectáculo continuo: que no parara la música, que no llegara la noche, que no dejaran de mirarla y mientras la miraran, mientras hiciera reír a la gente, los monstruos no podrían alcanzarla.

Lupe se sirvió otra copa de brandy y encendió la pequeña victrola portátil. El disco de acetato comenzó a girar y las primeras notas de "Jukebox Saturday Night" dispersaron las sombras de todos los recuerdos.

Capítulo ocho

He navegado, y navego, de cara al viento: de no ser por
Las estrellas, no sabría que mi telescopio está borroso,
Pero al menos he esquivado la orilla común.
Lord George Gordon Byron

Junio de 1924. Ciudad de México

Cuando llegaron a la estación del tren en la Ciudad de México, Lupe y Josefina buscaron las caras de sus familiares entre la multitud que llegaba a recibir a los viajeros, pero no distinguieron a nadie, ni a su madre ni a su hermana Mercedes con Sebastián.

—¿Qué habrá pasado? —Josefina apretó el brazo de su hermana—. ¡Mandamos un telegrama!

Lupe no contestó, estiraba el cuello lo más que podía desde el estribo del vagón para distinguir alguna cara conocida a lo lejos. Nadie.

La pareja que había admirado tanto el baile de Lupe se acercó para despedirse de las muchachas, pero cuando vieron que nadie había ido a recogerlas, ofrecieron llevarlas a su casa. Así llegaron al *chalet* de Santa María la Ribera, a bordo de un lustroso automóvil último modelo.

Josefina abrió la pequeña reja todavía alegre, agitando el brazo en señal de despedida a sus amables amigos; entonces Lupe distinguió el moño de crepé negro sobre el portal y se detuvo en seco.

La abuela Carmen al oír ruido abrió la puerta, y cuando vio que eran las dos hermanas, se echó a llorar; Lupe temió lo peor. Con un nudo en el estómago entraron las recién llegadas hasta la sala que permanecía en penumbra; ahí estaba su madre, rodeada de sus hermanos, todos en silencio. Su madre cosía trapos negros, con los ojos llorosos, Mercedes la ayudaba, sin contener las lágrimas y Luisa abrazaba a su hermana. Emigdio fue el único que llegó hasta la puerta a recibirlas con un abrazo apretado.

Hacía más de dos años que se habían ido y Lupe se escandalizó ante los cambios que había sufrido la casa; la sala que cuando partieron se veía tan bien, ahora tenía un aspecto lúgubre: las cortinas rojas de terciopelo y encaje ya no estaban ahí, en su lugar, había periódicos cubriendo los vidrios. El espacio que el amado piano de su madre había ocupado hacía parecer a la sala demasiado grande. Los candiles de cristal cortado ya no colgaban del techo, sólo había velas de sebo iluminando el cuarto y la mayor parte de las pinturas había desaparecido de las paredes.

—¿Qué pasó? —preguntó desesperada—. ¡Se murió mi padre!

Nadie le contestó. Mercedes empezó a llorar más fuerte y Lupe la sacudió furiosa:

—¿Se murió mi padre? ¡Digan algo ya!

Su madre se tardó en responder, como si hubiera estado pensando mucho tiempo las palabras, el modo en que iba a decirles a sus hijas lo que había ocurrido.

—Siéntate Lupe, no es tu padre, cálmate.

Las muchachas respiraron aliviadas y tomaron asiento en uno de los sillones que todavía quedaban.

—Mataron a Sebastián Caraveo hace un mes.

Lupe sintió una gran pena por su hermana que quedaba viuda antes de casarse, corrió a abrazarla junto con Josefina, las tres hechas un ovillo, se deshicieron en llanto. Sebastián había sido muy bueno con ellas y era un hombre simpático que se prestaba a los juegos y bromas de Lupe. Se había unido a la revolución delahuertista desde principios de ese año 1924 y había acabado muerto. Después de un rato, en el que los detalles del crimen relacionado con la rebelión de De la Huerta se fueron desgajando entre las lágrimas y gemidos de las mujeres, Lupe se atrevió a preguntar:

—Pero ¿qué les pasó a nuestros muebles?, ¿qué le pasó a nuestra casa?

—Nos quedamos sin nada, hemos estado vendiendo poco a poco las cosas que nos quedan para poder comer y para que ustedes pudieran regresar.

No dijo que algunas de esas cosas se las habían llevado los acreedores desde que Sebastián se había ido y otras se habían usado para pagar la manutención en el colegio y que pudieran terminar el año.

Lupe se quedó muda. Por primera vez entendió el estado financiero real de su familia y el enorme apoyo que Sebastián les brindaba. Se sentía culpable de haberse comprado tanta ropa, de traer regalos que parecían inútiles en estas circunstancias, de haberse puesto un vestido tan bonito y brillante que la distinguía de todo el grupo y la hacía verse fuera de lugar.

—¿Han sabido algo de papá? —preguntó por fin.

—Nada. Como siempre, desaparecido —su madre hizo un gesto de desprecio.

—Y ¿qué han pensado?, ¿qué vamos a hacer?

Un silencio espeso se apoderó de la sala. Marcela volvió a llorar. Mientras cenaban un plato de frijoles con tortillas a la deprimente luz de las velas de sebo, Lupe se atrevió a decir:

—Habrá que ponerse a trabajar.

Sus hermanas la miraron con ojos de sorpresa y odio.

—¡Yo no puedo trabajar! —respondió Luisa—. ¡Soy la prometida de Jorge Betancourt!, ¿quieres que su familia rompa el compromiso? ¡Cómo crees que me voy a desgraciar trabajando fuera de la casa! ¡De ninguna manera!

Mercedes no hacía más que llorar, su madre habló por ella:

—¡Se le murió el novio a mi hijita! Por lo menos tiene que pasar un año de luto. ¿Qué va a decir la familia del general?

Josefina estuvo de acuerdo, sólo movió la cabeza en silencio.

—Yo puedo trabajar —dijo Emigdio—, pero ¿en qué? No sé hacer nada.

Lupe comenzó a enojarse, todo aquello le parecía una estupidez.

—A ver, mi querida hermanita, si tu prometido te quiere tanto y se preocupa por ti, ¿por qué no te mantiene? ¿Por qué no te ha mandado de comer, como hacía Sebastián? Y tú, Mercedes, ¿crees que vas a seguir recibiendo las limosnas de la familia

Caraveo? ¡Se acabó el parentesco! ¡Se van a olvidar de nosotros! Y tú, Emigdio, ni se te ocurra trabajar, tienes que ir a la escuela y si la dejas, te corto la cabeza, ¿me oíste?

A los gemidos de Mercedes se unieron los de Luisa, quien exclamó dirigiéndose a su madre:

—¡Lupe acaba de llegar y ya está haciendo problemas y tratando de ordenarnos a todos! ¡Como si tuviera derecho! ¿La vas a dejar?

Su madre permaneció en silencio, luego recogió los platos sucios y acomodó el periódico en la ventana para que los vecinos no pudieran verlos desde afuera, haciéndoles señas a sus hijas de que hablaran más quedito.

—¡Entonces prefieren encerrarse en este agujero y darse por muertas junto con Sebastián Caraveo en vez de hacer algo para sobrevivir! —Lupe levantó más la voz, furiosa.

—Lupita tiene razón —dijo inesperadamente la abuela Carmen—. El prometido de Mercedes se murió y con lágrimas no lo vamos a revivir ni nos podemos morir todos con él.

Doña Josefina hacía señas desesperadas para que su familia no hiciera escándalo. Los gritos de Lupe se iban a oír hasta la esquina.

—Y tú, mamá, no puedes seguir esperando el regreso del coronel Villalobos. Él no vendrá a rescatarnos de ésta, tendremos que salir nosotros.

Al día siguiente Lupe compró comida con los pocos dólares que le sobraron del viaje y se fue a recorrer las calles pensando qué hacer. No tardó mucho en tener una idea: se puso su mejor vestido y se dirigió a la camisería FAL en la esquina de Bolívar y Madero. Era una de las mejores tiendas de ropa de la ciudad y el dueño era de San Luis Potosí. Él era uno de los clientes del Café Royal que la había conocido cuando revoloteaba alrededor de las mesas, preguntando con su media lengua y una sonrisa a los clientes qué querían tomar.

—¡Usted es la Polvorilla! —recordó don Federico A. Luna, dueño del negocio, con una gran carcajada—. ¡Vaya que era usted una niña traviesa!

Lupe sonrió al recordar el sobrenombre que le había puesto su padre; aprovechó aquel instante:

—Ahora también hablo inglés, don Federico, y si me contrata no se va a arrepentir.

—Está bien, señorita, es usted muy jovencita, espero que ya se le haya quitado lo malcriada. Acepto, nomás porque su padre era un buen amigo mío. ¿Se sabe algo de él?

Lupe bajó la cabeza, denegó en silencio.

—Salúdeme a su madre y preséntese mañana a las ocho en punto.

Así comenzó Lupe a trabajar y lo hizo con entusiasmo; en la sección de camisas para caballero resultó muy exitosa: los hombres querían que ella los atendiera, por su simpatía, su gracia y su gran sonrisa. Sólo ganaba tres pesos diarios que entregaba a su madre completos, para la comida de la familia. Y aunque se llenaba los ojos todos los días con las hermosas prendas que había en la tienda, sabía que era imposible comprarlas.

Esa misma semana, a su regreso del trabajo, Lupe se encontró con la policía que iba a sacar a la familia de la casa, por no pagar la renta. Así perdieron el resto de sus muebles y tuvieron que salir con sus maletas a buscar refugio.

—Hay un hotel cerca de la tienda —propuso Lupe—, nos iremos ahí por lo pronto.

Se instalaron en dos cuartos del Hotel Principal situado en la misma cuadra de la camisería FAL: en una habitación dormía Lupe con Josefina y Luisa; en la otra, Mercedes, con su madre y la abuela Carmen. Emigdio se tuvo que ir a vivir de arrimado con unos tíos lejanos que lo aceptaron, siempre que fuera por poco tiempo.

Así, vivían del salario de Lupe quien no se cansaba de exigirles a sus hermanas que tenían que trabajar o casarse, que no estaba dispuesta a seguirlas manteniendo mucho tiempo. Mercedes tomó un trabajo tocando el piano en una tienda de música, pero todos los días llegaba llorando de vengüenza.

Melitón volvió a buscarla en cuanto supo de su regreso. Se presentó en el hotel con doña Josefina y se comprometió a casarse con Lupe en cuanto tuviera dinero; mandarían traer de regreso a su Juanita y serían felices para toda la eternidad. Ahora sentía mayor confianza de hablar con la familia de la muchacha, eran tan pobres como él, además, él trabajaba en una compañía petrolera y de seguro pronto ahorraría lo suficiente.

Lupe cumplió dieciséis años ese julio, apenas unas cuantas semanas después de que regresó de San Antonio. La noche anterior, Melitón llegó al Hotel Principal con una enorme caja bajo el brazo, Lupe la abrió emocionada, aplaudiendo como una niña. Era un vestido. Cuando lo sacó de su empaque, Lupe lanzó un gritito ronco de pura satisfacción:

—¡Un vestido!, ¡tafeta! ¿Cómo le hiciste? Esto es carísimo ¡Melitón! ¡Lo lograste! —lo llenó de besos, lo abrazó y luego se levantó a bailar con el hermoso vestido color perla lleno de holanes y listones.

—Tanto decías que querías uno, Lupita, que fui a comprar la tela y se lo llevé a una costurera de mi barrio. Le llevé una fotografía de una revista y le voy a ir abonando cada semana. ¡Qué bueno que te gustó!

Apenas pudo dormir esa noche, esperando estrenar su vestido. Se durmió con tubos de papel en la cabeza para hacerse chinos en su corta melena de *flapper*, se sentía feliz. Al día siguiente, después del trabajo, corrió al hotel a cambiarse y estrenar su maravilloso vestido de tafeta. Luego llegó Melitón y le dio dos rosas que se había robado de un jardín para que se las pusiera en el pelo. Fueron de paseo a la Alameda, luego a tomar un refresco y bailar al restaurante Sanborns de la elegante Casa de los Azulejos. De regreso, en la esquina oscura, Melitón la besó y ella pensó que nunca iba a volver a ser tan feliz como ese día. Lo que ya no quiso volver a hacer, fue experimentar con el cuerpo de su novio. Había aprendido la lección y decidió esperar hasta que estuvieran casados.

Por aquel entonces conocieron a Edelmira Zúñiga, también paisana de San Luis Potosí, que había llegado a México con su familia unos años antes y fue para ellos un respiro de aire fresco. Ella era empleada en una oficina de gobierno y muchas veces visitaba a doña Josefina y a la abuela Carmen en el hotel y las invitaba a comer a uno de los restaurantes de los alrededores para que se distrajeran. Era poco mayor que Lupe, pero se hicieron buenas amigas; juntas recorrían las calles del centro, llenas de curiosidad por las tiendas, las galerías cuasi clandestinas donde jóvenes artistas exhibían obras coloridas y fotografías de mujeres desnudas.

Para aliviar la monotonía de los días, muchas veces Lupe se escapaba a los teatros después del trabajo en la tienda, a veces sola, otras con Edelmira Zúñiga y sus hermanas. Se metían a escondidas al Principal, al Lírico, a veces a otros más lejanos y menos pretenciosos. Le gustaba ver a las actrices y compararse con ellas, admiraba a Celia Montalván y a Chela Padilla.

—¡Mira aquélla! —se burlaba con Edelmira, de alguna de las chicas que tropezaba— ¡Yo lo puedo hacer mucho mejor!

Edelmira pensaba que bromeaba.

—¡En serio! ¿A poco crees que me voy a quedar trabajando para siempre en la tienda? ¡Con lo que me pagan!

Un día de quincena, a fines de 1924, Melitón la llevó al Teatro Principal. María Conesa, la famosa tiple estaba en cartelera; acababa de regresar de España y todo México esperaba con ansias su debut después de varios meses de ausencia. ¡Cuánta emoción sentía de ver por fin a la estrella de la que sólo había oído hablar! Pero cuando salió a escena, Lupe le susurró a su novio al oído:

—¡Ya está muy vieja! No puede ni moverse bien, yo lo puedo hacer mejor que ella.

—No sabes lo que dices —le contestó Melitón, mirando a la belleza escultural de treinta y tantos que se movía en el escenario con gran coquetería—. Ella tiene años haciendo esto. ¡Ha cantado para presidentes, jefes de estado, reyes! ¡Mira qué soltura! ¡Qué picardía! ¡Cómo se mueve! ¿Tú, qué es lo que sabes hacer? Además, en cuanto estés en el escenario y veas a toda esa gente, te vas a morir de miedo.

Eso fue el colmo, sonaron todas las alarmas dentro de la cabeza de Lupe. Nadie iba a decirle que ella no podía hacer algo y menos ahora, cuando se sentía preparada para enfrentar el reto. ¿No le encantaba bailar?, ¿no lo hacía en cada minuto libre que tenía? ¿No le había pedido a sus compañeras de trabajo que le enseñaran los pasos de los bailes de moda en México?

Esa misma noche quiso compartir sus ideas con su familia.

—Vengo del Teatro Principal —comenzó.

—¡Fuiste al teatro! ¡Lupe por Dios! —se asustó su madre—. Cuando mi padre murió yo no sonreí en dos años.

—Mi padre no se ha muerto —reviró ella— y Sebastián no era nada mío, ¿qué tiene que vaya al teatro? He ido muchas veces.

Luego les habló de sus proyectos, criticó con furia a la "sobrevaluada Gatita Blanca" y manifestó sus intenciones de triunfar en los escenarios, pero todos recibieron la idea con escepticismo.

—¡Mi querida Lupe!, ¿qué talento tienes tú?, ¿sabes cuántas muchachas que bailan están esperando una oportunidad?, ¿eres tú mejor que ellas? —le decía su madre—. Cuando yo era joven las circunstancias eran diferentes y aún así nunca pude triunfar como yo hubiera querido. ¡Y vaya que tenía talento!

—Si crees que María Conesa es mala, ¿por qué tiene tanto éxito? —preguntaba Mercedes—. Pancho Villa se enamoró de ella, era amiga de Porfirio Díaz, de Venustiano Carranza y de muchos poderosos.

—Si crees que tienes más talento que ella, ¿por qué ella es reverenciada por el público y tú no? —añadía Josefina con saña.

Lupe pensaba que algún día lo sería. ¡Algún día todos se arrepentirían de haber dudado! Pero mientras tanto, sólo su abuela la apoyó:

—Lupe tiene más agallas que todos nosotros. ¡Que Dios me la bendiga y me la cuide!

El día siguiente después del trabajo, Lupe decidió ir al teatro Regis, donde trabajaba un antiguo amigo de su padre, el músico Aurelio M. Campos, en las temporadas de revista de los empresarios Carlos M. Ortega, Pablo Prida Santacilia y Manuel Castro Padilla. Ya había visitado al músico otras veces, sola o con sus hermanas y con Edelmira, pero esta vez iría a pedirle ayuda. Se vistió con esmero, usando uno de los vestidos que había comprado en San Antonio y cargó también con su preciado ukelele.

—Voy a conseguir trabajo en el teatro —le dijo a su madre—. ¿Vienes conmigo o voy sola?

Hasta allá se fueron las dos mujeres, y don Antonio, al ver la determinación de la chica, la presentó con Pablo Prida, que estaba en ese momento en el teatro. Lupe lo saludó con desenvoltura.

—Señor, vengo a presentarme porque quiero actuar en su espectáculo —dijo sin tomar aliento, luego, acordándose de que no iba sola, continuó—: ella es mi madre.

Doña Josefina extendió al director su tarjeta de visita que tenía el filo negro, en señal de luto.

—Josefina Vélez de Villalobos, para servir a usted.

La madre de Lupe había aprovechado la muerte de Sebastián como pretexto para adoptar el luto y escapar de la triste condición de "mujer dejada". Cuando entregaba sus tarjetas de luto la gente casi siempre se mostraba compasiva, además de que con ello se ahorraba muchas explicaciones.

Don Pablo apenas miró a la señora, examinando a Lupe con cuidado. ¡Qué valor el de aquella joven de corta estatura y vocecilla ronca!

—¿Sabe usted bailar, señorita? —preguntó más por atención a la madre y a su amigo Campos, un poco aburrido.

Ella asintió.

—Entonces puedo ponerla a prueba en la línea del coro. Voy a montar un nuevo espectáculo y necesito bailarinas —se dio la vuelta para irse, considerando hecha su buena obra del día.

—¿El coro?, ¡no señor! —el hombre oyó la voz ronca a sus espaldas—. Yo no voy al coro.

La madre de Lupe estaba aterrada, la jaló por una manga, pidiéndole que se callara. Bastante había conseguido ya.

—Soy tan buena como cualquiera de sus tiples, señor, incluso mejor que ellas.

El director volvió sobre sus pasos ante tal insolencia.

—Voy a cantar y bailar sola, verá que soy su próxima estrella.

La curiosidad le picó al hombre en lo más hondo. ¿Quién era aquella atrevida?

—Vamos a ver, ¡pruébelo!

Lupe corrió para subir al escenario y ahí sin más, después de afinar su ukelele, comenzó a cantar su favorita:

Charley is an ordinary fellow
To most everyone but Flo, his Flo
She's convinced that Charley
Is a very extraordinary beau, some beau
And everything in the dim light
She has a way of putting him right.

Charley my boy, oh Charley my boy
You thrill me, you kill me with shiver of joy
You've got the kind of, sort of, wonderful ways
That makes me, takes me, tell me what shall I say?*

Mientras cantaba, entornaba los ojos, lanzaba besos y entre una estrofa y otra, su cuerpecito se agitaba con el shimmy de manera tan coqueta, que el director le dijo:

---

* Charley es un tipo ordinario/casi para todo el mundo, excepto para Flo, su Flo/ ella está convencida de que Charley/es de una belleza extraordinaria, qué belleza/y en la penumbra/ella tiene una manera especial de mejorarlo./ Charley mi chico, oh Charley mi chico/me emocionas, me matas con estremecimientos de dicha/ tienes el tipo, la clase, de ademanes maravillosos/que me hacen, que me atrapan, dime/¿qué puedo decir?

—Tiene razón, señorita, el coro no es para usted.

Lupe bajó del escenario emocionada.

—Vamos a hacer un trato —le dijo don Pablo—, la voy a contratar por quince pesos y podrá usted bailar y cantar su número a solas. Si le gusta al público, se podrá quedar, si no, hasta ahí llegamos. ¿Le parece?

Lupe gritó emocionada, colgándose del cuello del director.

—Gracias, señor. No se va a arrepentir.

Estaba encantada, le iban a pagar por hacer lo que había querido hacer toda su vida. Aunque fuera un sólo día, sería una actriz y en ese día ganaría el salario de una semana.

—La mandaré llamar en cuanto terminemos la temporada en este teatro y empecemos a ensayar en el Principal —dijo agitando la tarjeta de doña Josefina—. ¿Cómo me dijo que se llama usted?

—Guadalupe Vi…

Su madre la interrumpió con un codazo en las costillas:

—Se llama Lupe Vélez, señor.

Al salir del teatro, a manera de justificación, doña Josefina le comentó a su hija:

—Si tu padre se llega a enterar de todo esto, nos mata a las dos. Además se oye mucho mejor.

Después de los primeros días de emoción, Lupe volvió a su rutina de trabajar en el almacén. Pasaban las semanas y nadie la mandaba llamar, así que sus esperanzas de convertirse en actriz fueron menguando. Aún así, cada noche, después de quitárselas, Lupe lavaba y ponía a secar en el baño el único par de medias de seda que le quedaba, por si acaso la llamaban al día siguiente. Con cada lavada, se acortaban y pronto parecieron calcetines.

—Así se van haciendo tus oportunidades de triunfar en el teatro —se burlaba Josefina.

Pero ella no perdía la esperanza. Con frecuencia visitaba a don Pablo Prida, quien le decía lacónico:

—Ya merito, usted siga ensayando…

Fue en febrero de 1925 cuando, de camino al trabajo, Lupe vio en letras enormes su nombre en la cartelera del teatro; era un anuncio de su próximo debut: "Lupe Vélez, hija de la inolvidable cantante Josefina Vélez…". Corrió hasta el hotel y despertó a toda la familia.

—¡Soy famosa! —saltó encima de las camas—. ¡Soy famosa! —gritó quitándoles las cobijas.

La abuela, la madre, las hermanas, todas corrieron con ella hasta el teatro aquella mañana, sin desayunar, sin peinar y vestidas apenas, para comprobar el milagro.

"Inolvidable cantante", leyó doña Josefina, transida de emoción. —Sabía que algún día mi nombre trascendería.

Lupe iba a debutar en marzo en una obra que sería la contestación al *vaudeville* estrenado en enero en el Teatro Esperanza Iris, por la francesa madame Rasimi, el *Ba-Ta-Clan* que estaba haciendo furor en México. En obras como *Voilà Paris!*, *Oh la l*á y *Bon soir* las bailarinas salían sin medias al escenario, sólo cubiertas con diminutas prendas, penachos en la cabeza y abanicos de plumas con los que jugaban cubriendo y descubriendo su cuerpo. Las hermosas francesas no se quedaban en el escenario, sino que hacían pasarela sobre tablones suspendidos sobre el corredor del lunetario, levantando aplausos, gritos, aullidos del público. Apenas diez días después, José Campillo estrenó en el Teatro Lírico su respuesta a madame Rasimi: *Mexican Ra-ta-Plan*, con Delia Magaña y Roberto Soto, imitando los elementos principales del *Ba-Ta-Clan*. La idea de Prida era que Lupe pudiera debutar en el Principal en una obra del mismo género llamada *¡No lo tapes!*

—¿Se atrevería? —preguntó Prida.

—¡Por supuesto! —respondió Lupe.

—¿Está segura? —quiso asegurarse Prida

—¡Por supuesto! —volvió a contestar Lupe, con el entusiasmo pintado en la cara.

—¿Y su madre lo permitirá? —el dudoso Prida había conocido a más de alguna jovencita cuya madre iba a sacarla de los cabellos del escenario por descocada.

—Mi madre es también una artista, no lo olvide —respondió Lupe con total seguridad.

Marzo en la Ciudad de México tenía un aire todavía de carnaval. Afuera del teatro, como siempre, había una multitud esperando el inicio de la obra. Los automóviles se detenían haciendo un desastre de tráfico en la calle de Bolívar, así como en la de Madero, para que sus ocupantes descendieran. Las mujeres con sus largas estolas de falsas pieles y sus alargadas figuras forradas de satín, seda o tafeta, fumaban en igualmente largas boquillas, mientras balanceaban sus pequeños bolsos y saludaban aquí y allá a alguna amiga. Los hombres hacían lo propio, enfundados en sus trajes de *tweed* de anchas solapas.

—Hay que ir a ver el estreno del Principal.

—Dicen que Prida ha superado en todo a las francesas del *Ba-Ta-Clan*.

—Lo dudo, seguramente es una mala copia de ese extraño, loco, experimento de Padilla en el *Mexican Ra-ta-plan*.

—¡Mira que sustituir a las plumas con sopladores de paja!

—¡A ver con qué nos sorprenden esta vez!

—¡Siempre es un gusto ver a La Gatita Blanca!

—Esa "gatita" ya se pasa de madurita.

—Dicen que fue amante de uno de los miembros de la banda del automóvil gris.

—¡Tenía que ser! ¡Nexos con el hampa! ¡Qué horror! —dijo una *flapper* con un gesto de disgusto.

—Digamos que tiene amigos importantes, todo el mundo lo sabe...

—¿Alguien conoce a Lupe Vélez?

—Ni idea.

—¿Es española?

—¿Protegida de algún politiquillo?

El Principal era un edificio vetusto con un frontispicio de altos pilares dóricos y el prestigio añejo de ser uno de los más importantes de la Ciudad de México. Había sido el antiguo Coliseo desde el siglo XVIII y nadie podía disputarle su abolengo. Allí se llevaban a cabo las mejores obras de diversa índole, particularmente las tandas, que eran las delicias de los espectadores, que después de disfrutarlas iban a comentarlas en las cantinas y restaurantes de los alrededores. En la zona del Teatro Principal bullía y vibraba la mejor sociedad de México: las *flappers* más modernas, los políticos, la gente de postín. Ninguno de ellos podía imaginar lo que ocurría allá adentro antes del estreno.

Lupe había ensayado durante varias semanas para aquella obra; tenía que salir bailando después del número de inicio en el que participaban todas las tiples y antes del número estelar de María Conesa. Los miembros de la compañía no le hicieron fáciles las cosas, las tiples, algunos de los actores y sobre todo la estrella del espectáculo estaban furiosos con ella por ser alguien que, habiendo salido de ninguna parte, había conseguido un solo sin haber pasado por el coro, como todo el mundo. Ella no les hacía caso, seguía ensayando con mayor empeño y rogaba porque los días pasaran rápido y llegara el día del estreno. En el último ensayo, la misma mañana del estreno, María Conesa se le acercó fingiendo una sonrisa, pero al estar suficientemente cerca y sin que la oyera don Pablo Prida, le dijo a Lupe:

—No sé cómo habrás convencido al director, chamaca, pero me lo imagino —la miró de arriba abajo con desprecio—. Podrás engañar al jefe, pero al público, mijita, ¡nunca!

—No soy su hijita, señora —le respondió Lupe, haciendo énfasis en la palabra "señora"—, aunque tenga usted edad para ser mi madre… Y en cuanto al público, ya lo veremos esta noche.

Los actores tenían que llevar su propio guardarropa y como Lupe no tenía manera de financiarse un traje, intentó pedir un préstamo a Prida; él se negó diciendo que ya habían invertido suficiente en la promoción de una muchacha totalmente desconocida como era ella y que bastante se estaba arriesgando, como para, además, comprarle vestuario.

¿A quién acudir? Su jefe, don Federico, ya había hecho suficiente dejándola salir temprano a los ensayos sin descontarle nada y su familia apenas tenía qué comer. Entonces recordó que su madre había cargado con dos o tres cajas de vestidos antiguos que ella muchas veces había usado de pequeña, cuando jugaba al teatro. Rebuscando en las cajas, encontró un largo vestido de noche hecho de satín naranja, además del vestido de novia de su madre y un sombrero de lentejuelas con una pluma de avestruz. ¿Qué podría hacer con aquellas prendas?

—Tiene que ser impactante, moderno, electrizante, sicalíptico… —le pidió Lupe a su madre, quien se había ofrecido a coser el traje.

Sus hermanas se unieron a aquella empresa, trabajaron varias noches hasta tener listo el vestuario. El vestido de noche se convirtió en una blusa recamada de pedrería y lentejuelas, mientras que el traje de novia se convirtió en unos pantalones de tul, finalmente Mercedes empeñó su anillo de compromiso para que Lupe se comprara unos zapatos nuevos. Así que la noche del estreno, el 11 de marzo, antes de que la multitud se agolpara ante las puertas del Principal, Lupe había llegado con su ropa lista, acompañada de su familia.

No pudo ni llegar a los camerinos, don Pablo la mandó llamar aparte y le entregó un papel.

—¿Qué es esto? —Lupe presintió algo muy malo.

—Llegó hace rato. Es del Sindicato de Actores Mexicanos, parece que no podrás actuar hoy.

—¿Pero por qué? —Lupe no entendía y sintió que la rabia se le agolpaba en el estómago y subía instantáneamente hasta la cabeza, nublando su visión y anudándole la lengua.

Extendió el papel: "… ya que la interesada no figura en primera línea ni ha pasado pruebas ni escalafón, como marcan los estatutos de este sindicato…".

—Pero usted me hizo una prueba.

—Sí, muchacha, por supuesto, ¡y esta carta es una completa injusticia! —estalló Prida.

—¡Entonces déjeme actuar! Usted sabe que no lo voy a defraudar.

—No depende de mí, Lupe. Eduardo Pastor, el secretario del sindicato, es muy celoso de su deber y nos va a hacer la vida imposible. ¡Ningún actor de sus afiliados actuará con nosotros si contravenimos sus disposiciones! ¡Es capaz de venir a hacer un escándalo a mitad de la función! ¡Tiene personalidad legal para demandarnos!

—Déjeme hablar con él —pidió Lupe enjugándose una lágrima de rabia.

—Yo ya hablé con él, pensé que como gente de teatro él mismo, entendería, pero, además de que tenemos una pequeña rencilla desde hace años, parece que algunas de las actrices y tiples le pidieron que procediera. Fue implacable.

—¡Ah! —gritó Lupe furiosa—. ¡Entonces ya sé de dónde viene todo esto! ¡Fueron la vieja gata y sus gatitas de azotea!

Sus ojos echaban fuego. Pateó sobre el piso, sin saber qué hacer consigo misma, con su rabia, con su frustración.

—¡Ya verá ese señor Pastor que no me quedo callada! ¡Va a ver de lo que soy capaz!

—No te lo aconsejo. Es un hombre con poder, redes, experiencia de muchos años en el medio y si lo enfrentas puede destruir tu carrera antes de que empiece.

Su madre y sus hermanas la rodearon, intentando consolarla.

—Por algo pasan las cosas —sentenciaba doña Josefina, suspirando.

—Ya pensaremos qué hacer —le decía su hermana Mercedes.

—Vamos a arreglar esto, no te preocupes —le decía don Pablo Prida.

—¿Y cómo? —respondió Lupe—. ¿Cuándo? Si me afilio al sindicato de don Eduardo Pastor, tendré que pasar por el escalafón y *sus* pruebas, y *sus* tiempos hasta estar en la primera línea y nada de eso me van a dejar hacer estas arpías que parecen tener mucha influencia sobre él. ¡Podré debutar cuando cumpla ochenta, si bien me va!

Lupe hablaba a gritos y pronto se enteró toda la compañía; algunos pocos se acercaron y al enterarse se solidarizaron, prometiendo escribir una carta de protesta, otros se alejaron sin querer saber nada del asunto. Entretanto había llegado la hora y el teatro se había llenado, esperando el inicio de la función.

—¡Déjeme salir a disculparme! —suplicó Lupe—. ¡Hay gente que vino a verme a mí!

—No puedo, muchacha.

Lupe se tragó su frustración y se instaló en un palco, donde estaba esperándola su familia y el espectáculo dio inicio.

El número de apertura concluyó, y cuando iba a iniciar el suyo, apareció don Pablo en el escenario para dar una explicación de por qué la revelación de la noche no saldría a escena.

—Por causas de fuerza mayor… —comenzó don Pablo Prida, con voz insegura.

Entonces sucedió algo inesperado. Desde el palco, una muchachita menuda se levantó y dirigiéndose al público con su potente voz ronca, llamó la atención de todos:

—¡Señoras y señores, buenas noches! Yo soy Lupe Vélez y les agradezco que hayan venido hoy a verme. No vayan a pensar que no quiero actuar para ustedes, ¡no deseo otra cosa en la vida! Es el secretario general del Sindicato de Actores de México, don Eduardo Pastor, el que me ha prohibido presentarme ante ustedes hoy.

El público, estupefacto, al oír las palabras de Lupe, empezó a abuchear al secretario del sindicato. Lupe sonrió y extendiendo los brazos como había visto hacer a las actrices en el cine, continuó:

—Yo les pido, ¡no!, yo les suplico con todo mi corazón que me apoyen con sus aplausos para poder convencer a este señor de que me deje divertirlos.

Primero se hizo el silencio, luego se levantó un murmullo cada vez mayor y finalmente, un aplauso atronador silenció las palabras de la muchacha, quien lanzaba besos a la audiencia desde el palco, como había hecho mil veces desde la azotea de su casa.

—¡Señores de la prensa, háganle saber a los lectores que el público del Teatro Principal quiere ver a Lupe Vélez!

El aplauso se redobló. Nadie quiso oír a la orquesta que empezaba ya el siguiente número, azuzada por las celosas actrices, en un intento por acabar con el acto rebelde de Lupe; entre abucheos para los empresarios y para el sindicato, entre aplausos y gritos para Lupe, la gente se levantó a gritar su nombre y sólo después de un buen rato, volvieron a tomar sus lugares para ver a María Conesa.

Al día siguiente, los principales periódicos de la capital hablaban del asunto. Los periodistas atacaron a Eduardo Pastor y hablaron de la posibilidad de ataques violentos al edificio del sindicato. Horas más tarde, el secretario Pastor comprendió su terrible error y dio marcha atrás. Mandó decir que Lupe Vélez podría debutar.

Los empresarios de *¡No lo tapes!* respiraron con alivio, su inversión se había salvado. Unos cuantos días después, anunciaron con bombo y platillo el debut de la "primera tiple" Lupe Vélez y, para su enorme asombro, vieron cómo se agotaron los boletos tres días antes de la fecha de estreno. No escatimaron en el vestuario esta vez.

De nuevo, el primero de abril, la multitud se agolpó frente al Teatro Principal para no llegar tarde al debut de Lupe Vélez. Y ella esperaba temblando tras bambalinas, ataviada con un Chemissel de seda anaranjada recamado con pedrería y lentejuelas y una diadema con plumas; sus piernas estaban desnudas, no traía medias, al igual que las actrices francesas del *Ba-Ta-Clan*. Su corta melena de *flapper* le terminaba en pico sobre la nuca y en patillas de cuernito sobre las mejillas. Ya no tenía que cubrirse la cara con harina y pintarse los labios con papel de china; el maquillaje era perfecto y se completaba con un coqueto lunar bajo la boca, los labios pintados de rojo bermellón, estaban dibujados en forma de corazón.

Los quince minutos que Lupe tuvo que esperar su turno fueron un infierno; temblaba de tal manera que la pluma de la diadema se movía sin control.

—¿Y si se me olvida la letra?

Su madre estaba a su lado.

—¡Ay, mi hijita!, vas a cantar canciones americanas, ¡nadie se las sabe!, si se te olvida la letra puedes inventar o tararear y nadie se va a dar cuenta.

—¿Y si me tropiezo? ¿Y si hago el ridículo?

—El público, Lupe, es como un bebé al que hay que mantener entretenido.

—¿Cómo sabes esas cosas? —preguntó abrazando a su madre.

—Me pusieron a cantar zarzuelas a los doce años, algo sé de esto. ¡Y Dios sabe que lo extraño a rabiar! Ahora tú eres mi esperanza, tú eres quien va a lograr ser lo que yo no pude.

Lupe dejó de escuchar a su madre al oír los aplausos del público; sintió el nudo en el estómago mucho más apretado. Se asomó entre las cortinas y vio que en el teatro no había una sola butaca vacía y ¡cuál fue su sorpresa al distinguir a Melitón en la primera fila!, aunque ella le había suplicado que no fuera para no perder la concentración.

A pesar de la rabia, tuvo que sobreponerse; ¡tenía que dar un buen espectáculo! Las otras tiples le desearon suerte, la animaron a salir a escena; ahí, en esos momentos que parecían eternos antes de salir al escenario, entendió que la náusea, el vértigo, el pánico, nacían de la posibilidad de fallar, no de salir a escena. En ese momento, al ver a María Conesa sonriéndole con sorna, fue como si un nuevo brío surgiera de lo más hondo, entonces Lupe perdió el miedo; le sacó la lengua a la famosa actriz y corrió hacia el escenario, una vez ahí abrió los brazos diciendo:

—¡Quihubo manitos!, ¿cómo están? —se había convertido en la dueña absoluta de la escena.

Empezó a cantar con su ukelele, pero no había llegado ni a la segunda estrofa cuando se rompió una cuerda y tuvo que improvisar. Ahí, sin pensarlo dos veces, hizo lo que más le gustaba, lo que mejor sabía hacer: bailó *shimmy* con toda su alma. Se instaló en la pasarela que estaba suspendida sobre el pasillo del lunetario, de espaldas al público y comenzó a mover las caderas de manera frenética: sus manos, sus brazos, sus pies, toda ella temblaba. Su cuerpo entero se agitaba con la música y ya no supo si era el *shimmy*, si era el charlestón, si era la emoción o el miedo.

Ya sin el ukelele y con las manos libres, las usó para seducir al público: las puso enlazadas bajo el mentón para que su cabeza al cantar se moviera lo menos posible, luego extendió los brazos hasta las rodillas, y sus pies, moviéndose por su cuenta, seguían el charlestón. Olvidó la letra de *Charlie my boy*, pero eso no importó: tarareó moviendo los ojos de manera pícara. Cuando acabó, se quedó quieta y esperó.

Hubo un momento de silencio que a Lupe le pareció eterno, pero luego, de inmediato, los gritos, los chiflidos y exclamaciones de admiración no cesaron. Le pidieron más y ella siguió bailando, como presa de un hechizo. Tenía que seguir moviéndose para que María Conesa no pudiera alcanzarla ni las balas de la revolución ni la soledad ni la muerte de su hermano ni la ausencia de su padre ni los agiotistas ni los caseros ni la culpa ni el miedo. Con el frenético movimiento de su cuerpo iba dejando todo eso atrás, allá, muy lejos.

Cuando por fin se detuvo sudorosa, extenuada, la multitud que aplaudía y gritaba a rabiar le arrojó bolsas de mano, guantes, sombreros, pieles, flores... Guadalupe Villalobos había muerto, ¡había nacido Lupe Vélez!

Capítulo nueve

Cuando hayan salido del reloj todas las hormigas
Y se abra —por fin— la puerta de la soledad,
La muerte
Ya no me encontrará.
Carlos Pellicer

14 de diciembre de 1944. Hollywood, California
4:20 AM

Otra noche en vela. Otra noche en la espera de un amante que no acaba de llegar. Encendió un Lucky Strike.

"No raspa la garganta, dice Lupe Vélez", recordó el anuncio que tan bien le habían pagado ¡hacía catorce años! Y sin embargo, a esas alturas de la madrugada, su garganta era una herida abierta y dolorosa, no sólo por el tabaco rubio, sino por el grito contenido desde hacía ya semanas.

Esta vigilia no se parecía a las anteriores, a ninguna otra noche de su vida. Esta madrugada tendría que dar la lucha definitiva. Cuando él llegara, tendría que convencerlo, y ¡caramba!, ¡ella era Lupe Vélez! ¡Nadie le gana a Lupe Vélez! ¡Lupe Vélez siempre se lleva el espectáculo!

En aquella Ciudad de México que no existía más, cuando se había subido por primera vez al escenario, se había robado el show. ¡Qué joven era! El atrevimiento siempre le había ayudado a triunfar y esa madrugada no sería la excepción.

Pero temblaba igual que aquella primera noche de su debut. Estaba tan nerviosa que el vaso de borde dorado chocaba contra sus dientes blancos cada vez que intentaba beber de él.

—¿Cómo es posible que esto me pase a mí? ¡Ni que fuera una quinceañera! —se sujetó la mano temblorosa con la otra.

Y sin embargo, ante cualquier ruido, el crujir de una rama, un ladrido aislado de sus perros, todo su cuerpo se ponía en guardia.

¿Sería que ya había llegado su amante? ¡No! Dijo que una hora. No había pasado tanto. Luego volvía el silencio.

Todavía había tiempo: podía añadir un toque más a su arreglo y que la hiciera irresistible. Se dirigió hacia el baño, con el vaso de *brandy* en la mano. Era un recinto donde también se respiraba el confort y la elegancia: un hermoso vitral reflejaba la luz ambarina sobre la bañera de mármol y anaqueles de madera sostenían diversos frascos de cristal cortado que mostraban líquidos de colores. Lupe se sentó en un taburete con patas de metal que semejaban a un enorme insecto. Se levantó el negligé bajo el cual no usaba ninguna otra prenda y procedió a depilarse el pubis con el rastrillo, hasta formar un corazón. Luego se enjuagó en el *bidet*.

Estaba decidida a actuar su más importante papel con toda la preparación necesaria. Su cuerpo sería el altar en el que su amante se sacrificaría esa noche y rindiera por fin su voluntad. En el vientre de Lupe el hombre encontraría aquel corazón palpitante que se le entregaría y luego, cuando estuviera confiado en sus brazos, su cuerpo lo devoraría como planta carnívora, como animal hambriento del que no habría escape posible.

Regresó a la habitación, satisfecha. Abrió el armario de los perfumes. Había más de una docena de frascos de formas caprichosas y embriagantes aromas. Tomó uno de ellos y se roció oprimiendo el atomizador de tela: *Mitskuo,* una de sus fragancias favoritas. Cerró los ojos un momento para disfrutar el sensual aroma.

En el estante inferior del perfumero estaban los medicamentos, aunque estaban ausentes las vitaminas que tanto despreciaba. De todos los frascos, lo único que interesaba era el pastillerito de cristal; sacó una tableta. Con el licor haría efecto rápido, pensó. El pequeño demonio rojo la tranquilizaría, uno solo sería suficiente, pero no vendría mal tener el frasco a la mano. Lo dejó a su lado en la mesa del noche, por si acaso.

Capítulo diez

Suave, indecisa, sideral, flotante,
Como el leve vapor de las espumas,
Cual blanco rayo de la luna errante
En un jirón de tenebrosas brumas
Manuel M. Flores

Junio de 1925. Ciudad de México

Apenas tres meses después de haber debutado en el Teatro Principal, José Campillo, el empresario del famoso *Mexican Ra-ta-plán*, contrató a Lupe para formar parte del espectáculo y que pronto encabezara el reparto de una nueva producción en el Teatro Lírico.

Por más que Lupe estuviera agradecida con don Pablo Prida, José Castro Padilla y Carlos Ortega, estaba harta de pedirles un aumento de sueldo, así que feliz, se cambió de teatro y de espectáculo. A pesar de su éxito atronador, los empresarios que la habían descubierto no habían querido darle un contrato, asustados por su falta de disciplina y su carácter caprichoso: Lupe había reñido a las otras tiples en pleno escenario más de una vez, llegaba tarde y cambiaba el orden de las canciones a su placer, ocasionando que el director de orquesta se angustiara sin saber a qué atenerse. Por ello al enterarse los empresarios que Campillo le ofrecía un mejor salario además del "beneficio", es decir, parte de la taquilla, ellos mismos le aconsejaron aceptar la oferta.

En el aplaudido *Mexican Ra-Ta-Plan* Lupe cambió las plumas por sopladores de paja, las lentejuelas y el satín por jícaras de Michoacán y escobetillas y cucharones de madera que apenas cubrían su anatomía. Campillo contrató también a sus dos hermanas, María Luisa —quien pronto cambió su nombre por el de Reyna— y Josefina. Ahí aparecían las hermanas, en la pasarela del Teatro Lírico, quitándose a puntapiés las manos que pretendían tocarlas, marchando al compás de la música de La Guardia Blanca y bailando el aclamado *Vacilópolis*. ¡Eran las reinas de la noche! Y como tales, llegaron hasta Cuba, consagrando así su éxito.

Lupe disfrutó de aquel país y aprendió de los movimientos cargados de sensualidad de las mulatas. Se dejaba llevar por la música de los bongós y la magia de las bebidas, mezcla de ron con yerbabuena. ¡Ojalá que aquella gira pudiera durar eternamente! Nunca estuvo más convencida que entonces de que quería seguir bailando para siempre, que le aplaudieran a rabiar en todas partes, dar la vuelta al mundo bailando y cantando y gozando en libertad absoluta.

Melitón se había ido a Tampico, a regañadientes, a ocupar un cargo en la compañía petrolera que lo había empleado años antes. No hubiera querido dejarla disfrutando a solas de su incipiente éxito. Con todo y que temía perderla, le animaba tener cargo de gerente y poder casarse con Lupe cuando hubiera ahorrado suficiente.

Al principio Lupe lo extrañó, pero el viaje a Cuba la hizo abrir los ojos a un mundo deslumbrante. Al regresar a México, le esperaba un nuevo espectáculo: *México Multicolor*, con números mexicanos y extranjeros, que fue también un éxito inmediato. Lupe era la estrella, que se lucía con el *shimmy* y el charlestón, y la acompañaba la Tacos Jazz Band, compuesta por Emma Duval, Aurora Gudiño y Esther Tapia. Interpretando los números mexicanos, estaba Delia Magaña, que de inmediato rivalizó con Lupe. El espectáculo se complementaba con un monólogo político recitado por Joaquín Pardavé personificando al Indio Chema, todo ello en medio de lujosos decorados pintados ex profeso.

Lupe tuvo un triunfo rotundo en el *México Multicolor*. Cuando los espectadores salían del teatro, no hacían otra cosa que hablar de sus movimientos de cadera, de su simpatía, de su manera de cantar, ya que aunque no tenía un rango vocal muy amplio, su belleza y sensualidad lo compensaban todo. Como era la costumbre, la multitud se dirigía a los cafés y bares de los alrededores, donde se reunían hombres y mujeres de postín con empleados de oficina, periodistas, libretistas, bailarinas, cantantes, músicos, poetas, fotógrafos, pintores, artistas y otros seres de la noche.

Ahí, en medio del humo de los cigarros y entre sorbos de café o de champagne, se comentaban las noticias, circulaban los chismes y se criticaban los espectáculos. Fuera en el Café Tacuba, el Principal, la Flor de Lis y Las Olas Altas o en el Salón Bach, la cantina La Palma, el establecimiento de Madame Fauçon, el Bar América o El Palacio de Cristal, en algún momento de la velada, todo el mundo hablaría de Lupe.

—¿Quién es esa Lupe Vélez? —preguntaban los hombres, mientras apuraban brandy helado con ginger ale.

Habían visto y deseado su cuerpo de sirena pero no podían ubicarla.

—Si no existiera sor Juana, ella sería la Décima Musa —suspiró un joven poeta, apretando una foto de la tiple entre sus manos sudorosas.

Las mujeres se preguntaban lo mismo mientras bebían los "punch" de moda.

—Tiene dientes perfectos.

—Cuando se mueve, parece una serpiente de agua.

La envidiaban, intentaban imitar sus pasos, pero no sabían de dónde había salido, cómo era que había tenido un éxito tan inmediato.

Las tiples la criticaban entre sorbo y sorbo de café con leche:

—No baila bien y canta peor. ¡Y qué delgaducha es!

—¡Y lo caprichosa, lo insoportable que resulta!

—¡Está loca!

—¡Y qué mal se viste!

La odiaban y se burlaban de ella cada vez que tenían una oportunidad, y sin embargo, con sus apenas cincuenta kilos de peso, la chaparrita de fuego había conquistado México.

—Es verdad que es caprichosa —intervenía el director de la orquesta—, no sigue la música, ¡soy yo quien tengo que seguirla a ella!

—¡Y cuando se enoja Dios nos salve! —comentaba un libretista—. ¡A fuerzas tiene que salirse con la suya y no le tiene miedo a nadie!

—¿Qué tal sus imitaciones de Celia Padilla y de María Conesa? —decía uno de los músicos entre carcajadas—. El mismo caminadito, las poses… ¡Igualita!

Las mujeres la odiaban pero los hombres, a pesar de criticar sus caprichos, no podían negarle nada y con ellos, con sus compañeros de trabajo, Lupe parrandeaba hasta el amanecer: no era difícil encontrarla en un mercado compartiendo la banca con los obreros y los trasnochadores, tomando café con leche y comiendo tacos. Lupe era "uno" de los muchachos.

—¡Celia Padilla y Lupe se aborrecen! —comentaba una modista—. ¿Se acuerdan del concurso que hicieron los periodistas de la mejor actriz el año pasado?

—Claro que sí —respondió un tramoyista—, Lupe amenazó con matarse cuando le dieron el premio a Celia Padilla y ella quedó en segundo lugar.

—Se disparó en la sien y se salvó de milagro.

—No, se cortó las venas en las oficinas de *El Universal*.

—A mí me dijeron que llegó con un látigo y se golpeó la espalda hasta dejarse el vestido en jirones, ahí mismo; protestó porque el concurso había estado amañado.

—Y ¿cómo no? Celia Padilla es la novia del secretario de Agricultura, el ingeniero Luis León.

—Con esas ínfulas, la Padilla les pagó a los voceadores cincuenta centavos para que fueran a gritarle insultos a Lupe donde quiera que la encontraran. Me consta.

—¡Ojalá en eso hubiera parado la cosa! También acusó a Lupe de andar con el general Serrano.

—¡Pero Lupe presentó demanda por difamación y acoso! ¡Estuviera manca, coja o muda o qué!

—¿Y en qué quedó el pleito?

—No se ha acabado…Lupe no se detiene ante nadie. Puede que la tengan sin cuidado sus rivales, pero no tolera una injusticia.

—¿Han visto a Lupe Vélez? —preguntaba un periodista, lamiéndose los labios al pronunciar su nombre en la mesa de sus colegas donde se amontonaban las cervezas—. ¿Qué opinan de ella?

—Es la actriz mexicana del año 1925, sin duda —contestaba otro—. Así lo voy a publicar mañana.

—Cuando canta *Charlie my boy* el tráfico se detiene.

—¡Cuando baila, se me sube la presión!

—Yo la he oído cantar *Charlie my boy* siete u ocho veces por noche, a petición del público… La manera en que mueve la cintura y arruga la boquita roja para decir *"Charlie my boy, you thrill me, you kill me with shivers of joy… you seem to start when others get through…"*. ¡Aaay, hasta escalofríos me dan!

—Las arpías de sus compañeras le han puesto el mote de "La Charlie my boy".

—¡Puro ardor! ¡Yo la he visto bailar dieciocho números seguidos de jazz y fox trot! En *No lo tapes* y *Ya apareció la cadena*.

—Para mí lo mejor ha sido su charlestón en *Una hora de matrimonio* y *Humo de opio*.

—¡Es una sirena! ¡Un vampiro! ¡Qué baile frenético! ¡Qué oscura sensualidad exuda, carajo!

—¡Es eso! Ese coctel de canciones americanas y bailes cargados de erotismo, ¡tiene el mismo efecto que el champagne! Así lo voy a escribir mañana.

—¡Excita! ¡Marea!, ¡despierta lo peor y lo mejor de uno!

—Y sin embargo, sé de buena fuente que cuando debutó, salía a escena sin haber probado bocado.

—Dicen que por lo frenético de su baile, se enferma cada tres o cuatro meses y debe descansar por lo menos ocho días.

---

* Oh Charlie, mi chico, tú me emocionas, tú me matas con estremecimientos de dicha... Tú empiezas cuando otros apenas pueden acabar

—Pues será el sereno, pero para mí, Lupe es sin lugar a dudas la mujer más atractiva que ha caminado por la calle de Madero.

No sólo los periodistas lo pensaban, los jóvenes poetas del Ateneo, se atrevieron a publicar un poema para ella ese mismo agosto:

Lupe Vélez
Pequeña coribante de núbiles caderas
maravillosamente capciosas, como el jazz;
tú enseñas a los hombres las Fórmulas Primeras
con tus piernas exactas y finas de compás.
Tu cuerpo en que la gracia se vuelve hiperestesia
—Oh, *flapper*, arquetipo de un libro de Platón—
tu cuerpo hubiera sido la flor del Satyricón...
Sintéticas manzanas del árbol de la Ciencia
tus senos, deleznables como una sugerencia,
transforman en pecado la rígida virtud...
Los hombres te perdonan el mal que les hiciste
con tal que tú les digas de que país viniste:
¿Hawaii o Samarkanda? ¿París o Hollywood?

El teatro era un mundo en sí mismo, donde además de las tiples y actrices, directores, empresarios, periodistas, tramoyistas, costureras y familiares estaban los políticos. En los camerinos Lupe y sus hermanas vieron desfilar a muchos: Obregón, que soltaba como sin querer algunos chascarrillos para que los cómicos los usaran en sus diálogos; Francisco Serrano, gobernador del Distrito Federal, que iba a visitar a Delia Magaña acompañado por otros generales como José Gonzalo Escobar y Eugenio Martínez. Ellos, casi siempre ebrios, no cesaban de enviarles flores y regalos a las hermanas Vélez, solicitando y a veces exigiendo favores. Luego Lupe le confesó a una nueva amiga, Eva Rosas, una de las pocas tiples con quien había logrado congeniar:

—Los odio, Eva. Odio sus ojos vidriosos y sus bocas babeantes. ¡Y se creen atractivos porque tienen poder! ¡Y se creen que pueden arrebatar cualquier cosa por ser generalotes de la revolución! ¡Y los toreros! ¡Y los magnates! ¡Los odio tanto que quisiera matarlos!

Pero tuvo que ceder ante el galanteo y las amenazas veladas. Uno de ellos no cejó en sus intentos por conquistarla con regalos cada vez más costosos: desde flores y chocolates hasta perfumes caros y brazaletes de diamantes. Todas las noches la esperaba afuera, pidiéndole que subiera a su lujoso Cadillac; Lupe rechazó sistemáticamente aquella invitación hasta que una noche tormentosa de julio no pudo negarse, siempre y cuando la acompañaran sus hermanas. Así se inició una relación de amistad con el general Mateo Olivares, que no tenía ojos vidriosos ni boca babeante, sino una ancha espalda y gran estatura, músculos fuertes y un rostro cuadrado y varonil; era uno de esos sonorenses que se creían dueños de la Ciudad de México, bragado y altote, como a ella le gustaban los varones, y siempre la trató con cariño; la llevó a las mejores fiestas, a los restaurantes de lujo, además de ser un excelente compañero en esas noches inacabables cinco días a la semana. Aquella relación le abrió las puertas a un mundo más ancho que el que había conocido hasta entonces: el aprendizaje en métodos para evitar el embarazo, las comidas en el restaurante Chapultepec, las fiestas donde las tiples se bañaban en albercas de champagne en fincas campestres de Tlalpan y las intrigas políticas.

Ahí conoció a mucha otra gente, como productores y agentes de Hollywood que de vez en cuando se aventuraban hasta la Ciudad de México en busca de nuevas promesas. Frank Woodward era uno de ellos. En una de esas fiestas conoció a Lupe.

—Te vi en el teatro el otro día —le dijo en español entrecortado—. Tú podrías triunfar en Estados Unidos. Yo podría buscarte alguna oferta…

Lupe pensó que todo aquello era una broma y que el hombre simplemente le estaba coqueteando. Lo besó en la boca, con sus labios teñidos de rojo oscuro en forma de corazón.

—No te olvides de tu promesa, Frankie boy, te estaré esperando.

Luego, la muchacha desapareció entre la gente con su copa de champagne en la mano y su túnica *chemisse* de lentejuelas, moviendo ostensiblemente las caderas.

Pronto Lupe y su familia se mudaron a una gran casa en el número 105 de la calle de Sonora, en la lujosa colonia Condesa, a una cuadra del parque. Ahí Emigdio pudo reunirse con ellos, y cada uno de los hermanos, además de la madre y la abuela Carmen, pudieron tener su propia habitación. La casa tenía tres pisos, nueve cuartos, un baño, cocina y garaje donde se guardaba un Buick verde en el que Lupe sacaba a pasear a su familia los domingos. Por las avenidas de Chapultepec la gente podía verla al volante, dejando su melena de *flapper* al viento y con una mano enguantada fuera de la ventanilla, sosteniendo la boquilla dorada entre dos dedos.

Pero con la popularidad, también habían llegado los problemas personales. Melitón regresó de Tampico y no le gustó nada lo que se encontró. No le gustó que Lupe hubiera tenido tal éxito y que todos sus amigos la mencionaran con deseo; mucho menos le agradaron los rumores sobre su vida personal: que se pasaba muchas noches festejando sola o al lado de sus hermanas, que se iba con políticos a los cabarets de moda, que se había mudado a una casa demasiado lujosa para una tiple...

Una tarde de 1926, llegó a la casa de la calle de Sonora sin anunciarse; estaba muy cambiado, vestía un traje de lana color claro, una camisa impecable y sombrero a juego. Llevaba en los brazos un perrito chihuahua café con el lomo negro y un ramo de flores. Cuando Lupe lo vio, le echó los brazos al cuello, emocionada, tenía mucho tiempo sin verlo.

—Me ascendieron Lupita, hemos encontrado un pozo en la Huasteca y yo seré el responsable de toda la actividad de negociación de la compañía.

Los ojos de Lupe brillaron de emoción, realmente se alegraba del éxito de su querido Melitón, pero nunca imaginó lo que seguía:

—Ya tengo con qué mantenerte y vengo a casarme contigo. ¡Nos iremos a vivir a Tampico y podrás dejar el teatro! ¡Te daré todos los lujos que te mereces y una casa más bonita que ésta! ¡Mandaremos dinero a tu mamá para apoyar a tu familia! Y por supuesto iremos a recoger a Juanita. Verás qué felices vamos a ser.

La sonrisa de Lupe se desdibujó en ese momento. Por más que aquel panorama sonara halagüeño, no podía imaginarse viviendo en Tampico, fuera de la Ciudad de México y, sobre todo, lejos del teatro. ¿Dejar *Vacilópolis*? ¡No! Ella que siempre tenía una respuesta lista para todo, en ese instante se quedó muda.

—¿Qué tienes? —Melitón le tomó la mano y la llenó de besos—. ¿Ya no me quieres?

—¡Claro que te quiero!

Las cosas habían cambiado, pensó Lupe. A pesar del amor que le tenía a su novio de tanto tiempo y padre de su hija, no quería renunciar al reconocimiento que había logrado en esos últimos meses. Adoraba que le aplaudieran, no había nada comparable a los elogios que recibía tanto dentro como fuera del teatro, esa sensación de poder que le daba la admiración del público, en particular de los hombres. Incluso adoraba la envidia de las arpías, se regodeaba en ella.

Hasta ese momento, no se había dado cuenta de lo imprescindible que le resultaban los elogios, las miradas; eso era lo que había deseado desde la primera vez que se había hecho un traje largo con las sábanas y se había maquillado con harina, que la admiraran, que la desearan. Lo único que le daba certeza de existir era la mirada de los otros puesta en ella. ¡Renunciar a ello era morirse, no existir más!

—No puedo dejar el teatro… —dijo por lo bajo.

—Pero, ¿por qué? Ya te dije que te daré todo lo que quieras: vestidos, joyas, un coche mejor que el que está allá abajo…

Lupe sólo movía la cabeza.

—Lupe, tú me quieres… —insistía Melitón desesperado.

—No voy a dejar el teatro.

Entonces el muchacho se enfureció:

—¡Te gusta andar enseñándoles las piernas a otros hombres! ¡Es eso!, ¿verdad? ¡Te gusta que te deseen los cabrones! ¡Que se les salga la baba por ti!

Lupe pensó que sí, que era exactamente eso. ¿Y qué? ¡Quería que todos los hombres se enamoraran de ella! ¡Que la ciudad, que el mundo entero cayera a sus pies!

—Por ningún hombre voy a dejar el teatro —se atrevió a decirle—, ni siquiera por ti.

Siempre habría otros hombres, eso ya lo había comprobado, pero tal vez su oportunidad en el escenario no se iba a repetir. Recordó las palabras de Celia Padilla y las hizo suyas: "No me caso porque amo la libertad sobre todas las cosas. Porque no concibo la vida, a los veinte años, sujeta a la tiranía de un marido soporífero. Porque adoro la existencia cuando se la vive plenamente, a la manera de los pájaros, que son nuestros maestros en el arte de vivir despreocupadamente". ¡Cuánta razón tenía su archienemiga!

La tarde que Melitón se fue, Lupe supo que había cruzado una barrera invisible y que no habría vuelta atrás. Y tuvo ocasión de comprobarlo de la manera más dolorosa cuando semanas más tarde, Melitón pidió a su hermana mayor, Mercedes, en matrimonio.

Ella era de una belleza tranquila y un carácter suave; se sentía profundamente afortunada de haber encontrado un marido que le ofreciera estabilidad y cariño, que la aceptara después de lo que había vivido con el hermano del general Caraveo, aunque ella supiera perfectamente bien que Emilio del Valle siempre seguiría amando a Lupe. Poco después la pareja se mudó a Tampico y, con el consentimiento de Lupe, hicieron todos los trámites para adoptar a Juanita, que tenía ya dos años.

Cuando la familia regresó de despedir a la pareja en la estación, Lupe se encerró a llorar en su cuarto. Doña Josefina entró a consolarla y la muchacha le preguntó:

—¿Me habré equivocado, mamá? Melitón es el amor de mi vida.

La señora ahogó una risita burlona.

—¡El amor de tu vida! ¡Qué va! Te falta mucho camino por recorrer. Mira, mijita, piensa que Juanita tendrá unos padres amorosos y que nunca le faltará nada. Y a ti, la verdad, Melitón ya no te va, por más que ahora sea un empleado exitoso; ahora tú estás triunfando y eso no se repite. Acuérdate de lo que me pasó a mí: dejé mi carrera para casarme con tu padre y ¿qué pasó? ¡Pura desilusión! ¡No mi reina! ¡Tú ya no estás para eso! ¡Tú vas a seguir triunfando por las dos! ¡Por todas las mujeres de esta familia! Luego vendrá el amor, el amor de un hombre que valga la pena, un hombre digno de ti. Y ahora, ¡venga!, sécate esas lágrimas, mi niña, que ya va siendo hora de irse al teatro.

Capítulo once

… Y qué horrible el día que cedes
(el día que te rindes y cedes),
y te pones en camino para Susa
y te acoges al soberano Artajerjes,
que magnánimo te acepta en su palacio
y te ofrece satrapías y honores semejantes
y tú aceptas escéptico eso que no ansías.
Busca tu alma otras cosas, por otras llora;
El aplauso del Pueblo y los Sofistas,
los difíciles e inestimables bravos;
el Ágora, el Teatro, las Coronas…
C.P. Cavafis

Enero de 1926. Ciudad de México.

Lupe tenía muchos amigos periodistas, quienes se sentían halagados de que ella los prefiriera a otros admiradores y le gustara ir a tomar cerveza con ellos después de la función, cuando no tenía otros compromisos. Uno de ellos, Demetrio Bolaños, que firmaba con el seudónimo de Óscar Leblanc, además de admirarla, le dio la confianza que ella no encontraba en otros lugares y ella le confió algunos secretos. Le contó entre risas de sus novios, en especial de Melitón, que hacía que le zurciera los calcetines y luego la había abandonado por un pozo petrolero. No hizo ninguna mención al general ni a los otros hombres que daban regalos, porque esos no eran novios.

—¡No sabes por cuánto he pasado! —se atrevió a confesarle un día.

—¿Mucho? —preguntó él, un poco en son de burla.

— Muchísimo.

—¿Cuántos años tienes?

—Diecinueve… dieciocho… casi.

—Ya veo —dijo él, siguiéndole la corriente.

Lupe captaba la burla, pero no decía nada: no podía hacerle mayores confidencias, no podía decirle su secreto tan bien oculto hasta ahora; por otro lado, realmente apreciaba a Demetrio, dado que el muchacho tenía algún talento musical, Lupe lo invitó a su casa, para que le ayudara a escribir las letras en español de las canciones americanas.

Así pasaron varias tardes, ella tocando los fox-trots de moda en una pianola que tenía en la sala y él inventando alguna letra que se pareciera a la original, pero que le diera un sentido propio a la canción en español. Algunas veces Josefina y Reyna se unían a la tertulia y entre todas, improvisaban pasos y montaban todo un show para su único espectador.

Por esa época, Demetrio compuso la letra en español para un fox-trot que estaba haciendo furor en Estados Unidos, llamado *Rose-Marie* y Lupe lo ensayó durante dos semanas.

Pero un día antes del estreno, al llegar al teatro a una hora que no se la esperaba, recibió una sorpresa desagradable al encontrar nada menos que a la coestrella, Emma Duvall ensayando sus canciones. ¡Sus canciones! Las que con tanto cariño había traducido y arreglado ella misma con Demetrio. Don José Campillo se había enamorado de Emma y le había dado las canciones de Lupe a ella, además de que ya se había cansado de los caprichos y groserías de la muchacha. Se había hartado de las agresiones de Lupe a las otras tiples, con las que luego se disculpaba contrita, como si no hubiera pasado nada; de sus demandas constantes de atención; de sus rabietas por cualquier cosa…

—¿Me puede explicar qué significa esto? —Lupe interrumpió a Emma y encaró al empresario.

—Te lo iba a decir… —empezó don José torpemente.

—¿Cuándo? ¿Mañana antes del estreno?

—Lupe, estás nerviosa, estás cometiendo muchos errores y te has peleado con todo el mundo. ¡Tómate un descanso!

—¡Qué descanso ni qué ocho cuartos!

—Quiero pedirte que abras el espectáculo con un número nomás. Seguirás ganando lo mismo y sólo será por esta vez. ¿Qué es para ti una sola temporada?

—¡De ninguna manera! Estas son *mis* canciones, yo las traduje, yo hice los arreglos y yo las ensayé. No voy a permitir que nadie más las cante.

Don José estaba desesperado, había hecho una promesa a Emma y no quería que Lupe hiciera un escándalo.

—¡Te recuerdo que tienes un contrato conmigo! ¡Tienes que hacer lo que te diga! —amenazó cuando Lupe ya se enfilaba al camerino—. Y las canciones no son de tu propiedad, fueron un encargo mío, en todo caso, y bien que te las he pagado.

Ella se detuvo un momento, pero luego siguió su camino hacia el camerino y cerró con un portazo: sabía que el empresario tenía razón. Se miró en el espejo: descubrió a una muchacha hermosa, pero demacrada y con ojeras, en realidad estaba cansada; el matrimonio de Mercedes con Melitón sí le había afectado, lo mismo el compromiso y posterior matrimonio de Josefina con Miguel Delgado, un buen muchacho que trabajaba en la producción. También Emigdio se había ido, decidió buscarse la vida en Monterrey.

Lupe se sentía sola y culpable de vivir esa vida un tanto frívola de fiestas y regalos de los influyentes. Además sospechaba que más allá de que le hubieran robado su trabajo, si le quitaban el estelar, sólo quedaba ir hacia abajo, ¡terminaría en la línea del coro!

La posibilidad le resultaba intolerable, por lo que la rabia se le agolpó en el pecho y para aliviarla de algún modo, rompió el espejo con un puñetazo y, después de un momento, regresó al escenario con la mano cortada, goteando sangre. Don José se asustó al verla, pensó, conociendo su reputación, que se había cortado las venas y corrió a ayudarla. Cuando se enteró de que todo había sido un ataque de rabia y que encima la chica había roto un espejo, el susto contribuyó a alimentar el enojo.

—¡Maldita escuincla! ¿Vas a abrir el espectáculo sí o no?

—¡No! ¡Quiero mis canciones! ¡Aquí la estrella soy yo!

Don José se puso rojo de rabia; en un impulso corrió hacia ella para darle un bofetón, con tan mala fortuna, que tropezó con una tabla floja del escenario y cayó, golpeándose la cabeza. Entonces comenzó el maremágnum: las actrices y los técnicos se apresuraron a ayudar al empresario mientras que Emma se lió en un intercambio de frases soeces con Lupe. Llovieron golpes y arañazos hasta que dos tramoyistas se llevaron a la pequeña actriz hasta la puerta.

—Mejor espérate a que se le pase la rabia al patrón.

Pero la rabia no se le pasó a don José Campillo, menos todavía por el hecho de que Lupe se había puesto de acuerdo con los periodistas, contándoles lo ocurrido, con lo que sus amigos hicieron muy malos comentarios del show y resultó un fracaso. El sindicato culpó a Lupe y don Eduardo Pastor por fin pudo vengarse de la ofensa recibida de la muchacha apenas un año antes; la vetaron.

Aquel castigo no fue sólo por haberse negado a abrir el espectáculo de don José Campillo, sino el resultado final de una serie de agravios que Lupe había hecho a diversas personas; sus constantes pleitos con otras tiples, los escándalos llevados hasta la prensa cuando no conseguía lo que quería, sus negativas a plegarse a cualquier tipo de disciplina. Si alguna certeza se tenía con Lupe, era que las cosas se tenían que hacer como ella quisiera. El desaguisado con el empresario fue la gota que derramó el vaso.

Lupe fingió que aquello no le importaba. Conservó la calma durante algunas semanas, viviendo de sus ahorros y hablando con todos sus amigos a fin de que le ayudaran. No quería reconocer que aquel veto le hería y le asustaba hasta el borde del terror. ¿Se habría acabado su carrera?

El general Olivares siguió manteniendo la hermosa casa a una cuadra del parque en la colonia Condesa y llevándola a los mejores lugares de México. Entre besos la consolaba y le prometía una gira triunfal por la provincia, mientras aquel suceso desafortunado se olvidaba en la Ciudad de México. Pero aquella ilusión no duró, un tiempo después el general se despidió: lo trasladaban de regreso a

Sonora. Prometió mandarla llamar, organizarle desde allá la gira, pero ni una sola carta llegó después de su partida.

En cambio, el empresario don Manuel Castro Padilla, en recuerdo de los viejos tiempos, le ofreció llevársela en una corta gira a la provincia y eso salvó a la familia por algunas semanas.

El 3 de septiembre de 1926, Lupe llegó con su hermana Reyna y con su madre a San Luis Potosí para actuar en el Teatro de la Paz. Estaba muy contenta de regresar a su tierra natal cubierta de éxito, precedida por su fama y las historias de su gira a Cuba. Hasta aquel rincón de México no habían llegado las noticias de su veto de los escenarios de la capital.

Las amistades y los periodistas llenaban el vestíbulo del Hotel Progreso, donde la joven repartía besos, sonrisas y fotografías autografiadas. Allí, no cesaban de estrechar su mano quienes habían sido sus vecinos, sus compañeros de escuela, los clientes del Café Royal y muchos tenían historias de sus travesuras y ocurrencias qué contarle.

Ahí se enteraron las Vélez que había un boicot contra tan inmoral espectáculo por parte de la Liga de la Defensa Católica, y el arzobispo Miguel de la Mora había amenazado con excomulgar a quien asistiera al teatro. Además, se rumoraba que Lupe había tenido amistad con un cazacuras y aquello era intolerable.

A un solo periodista le fue permitida la entrada al camerino, y él pudo hacerle preguntas antes del espectáculo, mientras Lupe se maquillaba y se peinaba, ayudada de su madre.

El periodista pudo iniciar la entrevista hasta después de que Lupe rezara sus oraciones frente a una imagen del Sagrado Corazón, como doña Josefina había planeado de antemano, conociendo el talante religioso de los potosinos.

—Mi hija es muy católica —dijo doña Josefina como explicación—, siempre reza antes de una presentación.

—¿Qué opina del boicot, Lupita, de los rumores?

Antes de que Lupe pudiera responder, doña Josefina se le adelantó:

—Lupe no es rica, con su salario mantiene a su familia. ¡Y que esta gente pretenda con su boicot cerrar las puertas de la vida a una mujer que busca honradamente el pan de los suyos, eso es muy poco pío! ¿No le parece?

Lupe no quiso añadir más, sólo habló de sus expectativas:

—Vengo con muchas ganas de agradar al público potosino. Es lo único que me importa —dijo con modestia—. Soy potosina por cuna y por abolengo, me hacía mucha falta la aprobación de mis paisanos. ¡Qué bueno que han correspondido a mi cariño!

Y el público la adoró. Con lleno casi completo la recibió el Teatro de la Paz ese domingo y fue ella quien inició el espectáculo con *El calendario Galván* y *La revista loca*, pero el favorito de los espectadores fue *El anillo del Nibelungo*, que tuvo que repetir cuatro veces entre los atronadores aplausos de los espectadores. Aunque iba acompañada por actores y músicos de prestigio como Chucha Camacho, Ricardo Beltri y Ernesto Finance, Lupe fue quien ganó las ovaciones.

Cuando acabó por fin el espectáculo, Lupe recibió en su camerino las consabidas ofrendas: vistosos arreglos, orquídeas, chocolates y cartas de admiradores. En uno de aquellos sobres, estaban unos versos firmados por Ignacio Medellín Espinosa, un poeta de la localidad.

Bataclanesa
Yo te he visto desnuda, y eres blanca
Mujer, como la propia eucaristía.
Tu cuerpo es un tesoro de alabastro
Que ascendía el plasticismo de las líneas.
Mis ojos se extasiaron dulcemente
Al contemplar aquella maravilla
Láctea como la nieve de los Alpes
Y hermosa como el mito de Afrodita.
Mas no, ninguna idea de lujuria,
Ningún mal pensamiento de lascivia

Perturbaron mi mente de poeta
Ni mi alma de artista…
¡Absuelve las miradas de mis ojos!
Yo vi tu desnudez como se mira
La pura desnudez de algunos mármoles
Que espían el milagro de la vida.

Una lágrima furtiva se escapó de sus ojos y apenas estaba enjugándola con su pañuelo, cuando unos toques en la puerta la hicieron volver la cabeza.

Era un hombre maduro que, aunque vestido de civil, conservaba el porte militar; tenía los rasgos endurecidos por la vida a la intemperie y algunas canas en las sienes. Después de un momento de sorpresa por la familiaridad con el que aquel varón había entrado a su camerino, Lupe lo reconoció: era el coronel Villalobos, su padre.

La sorpresa, la alegría, la rabia, el dolor del abandono, todo se agolpó en su pecho; las lágrimas volvieron a sus ojos y una especie de opresión le impedía respirar. Se cubrió con la bata de satín, en un arranque de modestia, pero no alcanzó a decir nada. Quería abrazarlo, cubrirlo de besos, reclamar su tan prolongada ausencia. Él, por su parte, extendió una mano en ademán de tocarla y la retiró de inmediato, como avergonzado de un deseo innoble y oscuro. Miró hacia otro lado.

—Me lo dijeron y no quise creerlo —empezó él con voz temblorosa.

Lupe, en contra de sí misma, bajó los ojos.

—…Que Guadalupe Villalobos se había convertido en Lupe Vélez… ¡Y no quise creerlo!

—Es que no sabíamos si te ibas a enojar por… —empezó Lupe por fin.

—¡Hiciste muy bien! ¡Todas hicieron muy bien! —exclamó con sorna—. Hicieron bien en no usar mi apellido para ensuciarlo, para arrastrarlo por el lodo de ese mundo infame en el que han elegido vivir. ¡Mi hija una rataplanera! ¡Qué vergüenza!

Su respiración estaba alterada, sus ojos negros eran de fuego y por momentos parecía que iba a golpear a la muchacha. Ella se veía más pequeña de lo que era, había ido retrocediendo hasta quedar apoyada contra la pared en un rincón.

En ese momento doña Josefina abrió la puerta, pero tardó un poco en comprender lo que ocurría, sólo vio a su hija como animalito acorralado y la figura de un hombre al que no reconoció de inmediato.

—¡Jacobo! —dijo por fin; y luego, preguntó retadora—. ¿A qué viniste? ¿A ver el triunfo de tu hija?

—¡Qué descaro! ¡Qué vergüenza! ¡Igualitas a la madre tenían que haber salido! Guadalupe que se convierte en Lupe Vélez y María Luisa que reniega del nombre de mi madre y ahora es Reyna —dijo el nombre con sorna, con desprecio—. ¡Qué nombre de…!

Toda la rabia que doña Josefina había sentido durante años por el hombre que la había abandonado estalló de pronto.

—¡Cállate! ¡No lo digas! ¡No te atrevas a decirlo! —se interpuso entre su hija y Jacobo—. ¡Eres un hipócrita! ¡Abandonas a tu familia por una piruja y te atreves a venir a juzgarnos! ¡Lárgate de aquí si no tienes una palabra de cariño para tu hija que te recuerda todos los días! ¡Para tu hija que te idolatra, Dios sabe por qué! ¡Egoísta! Lo único en lo que has pensado toda la vida es en ti mismo. ¡Fuera!

Lupe pensó que la voz de su madre se había vuelto aguda de nuevo, como ocurría en su infancia cuando se peleaba con Jacobo y se sintió de nuevo pequeñita, indefensa, con ganas de salir corriendo a esconderse.

Jacobo salió después de un momento en el que luchó contra el deseo de golpear algo o a alguien. Se contentó con azotar la puerta.

Lupe luchó a su vez contra el impulso de alcanzarlo, convencerlo… Luego se derrumbó sobre el banquito del peinador, con la cara entre las manos; su madre la abrazó en silencio.

Una cabeza asomó por la puerta entreabierta del camerino, era Reyna que nada había visto.

—Ya estamos listos, vamos a ir a celebrar. También están acá afuera más periodistas y gente que te está esperando.

Lupe respiró profundo y se tragó las lágrimas. Mejor así, pensó, porque si empezaba a llorar, probablemente no terminaría jamás.

A su regreso a la Ciudad de México, el panorama no parecía muy halagüeño: el veto seguía en pie y no quedaría más que aceptar eventuales invitaciones a los teatros de provincia. Aún así, Lupe no se amilanó: empeñó las joyas, el coche y la máquina de coser y mudó una vez más a su familia, ahora a un departamentito modesto en la colonia Juárez. Sus amigos periodistas nunca la abandonaron: los sábados iban a buscarla o le llevaban pollo asado y vino para su familia. Con esa ayuda y el sueldo de su hermana como segunda tiple, iban sobreviviendo.

Una noche, Lupe escuchó los rezos de su madre desesperada. Le estaba pidiendo al Sagrado Corazón que se presentara un millonario que quisiera casarse con su hija. Doña Josefina era quien más había sufrido con el cambio de estatus, le gustaba mucho el lujo que la hacía recordar los "días felices", aquel tiempo mítico donde nada faltaba y la vida era Jauja.

Con tanto fervor rezó doña Josefina que sus plegarias fueron escuchadas. Unos días después, Lupe recibió una docena de orquídeas. Diariamente fueron llegando las flores, sin nota del remitente, lo cual comenzó a intrigar a toda la familia. Al principio las veían con recelo, las acomodaban en el lugar de honor en el centro de la mesa, pensando en quién podría estarlas enviando, pero cuando fueron pasando los días, la situación parecía insostenible.

—No podemos tener la mesa del comedor llena de orquídeas y nada qué comer —dijo Lupe.

—Ya nadie nos quiere dar fiado, le debemos al carnicero, al panadero, al abarrotero… —añadió Reyna.

—¡Y ni modo de comernos las orquídeas! —dijo su abuela.

—Las voy a vender.

Y así lo hizo desde ese día. En cuanto llegaban, corría a la floristería donde se las tomaban a mitad de precio y por ello la familia comenzó a esperar con ansia la llegada del envío. Un día, casi inmediatamente después de la llegada de las orquídeas, sonó el timbre. ¿Quién podría ser?

Doña Josefina se asomó por el ojo de la puerta y vio a tres desconocidos; pensando que eran cobradores que les iban a embargar, se quedaron en silencio y no abrieron la puerta. El timbre volvió a sonar con insistencia, y el perrito chihuahua, al que Lupe había bautizado "Melitón", no dejaba de ladrar, hasta que ella le dijo a su madre y a su abuela Carmen que abrieran de una vez. Pese al miedo a los acreedores, se atrevieron a entreabrir la puerta con cautela.

Los hombres eran empleados de la joyería La Esmeralda, una de las más famosas de México. ¿Qué habría comprado Lupe?, pensó la madre, temiendo que vendrían ya a cobrarle.

—Tenemos un paquete para la señorita Lupe Vélez.

—No he comprado nada —gritó Lupe sin dejarse ver.

—Se trata de un regalo, señorita.

Lupe se negó a recibirlo, pensando que era una trampa: un famoso sorteo que luego tendría que pagar al doble, una broma de algún amigo.

—Recíbelo —aconsejó Reyna—. Veamos qué es y tal vez lo podemos empeñar.

Lupe aceptó firmar y recibió una hermosa caja de terciopelo negro; al abrirla, se encontró con un espectacular brazalete de diamantes. La tarjeta decía que era de un admirador norteamericano que de ningún modo quería ofenderla y solicitaba permiso para visitar a doña Josefina el día siguiente. Los empleados esperaron la respuesta. La madre de Lupe estaba más emocionada que su hija; de inmediato aceptó la propuesta y se quedó el resto de la tarde imaginando quién sería el admirador.

La pulsera se tuvo que empeñar y no perdieron ni un momento para hacerlo, pero Lupe se desprendió de tan hermosa joya con gran dolor.

"Algún día tendré todas las joyas que quiera", se prometió a sí misma. "Y nunca tendré que empeñarlas".

Al día siguiente, las mujeres de la familia se afanaron en limpiar la casa. La mamá y la abuela se pusieron los únicos vestidos decentes que les quedaban y Lupe y Reyna se escondieron en el armario a escuchar. Cuando la abuela Carmen abrió la puerta, apareció el pretendiente con un intérprete. Era alto, delgado, enjuto y acartonado, con el bigote hirsuto como el de una morsa. Besó las manos de las dos mujeres y tomó asiento en la sala, manteniendo la espalda muy recta, como si se hubiera tragado una regla.

Una vez instalados, el intérprete enfundado en un traje de rayitas y amplias solapas, le dijo a la madre de Lupe que el señor Willowbee, rico petrolero texano, venía a proponerle un negocio. Había visto a Lupe actuar varias veces en su anterior visita a México y había quedado prendado de su belleza y gracia. Con su mano pecosa le extendió a doña Josefina los papeles que demostraban su identidad y su solvencia económica. Pasaría una larga temporada en México y quería hacerse acompañar por la muchacha. Ni a ella ni a su familia les faltaría nada.

Lupe, adentro del clóset, primero comentaba con Reyna emocionada las posibilidades de aquella visita, luego, al oír la propuesta del visitante, guardó silencio. No podía imaginarse asunto más indigno que asegurar compañía como si fuera un trato de negocios.

Y sí, aquella reunión entre las partes era un asunto de negocios, nada más que eso. El señor Willowbee le hizo saber a doña Josefina, a través del intérprete, que era su voluntad que, si todo salía bien durante su visita, su hija lo acompañara a los Estados Unidos por seis meses y que al cabo de aquel plazo, Lupe podía decidir libremente si se quedaba con él o no. Entre tanto, haría un fuerte depósito en el banco, a manera de fianza.

Nunca se había sentido Lupe tan cerca de ser una cabeza de ganado. En la oscuridad del clóset, se sintió una más de las prendas ahí colgadas. ¡Qué vergüenza!

—No es mi decisión —escuchó Lupe a su madre—. Lupe tendrá que pensarlo.

El pretendiente, antes de marcharse, pidió autorización para ver y salir con Lupe y eso le fue concedido de inmediato.

Y así empezó una relación de lo más extraña para Lupe. A pesar de la vergüenza que había sentido, pensó que tal vez el señor Willowbee podría simpatizarle. Doña Josefina les repondió a sus preguntas sobre la apariencia del hombre con evasivas:

—Es distinguido.

—¿Es viejo? ¿Cómo es?

—Puede decirse que es elegante, educado, ¡todo un caballero! ¡Te va a gustar!

—¿Qué tal si es horrible? ¡No!

—Sal con él una vez, si no te gusta lo despedimos. Además, mijita, ¡nos dejó un cheque que va a alcanzar para surtir la despensa de un mes! ¡Hazlo por nosotras!

Cuando Lupe vio por fin a Harold J. Willowbee Jr. esperándola en la sala de su casa, se quedó helada. Era verdad que era un hombre alto y distinguido, pero ella pensó que era demasiado viejo: tenía más de cincuenta años y aunque tenía los ojos azules y el cabello rubio, el color de su piel era amarillento, como de pergamino y se sentaba demasiado rígido en el sillón. Había llegado a las siete en punto y al ver aparecer a Lupe en el pasillo, se había puesto pálido y comenzó a sudar. Ella sintió cómo le picaba aquel bigote áspero en el dorso de la mano cuando se la besó. La mano del hombre estaba sudorosa y Lupe no pudo suprimir un sentimiento de profundo asco. Sin embargo la mirada suplicante de doña Josefina la obligó a esbozar una sonrisa que más parecía una mueca.

Algunas veces las visitas eran cortas y el petrolero se marchaba después de una hora en que conversaba con la familia y pedía a Lupe que tocara el piano y bailara para él. En esas ocasiones, apenas esperaba Lupe a que él se fuera para ir corriendo a lavarse las manos y a llorar encerrada en el baño.

—¡No quiero irme con ese hombre! —chillaba pateando el piso.

Odiaba las joyas, los libros, las orquídeas que él mandaba. No era que tuviera mal gusto, pero parecían regalos de cumplimiento, sin alma, como aquella transacción en la que la había comprado.

Su madre, en cambio, estaba encantada de aquel arreglo. Había instruido a Lupe sobre qué decir a los periodistas, a los amigos, a todo el mundo; se inventó un cuento de hadas: Harold Willowbee se quería casar con ella y pronto la noticia de la boda resonaría en los mejores círculos de los Estados Unidos. Tanto lo repitió, que Lupe misma estuvo convencida de ello y pronto todos los vecinos hablaban del rico petrolero que se quería casar con Lupe y se la llevaría a su rancho en Texas en cualquier momento.

No quería irse, pero un sentimiento de compromiso con su madre y con su abuela le impedía pensar en otra cosa. Desde que había empezado a visitarla, Mr. Willowbee había surtido de todo lo necesario a la familia. Por otro lado, el camino del teatro en la Ciudad de México le estaba por lo pronto vedado, y no quería volver a ser una empleada después de haber saboreado las mieles del éxito. ¿O le quedaría tal vez andar por los teatros de provincia hasta que fuera vieja y ya no pudiera bailar?

—¡Hazlo por nosotras, Lupe! —decía doña Josefina—. ¡Hazlo por tu madre!

Entonces Lupe accedía a seguir viendo a Harold. Algunas veces, su pretendiente la invitaba a salir y allá se iban a los restaurantes y cabarets de moda. Aquello le resultaba a Lupe más tolerable, aunque no dejaba de sentir asco en cuanto las manos pálidas de Harold Willowbee se metían por debajo de su corta falda y le tocaban las piernas.

Una noche, estaba con el petrolero en el restaurante Don Quijote, cuando entró al local otra de las tiples que odiaban a Lupe, Celia Montealbán, con uno de sus enamorados. Al ver a su rival, Lupe le dijo a Harold:

—Ya no se puede estar aquí, llegó la polilla.

Lo dijo lo suficientemente alto como para que Celia Montealbán la oyera, y por supuesto, ella se indignó. Un rato después, Lupe se levantó a bailar y lo hizo con tal fuego, que los clientes no se cansaron de aplaudirle. La tiple tomó aquello como una ofensa personal, ya que Lupe no dejaba de mirarla y cuando pasó junto a ella de regreso hasta su mesa, exclamó:

—Hay ciertas cosas que las viejas ya mayores no pueden hacer.

Aquello fue el colmo, la Montealbán se levantó de su mesa y se le fue encima a Lupe, arañándola y jalándola de los cabellos, mientras que Lupe se defendía a puñetazos. Los espectadores, aunque en parte estaban fascinados con la escena, terminaron por separarlas.

Días más tarde, Lupe encontró a Demetrio en el Salón Bach. Ahí, frente a una cerveza, el periodista le preguntó a Lupe con cierta sorna, sabiendo el rechazo que ella tenía por su dizque prometido:

—¿Cómo van los preparativos de la boda?

—La hermana sigue mandándome vestidos de monja, ¡horrorosos!

Lupe no quiso comentar nada más, estaba de mal humor y el periodista no insistió. Pero apenas una semana más tarde, Lupe misma le llamó a su amigo para darle la noticia de que había recibido un telegrama de Cuba:

—Un empresario me vio bailar en La Habana y quiere que me vaya para allá. Me van a dar sesenta pesos diarios. ¡El doble de lo que gané acá en México en el mejor momento!

—¿Y el casorio? —preguntó Demetrio.

—Mamá mandó llamar al intérprete y le dijo muy seria: "Mi hija no está en venta" —Lupe ahogó una carcajada burlona—. ¿Tú crees? Lo bueno es que ya no me voy con el viejo.

El viaje a Cuba era también un cuento chino para los periodistas, inventado por la madre de Lupe al recibir una carta de Willowbee retirando la oferta de llevarse a su hija con él. El rígido petrolero se había sentido avergonzado hasta el tuétano al presenciar la reyerta entre las dos tiples en el restaurante Don Quijote, había sido demasiado fuego latino para él. El viaje de negocios había llegado a su fin y prefería regresar solo a su próspero rancho en Texas.

La siguiente ocasión en que Demetrio y Lupe se encontraron y él preguntó si estaba lista para enfrentar el calorón de La Habana, la muchacha le contó la impactante noticia, esta vez verdadera, que cambiaba todo:

—Frank Woodward, un empresario de Los Ángeles, que me vio en el *Mexican Ra-Ta-Plan*, me propuso al director Richard Bennett para un papel en una obra de teatro. Seré una cantante mexicana de cantina en *La paloma*, ¡y voy a ganar doscientos cincuenta dólares a la semana!, ¿te das cuenta? ¡Doscientos cincuenta dólares! ¡Más de lo que he ganado en mi vida! ¡Y en Hollywood, manito!

Lupe no le dijo a su amigo que había sido ella, desesperada, quien había escrito al empresario y le había rogado que le buscara un papel en Hollywood. Sin comprometerse a nada, Woodward había respondido que había una oportunidad en *La paloma*.

El asunto, sin embargo, no podía arreglarse a distancia, Lupe tendría que viajar a Estados Unidos para hacer la prueba. ¡Después de todo, su destino sí estaba en los Estados Unidos! ¡Hollywood era el cielo! Pero Lupe dudó un momento, ¿sería lo suficientemente buena para el cielo? De inmediato desechó el mal pensamiento y salió a la calle. Ahora sí podía avisarles a los periodistas que no estaba acabada, había sido contratada (bueno, casi contratada) en Hollywood, Hollywoodland, la tierra de los sueños.

Cuando sus amigos periodistas supieron que se iba, llenaron los diarios y las revistas de espectáculos con grandes titulares: "¡Lupe Vélez es contratada en Hollywood!". Otros aderezaron la versión original con detalles fantasiosos, publicaron que los empresarios del cine le habían ofrecido ¡cincuenta mil dólares! Aquello resultó contraproducente, ya que el mismo día en que aquella noticia apareció, los acreedores hicieron fila frente al edificio de departamentos, esperando su pago, antes de que Lupe pudiera huir.

Los días que siguieron la familia no pudo abandonar su casa, ante las amenazas de quienes querían cobrar las deudas.

¿Cómo iba a llegar a la estación? Fue Demetrio quien la sacó de aquel lío.

El día de la partida, se hizo acompañar de su hermana que tenía un niño pequeño y así llegaron al departamento de Lupe con una gran carriola de paseo. En ella sacaron a la pequeña actriz que, gracias a su tamaño (poco más de un metro cincuenta), cabía en el interior, hecha ovillo. Ella rezaba muy bajito para que las ruedas no fueran a romperse antes de dar la vuelta a la esquina.

El viaje en tren la emocionaba, a pesar de que tendría que ir sola, porque no había suficientes fondos para que Reyna o su madre la acompañaran. Pero no quiso dejar a Melitón, su perrito chihuahua que iba con ella a todas partes. Como no estaba permitido cargar perros en el pulman, Lupe metió a su mascota en una maleta a la que había hecho agujeritos de ventilación. Durante el día, el perro se daba vueltas en la maleta y por las noches, Lupe lo dejaba salir y lo llevaba al exterior del vagón a respirar aire fresco mientras ella fumaba.

Todo iba bien hasta que llegó a Ciudad Juárez. No le permitieron seguir su viaje hasta Los Ángeles. Era una mujer menor de veintiún años que viajaba sin un permiso oficial de sus padres. No le valieron a Lupe sus encantos esta vez, guiñó el ojo a los encargados, sonrió encantadora, ofreció bailar para probar que había sido contratada por Richard Bennett en Los Ángeles… ¡Nada! Nada conmovió a los oficiales de migración.

Tuvo que volver a México, llorando de rabia todo el camino de regreso. Los periodistas se sintieron burlados y cuando publicaron la noticia de que Lupe había sido forzada a volver, mucha gente se burló de ella también.

La muchacha, como de costumbre, no se amilanó. De inmediato mandó un telegrama a Frank Woodward para pedirle ayuda. Además, fue a rogar a los ministros, a los políticos que alguna vez habían ido a rogarle a ella, incluso se vistió con su mejor traje para ir a ver al presidente Calles que la recibió obsequioso en un salón privado.

Entre las cartas y telegramas de Woodward, quien incluso consiguió un acta de nacimiento falsa en San Luis Potosí, y el permiso que la presidencia de la República tramitó en la embajada norteamericana, a principios de noviembre Lupe fue notificada que todo estaba listo para que la dejaran pasar.

Cuando Lupe buscó a los reporteros, para avisarles que esta vez sí tendría los papeles y permisos en orden, sus amigos se rieron de ella. No iban a ser el hazmerreír de los colegas otra vez. Se iría en silencio y por lo menos no tendría que enfrentar la vergüenza si regresaba a los tres días, dijeron.

Y allá se fue Lupe la segunda vez, sin el revuelo de la primera, pero con la convicción de que llegaría a Los Ángeles fuera como fuera, porque de ninguna manera volvería otra vez derrotada.

Abordó de nuevo el tren con el mismo entusiasmo de la primera vez, con su pequeño acompañante en la maleta. ¡Hollywood la estaba esperando! No le importó cambiar su cama baja por una incómoda cama alta a cambio de veinticinco dólares para poder comer en el camino, el restaurante del pulman era muy caro, lo mismo que las fondas de estación. Había conseguido algún dinero con sus amigos de siempre para financiar el segundo boleto, pero aquello no le iba a alcanzar para viajar con lujo, ni siquiera desahogadamente.

Melitón se portó muy bien. Dormitaba todo el día dentro de la maleta agujerada y cuando nadie la veía, Lupe le hablaba a través de los hoyitos:

—Chiquito, no vayas a ladrar porque nos bajan del tren. ¡Te voy a llevar a Hollywood! Quietecito nomás, Melitón.

En las noches sacaba al perro de la maleta y con su collar se lo amarraba a una muñeca para que no diera lata y no se fuera a escapar mientras ella dormía. Así llegó de nuevo a la frontera y en esta ocasión no hubo problemas al mostrar los permisos conseguidos con tanta dificultad. Los siguientes dos días, en el camino entre Ciudad Juárez y Los Ángeles, Lupe aprovechó para practicar el inglés que había aprendido hacía ya dos años en Nuestra Señora del Lago para conversar con los pasajeros.

El poema que le habían enseñado sus compañeras para burlarse de ella

> Go to hell
> ring the bell
> and tell your mother
> I am well*

Hizo reír al garrotero, que aceptó una propina y le permitió llevar a Melitón fuera de la maleta, siempre y cuando no ladrara.

Además de que tuvo que comer lo que le alcanzó con sus cada vez más precarios fondos, Lupe se aburría de no poder entablar largas conversaciones con sus vecinos de vagón y los días le parecieron años. Todo fuera por llegar hasta la tierra de los sueños.

---

* Vete al infierno/toca la campana/ y dile a tu madre/que estoy bien.

Capítulo doce

*El río era opulento, radiante, burbujeaba
y centelleaba, era una ondulación
gozosa de danzas de luz.*
Delmore Schwartz

Noviembre de 1926. Hollywood, California

El tren llegó a la estación situada en el centro de Los Ángeles y Lupe se sintió emocionada de ver los edificios blancos en construcción y las calles rectas de cuadrícula perfecta, todo inundado por el sol dorado de la media tarde.

Cuando quiso darle propina al maletero, se dio cuenta de que le quedaba muy poco dinero, se lo había gastado todo en comer y comprar cigarrillos. Años después contaría, para dar mayor dramatismo a su llegada, que sólo tenía un dólar en la bolsa porque le habían robado a bordo.

Mientras el silbido del tren anunciaba el arribo a la estación, Lupe se hizo plenamente consciente de que iba a enfrentarse a la ciudad de sus sueños sin dinero. Dejó caer las maletas en el andén, abrazó a Melitón y al poner el pie en aquel lugar decidió que nada de lo que había ocurrido era importante, lo único que valía la pena saber era que estaba ahí y que tenía una carta del señor Richard Bennett brindándole la oportunidad de hacer una prueba en el teatro. No había marcha atrás, no existía el pasado y el futuro eran esas interminables, larguísimas calles de Los Ángeles.

La muchacha estuvo un buen rato sin saber a dónde dirigirse, asimilando el hecho de que estaba ya en la estación del tren Southern Pacific en el centro de Los Ángeles y que Frank Woodward no estaba ahí para recogerla. ¿Qué iba a hacer ahora que ya había llegado a su destino? Lupe pensó que no debería aterrorizarse por el hecho de estar ahí sola, en una ciudad tan grande; ¡había tanta luz! Las calles rectas se abrían hacia el horizonte como promesas y lejos de tener miedo, se sentía llena de energía.

Había avisado a Frank Woodward de su llegada a través de un telegrama, ¿por qué no estaba ahí? Esperó cumplidamente durante varias horas, ya que no tenía dinero, ni un lugar concreto a donde ir, si bien tenía los datos de Bennett en el Teatro Belasco y ahí la actividad comenzaba hasta el anochecer. Decidió sentarse en una de las bancas de madera de la estación, mientras Melitón, finalmente fuera de su encierro, correteaba entre las piernas de los viajeros y sus familiares.

Ahí estuvo Lupe, envuelta en su abriguito de lana, con sus dos maletas y su perro, haciendo todo lo posible por superar el miedo de estar en una ciudad desconocida, sin dinero, sin conocer a nadie. ¿Qué pasaría si Frank no estaba en la ciudad?, ¿si se había olvidado de todo? Poco a poco se fue tranquilizando, se entretuvo viendo pasar a la gente, observando cómo los padres eran recibidos por los hijos y la bella esposa, los hombres de negocios por sus socios comerciales, ancianas con sus damas de compañía… Estaba embelesada escuchando el inglés coloquial, algunas palabras en español e incluso en otros idiomas que no reconoció de inmediato; la música de un saxofón que llegaba desde algún lugar indefinible la hacía sentir nostálgica y el silbido del tren le recordaba el viaje de regreso de Nuestra Señora del Lago.

A eso de las seis de la tarde, cuando los rayos del sol se hicieron menos intensos y alcanzaron con sus tonos dorados hasta los últimos resquicios de la estación, Lupe comenzó a sentir hambre. No había duda, Frank Woodward se había olvidado de ella, tendría que arreglarse sola. Se encaminó hasta una pequeña cafetería con mesas de madera y sillas de alambrón, donde un adolescente muy pálido con el pelo color zanahoria y un delantal impecable le dio la bienvenida; después de consultar los precios, se decidió por un hot-dog, una hamburguesa y una Coca Cola. Compartió la comida con Melitón, que también estaba muerto de hambre.

Como iba a anochecer y la temperatura estaba bajando, Lupe finalmente se decidió a salir. Se encaminó hasta la puerta y se quedó un rato viendo pasar los autos. Una hermosa mujer rubia, ataviada con un abrigo de piel y un sombrerito de fieltro azul, conducía un Packard reluciente y Lupe la siguió con la mirada hasta que se perdió entre los otros autos. Entonces se prometió a sí misma:

—Ésa seré yo dentro de poco. ¡Estoy en Los Ángeles! Voy a triunfar en el teatro y podré comprarme lo que me dé mi santa gana. Y voy a comprarme un coche así ¡dentro de un año!

Con renovadas energías después de su promesa, se atrevió a parar un taxi. ¿A dónde ir?

—Lléveme a un hotel, el que sea —pidió al chofer con su precario inglés.

Como el chofer no era un dechado de paciencia y ya se le había pasado la hora de ir a cenar, decidió librarse de ella lo antes posible: la llevó al Hotel Louise, especie de pensión en la zona centro, de la que él recibía una pequeña comisión.

Cuando Lupe llegó al mostrador de la recepción, y descubrió a un empleado desaliñado y bizco salió corriendo con sus maletas y su perro, de regreso hacia el taxi. Pero el chofer ya había arrancado.

Y allí se quedó Lupe en la banqueta, con sus maletas y su perrito, pateando el pavimento y repitiendo una de las palabras que mejor sabía en inglés:

—¡Hell, hell, hell, hell!

Al ver a aquella muchachita haciendo berrinche a través del espejo retrovisor y el sol poniente detrás de ella, el hombre se conmovió, detuvo el auto y regresó por ella.

—¡No puedo quedarme en un hotel donde hay un bizco! Es mi primer día en Los Ángeles y *eso* es de mala suerte. ¡Lléveme a otro hotel!

La llevó a un mejor hotel a unas cuantas calles de ahí y la acompañó a registrarse. Lupe estaba mucho más tranquila, aquel lugar era modesto pero limpio y lleno de luz, y el empleado de la recepción era un muchacho alto, rubio y de ojos azules que le inspiró confianza. Ella le extendió el telegrama de Richard Bennett e intentó explicarle su situación. Otro de los empleados del hotel era mexicano y ayudó a hacerla de intérprete. Pronto llamaron al Teatro Belasco, donde Bennett podía ser localizado. El empresario confirmó su historia y se comprometió a pagar todos los gastos, así que el empleado del hotel alojó a Lupe en una habitación con baño propio.

Lupe se levantó temprano al día siguiente, la emoción no la dejó dormir más tiempo, a pesar de que tenía el cansancio acumulado de varias noches de medio dormir en el tren. Alrededor del medio día Frank Woodward llegó a recogerla. Bennett le había avisado dónde estaba.

—Lo lamento mucho, Lupe. Tuve que salir de la ciudad, ¡pero aquí me tienes!

—Frankie, debiste haber mandado a alguien por mí.

—Aquí estoy ahora y he cumplido mi promesa, ¿no?

Frank Woodward era un empresario teatral de casi cuarenta años, aunque en su físico no se notaran los estragos de las largas noches de trabajo y de diversión. Fumaba uno tras otro largos cigarrillos negros y tenía la mirada verde y pícara de un jovencito. Cuando vio a Lupe, quedó conmovido de la juventud e ingenuidad de la muchacha, tan distinta de lo que la recordaba en aquella fiesta en la que se hacía pasar por mujer fatal, y se prometió ayudarla.

El director de la obra *La paloma* no pensó lo mismo; había visto las fotografías que Woodward le había mandado, pero tenerla ahí, en persona, era algo muy distinto.

—Es demasiado joven —le susurró a Frank—. Y está muy delgada. Se ve que no tiene la experiencia para este papel.

—¡Por Dios, dale una oportunidad! Vino desde México sólo para actuar en esta obra, viajó seis días en el tren. ¡Merece una oportunidad, carajo!

El director, un neoyorquino larguirucho y taciturno, se quedó pensando un momento mientras miraba a Lupe que esperaba, nerviosa, en un rincón. Woodward aprovechó el momento de duda para añadir:

—¡Me gustaría que la hubieras visto enardecer al público en el Teatro Lírico! Yo vi lo que puede hacer. La ves así, delgadita, calladita, pero ¡no te imaginas la transformación! ¡Ha sido una revelación, hermano!

—Está bien —concedió—. ¡Tú te encargas!

Y Frank Woodward se encargó de transformarla, ya que en efecto, era muy delgada y demasiado joven. Le colocaron prótesis que le aumentaran las caderas y el pecho y le dibujaron arrugas alrededor de los ojos.

Lupe salió al escenario, insegura con su "disfraz" que la había convertido en una vieja irreconocible: iba a interpretar a una bailarina que despreciaba al dictador de un país exótico. Cuando Bennett vio a ese esperpento en el escenario, no pudo aguantar la risa: por supuesto que eso no era lo que él se había imaginado.

La risa del director y de los otros actores lastimó a Lupe hasta los huesos. Estaba tan enojada y humillada que ahí mismo se arrancó todas las prótesis. Hubiera llorado a gritos, pero la rabia y el orgullo no se lo permitieron; las lágrimas se quedaron adentro, muy adentro, donde nadie pudiera verlas.

Woodward se sentía terriblemente culpable de haber cedido a las súplicas de Lupe y haberle dado esperanzas para ese papel, haciéndola venir desde la Ciudad de México de modo tan irreflexivo. Era verdad, la muchacha no era la más adecuada para el personaje y Bennett iba a contratar a Dorothy MacKaye, casi diez años mayor que la chica mexicana.

—Lo lamento mucho, Lupe —se disculpó Frank en su mal español—. De todos modos ésta no es la única ni la última oportunidad. Yo voy a ser tu promotor, preciosa. Yo he visto lo que puedes hacer y sé que vas a triunfar en este pueblo. Bennett pagó el hotel por toda la semana, es lo menos que puede hacer y no significa ningún sacrificio para él, además prometió ayudarte también; te aconsejo que le llames de vez en cuando. En esta misma semana verás que conseguimos algo.

La llevó de paseo en su Buick hasta Santa Mónica, esperando que la vista del mar y la puesta de sol la animaran. Detuvo el auto frente a la playa y luego sacó de su bolsa una anforita de metal con alcohol. Le ofreció un trago a Lupe, que lo bebió con resignación. A la larga perorata de Frank, Lupe respondía con monosílabos. ¡Qué diferente del día anterior se veía la ciudad, aquella noche! El día anterior había llegado tan llena de ilusiones a la ciudad de la magia y el cine y, ahora, todo se había derrumbado frente a sus ojos. ¿Cómo iba a regresar a México ahora? ¿Cómo les iba a explicar a los periodistas? ¡Se burlarían de ella! ¡No pararían de reírse en varios días! ¡Eso no podía suceder! ¡No podía regresar a México derrotada! No había camino de regreso.

Pronto sintió el brazo de Frank rodeándole los hombros, mientras que con la otra mano le pellizcaba las mejillas para hacerla reír. Le acercó la anforita de alcohol de nuevo.

—No te preocupes, pequeña, yo voy a cuidar bien de ti.

Repitió esa frase una y otra vez, mientras le besaba el cuello, mientras le abría las piernas y buscaba su sexo. Y Lupe, saliéndose de sí misma, de su cuerpo, de su corazón, lo acarició a su vez, lo dejó hacer, pensando que lo más importante era quedarse, lo más importante era sobrevivir; después de todo, el cielo hay que ganárselo. Mientras escuchaba los gemidos del hombre perdido en un orgasmo prolongado, la chica se repetía: "¡todos van a adorar a Lupe…! ¡Lupe va a arrasar con el show!".

De regreso, fingió que no había pasado nada y que Frank y ella podrían seguir siendo amigos. Cuando llegaron al hotel, él le entregó veinte dólares.

—Considéralo un préstamo. Serás mi inversión personal, chiquita, y estoy seguro de que será una buena inversión.

Esa noche, mirando las luces de la ciudad desde su ventana, pensó que de cualquier modo en esa ciudad las balas de la infancia no podían alcanzarla; no la alcanzarían las burlas de las tiples del Teatro Lírico, la furia de la Conesa, el aburrimiento de aquellas tardes largas esperando, la culpa por el abandono de su hija, la vergüenza, la rabia… Ahí nadie podría alcanzarla ni lastimarla. Se hizo otra promesa: quemaría sus naves y no regresaría a México hasta que triunfara. Haría lo que fuera necesario. Cualquier cosa, con tal de no regresar derrotada.

A la mañana siguiente, con otro ánimo, se arregló lo mejor que pudo y salió a buscar trabajo en los teatros a donde el empleado mexicano del hotel la mandó, lo mismo al día siguiente y al otro; y de nuevo, como había hecho en su primera juventud, se colaba por la puerta trasera para ver el espectáculo. Tenía que saber qué estaban haciendo allá, de qué manera podría integrarse, e incluso ser mejor que las tiples, que las actrices, que las cómicas. ¡No debía ser tan difícil! Después de ver el show, regresaba al hotel a practicar, a bailar hasta que le sangraban los dedos, hasta lograr dominar los pasos más complicados, los giros que nunca antes había visto y hacer combinaciones atrevidas.

Llegó el jueves y Frank Woodward no le había encontrado colocación todavía, pero ese mismo día, Rodrigo, el empleado del hotel, le avisó que habría una función a beneficio del Departamento de Policía de Los Ángeles. Estaban buscando bailarinas para recorrer diversos teatros y recaudar fondos, así que aceptó inmediatamente. La paga no era muy buena, pero alcanzaba para cubrir los costos del hotel y de su comida, así como la de su querido Melitón que la acompañaba a todas partes.

Así fueron pasando los días y cada semana Lupe llamaba a Frank y a Bennett para decirles que todavía estaba en Los Ángeles y que ahí se iba a quedar, que no se olvidaran de ella. Y Frank no la olvidó, finalmente le consiguió trabajo como bailarina en un cine; ahí, entre una película y otra, con un grupo de coristas interpretaría algunos números musicales a cargo de la orquesta.

El día de Navidad, Lupe se sentía más triste y sola que nunca, tan lejos de su familia; Rodrigo compartió con ella un poco de pollo frío y una bebida extraña que sabía a alcohol y a cereza que por poco la hace vomitar.

—Voy a triunfar en este pueblo, verás. No te olvides de mi nombre: Lupe Vélez —le decía a su amigo, ya un poco borracha.

Unos cuantos días más tarde, recibió un recado de Frank: "Te conseguí una cita con Miss Fanchon".

Cuando pasó a recogerla, Lupe le preguntó intrigada:

—¿Y ésa quién es?

—Ay, Lupe. Miss Fanchon y su hermano Marco Wolff son los empresarios de baile más exitosos de Hollywood. Ellos tienen una compañía de cuarenta, cincuenta coristas que bailan al mismo tiempo en perfecta sincronía, "Las Fanchonettes".

—¡Claro, algo he oído de ese espectáculo! ¡Bailan en el Paramount, como parte de la función!

—Así es, además de que cuando alguna película requiere de coristas, recurren a ellos. Sus coreografías son espectaculares, de primera línea: trajes suntuosos, música original, contorsiones… ¡Una vez vi a dos chicas haciendo acrobacias colgadas de una tela! ¡Es algo increíble!

Aquello consoló a Lupe y unos días más tarde estaba frente a Miss Fanchon, una señora delgadita y alta que la recibió en su oficina con un vestido oscuro y largo. Todo indicaba que aquella mujer no bromeaba y no le gustaba perder el tiempo.

—Frank es un amigo de hace mucho tiempo —dijo con el rostro serio, aunque con una chispita de simpatía en el fondo de sus ojos grises—. Dice que has triunfado en México.

Como Lupe aún no entendía todo lo que se le decía, Frank sirvió de eventual traductor. Miss Fanchon le pidió que bailara y Lupe bailó con toda su alma, con el corazón puesto en aquella oportunidad.

—La chica es buena —concedió Miss Fanchon después de unos momentos de silencio—. Pero la pregunta es, ¿tendrá la disciplina que se requiere? Tú lo sabes muy bien, Frank, mis Fanchonettes trabajan duro.

—¡Haré lo que sea, Miss Fanchon! —interrumpió Lupe aún jadeante por el esfuerzo—. Bailaré día y noche, haré lo que me pida, seré buena y obedeceré. Si me contrata no se arrepentirá.

La empresaria la contrató por un año, a reserva de que el público la aceptara en el siguiente show, así que Lupe practicó día y noche, se presentó a todos los ensayos, acató todas las indicaciones y la noche del estreno recibió aplausos que le supieron a gloria.

No había pasado ni siquiera un mes, cuando Frank fue a buscarla un día al Teatro Paramount, después de la función. Se encontró a una Lupe sonriente y dicharachera que mitad en inglés y mitad en español, ya había establecido relaciones con todas las compañeras coristas, además de con los tramoyistas y técnicos.

—Lupe, vengo a pedirte un favor.

—Cualquier cosa —respondió Lupe, sabiendo que nada podía negarle a su promotor, intuyendo una buena oportunidad.

—El día de san Valentín llegará pronto y Bennett quiere hacerle una fiesta especial a su amiga Fanny Brice, con un show diferente. Richard la conoce desde hace años, cuando fue maestro de ceremonias de la revista del Hollywood Music Box.

Lupe sólo asentía, con los ojos muy abiertos, esperando entender mejor la situación. Frank continuó:

—Se trata de darle una sorpresa mexicana, Richard pensó en todo el concepto cuando se acordó de ti, necesitamos algo diferente para ese espectáculo, ¿entiendes? Cuando Fanny esté en el escenario, le llevaremos un enorme corazón de san Valentín y de ahí ¡whammm! Saldrás tú y bailarás y conversarás con ella frente al público. ¿Qué te parece?

—Creo que puedo hacer eso sin problemas... la parte de bailar, sobre todo, porque la conversación, no sé... nunca he conversado en el escenario. ¡Y menos en inglés! ¿Qué le voy a decir a esa señora?

—Vamos, Lupe, se trata de una conversación informal, como si fuera con una amiga, ¿ves? ¡Claro que podrás hacerlo! Todo estará perfectamente ensayado y serás la sensación. Además es importante, porque ahí estarán muchos de los grandes nombres de este pueblo: los productores Harry Rapf y Joe Schenck, además de Mary Pickford y Norma Talmadge, que seguro tú has visto en el cine, pero que además son productoras con mucho éxito. Lupe, ellos pueden hacer que sucedan cosas en tu vida, ¿me entiendes? ¡Quiero que esa gente te vea! Quiero que se den cuenta de qué eres capaz. Tú no naciste para bailar en el coro, ¡tú tienes madera de estrella!

Lupe quería creerle, necesitaba creerle, recuperar el aplomo, volver a ser la sensación del espectáculo.

La noche del 14 de febrero de 1927, todo aquel que era alguien en la industria del entretenimiento ocupaba un lugar en el Music Box Theater de Hollywood Boulevard. Fanny Brice era la estrella del show y el público esperaba verla aparecer en el escenario y cantar su gran éxito *Mi hombre*, además de montar sus tradicionales actos cómicos.

Pero el público no se esperaba lo que ocurrió esa noche. En efecto, a la mitad del espectáculo, el mismo Richard Bennett apareció en el escenario, jalando un enorme corazón de papel para su amiga, como un regalo mexicano del día de san Valentín. A los pocos minutos, apareció Lupe, muy ligera de ropas, con un traje de lentejuelas rojo que apenas la cubría: no tenía espalda, estaba también abierto de la parte de adelante y la falda era vaporosa. Aunque era pequeña y delgada, su presencia llenó de inmediato el escenario.

Al salir de su escondite, comenzó a cantar la canción que la había hecho famosa en la Ciudad de México: *Charlie my boy,* que se sabía de memoria.

Cuando estaba en medio de una estrofa sintió cómo la diminuta falda se empezaba a deslizar por su cintura, pero no se amilanó, siguió cantando mientras se la sujetaba con una mano. La gente se dio cuenta y festejaron el incidente con risas y gritos:

—¡Deja que se caiga, Lupe!

Cuando terminó su número, el público volvió a llamarla y ella salió a hacer todo lo que sabía hacer: cantó, bailó el *shimmy* y el charlestón, imitó a un policía y a otros personajes populares y la gente seguía aplaudiéndole y pedía más. En ese momento, tal como lo habían ensayado, Fanny le pidió:

—Lupe, regálanos algunas palabras. Nos encantaría escucharte.

Con la adrenalina de los aplausos, Lupe se animó; no tenía ningún miedo, así que comenzó su discurso:

—Señoras y señores —dijo con su inglés maltrecho—. Miiiisiiiiis and sirs.

—No, Lupe —la corrigió Fanny—, se dice *Ladies and Gentlemen*: "Damas y caballeros".

—No —respondió Lupe asombrando a todos—. ¡Eso sí que no lo digo!

—¿Pero por qué? Esa es la forma correcta.

—No lo diré. Esas palabras son las que he visto en las puertas de los lugares que no se mencionan en público.

Una carcajada de los espectadores se unió a los aplausos que no cesaban; a pesar del chiste mediocre y la rutina poco creíble, la frescura de Lupe había conquistado al público. La emoción de la muchacha no tenía límites: por fin, por fin sentía que le habían aplaudido como en la Ciudad de México. ¡Se había robado el espectáculo!

—Me love; much love; me many kisses, goodbye —se despidió lanzando besos, abriendo los brazos al público.

Tal fue el éxito, que la misma Brice junto con el empresario Carter DeHaven le ofrecieron formar parte de la producción de manera permanente. Por supuesto, ella aceptó de inmediato. No era fácil para ninguna bailarina o actriz entrar a trabajar a ese teatro, que formaba parte de uno de los circuitos más afamados de los Estados Unidos. Pero ¿qué iba a hacer con su contrato con Miss Fanchon? En cuanto pudo, se entrevistó con ella.

Ahí estaba ella, delgada y seca, como varita de nardo, enfundada en un vestido de cintura baja y falda tableada de un color avellana que iba bien con sus ojos. Así, tan pequeñita, con sus rasgos orientales y una media sonrisa, nadie sospecharía que era una de las mujeres más poderosas del mundo del espectáculo y rica, por ella misma y por su marido, dueño de una gran cadena de restaurantes.

—Supe que diste un buen show en el Music Box el otro día.

Lupe se cohibió. No sabía que corrieran tan rápido las noticias.

—Precisamente de eso quiero hablarle. Me han propuesto unirme a la producción y quería pedirle…

—Es un espectáculo importante —la interrumpió Miss Fanchon, enrollando unos planos que tenía sobre el escritorio—. Perdona, es que estoy planeando un edificio donde estará nuestra academia y oficinas y todo. ¡Me entusiasma tanto el proyecto!

—Quiero pedirle que me libere de mi contrato —siguió Lupe sin ceder terreno ante las digresiones de la mujer—. Se lo agradeceré siempre. Es una enorme oportunidad para mí…

Miss Fanchon no pudo resistirse a los ojos llorosos y suaves palabras de aquella muchachita. Sabía que la chica tenía talento y que podría explotar sus cualidades y sin embargo, la dejó ir. Lupe cayó a sus pies:

—¡Muchas gracias! Nunca olvidaré lo que ha hecho por mí, ¡nunca!

Lupe se convirtió en el "huracán tropical" que le daba vida al show de Fanny Brice. Con el salario de treinta y cinco dólares semanales que ahora recibía, pudo por fin rentar un departamento para ella y Melitón en la zona de Hollywood, era pequeño y un poco oscuro, pero era todo suyo y desde una de las ventanas podía ver, a lo lejos, el famoso letrero en el monte Lee que le recordaba todos los días la enorme suerte de estar ahí: Hollywoodland.

El público la adoraba y cada día, durante el mes y medio que duró el espectáculo, le pedía que saliera una y otra vez a repetir los números. Los periodistas no se explicaban cuál era el encanto de aquella muchacha, no era una extraordinaria bailarina ni tenía una gran voz, pero tenía algo que no se veía frecuentemente: una fogosidad, un ímpetu que contagiaban a los espectadores. La energía que trasmitía, escribió uno de los periodistas, "…sólo puede compararse a un motor eléctrico de un millón de caballos. ¿Quién la puede detener? ¿Quién puede resistir a un huracán tropical, cargado de millones de voltios y amperios, e impelido por una fuerza invisible pero irresistible?".

Y el público no resistió, se dejó seducir por aquella mujer, por aquel demonio, por aquel vampiro que se metía en sus sueños. Con todo, Lupe no pudo salvar el espectáculo de Brice, que fue cancelado en abril, pero sirvió para que las dos mujeres hicieran una amistad que duró muchos años. Lupe admiraba a Fanny y la veía como una madre que podía comprenderla, como una hermana mayor talentosa y con éxito. Y Brice admiraba a Lupe por su entusiasmo, por su profesionalismo y su sentido del ritmo. Lupe había aprendido muy rápido que si quería triunfar, no podría hacer rabietas y desobedecer a los directores, tal como había hecho en México. En Hollywood la disciplina lo era todo, porque incluso las grandes estrellas eran reemplazables.

Brice vivía en una casita rodeada de jardín en Beverly Hills y aquella tarde de abril recibió a Lupe con un coctel rojo sangre. Eran tiempos en que no podía beberse alcohol en los lugares públicos, pero en las casas era otra la historia, todo el mundo tenía sus surtidores de contrabando y Fanny Brice no era la excepción. Se disimulaba la mala calidad del alcohol y su sabor agresivo mezclándolo con jugos o concentrados de diversa índole y mucho hielo. Aquella era una mezcla fuerte y Lupe, a los dos tragos, se sintió un poco mareada, pero relajada, feliz.

—Querida, no quise decirte nada hasta estar segura, pero ahora sí te puedo dar la noticia: le hablé a Florenz Ziegfeld de ti y está dispuesto a contratarte.

Lupe lanzó un gritito de entusiasmo y soltó la copa para abrazar a su amiga.

¡Florenz Ziegfeld!, ella sabía que aquél era el productor más famoso de Broadway y era sin duda el escalón más alto al que aspiraba cualquiera que quisiera bailar profesionalmente en un show.

—¿Yo en las *Ziegfeld Follies*?

—Ahí me hice una estrella y tú lo serás también. Te ofrecen un contrato por dieciséis semanas y te van a dar quinientos dólares a la semana.

—¡Quinientos dólares! ¡Madre mía de Guadalupe, pero qué milagro es éste, madrecita mía!

—Te tienes que mudar a Nueva York. Actuarás en una producción ambiciosísima que Ziegfeld, pretende estrenar el año que viene: *Rio Rita*, se llama, y tú das perfecto el papel principal. Ya sabes, la chica mexicana que cuida un rancho cerca de la frontera y es asediada por el capitán de rurales que persigue a su hermano, que es un bandido, aunque en realidad no lo es.

Lupe estaba anonadada y dejó de escuchar a su amiga. ¡Nueva York! ¡Triunfar en Broadway no era fácil y la oportunidad se le presentaba ahora como si cualquier cosa! Bebió otros tragos de su coctel para asimilar la noticia y aceptó el cigarrillo que Fanny le ofreció. En esa tarde ambarina de la costa oeste, Lupe imaginó la escena desde fuera: en ese chalet de Beverly Hills, con un contrato en puerta para actuar en Broadway ¿era ella realmente la que bebía cocteles exóticos y fumaba olorosos cigarrillos oscuros acompañada de una estrella como Fanny Brice? En la incipiente ebriedad de media tarde Lupe pensó: "Esa no soy yo, es Lupe Vélez y a Lupe Vélez nada puede dañarla, la desgracia no puede alcanzarla, no le tiene miedo a nada y es invencible".

Como el contrato con Florenz Ziegfeld no comenzaba hasta el año siguiente, Lupe accedió a presentarse en una fiesta pensada para lo más granado del cine en el prestigioso, lujosísimo Hotel Biltmore.

Así que allá se fue, con suficiente tiempo para prepararse y al entrar al majestuoso edificio, una vez dentro, se quedó impactada. El recibidor con sus alfombras persas y su techo de madera pintada estilo morisco con oro, sus botones elegantísimos que no dejaron de mirarla con alguna desconfianza hasta que les dijo a dónde iba, la gran escalera principal donde dos enormes esculturas se le impusieron igualmente: de un lado una diosa de mármol y, del otro, un hombre barbado que parecía un conquistador español.

Aunque se sentía totalmente fuera de lugar, siguió avanzando por los pasillos alfombrados y cubiertos de murales hasta llegar al salón Crystal, donde se realizaría la cena. A aquella hora, sólo estaban los mozos decorando las mesas y Lupe pudo entretenerse con el fabuloso espectáculo del lugar. El techo estaba cubierto por dioses mitológicos, ángeles, cupidos y otras criaturas fantásticas y los enormes candelabros de cristal colgaban hasta la mitad de la altura del salón, lanzando fulgores hacia todas partes. Sin duda eran los más grandes que Lupe había visto en toda su vida. ¡Cuánto esplendor! ¡Qué elegancia! ¡Y cuánta fortuna la suya de poder estar ahí!

A eso de las siete, cuando todos los lugares del enorme salón estuvieron ocupados y se escuchaba el tintineo de las copas y las conversaciones de los comensales, comenzó el espectáculo. Hubo varios números de baile y algunos jóvenes cantantes intentaban impresionar a la audiencia. Pero los viejos ejecutivos, los gruesos hombres de negocios, las actrices elegantísimas con *chemisses* de satín y sombreritos de lentejuela no abandonaban del todo sus conversaciones: el negocio millonario, el chisme sangriento... Pocas cosas podían conmoverlos después de haber visto tanto.

Entonces apareció Lupe en el escenario; bailaba con su energía característica, sonriendo, dispuesta a seducir a aquella audiencia. Pasó por encima del miedo, de las voces de su madre, de Melitón, de todos aquellos que le gritaron que no tenía talento, que no debería estar ahí.

Esa noche era su oportunidad; aunque siempre era posible que alguien importante la viera, la notara por encima de las demás, Lupe sabía que esa noche *todos* los que podrían ayudarla estaban ahí frente a ella. Así que montó una coreografía diferente: los pasos más sensuales del hula-hula mezclados con la danza tropical que había visto en Cuba, alternando ritmos lentos, con aquellos otros de rapidez pasmosa.

—¿Quién es esa chica? preguntó Harry Rapf, el poderoso ejecutivo de la Metro a su asistente—. ¡Qué movimientos! ¿No la hemos visto antes en alguna parte?

—En el Music Box en febrero, señor —respondió el joven de cabello relamido y peinado de raya en medio—. Con Fanny Brice.

—¡Claro! —le dio una gran fumada a su oloroso puro, con satisfacción—. ¿Cómo no me fijé en ella entonces? ¡Mírala! ¡Qué soltura! ¡Qué bonita sonrisa!

El hombre, cuando miró a su alrededor, notó que algunas conversaciones habían cesado, y más de alguno de los viejos lobos de mar miraba a la muchachita, como hechizados por sus movimientos de caderas, por su sonrisa inocente y provocadora a la vez, por sus ojos negros que miraban pícaros.

—¡Tenemos que hacerle una prueba! ¡Esta chica pinta para estrella de cine! Ve a buscarla y dale mi tarjeta, dile que venga a tomarse un trago con nosotros.

Cuando Lupe se percató del interés que había despertado, dirigió su sonrisa más sensual, su mirada más coqueta al poderoso magnate del cine, prometiéndole delicias sin fin.

Capítulo trece

Cuando la sombra duerme su cuerpo se ilumina
Su rostro reflejado atraviesa cristales
Y finalmente se instala en todo brillo
Sus dedos trenzan en el aire
Los bellos frutos de los días de mayo
Muda en la respiración muda de las cosas
La voz de una mujer pasa buscándola
Desnuda en el temblor irreparable
Sus ojos se abren como un río.
"De luz y sonido"
Homero Aridjis

Abril de 1927. Hollywood, California

Una joven llegó a los estudios de la Metro Goldwyn Mayer temprano aquella mañana. Estaba nerviosa y sin embargo no mostró ningún signo de ello mientras atravesaba al grupo de personas que esperaba junto a la puerta del estudio número uno. Ahí le dijeron que encontraría a Harald Bucquet.

—Pero no te va a recibir —le dijo un hombre de traje, que parecía controlar a los visitantes.

Había mirado de arriba abajo a la muchachita delgada, ataviada con un vestido de verano de cintura baja y un sombrerito que le cubría los ojos. "¿Qué haces aquí, chiquilla?", parecía querer preguntarle.

—¿Y por qué no? —preguntó Lupe insolente, poniéndose una mano en la cintura y mirando cara a cara al hombre, aunque fuera mucho más alto que ella.

—¡Mira a tu alrededor!, ¿ves a todos ésos? Ellos también quisieran ver al señor Bucquet.

La sonrisa del hombre era una mezcla de burla y coquetería mientras señalaba con el dedo a su alrededor. Lupe veía a los grupos de vaqueros que se contrataban por un dólar al día; a las muchachitas de ojos brillantes que estaban dispuestas a bailar, brincar y hacer lo que fuera por trabajar en una película; a hombres y mujeres de todas las edades, ansiosos por ser extras; malabaristas, ciclistas, payasos, magos en smoking, enanos vestidos de arlequines…

Pero Lupe no estaba dispuesta a darse por vencida. Sacó un cartoncito de su gran bolsa de mimbre.

—Todos ésos, señor sabelotodo, no son Lupe Vélez y te apuesto a que no tienen una tarjeta del productor Harry Rapf en la mano.

La expresión del hombre cambió de inmediato. Entró al estudio y unos cuantos minutos después volvió a salir.

—Sígueme.

Nada podía borrar la sonrisa de Lupe a medida que recorrían el estudio. Estaba lleno de gente. Técnicos, electricistas, utileros, pasaban junto a ella a toda prisa; una pareja de bailarines ensayaba una especie de *shimmy* en un rincón; en cada pared colgaba una pintura enorme que serviría de fondo a las películas; una pequeña orquesta tocaba jazz y en medio de todo aquello, el director se hacía escuchar gritando a través de un megáfono.

Lupe por su parte, que había visto películas desde que tenía uso de razón, se asombró un poco de las instalaciones que tenía enfrente, pero no se amilanó ni por un segundo.

—Así que tú eres la chica que manda Harry —le dijo el director, un hombre rubio vestido de manera informal, con un chaleco sobre la camisa y un pantalón de *tweed*—. ¡Veamos si eres buena para esto y cómo te trata la cámara! Párate aquí.

Tuvo que interpretar primero a una chica en apuros, luego a una mujer enamorada. Cuando le dijo el señor Bucquet que tenía que ser una mujer feliz, la orquesta comenzó a tocar un charlestón y Lupe hizo lo que sabía hacer tan bien: bailó y bailó como si de eso dependiera su vida, todo ello sin dejar de sonreír por un minuto. Usaba su baile frenético para seducir a la cámara como había seducido al público. Pero precisamente, la rapidez de sus movimientos hacía que la cámara no pudiera seguirla, como si en su carrera desenfrenada Lupe también se quisiera escapar de ella.

—Esa chica es una bola de fuego —dijo Harald Bucquet a su asistente—, es una joven potranca que será difícil amansar. ¡Pero no cabe duda que será un gran éxito! ¡Esa sonrisa está hecha para la cámara!

Lupe pasó la prueba, y Harry Rapf recomendó a su "nueva chica" a Hal Roach, productor de cortometrajes cómicos que Lupe había disfrutado ya en el cine.

—¿Has actuado haciendo comedia alguna vez, Lupe? —le preguntó Rapf cuando volvió a verla—. Hal Roach quiere contratarte. ¿Qué dices?

—Nunca lo he hecho, ¡pero he visto muchas! —respondió entusiasta, sentándose en la piernas del productor y abrazándolo con entusiasmo—. ¡Claro que puedo hacerlo! Hice teatro de revista en la Ciudad de México, ¿por qué no iba a poder hacer comedia aquí?

En esas ocasiones Lupe no dudaba: si no sabía hacerlo, aprendería, de eso estaba segura. Haría cualquier cosa con tal de aparecer en una cinta, ése había sido su sueño desde niña y nada se interpondría en su camino, ahora que estaba tan cerca de lograrlo.

Ese mismo mes, Hal Roach la contrató por tres años y Lupe tuvo que decidir entre irse a Broadway a bailar con las *Ziegfeld Follies* o quedarse en Hollywood, como actriz de cine. No tenía a mucha gente a quien consultar, con quien hablar; después de preguntar a Fanny, a Frank y de largas conversaciones con Melitón en la soledad de su departamento, decidió quedarse en Hollywood, que era, finalmente, lo que siempre había querido.

—La gente viene desde Nueva York para actuar en el cine, querida —le dijo Frank—. ¿Qué vas a hacer tú allá? Esta nueva industria es el futuro. ¡Tú perteneces al futuro!

Aunque las películas fueran silenciosas, Lupe no lo era. Se distinguía por el barullo que armaba en cada escena; además de moverse como un torbellino, hablaba sin parar.

—¿Podrías ser menos ruidosa, Lupe? —le preguntó Roach un día.

—Garbo es silenciosa, así que Vélez es ruidosa. Eso es lo que soy.

Ella sabía que para que alguien la notara, tenía que ser diferente y para serlo, ella ni siquiera tendría que fingir.

Lupe se había ganado un lugar en las comedias de Roach. Con todo y los dolores de espalda y los pies molidos, disfrutaba hacer comedia física; la acción demandaba mucho de su pequeña humanidad, pero su inagotable energía le daba para eso y más. Un día, durante la filmación de *Sailors Beware*, su coestrella Eugene Pallete, harto de los ladridos histéricos de Melitón y harto de Lupe, quiso jugarle una broma y le escondió al perro. Lupe estuvo buscando al pequeño chihuahua toda la mañana y se negó a seguir trabajando hasta que Melitón apareciera. Cuando los electricistas la vieron con los ojos húmedos gritando por los pasillos el nombre del perrito, se conmovieron porque, además, Lupe siempre había sido amable con ellos.

—Fue Pallete —confesaron—. Él se llevó a Melitón.

Lupe respiró con alivio y esperó hasta que el actor entró al estudio. Con toda su rabia, se le echó encima por la espalda, le jaló el pelo y le rasguñó los ojos gritando:

—¡Devuélveme mi perro! ¿Cómo te atreves a llevártelo, cabrón? ¿Qué te hizo el animalito? ¿Qué te hice yo?

Los técnicos no podían creer lo que estaban viendo, y menos cuando sólo usando toda su fuerza lograron desprender a Lupe de la espalda del actor que gritaba pidiendo auxilio.

El editor Richard Jones, quien ya había visto las habilidades de Lupe y pensaba que estaba desperdiciando sus talentos en esas comedias de pastelazo, al ver esa escena tuvo una idea.

Fue a principios de junio, el sol quemaba en los alrededores de Los Ángeles. En un Packard maltratado con Richard Jones al volante, iba Lupe con su sombrerito de paja que le cubría la mitad de la cara, clavando las uñas pintadas de rojo en su cartera. Pronto llegaron al rancho Iverson, en Chatsworth. Cuando bajó del auto, distinguió a varias personas a lo lejos. Entre los técnicos y utileros, estaba un hombre alto, increíblemente atractivo, en mangas de camisa, usando lentes oscuros y una cachucha, era Douglas Fairbanks. Más allá, Mary Pickford, su mujer, una rubia delicada, se abanicaba sentada en una silla de lona con su nombre; conversaba animadamente con otra joven. A su lado estaba Gloria Swanson bebiendo de un vaso con limonada, John Barrymore le ofrecía un cigarrillo y bromeaba.

Lupe apenas podía creer que todas esas estrellas que ella sólo había visto en las películas iban a verla ese día. Cuando los recién llegados se acercaron, para su sorpresa, Fairbanks se dirigió a Jones desde donde estaba:

—¡Richard, por Dios! Te dije que quiero a una mujer volátil, apasionada, llena de fuego. ¿Quién es esta niña?

Fairbanks había fundado United Artists con su mujer, además de Charlie Chaplin y David W. Griffith apenas unos años antes. Ahora el actor estaba desesperado, había entrevistado a más de doscientas actrices para su película *El Gaucho* y ninguna daba el ancho.

—No te dejes llevar por las apariencias —le dijo Jones, entre toses—. Esa chica es puro fuego. Ya está aquí, ¿qué más da? ¡Hazle una prueba!

Hablaba con cierta autoridad, ya que había sido contratado como el director de la película.

—En fin —respondió Fairbanks—. Una más, en efecto, ¿qué más da? ¡Gracias a Dios que es viernes ya!

El asistente de dirección le señaló a Lupe los vestidores y gritó:

—Ve a cambiarte. Ahí está todo lo que necesitas.

En unos minutos, Lupe estaba preparada: se había puesto todo el ajuar de "salvaje chica montañesa" y se disponía a tomar el puesto que le indicó el asistente. Desde ahí oyó a Fairbanks todavía quejándose con Jones:

—Es demasiado joven, Richard, ¡mira qué tímida es!

Luego, después de echarle una ojeada de arriba abajo a Lupe, le ordenó:

—Quítate los zapatos, muchacha. El personaje que interpretas no trae zapatos.

—¡Eso sí que no! —respondió ella con energía—. No me quito los zapatos ni por usted ni por nadie.

Todas esas personas que ella admiraba tanto la estaban mirando. ¡Por supuesto que no mostraría a esas estrellas de cine sus horribles pies llenos de callos y deformidades por tantos años de bailar!

—Entonces no te daré el papel —Fairbanks se enfureció.

—¡No me importa! Usted no me obligará a quitarme los zapatos.

Los presentes pasaron de la sorpresa a las carcajadas y Jones le hizo un gesto de acuerdo a Fairbanks, como diciendo "¿Ves?, te lo dije". No cualquiera se atrevía a enfrentarse al poderoso actor que estaba acostumbrado a que se le obedeciera sin chistar.

Lupe no sabía por qué todo ese asunto tan serio podía provocar risa; estaba a punto de irse cuando Fairbanks le pidió hacer otras pruebas:

—¿Ves aquellas piedras de allá? Tienes que subir corriendo.

—Ahora baja

—A ver, golpea a Eva, que será tu rival. ¿Cómo le darías en la cara?

Lupe tomó vuelo, levantó el puño y con pericia lo estrelló contra el ojo de la actriz que perdió el equilibrio y terminó en el piso.

Se armó un enorme revuelo y mientras los presentes se acercaban a ayudar a la actriz lastimada, Fairbanks exclamó entre risas:

—Muchacha, el papel es tuyo. ¿Cómo te llamas?

—Lupe Vélez.

Ni los actores ni los técnicos olvidarían ya su nombre. Semanas después alguno de ellos diría:

—Esta Lupe es algo especial. Cuando frunce la boquita, uno no sabe si lo va a besar a uno, si lo va a escupir o lo va a morder.

Y precisamente esa impredictibilidad era lo que la hacía adorable a los ojos de todos.

Para Lupe, era un placer trabajar con Fairbanks, a quien había admirado en sus papeles de *El Zorro* y de *Robin Hood*; ¡era tan guapo! No sabía qué le gustaba más, si los ojazos claros, las cejas pobladas, el bigotito a la última moda, la dentadura perfecta o el mechón de pelo que se le caía como al descuido sobre la frente. Sobre todo la enloquecía el aire de suficiencia, de poder; la enloquecía por ser el héroe que ganaba todas las batallas y terminaba siempre riéndose de sus enemigos en las películas. Lupe admiraba también al empresario exitoso que era Fairbanks fuera del celuloide; él, que había logrado establecer su propia compañía y estaba llegando a ser, además de una estrella, un magnate de la industria.

También le gustaba mucho no ser la heroína débil en apuros, sino ser capaz de enfrentarse a él, morderlo, luchar con él físicamente, estar tan cerca, que la actuación diera paso a la realidad, Lupe no sólo representaba su papel, Lupe se había convertido en la salvaje chica montañesa. Sobre todo en el tango que tenían que bailar con sensualidad, atados por las boleadoras de *El Gaucho*.

Tal vez fue por culpa de ese tango que Lupe se dejó llevar cuando Doug llegó a su vestidor y la besó. A pesar de lo mucho que respetaba a Mary Pickford y que le estaba agradecida por la ayuda que le había prestado, enseñándole a ponerse el maquillaje y dándole consejos de actuación, no pudo detenerse. No quiso separar el cuerpo masculino del suyo, sólo dijo muy débilmente:

—Pero Mary...

—Mary se está divirtiendo ahora mismo con su amante —le dijo él con rabia, mientras la desvestía.

Lupe no quiso detenerse, quiso en cambio recorrer esa piel, besar esa boca, pasar los dedos por aquellos rizos y seguir bailando el tango más allá de las horas de trabajo.

Y cuando en la película dijo: "¡Siempre había soñado que te vería, que estaría contigo, Gaucho mío!", también lo estaba diciendo de verdad.

Lupe se divertía también con los trabajadores: le encantaba bromear con ellos y ellos a su vez, aplaudían después de cada escena que ella interpretaba, en un homenaje espontáneo que pocas veces se había visto. Le tenían tal confianza, que le enseñaban "palabras americanas" y en cuanto Lupe las decía, ellos se doblaban de risa: les parecía cómico que la muchacha repitiera aplicadamente las groserías más tremendas. Pronto, su vocabulario creció exponencialmente.

Dado que la moral pública se tomaba muy en serio en los estudios y viendo que la fama del repertorio lingüístico de Lupe iba en aumento, el presidente de la compañía, Joseph Schenck, la mandó llamar. Lupe entró cohibida a su imponente despacho, sabía muy bien que Schenck era uno de los hombres más poderosos de Hollywood, tomó asiento frente al enorme escritorio.

—Lupe, ¿sabes por qué Mary Pickford es la novia de América? —le preguntó con su inglés pedregoso, con rastros de acento ruso.

—Porque es dulce, una dama —respondió Lupe de inmediato, imaginando ya hacia dónde iba el interrogatorio.

—¿Has oído alguna vez a Mary Pickford decir groserías?

—No, señor Schenck.

—¿Has oído a la señorita Talmadge decir groserías?

—Nunca, señor Schenck —Lupe puso especial énfasis en el "nunca", ya que se trataba precisamente de Norma Talmadge, esposa del ejecutivo.

—¿Has oído a Gloria Swanson decir algo indebido?

Lupe denegó en silencio.

Schenck esperó un momento a que su lección hiciera efecto. Cuando vio a la actriz con la mirada baja y aparentemente arrepentida, le pidió:

—Quiero que jures que no dirás más groserías.

—Es que los muchachos me enseñan palabras y yo no sé cuáles son indebidas, señor Schenck; además ¡me parece que las groserías expresan lo que verdaderamente siento, que le dan *punch* a lo que digo, cuando realmente lo siento y lo creo!

—¡Jura, Lupe! —repitió Schenck comenzando a impacientarse.

—Lo juro, señor Schenck, no quiero hacer lo que no está bien —concedió la muchacha, acorralada.

Se despidió contrita, pero en el momento en que iba saliendo, se tropezó con una arruga de la alfombra y casi se cae, golpeándose con el marco de la puerta en la cabeza. Cuando recuperó el equilibrio, pateó el piso exclamando:

—¿Por qué diablos no ha hecho que claven esta maldita alfombra?

—Lupe, ¡por favor!, ¿qué te acabo de decir?

Ella lo miró arrepentida, batió las pestañas, coqueta.

—¡Me doy por vencido! —exclamó el ejecutivo, entre carcajadas.

Se esperaba mucho del ambicioso largometraje que además tenía algunas partes en la nueva técnica de Technicolor. La expectación por la película fue enorme y Lupe se convirtió en una sensación de la noche a la mañana: antes del estreno de la película, ella se presentó en el teatro de los estudios de la United Artists como parte de la promoción; ahí bailó, cantó, entretuvo al público vestida como la "montañesa salvaje" y repartió entre los asistentes, casi todas mujeres, fotografías suyas autografiadas.

¡Qué felicidad! ¡Lupe casi no podía creerlo! Las asistentes al teatro se arrebataban sus fotografías, otras sólo querían hablarle, verla, tocarla... ¿Podía ser cierto aquello? ¿En quién se había convertido? ¡En alguien que aparecía en las películas!, ya no era humana, era de la misma sustancia que los sueños: los hombres soñarían con tenerla, las mujeres soñarían en ser como ella.

La noche de la premier en el Teatro Chino Grauman el 21 de noviembre de 1927, ella llegó en un taxi, acompañada de Fanny Brice y de Frank Woodward. Ahí la recibió también una multitud que quería tocarla. Los relampagueos del flash, las preguntas de los periodistas, las palabras de los presentes llamando su atención, nada fastidiaba a Lupe, estaba encantada, quería más y más.

Las reseñas fueron muy favorables y *El Gaucho* se convirtió en un éxito instantáneo. La entradas para ver la película costaban la estratosférica cantidad de ¡1.50!, seis veces más que cualquier otro film. Joseph Schenck estaba feliz cuando la recibió de nuevo en su despacho algunas semanas después. Le extendió a Lupe un cheque y cuando ella vio la cantidad, por poco se desmaya:

—¡Cincuenta mil dólares, señor Schenck!

—Parece que ahora eres una estrella, muchacha. También compré el contrato que tenías con Roach, ya no tendrás que regresar. Ahora formas parte de United Artists y para la siguiente producción, tu salario será de mil dólares a la semana. ¿Te gusta la idea?

Lupe se quedó muda, sólo movió la cabeza para decir que sí, que por supuesto que sí, que aquello le encantaba. Ese mismo día fue a comprarse el auto que se había prometido a sí misma exactamente un año antes, era una bellísima berlina de Duesenberg color rojo que ya había ido a ver muchas veces. Calculó que con su nuevo salario alcanzaría para pagar un chofer, cambiarse de casa y comprarse algunas de las cosas que siempre había deseado y que no había podido tener: joyas, un abriguito de lana con los puños y el cuello de armiño, una estola de zorro plateado y zapatillas doradas con pedrería que la hacían sentir como una verdadera princesa. ¡No! ¡Como una verdadera estrella de cine! ¡Eso era ya!

Un día, al salir del estudio ataviada como toda una diva, la encontraron varios jóvenes y cuando vieron que Lupe se subía a aquel vehículo brillante, con salpicaderas y faros cromados, llantas de cara blanca y rines de lujo y que además un chofer le abría la puerta; uno de ellos, hijo de uno de los magnates de la floreciente industria, queriendo burlarse de ella frente a todo el mundo, le preguntó:

—Oye Lupe, ¿quién te regaló ese coche?

Ella, como siempre, tenía la respuesta lista. Sin voltearlo a ver siquiera, espetó:

—¡Mmmh!, ¿no te lo imaginas?, fue el viejo rabo verde de tu padre.

La mañana era espléndida, clara y fresca como pocas y la elegante berlina roja se dirigía a toda velocidad con Lupe y sus amigos a bordo hasta Santa Mónica. Como muchas otras veces, ahí iba la chaparrita riendo a carcajadas de los chistes del atractivo Luis Antonio Dámaso de Alonso, que había tomado el nombre artístico de Gilbert Roland, mientras Juan Ramón Gil Samaniego tarareaba algún fox-trot. Este último era un duranguense, que aunque era primo de Dolores del Río, no era aceptado en sus círculos, pero sí había logrado el triunfo con el nombre de Ramón Novarro, en el papel de *Ben-Hur* y se hablaba de él como el sucesor de Rodolfo Valentino.

Pronto llegaron a la playa y se instalaron en un espacio desierto. Estaban lo suficientemente lejos como para que los policías no pudieran impedirles beber whisky de contrabando, así que se sirvieron con confianza, luego instalaron la pequeña victrola para oír jazz. Después de comerse unos sándwiches y tras un silencio pensativo, Roland dijo por fin:

—Los periodistas te están comparando con la prima de éste —señaló a Ramón—. Dicen que tienes un fuego que ella jamás tendrá.

Lupe se había dejado crecer el pelo y poco a poco su melena de *flapper* se iba transformando en una mata oscura y rizada que era uno más de sus atractivos. Ese día usaba un vestido sin mangas y su sombrero de paja. Hizo una mueca.

—Ya sé, otros hablan de su "elegancia aristocrática" —alargaba mucho las vocales de "elegancia" mientras se agitaba el pelo—. El otro día me la encontré en una fiesta y ¿qué creen manitos? ¡Ni me volteó a ver! ¿Quién se cree ésta que es? Mi familia también fue de los ricachones del norte, ¡qué se viene a dar aires aquí esta provinciana igual que yo!

—Se casó con Cedric Gibbons —le decía Gilbert Roland—, actúa como gringa de buena familia y gracias a eso ha entrado en los círculos más finos de Hollywood, donde ni tú ni yo lograremos colarnos.

—Ni yo tampoco —añadió Ramón Novarro con aire pensativo.

—¿Y queremos estar ahí? —preguntó Lupe, provocadora—. ¿Verdad que no, manitos? ¡Ni ganas!

La verdad era que en su fuero más íntimo, Lupe sí hubiera querido ir a esas fiestas y ser aceptada, pero en todo caso, ser aceptada exactamente como era, cosa que no sería fácil.

Ya un poco ebrios, al atardecer, comenzaron con las confesiones, con los sueños compartidos:

—¿Tú te regresarías a Ciudad Juárez? —preguntó Lupe a Roland.

—Es mi casa, pero no. Me gusta ir de vez en cuando para no perder las raíces, nomás. ¿Y tú?

—No. ¡Aquí soy libre! ¡Libreee! —gritaba Lupe extendiendo los brazos para recibir el viento en la cara—. Acá a los hombres no les importa que una se ría, que una diga exactamente lo que piensa. Y eso a mí me va muy bien.

Se había hecho mucho más asertiva en sus relaciones con los varones. Aquella debilidad por el coqueteo que había tenido desde niña no había hecho sino acentuarse, y siguiendo el ejemplo de las otras actrices del momento, había perdido totalmente el miedo a hacer propuestas a los hombres.

En Hollywood también había aprendido otros trucos para no embarazarse, usando los famosos condones de caucho y los prohibidos pesarios que siempre se conseguían de todos modos, por lo que sentía que su libertad no tenía más límites que ciertas precauciones: traer consigo el artefacto de caucho, humedecerlo con vinagre y colocarlo bien adentro antes de tener relaciones. De preferencia, hacerlo en los días infértiles que había aprendido a contar como una experta.

Siempre le había parecido irritante tener que esperar "como una dama" a que los hombres hicieran los avances. ¿Por qué las mujeres no podían escoger a quien quisieran? ¿Quién decía que no? Tal vez por eso nunca sería una dama y al pensar en ello, algo dentro de Lupe se revolvía con gran fuerza. ¡Le hubiera gustado ser varón e ir a la revolución y pelear y hacer lo que le diera la gana sin que fueran los hombres los que dictaran las pautas de comportamiento! Por fortuna estaba en Hollywood y ahí casi todo era posible.

—¡Hollywood es el cielo! —gritó eufórica después de algunos tragos de whisky.

—¡Claro! —asentía Ramón—. ¿Tú crees que yo me regresaría a Durango? ¿Crees que podría ser allá quien yo soy? ¡Acá puedo hacer mi vida, tener mis amigos, siempre y cuando sea discreto, nadie se mete conmigo!

—¿Es verdad que Valentino y tú…? —preguntó Lupe, empujándolo con su hombro, para propiciar la confesión.

—…me hizo un regalo precioso —dijo por fin, después de darle varios tragos a la botella de whisky—. Un día se los enseño.

—¡Anda! ¡Dinos ya qué es! —lo animó Roland también.

—Un consolador —dijo el guapo joven en un susurro, tan bajito, que sus amigos tuvieron que alargar la cabeza para escucharlo—, de grafito con motivos *art déco*.

—¿Y te consuela? —preguntó Lupe irreverente.

—A veces…

—Y tú, Gilbert, ¡cuéntanos de Clara Bow! —seguía interrogando Lupe—. ¿Es verdad que es ninfómana?

Estaba totalmente a gusto en la compañía de los varones, que la comprendían mucho mejor que las mujeres. Siempre se había ufanado de que ella era "uno más de los chicos" y que eso le agradaba mucho más que intercambiar chismes con mujeres, con quienes la competencia era casi siempre intolerable.

—Yo no diría eso —respondió Roland un poco herido. Clara era todavía una persona muy importante para él—. Es peculiar y está muy sola.

—Me gustaría estar tan sola como ella. Dicen que incluso ha invitado a todo el equipo de futbol universitario a su casa.

—¡Habladurías!

—¡Ja! Y que tuvo que parar el escándalo de haberse metido con un médico casado ¡en el mismo hospital donde la habían operado del apéndice! ¿Son también habladurías?

—No cabe duda que Clara sí tiene "eso" —seguía bromeando Ramón.

Se refería a la película *It,* otra de las más famosas de 1927, en la que Clara interpretaba a una chica irresistible con un encanto que no era posible definir. Eso le había ganado a la actriz el mote de "It girl".

Entre risotadas se acabaron la botella y no regresaron a la ciudad hasta bien entrada la noche.

Capítulo catorce

Amor mío, mi amor, amor hallado
de pronto en la ostra de la muerte
quiero comer contigo, estar, amar contigo
quiero tocarte, verte...
Jaime Sabines

14 de diciembre de 1944. Hollywood, California
5:15 AM

Otro cigarro. Tal vez otro trago de brandy. ¿Por qué no llegaba su amante?, ¿sería que no iba a llegar? ¿Qué podía haberlo retenido? Sabía que estaba solo en la casa.

Dijo que estaría allí en una hora. ¿Por qué no había llegado todavía? No vivía tan lejos... A menos que estuviera con alguien, con alguien más.

Los celos emergieron de su cueva oscura. Hacía tanto tiempo que no sentía celos... Pero ¡aunque fueran pocos minutos de retraso, era mucho para alguien que siempre había sido puntual!

Ni un ruido. Ni siquiera el de los perros en su casita del jardín. Pronto los canarios comenzarían a exigir luz, pronto la barredora mecánica recorrería las calles y el periódico haría su ruido característico al caer sobre la acera. Pero ahora no había nada que interrumpiera el silencio.

Bien sabía Lupe lo que era esperar, vigilar los ruidos, ver más allá de la penumbra y descubrir la figura del ser amado saliendo de las sombras. Ella era experta en esperas.

Lupe descubrió una pequeñísima fisura en el barniz rojo de la uña del dedo índice. Levantó el esmalte con otra uña. ¡Carajo! ¿Y si se empezaba a agrietar todo justo ahora? Así empieza a resquebrajarse la vida, con una grieta insignificante, luego comenzarían a abrirse grandes huecos que se lo tragarían todo. ¿Y si finalmente había llegado el momento de la verdad?

La cabeza le dolía de tal manera que pensar era ya un esfuerzo excesivo. Había estado fumando, reflexionando, bebiendo, discutiendo todo el día. La mano derecha le temblaba un poco y tenía frío. Ya no quería seguir pensando, buscando una salida. Tomó otra pastilla roja del frasquito. No tenía nada de sueño y era preciso dormir porque ya no podía esperar más.

¡No! No podía darse por vencida ahora. De nuevo levantó el teléfono pero después de marcar el número que se sabía de memoria, esperó sin que nadie respondiera. Azotó el auricular contra el aparato. ¡Qué ganas de ir a hacerle un escándalo! Pero ¿de qué serviría eso? Sin duda sería contraproducente. ¡Ah, si tan sólo la neblina pudiera disiparse y empezara a pensar con claridad! Había que tener paciencia, tal vez venía ya en camino.

Fijó la mirada en una de las fotografías que adornaban la pared blanca. Era una de las imágenes usadas para publicidad de su primera película importante: *El Gaucho*. ¡Qué joven era entonces! Buscó luego en el vestidor la caja de cartón que contenía sus recortes de prensa favoritos; pronto encontró los de 1927. "Nunca hasta ahora una mujercita con tan escasa experiencia artística había triunfado en el cine como lo ha logrado Lupe…".

"…es un temperamento artístico excepcional …".

"Ninguna mujer en Hollywood podría haber hecho lo que ha conseguido Lupe con una sencillez pasmosa…".

"…y es tal la simpatía que despierta que desea uno que se salten las escenas en que ella no aparece para seguirla admirando sin descansar un minuto".

"Dominio del gesto absoluto, naturalidad extraordinaria, soltura que sólo con la práctica se consigue y ella ya la tiene… ".

"Su triunfo en *El Gaucho* es el acontecimiento más grande que registra el cine en diez años a la fecha".

"Quienes sabemos lo que significa la lucha en los estudios, debemos confesar que triunfos como el de la niña Lupe son únicos en la historia del arte y se manifiestan aislados en cada siglo".

Lupe apenas podía leer, medio adormilada bajo los efectos del sedante y el alcohol. Después de todo el tiempo que había pasado, sentía que todo aquello debía referirse a otra persona, alguien ajeno a ella, por más que lo sintiera muy cercano: ella era y aun así, no podía ser esa estrella...

Y sin embargo, esta madrugada tendría que actuar su papel estelar, aunque el coestrella llegara un poco tarde. Esta madrugada tenía que representar el mejor papel de su vida. Tenía que hacerle el amor a aquel hombre como nunca se lo había hecho a nadie. Muchas cosas dependían de ello. Después de todo, ¿qué era el sexo si no una forma de conocimiento? Como bailarina y actriz que era, su cuerpo era el instrumento para conocer el mundo, la mayoría de las emociones las percibía a través de los sentidos, a través del cuerpo, en suma; y con el cuerpo trasmitía emociones a otros. Lupe sabía que tal vez las palabras podían mentir, decir cualquier cosa, pero el cuerpo rara vez miente. Esta madrugada Lupe no tendría que mentir, por el contrario, tenía que decir toda la verdad con palabras y con el cuerpo.

Ni en sus inicios ni ahora Lupe se había sentido suficientemente bella, suficientemente merecedora de aquel cielo que era Hollywood. ¿Finalmente se habrían dado cuenta? ¡En cualquier momento se darían cuenta! Mientras más tiempo pasaba, Lupe más se había angustiado ante la aparente ignorancia de la gente. ¿Habría logrado engañarlos respecto a sus capacidades?

En 1928 había sido escogida como una de las trece "Baby stars" del año por la Asociación de Publicistas de Películas del Oeste (Western Association of Motion Pictures Advertisers), las famosas WAMPAS. Se trataba de una campaña promocional en la que las ganadoras recibían una enorme cantidad de publicidad, como las más prometedoras del panorama cinematográfico del momento.

Luego Mary Pickford la recomendó a David W. Griffith para la película *Lady of the Pavements* en 1929. Griffith ya era una leyenda entonces; al iniciar la película tenía cincuenta y tres años y un cansancio, un desencanto acumulado que procuraba paliar con una enorme cantidad de alcohol.

¡Cómo había intentado vencer a Lupe, rendirla, ponerla a su merced! ¡No sabía a lo que se enfrentaba con ella! Todo fue en vano. Cuando todos estaban agotados, Lupe seguía fresca, incluso después de la media noche. Griffith terminaba muerto de fatiga, medio ebrio, suplicando un trago en el silencio de su oficina; los técnicos y actores rogaban que ya se acabara el día, pero Lupe, más de una vez, le pidió a la orquesta que tocara algo de jazz para poder bailar un rato.

Parecía que mientras más la presionaran, más adrenalina tenía, más euforia se desataba en ella, como si se creciera al castigo, como si aun a esas horas de la madrugada, exhausta, fuera perseguida por cien mil demonios y no pudiera parar. "¡Nadie ha podido nunca con Lupe!", pensó al recordarlo, "ni entonces, ni ahora".

Griffith pretendía en esa producción introducir algunas secuencias de sonido, diálogos y canciones, en discos *vitaphone* que se tocarían mientras la cinta se proyectaba, pero en los laboratorios imprimieron las secuencias de sonido de manera defectuosa, de tal manera que a leguas se escuchaban los errores: de las canciones sólo se oían las notas agudas. Había que rehacerlo todo en vísperas del estreno, y sustituir los discos que ya habían sido enviados a los cines. Joseph Schenck estaba desesperado ante el inminente fracaso de la cinta, así que recordando el éxito de Lupe en las presentaciones personales de *El Gaucho*, le organizó una gira por todo el país.

Lupe se levantó de la cama y encendió el tocadiscos. Buscó el disco de acetato en uno de los muebles pintado de blanco, como todos los de la habitación. Las primeras notas del tema de aquella película comenzaron a escucharse, luego las primeras palabras con su voz: *Where is the song of songs for me?*

Su pequeño cuerpo que había despertado tantas pasiones se deslizaba, dentro del negligé y la bata de satín, encima de la alfombra blanca. Se movía rítmicamente al compás de la música, con los ojos cerrados, recordando. Por un breve instante, ya no estaba en aquella habitación esperando a su amante, las notas de la canción la transportaban de nuevo al Rialto de Nueva York, donde más de dos mil personas aplaudieron noche tras noche sus imitaciones de su antipática coestrella Jetta Goudal y cantaron con ella y gritaron emocionados con sus sensuales bailes. *"When will I hear the words I love you? Where is the word I long to hear...?".* ¡Ay! ¿Sería acaso esta noche, esta madrugada? ¿Le diría él por fin "te amo"?

Se dejó caer sobre la cama. En los breves instantes en que se quedó dormida, soñó que todo había sido un sueño, un sueño maravilloso, pero nada más que eso.

---

* ¿Dónde está la canción de canciones para mí?/¿Cuándo escucharé las palabras "te amo"? ¿Dónde está la palabra que ansío escuchar?

Capítulo quince

Él fue quien vino en soledad callada
Y moviendo sus huestes al acecho
Puso lazo a mis pies, fuego a mi techo
Y cerco a mi ciudad amurallada.
Concha Urquiza

Enero de 1929. Hollywood, California

Un auto levantaba nubes de polvo por el camino. Lupe y Victor Fleming iban en busca de un restaurante en el pueblo, hartos del menú preparado para los actores de *The Wolf Song* en las locaciones de la película. A varios cientos de metros, estaba Gary Cooper, coestrella del film, quien permanecía sentado sobre una roca junto al río, sin camisa; parecía estar tomando el sol y pescando. Cuando vio pasar el auto, se metió dos dedos en la boca para llamar la atención de los ocupantes con un chiflido y luego agitó la mano en señal de saludo.

—Ese Gary —dijo Fleming—. No cabe duda que siempre seguirá siendo un vaquero.

"¡Pero qué vaquero más guapo!", pensó Lupe.

Gary Cooper llegó a Hollywood en los primeros años de la década, proveniente de Montana, en donde su familia tenía un rancho en el que él trabajó toda su adolescencia. Había triunfado después de un tiempo de actuar como doble durante 1925 y de ahí su carrera había ido en ascenso.

Aquella tarde en la comida, mientras Fleming devoraba un enorme y jugoso *steak*, Lupe no podía dejar de pensar en aquel hombre larguirucho, bronceado, con la mirada de un niño. Lo había visto en dos de las películas de Clara Bow: la famosa *It* y *Wings*, donde el *close up* que habían hecho del joven Cooper había hecho gritar a las mujeres de toda Norteamérica.

—Aquellos eran sin duda otros tiempos —Fleming intentaba llamar la atención de una Lupe distraída, con su relato sobre los inicios del cine en Hollywood—, ¡de chofer de Fairbanks pasé a ser director! ¡Por eso adoro esta industria! ¡No importa quién hayas sido antes, sino lo que eres ahora! Ya ves, Dámaso de Alonso es Gilbert Roland y Frank Cooper se convirtió en Gary.

Victor Fleming era un hombre alto, bien proporcionado, con los ojos gris acero y el pelo entrecano, que frisaba los cuarenta años. Incluso al comer con apetito se movía con suma elegancia y gran naturalidad.

Poco antes Lupe había empezado a salir con él. Ella consideraba su romance con Victor como una hazaña personal, ya que Fleming era uno de los hombres más deseados de Hollywood. Se habían conocido en los estudios unas cuantas semanas antes y a Lupe le impresionaron la apariencia y el aplomo del director.

Sobre todo, había llegado a los oídos de Lupe la fama de sus proezas en la cama. Norma Shearer se había encargado de publicitar su destreza y con ello todas las mujeres con las que había trabajado se habían rendido ante sus encantos, incluyendo a Clara Bow. Su romance con Clara había sido todo un escándalo apenas tres años antes y por ello Lupe ansiaba conquistarlo. Era un hombre admirado y deseado; él andaba con todas y todas querían andar con él y por eso Lupe se tomó como un reto aquella conquista.

—Pero, ¿cómo lo lograste? ¡Hay una gran distancia entre una cosa y otra! —los ojos pispiretos y la sonrisa pícara de Lupe habían logrado rendir el corazón del director.

—En la campaña del presidente Wilson en 1912 fui su camarógrafo personal. Algún día te contaré nuestras aventuras por todo el país. Después, me tocó supervisar las hazañas aéreas de Faibanks en la Gran Guerra.

—¡Estuviste en Europa! —Lupe lo miraba arrobada. El hombre había logrado llamar su atención.

—No sólo eso, ¡estuve en México! Estuvimos filmando a Pancho Villa.

Aquellas fueron las palabras mágicas que terminaron de captar todo el interés de la mujer.

—¡Mi papá anduvo con Pancho Villa!

Todo el camino de regreso al lugar de las locaciones, Fleming y Lupe estuvieron hablando de Jacobo Villalobos y de la campaña de Pancho Villa, de tal modo que ella se olvidó totalmente del vaquero.

Pero al día siguiente, cuando tuvo que empezar a filmar con Gary Cooper, ya nada ni nadie pudo apartar la atención de Lupe Vélez del joven actor. Por su estatura y extrema delgadez Cooper sobresalía entre los demás y al actuar a su lado, Lupe lo encontró irresistible. Hablaba poco, pero sus ojos azules se clavaban en su interlocutor de manera inocente y a la vez intensa. Las facciones perfectas, el cuerpo como esculpido en mármol, la voz, los ademanes de una masculinidad total y a la vez, como los de un niño… Todo eso ponía a girar a Lupe, la mareaba y hacía que las piernas se le aflojaran.

El cuerpo masculino era provocativo, pero lo que lo hacía irresistible, era que, como si no estuviera consciente de su atractivo, se la pasaba comiendo caramelos y pescando durante el descanso, como un muchachito. Esa mezcla de erotismo e inocencia, ese descuido, esa ignorancia de su propio atractivo, era lo que la tenía de cabeza.

El día que se decidió a conquistarlo, se encontró con él a la hora de la cena y lo miró con claro deseo, agitando sus largas pestañas y sonriendo como ella sabía hacerlo; él la miró distraído primero y luego con una mezcla de interés y de incredulidad, como si no diera crédito a que una mujer como Lupe lo estuviera mirando de esa manera.

"Sí, es a ti", parecía querer decirle ella, mientras lo incendiaba con su ojos negros. "Es contigo, quiero contigo como con nadie, y te juro que si me quieres, te voy a hacer sentir lo que no has sentido nunca y entonces yo seré la mujer más feliz de esta tierra".

El encuentro de aquellos dos seres fue como un choque entre dos galaxias que hacen explosión. Lupe reconoció que aquello no le había ocurrido nunca antes: perdía el control de su ser de manera total cuando estaba frente a aquel joven tímido, que se convertía en otra persona cuando estaba con ella en la cama. Además de su enorme masculinidad y el vigor que no hacía sino acrecentarse a lo largo de la noche, a Gary le gustaba complacer a las mujeres, a Gary le encantaban las mujeres: tocarlas, besarlas, sentirlas, hacerlas sentir y eso fue exactamente lo que hizo con Lupe, que recibía los besos y caricias, el placer físico, como el mejor regalo.

El fuego que podían encender aquellos dos seres se reflejaba en la película, el calor que se generaba entre ellos parecía quemar el nitrato de plata, consumir todo lo que no fuera sus propios cuerpos. El argumento, la película misma se volvió irrelevante, importando sólo en la medida en que pudieran mirarse, besarse, abrazarse. La cámara era solamente un testigo incómodo, un espía, un *voyeur*. El cuerpo de Lupe, dentro de sus vestidos de "mexicana de la frontera", parecía querer salirse de la tela, como si todo estorbara, como si no pudiera soportar que nada separara su piel de la de aquel hombre tan deseado.

Victor Fleming, al verlos interpretar aquellas escenas candentes, lo supo de inmediato. El romance era inevitable, imparable ya. Una vez más, una mujer lo abandonaba por Gary Cooper, de la misma manera en que Clara Bow lo había hecho tres años antes. Pero el director no le guardó ningún rencor a Lupe, era un hombre de mundo y su enamoramiento de la actriz no había sido tan profundo como el que había sentido por la sensual "It girl". Además, Lupe se encargó de consolarlo, riendo y bromeando todo el día:

—Lupe es la mejor doctora para subir la moral, la tristeza y ella simplemente no pueden estar en el mismo lugar —dijo cuando alguien quiso averiguar sobre su estado de ánimo después del rompimiento.

Cualquier actor, técnico, extra, utilero y camarógrafo hubiera estado de acuerdo. Lupe bailaba y cantaba, imitaba a todo el mundo y montaba su propio show para el equipo en sus momentos libres. Era como si no pudiera permitir que un sólo instante de aburrimiento se colara en sus días: había que llenarlos de ruido, música, actividad incesante. Tenía que divertir a la gente. Sentía como obligación personal hacer que no se aburrieran: "Si paro, me muero", pensaba, "si me detengo me alcanzan los monstruos de la tristeza, de la nostalgia…".

Lupe tenía algún tiempo construyéndose una casa, en la zona más bonita de Beverly Hills, a una cuadra de Sunset.

Para sorpresa de todos, Gary, que era un reconocido "hijito de mamá", se mudó con Lupe a aquella casa que a su llegada se convirtió en "Casa de la Felicidad", incluso antes de que la película se terminara. Llegó con un comedor italiano de nogal como obsequio para su novia y, para probar que aquello iba en serio, se llevó con él su apreciada colección, con objetos elaborados por artistas de la tribu de los Pieles Rojas, con quienes él sentía una especial cercanía; había ahí penachos indios y tejidos de lana en colores. La colección encontró acomodo de inmediato en el enorme estudio anexo al comedor en la planta baja de la casa. El actor era un hombre de pocas palabras, pero con sus acciones demostró desde el primer momento que Lupe le había trastornado el seso y robado el corazón.

Para delicia de los ejecutivos de Paramount, emprendieron juntos la gira de promoción de la cinta en las principales ciudades del país. Así, pronto se publicaron anuncios en todos los periódicos invitando a la gente: "Escuche a la hechizante Lupe Vélez cantar *Yo te amo*"; otros confesaban: "Lupe Vélez, la mujer que uno no olvida, captura a todos los corazones"; y luego las reseñas comenzaron a aparecer: "Amor primitivo y sin represiones. La lujuria de un par de ojos centelleantes, el hechizo de una sonrisa. Romance en su más salvaje expresión en *Wolf Song*".

Romance salvaje, primitivo, dentro y fuera de la película, eso era lo que vivían Gary y Lupe también, sin importarles quién los viera, quién los criticara. Las noches eran de proezas amatorias en la cama y durante el día Lupe buscaba nuevas maneras de hacerlo sentir: mientras él manejaba su Roadster convertible a toda velocidad por Sunset Strip, Lupe bajaba la cabeza hasta su sexo y lo

hacía explotar de placer ante los otros conductores que los miraban
con envidia o con escándalo; en las fiestas en el Chateau Marmont,
frente a todos los invitados, ella era capaz de provocarlo a fuerza de
caricias por debajo de la mesa o bien convertir cualquier superficie
en pretexto para hacer el amor.

Gary, a su vez, estaba loco por ella. Nunca había tenido tan
cerca el peligro, y la emoción de conquistar a una criatura tan
elusiva como el mercurio era muy fuerte. El vértigo de domar una
potranca, cabalgar a toda velocidad contra el viento, enfrentarse a
un animal salvaje, se había vuelto un reto irresistible. ¿Cómo no
enamorarse de una mujer que brillaba, centelleaba, relampagueaba
de tal manera? Tanto, que sólo con gran dificultad reanudó sus
actividades y la filmación de otras películas.

Casa Felicitas dejó de ser muy pronto la Casa de la Felicidad. La relación de Lupe con Gary dejó de ser la de dos palomitos, como los
periquitos de Australia y canarios que tenía en la pajarera climati-
zada en medio del jardín. Poco tiempo después de que se mudaran
juntos, se convirtieron en dos águilas predadoras, parecidas a las
que Gary le regaló a Lupe y que conservaban en una enorme jaula
especial hasta que fue imposible mantenerlas y hubo que donarlas
al zoológico de la Ciudad de México.

Su deseo era intenso y salvaje. Picotazos, arañazos, eran lo
más común en medio de la lujuria desatada. Y al igual que las aves
de rapiña, se convirtieron en dos hermosos animales amenazados
por los cazadores furtivos.

Había mucha gente que no estaba contenta con el giro que
habían tomado los acontecimientos en la vida de las dos estrellas.
A los ejecutivos de Paramount, particularmente a Joseph Schenck,
no les hacía gracia que el romance entre ellos se hubiera prolongado más allá del impacto publicitario del principio. Cooper era
un actor que apenas estaba despuntando y querían aprovecharlo
al máximo; además la presencia de una mujer como Lupe en su
vida podía resultar inconveniente para la imagen del nuevo galán.

Por otra parte, la madre de Gary pronto mostró su desacuerdo con aquella relación. Algunos meses después de iniciado el romance, Alice le pidió a su hijo que invitara a Lupe a cenar a su casa, para ver exactamente a qué se estaría enfrentando.

Alice Cooper era una mujer rubia que, al igual que su esposo, provenía de buenas familias inglesas avecindadas en Montana. Para ella la etiqueta y el decoro lo eran todo. Por eso cuando finalmente acordaron una fecha para la cena, la señora se esmeró en el arreglo de la mesa, en los alimentos, en las bebidas… Y con mucha más mala fe que ganas de guardar la etiqueta, llenó de cubiertos y copas la mesa, con el fin de medir las habilidades sociales de la novia de su hijo.

Había oído hablar de ella, había leído los chismes en las revistas de espectáculos y no le había gustado nada lo que había averiguado. En el fondo, estaba horrorizada de que su hijo se hubiera mudado con "esa cosa mexicana". Si el romance de su amado vástago con Clara Bow, la chica venida de las profundidades de Brooklyn, le había parecido inaceptable, mucho menos podía tolerar la influencia de una mujer tan impresentable como Lupe en la vida de su hijo, ella quería lo mejor para él, una buena chica de sociedad.

Cuando Gary llegó a casa de sus padres con aquella belleza latina enfundada en un vestido de satín color palo de rosa y un abrigo de *mink*, las reacciones de los dos padres del actor no pudieron ser más encontradas: Alice miraba con desprecio los llamativos brazaletes de piedras preciosas que lucía la actriz, mientras que el padre de Gary, que había sido juez de la Suprema Corte en el estado de Montana, además de un ranchero próspero antes de mudarse a California, miraba a Lupe encantado.

—Bonitos brazaletes —le dijo al llegar, ante la mirada amenazadora de su mujer.

—¡Ah! Y han probado ser una excelente inversión, mi querido juez. Muchos de nuestros amigos terminaron sin nada ante esta horrible crisis, pero gracias a que yo compré estas bellezas —las acarició con su mano enguantada—, ¡nada! ¡A mí la crisis no me afectó en absoluto!

Ya sintiéndose en confianza, se llevó al juez del brazo hasta la mesa del comedor, haciendo que creciera en Alice la desconfianza ante la novia de su hijo. Finalmente inició la conversación:

—Nosotros siempre quisimos que Gary estudiara en Cambridge u Oxford. De hecho, él y su hermano pasaron un par de años en Inglaterra antes de la Gran Guerra. ¡Qué lástima que ya no fue posible continuar! Los padres siempre quieren lo mejor para sus hijos. ¿Y tú dónde estudiaste, querida? —preguntó Alice en medio de la comida, gozando con la inexperiencia de Lupe ante los cubiertos.

La muchacha, aunque le encantaba escandalizar a la gente, quería causar una buena impresión a sus suegros.

—En un colegio de monjas en San Antonio.

—¡Lástima, querida, que no te enseñaron a usar los cubiertos! ¿Es que en tu país no los usan? ¡Una oye cada cosa de lo que pasa al sur de la frontera!

Lupe sintió que la rabia comenzaba a hervirle en el pecho. Se le vinieron a la mente insultos venenosos y tajantes con qué destruir a aquella mujer, pero mantuvo la boca cerrada; se trataba de la madre de Gary. En cambio miró al muchacho sentado a su lado, esperando que él la detuviera, pero nada. Gary sólo dirigió una mirada tímida y suplicante a su madre que no se dio por enterada.

La velada transcurrió de manera tensa y cuando salieron de la casa de los padres de Gary, Lupe ya tenía lágrimas en los ojos. Eso dio pie a una serie de peleas cada vez más violentas entre los dos.

—¿Por qué no la detuviste, Gary? —gritaba ella—. ¿Por qué, si fue tan grosera y humillante conmigo?

—Ella es así —dijo él cortante, con su maravillosa y profunda voz—. Nadie puede detenerla.

—¿Que no? ¡Vamos a ver si puede con Lupe Vélez! ¿Quieres que la detenga yo? ¿Es eso lo que quieres, grandísimo cobarde? ¿No te puedes enfrentar a tu propia madre?

Gary guardaba silencio y sólo la miraba con aquellos enormes ojos azules que si al principio lograban desarmarla, después no hacían sino aumentar su rabia.

—¡Contéstame!, ¡contéstame, carajo!

Entonces, Lupe comenzaba a aventar cosas: una figurilla de porcelana que encontrara a mano, una vasija de cerámica hecha por la tribu Navajo de la colección de Gary que iba a estrellarse contra un cuadro, una botella de whisky… En medio de los gritos, se escucharían los ladridos de Melitón y al perico, que su novio le había regalado para sustituir a las águilas, gritando a voz en cuello con el mismo acento de Lupe: "Gariiiii" y luego "Yousonofabitch!!!".

—¡Di algo, carajo! —le gritaba ella en medio de aquel escándalo.

—Tienes razón —respondía él después de un rato.

Entonces ella se le iba encima a arañazos o terminaba por lanzarle un zapato a la cabeza.

Alguna vez en que los insultos de Lupe hacia su madre se salieron de lo habitual, Gary tomó su cinturón y, una vez inmovilizada en la enorme cama, la golpeó. En cuanto ella logró zafarse, se le fue encima a arañazos que, al día siguiente, él tuvo que justificar en el estudio.

Alice Cooper, por su parte, consideró una lucha sagrada, una cruzada irrenunciable, la necesidad de separar a Gary de aquella horrible mujer, y no paraba de hacerle todas las groserías imaginables, desde no dirigirle la palabra a la anfitriona y tratarla como una sirvienta, en las ocasiones en que se dignaba a ir a Casa Felicitas ante las súplicas de su hijo, hasta hablar las peores pestes de ella con cualquiera que quisiera escucharla.

Lupe, por su parte, consciente de la mala opinión que tenía Alice de ella, había puesto todo su empeño en conquistar al juez Cooper: le pellizcaba las mejillas, cocinaba para él, bromeaba todo el tiempo; y él estaba encantado con Lupe, le fascinaban sus bailes y se moría de risa con las imitaciones de la Garbo o de otras actrices.

Para él Lupe era como un sorbo de agua fresca después de muchos años de sequía con una mujer triste. Incluso cuando ella se pasaba de la raya y él intentaba regañarla, Lupe hacía una cara especialmente cómica o contaba un chiste y él ya no podía reñirla. Y ella lo quería como un padre, se le sentaba en las piernas, le agarraba la oreja y susurraba:

—¿Verdad que usted sí me quiere, juez?

Y el juez, con los restos de acento inglés y una sonrisa en el rabillo del ojo, las mejillas coloreadas por algunos tragos de whisky, contestaba invariablemente:

—¡Claro que sí, Lupe! ¡Por supuesto que sí!

Esto lograba enfurecer aún más a Alice. En cuanto regresaba a su casa en compañía de su marido, lo reñía por dejarla sola con un "problema tan grave", incluso por ponerse en su contra y defender a "esa fiera".

—Vamos, Alice, no exageres —le respondía el juez, parsimonioso—. ¿Cuánto crees que va a durar ese romance? Gary se va a aburrir de Lupe en muy poco tiempo. No sé qué hacen juntos, en primer lugar. Ella es ruidosa y alegre, él es callado y melancólico; a ella le gustan las fiestas y él prefiere quedarse en casa; él es alto, ella bajita…

—¡Sí! —explotaba ella—. Parece un perrito chihuahua dando vueltas alrededor de un san bernardo, mareándolo todo el tiempo. No sé cómo la soporta.

—¡Ya ves! Además Gary tiene los ojos y las manos muy inquietas, no tendrías que preocuparte, déjalo en paz y no te metas en sus asuntos ¡ni creas que se va a casar con ella!

—¡Ni Dios lo permita!, ¡tener a esa cosa mexicana en nuestra familia! ¡Horror!

—¡Déjalo en paz, te digo! La va a dejar cuando se canse de tanta excitación, vas a ver.

—No lo creo. Esa arpía lo tiene dominado. ¡Como a ti! —exclamaba llena de rencor—. Dicen que lo trae caminando detrás de ella, luciéndolo como si fuera un animal de circo. Lo presenta a sus amigos como "mi viejo" y presume que logró atraparlo, incluso cuando él está presente. ¡Qué mal gusto! ¿Y te has fijado las cosas horribles que se pone nuestro pobre hijo? Esas camisas llenas de flores de colores que antes Gary ni muerto hubiera usado… ¡Es porque Lupe se las compra! Ahora ¡hasta toma tequila y come chile! ¡Esa mujer lo está convirtiendo en un vulgar latino!

El juez se burlaba de los miedos de su esposa y daba por concluida la conversación abriendo el periódico, pero ella se quedaba enfurecida y planeaba cómo sacarle a Lupe de la cabeza a su hijo.

Alice Cooper hizo todo lo que estuvo en sus manos: fingía una súbita enfermedad para que su hijo cancelara en el último momento un compromiso con su pareja; le aconsejaba que no contrariara a los ejecutivos de los estudios porque podría perder su trabajo y le recordaba constantemente que a Schenck ¡no le gustaba su relación con Lupe! Aprovechaba cada conversación, cada llamada telefónica para plantar en Gary la semilla de la separación:

—¡No tienes que volver a casa cada día a cenar con esa mujer! ¡Quédate en la cafetería del estudio, querido! ¡Tienes que ser visto! ¡Ahí harás relaciones con los directores y los ejecutivos! Un actor, mi vida, ¡tiene que circular! ¡Circular es la clave! Y si ella no lo comprende, es porque no te quiere.

—¡Ven a cenar con nosotros hijito! Pero por favor, no traigas a esa mujer. ¡Es impresentable! Habrá gente de la mejor sociedad y no quiero que la vean. Es tan vergonzoso. ¿Por qué no invitas a ese amigo tuyo, tan fino y agradable, Andy Lawler?

—¿Qué crees que se anda murmurando por ahí? No me lo creas, pero en el salón de belleza lo oí decir a alguien de los estudios… Dicen que Lupe, esa mujer, anda metida con un actorcillo. ¿Y qué se podía esperar? ¡Siendo de la clase que es!

Los celos. Eso era lo peor: los celos encarnizados por parte de ambos y que se encendían con las flamas que Alice sabía arrojar con destreza. Como aquella noche. Gary llegó a Casa Felícitas con el alma envenenada, encontró a Lupe preparando la cena.

—Me dijeron que te metiste con Edgar Robinson.

Edgar era la coestrella de Lupe en la cinta que estaban filmando en ese momento: *Where east is west*; y si bien Lupe coqueteaba con él como era su costumbre hacer con todos los hombres que encontraba en su camino, aquello no había llegado muy lejos: unos repegones, unos cariñitos, nomás.

—¿"Te dijeron"? ¡Ésa fue la intrigante de tu madre! ¿Por qué tienes que hacerle caso? ¡Dile que deje de meterse conmigo! —Lupe levantó el cuchillo de cocina con el que cortaba unas verduras, amenazadora.

—Si "me dijeron" es porque algo de verdad lleva el dicho.

Lupe se quedó inmóvil un momento ante la tabla de picar. Examinó a su amado con detenimiento. El muchacho había bebido algunos tragos antes de llegar a casa, miraba al piso, con vergüenza, como cada vez que hacía algo indebido.

—Nada de verdad lleva el dicho… el ridículo, estúpido dicho. Y en cambio tú ¡te fuiste con Clara Bow!, ¿no es cierto? Vienes de con ella, ¡confiesa!

Lupe sabía que Gary se escapaba al gabinete oriental de su ex amante, cada vez que ella se lo pedía o que se enojaba con Lupe.

—¿O fue la chica del vestuario esta vez?, ¿fue una admiradora? —se quedó en silencio, queriendo averiguar la verdad sólo al verlo—. ¡No! ¡Fue esa cabrona de Marlene Dietrich! ¡La voy a matar! ¡Lo dije y lo cumpliré! ¡Le voy a sacar los ojos y luego la voy a matar!

Cuando Gary había empezado a filmar *Morocco* con la alemana, en 1930, Lupe había estado presente la mayor parte del tiempo, conociendo la fama de come hombres de la actriz y sabiendo de las debilidades de su novio. Además de seducirlo a todas horas delante de la gente para mantenerlo ahíto, hizo correr el rumor en el estudio de que si aquella mujer se atrevía a ponerle a su Gary una mano encima, Lupe iba a sacarle los ojos.

—¡Dime la verdad! —le gritaba Lupe amenazante.

—Tienes razón —respondió él finalmente, sin mostrar ninguna emoción, como hacía con frecuencia.

Aquello la sacó de quicio.

Gary estaba a pocos centímetros de ella, permanecía con los brazos recargados sobre la mesa alta de la cocina donde la actriz preparaba los alimentos. En aquel momento, sin pensarlo en absoluto, Lupe le clavó el cuchillo de cocina en el antebrazo.

—¡A ver si así reaccionas! —le gritó todavía, sin adquirir conciencia de lo que había hecho.

No fue sino hasta ver la sangre sobre la mesa de cerámica esmaltada que Lupe entendió la gravedad del asunto. Gary sudaba de susto al verse con un cuchillo clavado en el brazo y no atinaba a reaccionar. Lupe lo desprendió, y con el trapo de secar los platos, hizo un torniquete; sin quitarse el delantal, tomó su bolso y gritó:

—¡Vámonos a emergencias!

Fue en una de las célebres fiestas que la actriz rusa Alla Nazimova organizaba en sus famosas suites The Garden of Allah. Ahí los actores, guionistas y escritores se reunían alrededor de la enorme alberca. Esas fiestas sobresalían por los excesos en que incurrían invariablemente los comensales y aquella noche no fue la excepción: se había bebido mucho y al filo de la madrugada, sin saber muy bien cómo, Gary y Lupe terminaron en una de las villas, con ellos iba el amigo inseparable de Gary, Andy Lawler.

Lupe aborrecía a aquel jovencito afeminado, de excelente educación, maneras delicadas y acento bostoniano. Lo odiaba porque entraba a la casa de los padres de Gary ocupando su lugar en las reuniones familiares, pero sobre todo lo odiaba porque sin duda estaba enamorado de Gary. Sus amigos decían que guardaba fotos y recortes del actor en un álbum y no desperdiciaba la ocasión de estar a su lado.

Pero aquella noche Lupe había bebido lo suficiente para dejar pasar aquello, incluso para fingir que no importaba. Al entrar en la suite, Lupe se dio cuenta de que sólo había una cama y con una carcajada, ahuyentó los restos de pudor:

—¡Tendremos que caber los tres en ella!

Cuando escuchó los besos y sintió las manos de Lawler buscando la carne de Gary, Lupe pensó que podía tolerarlo. En la bruma del alcohol, sintió que no importaría tanto, siempre y cuando ella estuviera ahí también; después de todo, no era lo mismo que aceptar a otra mujer. Mientras sentía la lengua de Gary metiéndose con ansias en su boca y el enorme falo de su amante adquiriendo una firmeza inconfundible, pensó que lo importante era complacerlo, que él fuera feliz y se diera cuenta de que nadie, nadie más podría tolerar algo así sino Lupe, Lupe que haría cualquier cosa con tal de que su Gary la amara. Entonces bajó la cabeza hasta el sexo de su amado y chupó, besó, lamió con toda su alma; desde esa posición, podía sentir cómo Lawler acometía por la espalda, casi trozaba por la mitad al delgado Gary. Poco después Lupe recibía en la boca la semilla caliente de su amante.

Como Lupe no podía bloquear aquella amistad, no le quedó más remedio que aceptarla, pero eso sí, prohibió terminantemente a Gary que se encontrara con Lawler a solas. Todo hubiera estado bien si las cosas se hubieran mantenido de aquel modo, pero Gary insistió en pasar por encima de la prohibición hecha por Lupe: más de una vez, huyendo del exceso de trabajo y de las rabietas de su pareja, se escapó a la Isla Catalina con su amigo.

Aquello era demasiado. En una fiesta donde Gary quedó de encontrarse con Lupe, cuando ella lo vio llegar, lo encaró hecha una furia.

—¡Gary! Puedo olerlo en ti.

—¿De qué estás hablando?

Sin darle tiempo a impedir nada, Lupe bajó el cierre de la bragueta de Gary y se inclinó para olfatearlo, delante de todo el mundo.

—¡Puedo oler su repugnante colonia inglesa en ti! ¿Crees que me puedes engañar a mí?

Acto seguido, salió de la fiesta sin despedirse de nadie. Y Gary, avergonzado, se retiró también en medio de las risas de quienes presenciaron aquella escena. Para el tímido Gary, aquel fue el principio del fin.

Capítulo dieciséis

...Como dispuesto desde hace tiempo, como un valiente,
Despide, despide a Alejandría que se aleja.
Sobre todo no te engañes, no digas que fue
Un sueño, que tu oído te engañó;
No te acojas a tan vanas esperanzas.
Como dispuesto desde hace tiempo, como un valiente,
Como te cabe a ti, que de una ciudad tal mereciste el honor,
Acércate resuelto a la ventana
Y escucha conmovido, mas sin
Súplicas ni lamentos de cobarde,
Como goce postrero los sones,
Los maravillosos instrumentos del místico, del báquico cortejo
Y despide, despide a la Alejandría que tú pierdes.
C. P. Cavafis.

Principios de 1931. Hollywood, California.

—Ictericia y agotamiento —dijo Néstor Michelina, el médico de Lupe, cuando fue a revisar a un exhausto Gary que ya no había podido levantarse de la cama.

Las relaciones de Lupe y Gary se habían vuelto cada vez más explosivas e impredecibles y cada acto abonaba al círculo vicioso de violencia-lujuria-violencia-rabia: Lupe comenzó a coquetear con otros hombres para despertar los celos de Gary y propiciar el compromiso, lo cual hacía pensar a Gary que su madre había tenido razón sobre las infidelidades de Lupe, y corría a la casa de Clara Bow, lo cual enceguecía de celos a Lupe, a quien le dio por guardar una pistola en el cajón y amenazar a Gary cada vez que él la sacaba de quicio.

En medio de este vórtex de confusión, la carrera de Gary seguía en ascenso y en Paramount lo obligaron a filmar dos películas diarias, una de día y otra de noche; después de más de veinte horas de trabajo, llegaba a la casa de Rodeo Drive sólo para encontrarse con los celos de Lupe y sus demandas de atención. Hasta que ya no pudo más.

Aquel día, en la cama de Lupe, Gary parecía un esqueleto. Había bajado de peso de manera alarmante y su piel tenía un vago color amarillento.

—¿Y qué podemos hacer, doctor? —preguntó Lupe, alarmada.

—Recomiendo que se tome un año de descanso.

—¡Ojalá que en esta industria se pudieran dar sabáticos! —Gary con voz apagada—. Si me voy un año, sería igual que renunciar.

—Su condición es delicada —reiteró el médico—. El descanso es lo único que puede restablecerlo.

Cuando el doctor Michelina se fue. Lupe miró a su amante, preocupada. El rostro de Gary mostraba, además del cansancio, angustia.

—Si dejo de trabajar un año, ¿de qué vivo? No tengo un solo centavo.

Era verdad. Gary había gastado mucho más de lo que ganaba, entre los regalos para Lupe, las llamadas de larga distancia cuando alguno de los dos estaba filmando fuera, las diversiones eventuales y el dinero que daba a sus padres.

—¡Yo te puedo mantener, mi amor! Si nos casamos, no tendrás que preocuparte de nada. ¡Yo te cuido! ¡Podemos irnos unas semanas aunque sea, a un lugar tranquilo!

—¡Qué ganas de estar contigo en Montana! Volver a aquellas noches de tranquilidad absoluta; la oscuridad te enseña a escuchar los ruidos más insignificantes. El arroyo a lo lejos, el canto de las lechuzas, las ardillas perforando los troncos en busca de comida.

Lupe se llenó de ternura ante aquella escena pastoril. ¡Por supuesto que le encantaría dormir en una cabaña de madera en los brazos de su amado, protegida por un hombre de verdad! Pero luego montaba en cólera de nuevo:

—Todo esto es culpa de Schenck y los demás. ¿Hace cuánto que no te dan vacaciones? ¡Mira cómo te han explotado!

Aunque lo amaba muchísimo, no podía dejar de reconocer que el hombre era muy débil e incapaz de imponerse a su familia y a los ejecutivos de Paramount que dominaban completamente su vida. Gary tenía cinco años trabajando con ellos y en ese lapso había hecho más de veinte películas, sin un descanso.

Cuando Schenck se enteró de la enfermedad de Gary, le echó la culpa a Lupe:

—¡Tienes que irte, Gary! ¡Vete de vacaciones! Puedes tomarte un par de meses; arreglaremos todo para que te vayas a Europa por cuenta de la compañía, pero con una condición: no puedes llevar a Lupe, ella es la causa de tu enfermedad. ¡Mira cómo te ha dejado con las peleas, los celos, esa vida que llevas!

Aunque Gary se resistió al principio, Alice Cooper terminó de convencerlo y arregló todo, junto con Schenck, para que su hijo se fuera en el Twentieth Century Limited hasta Nueva York y de ahí a Londres, sin que Lupe se enterara.

Pero los involucrados en el complot no contaban con la amistad de Lupe y Lucy, la secretaria del ejecutivo de Paramount. La actriz siempre había sido amable con ella y un par de veces habían salido juntas a comer, por lo que Lucy se compadeció y le llamó por teléfono:

—Lupe, creo que no lo sabes, pero Gary se va esta tarde a Europa. Todavía puedes alcanzarlo, el tren sale a las seis.

Lupe no podía creerlo. Gary le había dicho que iba a visitar a sus padres. ¡A visitar a sus padres, por Dios! ¿Por qué se iba sin ella? ¿Con quién se iba? ¡Si se iba con la Bow o con Lawler era capaz de matarlos a los dos! Tomó sin pensar la pistola que guardaba en el buró y salió de la casa a toda prisa.

Bajó del auto de un salto y pronto distinguió su alta figura en medio de un grupo de amigos, entre los cuales estaba Andy Lawler, además de su madre; desde donde ella estaba, podía ver cómo se reía, cómo sus ojos azules se llenaban de brillos de estrella, cómo sus labios amados se curveaban y mostraban sus dientes perfectos.

Lupe se llenó de rabia, de tristeza, al ver cómo se repetía la escena de abandono a la cual tanto le temía, ésa que había querido olvidar toda la vida: el hombre que ella amaba estaba dispuesto a dejarla sin siquiera despedirse de ella. Entonces le gritó con todas sus fuerzas:

—¡Gariiiiii! ¡Yousonofabitch! ¡Gary! ¡Eres un cabrón!

Apuntó con el pulso vacilante y disparó el revolver, pero erró el tiro por unos cuantos centímetros. Él, al verla, se metió al tren y atrancó la puerta. Luego todo se volvió confuso, los familiares y amigos encontraron cobijo detrás de un pilar mientras la gente gritaba y corría en todas direcciones. Lupe se quedó inmóvil por un momento, con la cara lívida, incrédula de que él realmente la abandonara, hasta que vio a los guardias que corrían hacia ella y salió a toda prisa de la estación, aguantando las lágrimas tanto como pudo.

El mundo se había derrumbado, el sueño se venía abajo, el hombre más bello del mundo, el único, el mejor, la abandonaba. ¿Qué le había faltado? ¿El exotismo de Marlene Dietrich? ¿La sensualidad de Clara Bow? ¿Lo que tenía Andy Lawler entre las piernas? ¿Qué, quién tendría que haber sido para que Gary la amara?

En la ausencia de Gary, Lupe adoptó todo tipo de animales callejeros: a Skippy el gato gris, a Eric un gran danés, a Coco el bullterrier inglés, que hicieron compañía a Melitón y a dos tortugas japonesas que se llamaban Gary y Lupe y que tenían su propio estanque para bañarse y tomar el sol, sin ser molestadas por el resto de los animales. Se entretuvo también invirtiendo una pequeña fortuna en el aviario, donde cabían más de cien canarios e incluso ella misma, cuando quería escapar de todo y de todos: tenía la temperatura controlada, unas fuentes con agua caliente y fría, dos grandes árboles y cortinas que se abrían y cerraban para regular la luz.

No quería pensar. Realizaba esas actividades como poseída, sin buscar un sentido concreto a ninguna de ellas. Buscaba perderse en el trabajo. Después del tremendo éxito de su primer film totalmente sonoro en 1929, *Tiger Rose*, aceptó filmar, cuando todavía vivía con Gary, *Hell Harbor* en 1930, en la costa de Florida.

En 1931, cuando ya estaba sola, estelarizó *The Cuban Love Song* para MGM con el actor Lawrence Tibbett. Ahí tuvo la oportunidad de bailar rumba y cantar, con su coestrella, *El Manisero* y *The Cuban Love Song*, que se convirtieron en grandes éxitos. Pero en realidad tenía el corazón roto y cuando cantaba con Lawrence Tibbett, en realidad estaba cantando para Gary.

> I love you that's what my heart is saying
> While every breeze is playing our Cuban love song
> I love you for all the joy you brought me
> The lovely night you taught me our Cuban love song
> One melody will always thrill my heart
> One kiss will cheer me when we're far apart
> (Dear one) I love you with such a tender passion
> and only you could fashion our Cuban love Song.*

Habían pasado más de cuatro meses desde la separación. Aquella tarde Lupe estaba preparándose para ir a una fiesta cuando sonó el teléfono, cuando escuchó la voz de Gary del otro lado del hilo, se quedó helada.

—Lupe, quiero que sepas que lo siento, no debí irme así. ¡Tú sabes que te amo!

—Bonita forma de demostrarlo.

—Mamá me ha contado lo que sucedió entre ustedes.

Gary se refería al terrible pleito que se había suscitado entre las dos mujeres a través de la prensa. Lupe siempre había comunicado casi todo a los periodistas y los desencuentros con Alice Cooper no fueron la excepción. Acusó a la madre de Gary de amenazar

---

* Te amo, eso es lo que dice mi corazón/mientras que la brisa está tocando nuestra canción de amor cubana/te amo por toda la dicha que me has traído/la noche en que me enseñaste nuestra canción de amor cubana/una melodía siempre conmoverá mi corazón/un beso me alegrará cuando estemos separados/(querido) te amo con tan tierna pasión/ y sólo tú te podrías amoldar a nuestra canción de amor cubana.

a su hijo con suicidarse si se casaba con Lupe y de haber ido a su casa a agredirla. La muchacha le había lanzado las pertenencias de Gary por la ventana, gritándole todos los insultos que había callado por dos años.

—¡Tu madre! Espero que ella nunca llore las lágrimas que he llorado yo. Espero que nunca conozca el sufrimiento que yo he conocido, ¡no la odio tanto como para desearle eso!

Gary guardó silencio, así que Lupe preguntó:

—¿Todavía estás en Inglaterra?

—Sí, en la Villa Di Frasso.

Lupe había visto en las revistas de espectáculos que Gary mantenía un romance con la condesa Dorothy Di Frasso, trece años mayor que él, a cuya villa había llegado.

—Así que es verdad que andas con tu abuelita —exclamó con sarcasmo.

—La condesa Dorothy ha sido muy amable conmigo.

¡Y vaya que lo había sido! Tomó personalmente en sus manos la curación de Gary, pero además, le compró ropa elegante, le enseñó modales para convivir con la realeza, le hizo aprender de vinos y de cultura general y lo introdujo en los mejores círculos de Europa. ¡Lo convirtió en un dandy del mundo!

Aunque Lupe despreciaba todas esas cosas, en el fondo sabía que no podía competir con ella, o con Marlene Dietrich, incluso con Dolores del Río, con sus poses, con sus artilugios de mujeres refinadas. Podía burlarse de ellas, imitándolas, pero sabía que nunca sería como ellas y que ese mundo la rechazaría siempre.

—¿Y tienes el descaro de decírmelo?, ¿para eso me llamaste?

—Quiero que te cases conmigo, Lupe. ¡Te extraño de verdad! Ninguna condesa puede competir contigo.

Lupe sintió que el estómago y el corazón le daban un vuelco. Aunque se daba cuenta de que el amorío con la Di Frasso no podía ser tan importante si permitía que Gary la extrañara y deseara casarse con ella, había tenido tiempo de pensar bien las cosas en esos meses de ausencia.

—No, Gary. Eres como todos los hombres, ¡todos son iguales! Incapaces de fidelidad, traicioneros, egoístas y mentecatos. Tu madre no quiere que te cases conmigo y nuestro matrimonio se convertirá en lucha campal entre las dos. ¡Además no pudiste, no quisiste enfrentarte a ese idiota de Schenck tampoco! Le hiciste caso cuando te dijo que yo podía arruinar tu carrera. ¡Pues anda! ¡Haz como ellos te digan! ¡Obedece y cuida tu maravillosa carrera! ¡Quédate al lado de tu mamita a la que ninguna mujer le parecerá lo suficientemente buena para ti! ¡Ni esa condesa ni nadie!

Y Lupe colgó el teléfono, antes de que su taciturno amante le pudiera responder algo como "Tienes razón".

Guadalupe Villalobos tenía el corazón roto, sufría como una desquiciada, pero Lupe Vélez, después de secarse las lágrimas, se maquilló con cuidado y salió de la casa, dispuesta, como siempre, a robarse el show.

En público, Lupe era dueña total de sí misma, pero en la intimidad le daba rienda suelta a su dolor. Amantes podrían ir y venir, pero el único amado posible era Gary Cooper. Cuando había rechazado su propuesta de matrimonio, Lupe no había podido congelar las lágrimas, como había hecho desde que era niña, no pudo más que llorar. El llanto se había derramado en largas tardes caminando por la playa, en noches interminables de pesadilla en que apagaba la luz, se tapaba los oídos, los ojos y gritaba para sí misma: "No me importa, no me importa, ¡no me importa!". En las interminables vueltas de la rueda de la fortuna en Santa Mónica, el llanto y el nombre de Gary, convertido en grito doloroso, se perdían en la música de la feria y el oleaje.

No había dejado de llorar un solo día, por cualquier detalle que le recordara que Gary ya no estaba con ella, como cuando una tortolita llegaba hasta un tejado cercano llamando lastimosamente a su pareja, entonces Lupe desde su ventana le respondía pensando: "Te han abandonado y ahora estás tan sola como yo".

Algunas veces había pensado que no podría superarlo nunca, que seguiría llorando por el resto de su vida. Otras, se había avergonzado de que le doliera tanto el abandono de un ser tan débil, tan inmaduro, tan infantil, mujeriego, incapaz de ser fiel… Y aun así, la herida siguió abierta por años.

En la bruma de más de un amanecer volvía a sentir cómo el aguijón de la culpa se le clavaba en el estómago. ¿Por qué había agredido a aquel hombre si lo amaba tanto? ¿Por qué lo había castigado dándole celos, reclamándole todo y hasta haciéndole daño físicamente? Por frustración, por rabia de ver cómo él era incapaz de enfrentarse a nadie, cómo era incapaz de amarla como ella necesitaba ser amada.

¡Gracias a Dios que Edelmira Zúñiga le había pedido a Lupe quedarse en su casa unos meses mientras encontraba un lugar digno en Los Ángeles! Había conseguido un trabajo de secretaria en una compañía petrolera y no tenía dónde vivir. Eso había venido a paliar un poco la soledad abrumadora que sintió la actriz cuando rompió con Gary.

Cuando Lupe la recibió en la puerta con aquella pijama espectacular, Edelmira la abrazó con cariño y quiso verla, analizarla con cuidado, más allá de las películas. Su voz, fuerte y tensa, no encajaba con su pequeño cuerpo de niña, que permanecía tal como ella lo recordaba. A pesar de los músculos duros, de la esbeltez, del rostro increíblemente hermoso, a Edelmira no le había parecido que Lupe estuviera bien, parecía como si hubiera estado enferma y que soportara la actividad incesante por pura fuerza de voluntad y un espíritu de lucha indomable. Edelmira se había sentido súbitamente triste, le habían dado ganas de salir corriendo al ver aquella casa, aquella felicidad falsa y a su amiga en ese estado.

A pesar de la belleza de Casa Felicitas, de los cuadros italianos, de los retratos del pintor de moda, del escenario que Lupe montó para recibirla, envuelta en su pijama de satín rojo, Edelmira percibió la soledad y el vacío. Nada en esa casa parecía encajar con la verdadera personalidad de Lupe, excepto, tal vez, el jardín que era donde ella se sentía más a gusto rodeada de sus animales.

—Ándale viejita —le dijo Lupe de pronto, como leyéndole el pensamiento—, échate una copita conmigo.

Edelmira aceptó el tequila y se sentó al lado de Lupe; después de un momento, por fin se atrevió a preguntarle:

—¿Qué pasó con Gary, Lupe?, ¡cuéntame!

— Creyó lo que su madre decía, se derrumbó la confianza y eso acabó con nuestra relación. Te juro que siempre le fui fiel, por más que me gusten los hombres. Su madre le llenó la cabeza de mentiras, le dijo que yo sólo quería divertirme, que sólo me interesaba el dinero y las fiestas, pero ¡carajo!, casi nunca íbamos a las fiestas porque a Gary no le gustaban. Tú sabes que para permanecer activos en este negocio y que no se olviden de ti, ¡hay que coctelear! Así que invitábamos a un pequeño grupo de amigos a la casa y aquí celebrábamos. Otras veces salíamos a los cines de barrio donde nadie nos reconociera, o íbamos a dar paseos en el auto. Gary es un tipo muy tranquilo y yo quería hacerlo feliz. ¡Viví para él!

Edelmira la abrazaba en silencio, instándola a llorar, a desahogarse.

—¡Me gustaría salir de aquí y lanzarme bajo las ruedas de un trolebús! ¡Eso siento!

—No digas eso, Lupe, volverás a encontrar el amor.

—Gary es el amor de mi vida. Nunca podré amar tanto, a nadie, de nuevo.

—Vamos, Lupe, siempre se puede amar de nuevo. Cuando menos lo esperes, vendrá alguien especial.

—Claro que hay alguien, siempre hay alguien... incluso puede que alguien especial, como tú dices, pero mira, Edelmira, podría vivir cien años y morir cien muertes y te puedo asegurar que nunca encontraré un hombre tan maravilloso como Gary Cooper.

Las últimas palabras se confundieron con los sollozos de Lupe entre los brazos de su amiga. Cuando se calmó un poco, empezó a cantar, entre lágrimas, la canción que oían:

—"Now that I've lost you please understand I live forever at your command... Siempre, viejita, mientras viva, si Gary estuviera enfermo, en bancarrota o me necesitara de cualquier manera, yo iría con él, aunque tuviera que caminar cien millas. Pero ahora él está bien, no me necesita y yo me conformo con saber que en alguna parte de esta ciudad él respira, es exitoso, es feliz. Le doy gracias a Dios por habernos permitido estar juntos, de verdad, mi relación con Gary fue un regalo del cielo que no se repetirá jamás.

Edelmira, consolándola, se había sentido todavía más triste. Pensó en cambiar de tema:

—¿Y tu familia, Lupe? Acabo de ver a tu madre y no podría estar más orgullosa de ti. Has llegado mucho más lejos de lo que ella jamás imaginó.

—¡Ah! Mi mamá, adoro a la viejita, pero a veces me es difícil distinguir si está orgullosa o es pura ambición. ¡No puedo satisfacer todos sus caprichos!, siempre está pensando en nuevas cosas: un abrigo, una joya, siempre hay más y más demandas. Alguna vez que le dije que pedía muchas cosas, ¿qué crees que me contestó? "Estuviste en mi vientre nueves meses, ¡todavía me debes la renta!". ¡Y esa renta me ha salido más cara que una mansión en el lugar más caro del mundo!

Lupe se reía con amargura, mientras apuraba uno tras otro los caballitos de tequila. Y Edelmira pensaba en que tal vez Lupe tenía razón, había oído a doña Josefina pedirle cosas a Lupe, a veces regalos desmedidos, sin embargo la señora sin duda estaba orgullosa de su hija, de que fuera capaz de tener tantas joyas, tantas pieles, compradas por ella misma, como frutos de su trabajo.

—¡Ni modo, viejita! Me tocó triunfar mientras a ella le tocó dejar el teatro y atender a un hombre que no la amaba. ¡Yo soy el triunfo de mamá! ¡Lo que ella no pudo ser! Pero créeme, ¡es muy pesado andar cargando su fracaso!

—Supe que Reynita y Josefina están acá. ¿Cómo les va?

---

* Ahora que te he perdido por favor entiende que siempre viviré a tus órdenes.

—Josefina y su marido, como sabes, llegaron desde ¿cuándo?, sería en 1929, creo. Sí, fue cuando recién conocí a Gary. Miguel Delgado es un hombre trabajador y honesto. Entonces lo recomendé como secretario de Gary, ahora está trabajando en el cine. Josefina también lo intentó, filmó una película a principios de este año: *Her Man*, pero no tuvo mucho éxito, la verdad. Ya sabes cómo es, el carácter no le ayuda, esos gestos de emperatriz ultrajada no vienen bien cuando no eres nadie. Reynita está bailando en una compañía de *vaudeville*. Mientras logra triunfar, la estoy ayudando. A veces, cargar con toda la familia también pesa.

—¿Y tu carrera, Lupe? Yo veo éxitos y éxitos por todas partes.

— ¿Sabes? Siento que cada una de las películas que he hecho está mal, los directores me quieren hacer una niña estúpida, ¿entiendes? ¡Y yo no soy una estúpida! Luego, los guionistas me ponen a hablar en un inglés absurdo, cargado de palabras en mal español. ¡Me muero de la rabia al pensar que quieren hacerme pasar como una mexicana ignorante! He tenido que ir a tirarles el libreto en la cara y pedirles que escriban eso en inglés, que yo no hablo así, que *nadie* habla así, ¡carajo!

Edelmira se reía a carcajadas.

—¡Eres un gran éxito! ¡Todo el mundo te adora!

—Sí, contesto como quinientas cartas a la semana. ¡Y lo hago yo misma! Después de todo, a esa gente le debo mi casa, mi alberca, mis joyas. Pero ¡me preguntan cada cosa! Otros me piden consejos, ¿te imaginas que yo pueda dar consejos? Y sin embargo se los doy, y si me piden dinero y lo tengo, ¡también se los doy! ¡Significa tan poco para mí y puede ser tanto para ellos!

En el tiempo en el que Edelmira estuvo en casa de Lupe, tuvo la oportunidad de comprobar que era verdad, respondía personalmente más de quinientas cartas, pero no sólo mostraba su agradecimiento con quienes "le habían dado su alberca", sino que siempre se había mostrado dispuesta a ayudar a quien se lo solicitara. Además de a su familia, Lupe sentía una especie de obligación de ayudar a actores principiantes, en particular si eran mexicanos; firmó un contrato con unas niñas bailarinas de tap de doce años y las presentó a todo el mundo para que pudieran tener una oportunidad en Hollywood; alojó a un guitarrista mexicano y lo promovió; les ayudaba a los jóvenes actores a ensayar sus líneas y bromeaba con ellos para que se sintieran a gusto; incluso les llegó a dar grandes cantidades de dinero a los extraños.

Al contarle esas cosas, Lupe parecía recobrar el espíritu bromista. Y Edelmira a toda costa buscaba razones para alegrar a su amiga.

—¡Y vives en Hollywood! ¡Ahora, sin Gary podrás divertirte de lo lindo! ¡Podremos divertirnos! ¡Podrás llevarme a los clubs! Me recomendaron uno, donde hay un espectáculo de jazz, con artistas negros que son la sensación.

Lupe se transformó en otra persona en cuanto comenzó a describir *The Blackbirds* una revista que vio en Nueva York.

—Espera a que oigas a este pianista —imitaba la jerga del Bronx mientras cambiaba la música y luego puso un disco de jazz.

Pronto estaba cantando, bailando, gritando de lo lindo y brincando al ritmo de la música sobre los cojines de la sala y, un par de horas después, había tomado tanto, que Edelmira había tenido que subirla casi a rastras hasta la cama.

Capítulo diecisiete

Oh desnudez, belleza desarmada,
sumisión al espacio, soledad
que transparenta la hermosura eterna
como blancos guijarros
en el fondo del agua.
Tomás Segovia

Marzo de 1932. Broadway-Hollywood

Todo el mundo quería ver el show *Hot cha!* de Florenz Ziegfeld
en la matinée. Jóvenes y viejos en Nueva York hacían fila aquel
domingo en la mañana para entrar al teatro a mitad de precio y
admirar a las hermosas bailarinas, soñar un rato que la vida no era
tan dura ni la crisis tan severa. Todos aquellos que todavía podían
pagar un boleto del teatro iban a guarecerse de los embates de la
vida real en la penumbra. Se confundían con ellos en la entrada
los enjambres de mendigos que tenían su campamento en Central
Park y compartían las limosnas y los mendrugos al calor de las
hogueras.

El viejo Ziegfeld estaba preocupado aquella mañana a pesar
de tener el teatro lleno. No había un solo espacio vacío y el público
comenzaba a impacientarse.

—¿Alguien ha visto a Lupe?

Las chicas del coro corrían de un lado a otro, arreglando des-
perfectos de último momento. Conocían y amaban a Lupe ya que
ella más de una vez las había defendido, protegido, porque ganaban poco y se esforzaban mucho. Lupe les prestaba ropa, zapatos
y joyas para alguna cita especial e incluso llegó a rifar uno de sus
abrigos de pieles entre ellas.

Nadie sabía dónde estaba.

—Tampoco está su hermana Reyna —dijo por fin una de
ellas.

Ziegfeld estaba desesperado. Habían pasado más de quince minutos de la hora. ¡El show tenía que haber empezado ya y Lupe no estaba! Llamó varias veces a la habitación de las dos mujeres en el hotel de Manhattan sin que hubiera una respuesta.

—¡Goldie! —gritó Ziegfeld a su secretaria—, vete ahora mismo en un taxi al hotel de Lupe y averigua qué está pasando. ¡No vuelvas sin ella!

Cuando la muchacha llegó a la habitación, presenció una impactante escena. Ahí estaba Lupe, tirada en la alfombra de la sala en la enorme suite, ataviada todavía con un vestido de noche cubierto de lentejuelas. A su lado, Reyna le ponía un enema, con cara de terror.

—¿Qué fue lo que pasó? —preguntó Goldie también asustada.

—Nos fuimos de fiesta anoche con Dutch Schultz. Anduvimos en todos los cabarets de Manhattan hasta que amaneció —respondió Reyna sin dejar de hacer su trabajo.

Dutch Schultz era el empresario que había financiado el espectáculo. Había tomado a Lupe bajo su protección y le gustaba llevarla de fiesta a todas partes.

—Lupe no quería volver. Tomamos tanto champagne en la limusina de Schultz que cuando llegamos aquí ya ni siquiera pude llevarla a la cama. ¡Y mírala! No hay manera de que reaccione. Alguien me dijo que con una lavativa se le bajaría la borrachera lo suficiente para bailar.

Goldie la llamaba por su nombre y no lograba hacer que abriera los ojos más de unos cuantos segundos.

—¡Lupe por Dios! ¡El teatro está a reventar y debimos haber empezado hace una hora ya!

En su desesperación, Goldie la abofeteó, con escasos resultados. Luego entre las dos mujeres la llevaron a la ducha y finalmente, Lupe logró reaccionar. Una hora más tarde, temblando de la cruda, la actriz estaba bailando y sonriendo en el teatro como si no hubiera pasado nada. Guadalupe Villalobos habría querido morirse alcoholizada, pero Lupe Vélez, una vez más, se llevaba el espectáculo.

Al día siguiente, ya recuperada, Lupe apareció en uno de los restaurantes más lujosos, luciendo una pijama de satín rosado; tenía cita con una reportera. Había llegado unas cuantas semanas antes, sintiendo que por fin lograba conjugar el teatro con el cine sin tener que dejar ninguno.

Cuando la reportera le preguntó cómo se sentía en Nueva York dentro del show de Ziegfeld, Lupe respondió:

—Estoy bien, estoy muy bien. ¡Me llevo el show todas las noches! Tal vez no canto muy bien, pero canto fuerte; tal vez no bailo tan bien, pero me muevo mucho. ¡Me puedo llevar el show! Soy Lupe Vélez, y ellos aman a Lupe Vélez.

—Dicen que ha ensayado desnuda... —se atrevió a preguntar la periodista.

—Es que el traje es muy apretado y me estorba —Lupe se reía con descaro. Le gustaba dar de qué hablar a los reporteros.

Lupe Vélez podía hacer muchas cosas, además de llevarse el show cada noche; como ensayar en ropa interior, para gran angustia de su coestrella, y gran placer del empresario Ziegfeld y de Dutch Schultz; también pudo impedir que le robaran, saliendo del teatro una noche, cuando unos ladrones, de los muchos que había en la ciudad, azuzados por el hambre, le quisieron quitar el abrigo. La actriz se aferró al *mink* e insultó a los hampones de tal modo, con tal fuego en la mirada, que los agresores huyeron asustados.

Lupe Vélez no le tenía miedo a nada, Lupe Vélez tenía unas pestañas tan largas que hubiera podido tocar la luna con ellas, unas piernas maravillosas que se animaban al ritmo de la música, una voz baja y sexy, un "algo" que el público sentía, pero que no se podía captar con la cámara fotográfica o describir con palabras: Lupe Vélez era la "It girl" latina. Ese algo atraía a todo tipo de espectadores, tanto hombres como mujeres; se presentaba como una chica sin pretensiones, gozando de la vida y su imagen trasmitía ese gozo por la vida que tanta falta hacía en esos momentos; "para Lupe Vélez cada noche es sábado en la noche y quiere que todo el mundo se una a la fiesta", escribió después la reportera. Así la percibían los periodistas y así la amaba el público.

Pero, ¿la gente amaría a Guadalupe Villalobos de la misma manera? ¿Amaría a la niña solitaria, abandonada por su padre y por su amante?, ¿a la muchacha que huía al zoológico de Central Park a platicar con los chimpancés?, ¿a la chica asustada que se refugiaba en la oscuridad de un cine viendo a Greta Garbo actuar en *Anna Christie*?, ¿a la chica que soltaba el llanto cuando la protagonista de aquella película, ex prostituta, era rescatada por su padre, arrepentido de haberla abandonado, y se la llevaba a vivir con él después de haber sido explotada por sus parientes lejanos desde la infancia? ¿Amarían acaso a la amante de Dutch Schultz?

Cuando los ladrones le querían arrebatar el abrigo de pieles, en realidad querían quitarle los años de éxito, el desahogo económico, la permanente huida de las balas de la revolución y de la línea del coro; querían quitarle la posibilidad de volver a amar y la esperanza de ser aceptada en un mundo de refinamiento y *glamour*. La respuesta salvaje de Lupe no podía haber sido menos agresiva para defender lo que le había costado tanto.

A principios de octubre de 1932, doña Josefina llegó a Hollywood con Juanita del Valle, la hija de Lupe, que había cumplido ocho años. Lupe la había hecho ir para conocerla, que estuviera un tiempo con ella; por lo menos eso les había dicho a Mercedes y Emilio, que además pasaban por una mala racha y se estaban mudando de regreso a la Ciudad de México. La existencia de la niña siempre fue un punto oscuro en la vida de Lupe y ella siempre fluctuaba entre la culpa, el deseo de tenerla cerca, la incapacidad de cuidarla y la conciencia de no querer, en el fondo, vivir con ella. Por fin tenía oportunidad de tenerla a su lado, por un tiempo aunque fuera.

Lupe se encariñó con la niña de inmediato: veía en ella mucho de sí misma, sus mismos ojos, la boca, aunque careciera de la rebeldía y la soltura de la madre. La actriz quería consentirla, comprarle todo lo que quisiera, armar la Navidad alrededor de sus deseos y de sus caprichos, y así lo hizo. A los dos días, cualquier cosa que Juanita señalara, se la compraba.

—¿Verdad que quieres quedarte conmigo y que yo sea tu mamá de ahora en adelante? —le preguntaba, sentándola en sus rodillas, como si se tratara de una muñeca de cuerda.

Y Juanita decía que sí, alucinada con los juguetes, las muñecas, las joyas de Lupe que ella podía usar para jugar, la alberca y los animales. ¿Qué niña de ocho años no hubiera querido quedarse a vivir en esa casa, rodeada de mascotas y de aquellas relucientes joyas con las que podía cubrirse los brazos, el cuello, el pelo?

Incluso si Lupe no estaba, ya que se encontraba en plena filmación de la película *Hot Pepper* a finales del año, Juanita se quedaba en la casa con su abuela y las mascotas. Nada podía competir con eso.

—Voy a adoptarla —le dijo Lupe una noche a su madre—, le cambiaré el nombre a Joan Vélez. Voy a darle todo lo que en estos años no pude.

—Lupe, la niña ya no es tu hija. Nomás vino a pasar un tiempo acá, ya lo sabes, mientras Mercedes y Emilio se reponen, mientras se estabilizan en la Ciudad de México. ¡Disfrútala mientras está aquí! Siempre serás su tía querida, ¿para qué quieres ser su madre a estas alturas? ¡Tú tienes una vida hecha y la niña también! ¿Qué tal si encuentras una pareja que no acepte a la niña? ¿Para qué vas a complicarte la vida? Además, sus padres no la dejarán quedarse, ¡ellos ya son sus padres!

—¿Y si les ofrezco dinero?

—No creo que acepten.

—Con un buen abogado, no me la van a poder quitar. ¡Le cambio el nombre y ya veremos si alguien puede! ¿Quién va a decir que no es mía? ¡Conozco gente aquí y allá!

—Lupe, por Dios, ¡no tientes al cielo! La situación es mucho más complicada. ¿Qué tal si en efecto ellos dijeran que la niña es tuya? ¿Cómo van a tomarlo tus admiradores? "Lupe Vélez tuvo una hija a los catorce años y la abandonó a su suerte". ¡Se acaba tu carrera, mija!

Lupe no oyó razones. En los primeros meses de 1933 inició los trámites legales de adopción, lo cual dio pie a una larguísima reyerta con su hermana y su cuñado y para agosto había ganado el pleito.

Cuando se vio con los papeles de adopción a su favor en la mano, se aterrorizó. ¿Qué había hecho? Habían pasado varios meses y las circunstancias habían cambiado totalmente. Había encontrado un nuevo amor y en sus brazos había comprendido que su empeño por adoptar a la niña obedecía a la necesidad de llenar un vacío, el vacío que había dejado Gary. ¡Ay! ¡Cuánta culpa sentía ahora por haber publicitado la visita de Juanita e incluso la adopción, sólo para arrepentirse a la mera hora!

¡Pobre Juanita! ¡Pobre Joan Vélez! Una vez más su madre la abandonaba. Lo de menos era regresarla con Mercedes y Emilio a México y anular todo el proceso. Pero, ¿qué les diría a los periodistas?

¡Qué pamplinas! ¡Qué mentiras! Tuvo que inventar una historia de extorsión y una amenaza de secuestro como pretexto para enviar a la niña de regreso a México. Así surgió la historia de las cartas. Nadie supo quién las había entregado, dijo la actriz, simplemente llegaron a la casa de Rodeo Drive. No tenían remitente, pero Lupe no había desconfiado al abrirlas, ya que llegaban tantas cada día. En la primera, amenazaban con secuestrar y violentar a la niña si no se entregaba dinero. En la otra pedían la entrega de veinticinco mil dólares, pero no había más instrucciones.

Sólo hasta que abuela y nieta se marcharon, Lupe notificó a la policía y a la prensa.

Juanita había tenido que regresar a México, pero no con sus padres, añadió Lupe en las entrevistas. Doña Josefina estaría encargada de ocultarla en un convento sin identificar, por su propia seguridad.

Curiosamente, después de que la niña se marchó Lupe no recibió más amenazas, sin embargo hizo público el hecho de que dormía con una pistola debajo de la almohada y con tres guardias armados que custodiaban su casa.

Todo el mundo conocía la espectacular colección de joyas que Lupe había ido reuniendo, y todos sabían que no quería guardarla en la caja de seguridad de un banco.

—¿Para qué tengo las joyas si no puedo lucirlas? —confesaba a los periodistas—. ¡Las joyas me hacen brillar y sentir viva!

Cualquiera podría con facilidad entrar a la casa y llevárselas; a diferencia de otros actores y actrices, la dirección y teléfono de Lupe aparecían en el directorio, lo cual la hacía más vulnerable. Así que la historia de extorsión era totalmente creíble pero Lupe la llevó cada vez más lejos.

Los invitados, mensajeros, empleados eran recibidos por un guardia armado o por la propia Lupe, que gritaba "¿Quién demonios anda ahí?" y si no recibía respuesta satisfactoria, no dudaba en disparar a través de la ventana o por el orificio de la puerta.

Alguna vez se encontró a la mañana siguiente de una de estas visitas inesperadas, un rastro de sangre que iba por todo el jardín delantero, hasta perderse en la banqueta de la calle de Lomitas. La policía quiso quitarle a Lupe su arma y ponerle una multa, pero ella se defendió:

—Quien haya sido, se lo buscó. ¿Qué tenía que hacer en la madrugada en mi casa? Mi arma es mía y es para mi defensa, todo el mundo sabe que no ando por ahí matando gente. Si ustedes me pueden garantizar que no me van a robar mis joyas, les entrego la pistola con mucho gusto, pero si me roban, ¡los hago directamente responsables!

Aunque Lupe conservó su arma, la pistola no lograba hacerla sentir más segura. Se había creído totalmente la historia de las amenazas que ella misma había inventado. ¿Y si venían los monstruos de la infancia y le quitaban todo? ¿Y si llegaban los bandidos armados echando bala y lograban alcanzarla como a su hermano Jacobo? ¿Si alguien se daba cuenta de que en realidad había engañado a todo el mundo?, ¿que había engatusado a todos no sólo por el caso de Juanita, sino por todas las veces que había mentido a la prensa? ¿Si se daban cuenta de que en realidad ella no pertenecía a aquel mundo? ¿Si alguien por fin advertía qué fea era y que nada tenía que hacer junto a Greta Garbo y a la Dietriech? La pistola, los guardias, las rejas aparentemente protegían sus tan difícilmente ganadas propiedades, pero aquel sentimiento de que todo iba a desmoronarse de pronto, nada ni nadie se lo podían quitar.

Capítulo dieciocho

Como lluvia en el monte desatada
sus saetas bajaron a mi pecho.
él mató los amores en mi lecho
y cubrió de tinieblas mi morada.
Concha Urquiza

Marzo de 1933. Broadway-Hollywood

A Lupe le encantaban los hombres atléticos, altos y bien parecidos. Aquella noche un muchacho rubio, de casi un metro noventa, vestido de manera impecable con un smoking, estaba esperando a la estrella de *Strike me Pink!* en la puerta de su camerino en un teatro de Broadway. Traía un ramo de flores en la mano y la sonrisa de su rostro un tanto infantil no se borró ni siquiera cuando una de las chicas del coro salió a decirle que Lupe tardaría un poco. Aguzó el oído y pudo escuchar una especie de discusión entre una mujer con acento mexicano y un hombre que debía haber sido el productor de la obra estrenada esa misma noche.

—Lupe, ésta es una situación desesperada. A pesar del financiamiento de Waxey Gordon y la buena respuesta del público, no alcanza el dinero para mantener la producción. Tengo que reducir el salario de todos: voy a quitarte doscientos cincuenta dólares de tu salario semanal.

La situación era desesperada en verdad. Ese mismo día los bancos de Nueva York habían cerrado; sólo unos pocos tenían la capacidad económica para pagar las entradas y el humor para ver un espectáculo. La taquilla de veinticinco dólares, aunque era significativa, considerando la precaria situación, no alcanzaba para nada. Simbólicamente, los boletos de entrada estaban impresos en acciones de oro, ahora totalmente inútiles, y si no hubiera sido por el financiamiento de quien se sabía era un gángster, el show ni siquiera hubiera visto la luz.

—No —dijo Lupe enfática.

—Entiende, Lupe, estamos recortando parte del salario a todos.

—No —repitió ella, mientras se quitaba el maquillaje de teatro y retocaba su peinado, mirándose en el espejo.

—Lupe, si no lo hacemos, eso significará cerrar el espectáculo y tú sabes cuánto necesitan esas trescientas personas este trabajo. ¿Las vas a condenar al desempleo y al hambre?

—Mi querido Lew, no me dejas terminar, no quiero que me descuentes los doscientos cincuenta, ¡quítame quinientos! Pero prométeme que el salario de las chicas del coro se queda tal como está, ¿me oíste? A mí no me afecta que me quites quinientos de los mil quinientos que estoy ganando, pero si a esas chicas les quitas dos o tres dólares de los cincuenta y cinco que ganan, eso puede hacer la diferencia entre comer y no comer. ¡Y yo recuerdo muy bien lo que se siente trabajar con el estómago vacío! ¡No se me olvida lo que es ensayar más de doce horas diarias y terminar muerta de hambre con los dedos sangrando! Créeme que no es nada agradable.

El muchacho rubio había escuchado todo el diálogo, ya que la mexicana hablaba a un volumen muy alto y el empresario Lew Brown estaba desesperado. La sonrisa de su rostro se hizo todavía más amplia. Le gustaba esa mujer. Le gustaba mucho, por fuera y por dentro.

Cuando Lupe abrió la puerta del camerino, se sorprendió de ver al joven frente a ella.

—¡Johnny! ¡Pensé que no llegabas a Nueva York hasta la semana próxima!

—Quise darte una sorpresa…

Le echó los brazos al cuello y le preguntó como una niña pequeña:

—¿A dónde me vas a llevar a pasear?

—Cena y baile, ¿te parece?

Desde que empezó a andar con Johnny Weissmuller, hubo una enorme expectación por parte de la prensa que los seguía a todas partes. Eran la pareja más popular y se les consideraba el príncipe y la princesa del celuloide.

Se habían conocido un año antes, en Nueva York, cuando Lupe trabajaba en la obra *Hot cha!* y tanto Johnny como Lupe adoraban contarle a todo el mundo cómo había sido aquel encuentro.

A Lupe le había tocado asistir a la premier de *Tarzán el hombre mono,* a finales de marzo de 1932 y había encontrado al protagonista increíblemente atractivo. Su sorpresa fue inmensa cuando descubrió a la estrella, Johnny Weissmuller, esa misma noche en el elevador del hotel donde ambos se hospedaban. Le encantó el porte, la altura, el cuerpo musculoso y atlético, la espalda ancha, el rostro de facciones finas, el cabello rubio y ondulado, el perfume delicado que usaba y la mirada distraída, tímida.

Lupe averiguó el número de habitación de Johnny y le llamó.

—Hola, mister Tarzán. Soy Lupe Vélez y mi cuarto está justo abajo del tuyo. ¿Te gustaría venir a tomar una copa conmigo?

Johnny se quedó en silencio un momento. Estaba cansado, de mal humor, después de haber hecho entrevistas de promoción de la película todo el día; pensó que alguien le estaba jugando una broma.

—Sí, claro, tú eres Lupe Vélez y yo soy John Barrymore. Mira, no estoy para bromas, estoy cansado y quiero dormir —colgó el auricular sin esperar respuesta.

Lupe no podía creerlo. ¿Johnny le había colgado el teléfono? Le volvió a marcar, furiosa. Cuando él respondió, recibió una andanada de insultos en inglés y español, como nunca había oído antes, luego fue ella quien cortó la comunicación.

Johnny se quedó pensando un momento. ¿Sería de verdad Lupe Vélez? Habló a la recepción para preguntar si la actriz estaba hospedada ahí, y cuando se dio cuenta de que le había colgado el teléfono a Lupe Vélez pidió que lo comunicaran con ella. Se disculpó lo mejor que pudo, y después de una conversación ligera, le preguntó si su invitación a tomar una copa seguía en pie. Lupe estaría encantada de recibirlo en su habitación.

Desde que la mujer abrió la puerta de la suite para recibir al visitante, se dedicó a seducirlo. La sonrisa de dientes blanquísimos, el acento latino y exótico, la profundidad de los ojos negros, el aleteo de las pestañas, el perfume de la melena oscura cayendo sobre los hombros descubiertos, todo apuntaba hacia el abismo. Johnny estuvo perdido desde el primer momento, desde el primer beso cayó en la trampa que ella le había tendido.

Los cuerpos elásticos rodaron por la alfombra, las bocas se unieron, las lenguas ardientes se enredaron en un beso y otro y otro. Manos, dedos, buscaron la piel, los resquicios donde el placer podría esconderse. A fuerza de mordidas y araños, el dolor se mezclaba con el disfrute y se volvían uno solo. Como en una complicada coreografía, los miembros se confundían, el éxtasis se hacía esperar hasta que brotó salvaje después de mucho, mucho tiempo.

Desde entonces, comenzaron a encontrarse con alguna regularidad en aquella ciudad en diferentes momentos del año y del siguiente.

Johnny Weissmuller antes de convertirse en Tarzán había sido campeón de natación —había ganado cinco medallas olímpicas de oro en 1924 y 1928, además de romper varios récords— y de water polo —fue merecedor de una medalla de bronce en las olimpiadas de verano de 1924—. Lupe tuvo ocasión de tocar, acariciar, morder aquel cuerpo que era el prototipo de la belleza masculina, tanto, que había modelado trajes de baño y ropa interior.

A ella le encantaba lucirse, enfundada en uno de sus elegantes vestidos largos de satín y encaje, con sus brazaletes de diamantes y rubíes, cubierta con su abrigo de armiño, del brazo de aquel héroe americano que había salvado a veinte personas en un barco de excursión en el lago Michigan en 1927. Le encantaba que los fotografiaran los periodistas y que los mimaran los empresarios y los sobrevivientes de la deblacle financiera, aunque seguía repitiendo que sólo eran amigos.

Más le gustaba amanecer en los brazos de aquel "príncipe de las olas", de aquel "pez volador", del "rey de los nadadores" que parecía estar igualmente maravillado con el ardor latino, con la alegría de Lupe.

Las salidas se fueron haciendo más frecuentes y públicas a partir del divorcio del nuevo Tarzán de su primera mujer, la cantante Bobbe Arst, en octubre de 1932. Y Lupe en realidad disfrutaba el misterio de la relación furtiva, sabiendo que había una gran probabilidad de boda.

Lupe regresó a Hollywood en el verano de 1933, lista para asumir nuevos compromisos de trabajo. Ahí se seguía encontrando con Johnny todo el tiempo que tenían libre. Cuando los dos estaban ocupados filmando, se veían en casa de Lupe o en la de Johnny desde el viernes en la tarde, para pasar juntos el fin de semana. Fue entonces cuando había comprendido su terrible error al intentar adoptar a Juanita y por eso había optado por remediar la situación lo antes posible.

Uno de esos viernes por la tarde, Lupe llegó a casa de su novio y con sorpresa encontró ahí a Jackie, el hermoso león africano entrenado que trabajaba con Johnny en la nueva película de Tarzán.

—¡Hola amiguito!, ¿qué haces aquí? —preguntó Lupe rascándole la cabeza, sin sombra alguna de temor.

—¡No te imaginas por todo lo que acabo de pasar! —exclamó Johnny tirándose en el sofá—. Ese estúpido de Howard, el cuidador, se fue a emborrachar y dejó a Jackie solo. Cuando ya me iba, me encontré a este pobre ahí en el set. Estuve esperando a ver si regresaba el irresponsable ese, pero no lo hizo, así que me dije: ¿qué haría Lupe en este caso?, ¿dejaría a un gatito abandonado todo el fin de semana? Decidí traerlo a casa.

—Ajá… —dijo Lupe incrédula.

—Cuando le abrí la puerta del coche, Jackie se subió, como si hubiera hecho eso toda su vida. ¿Puedes creerlo? Y así vinimos desde Culver City hasta acá, con algunos contratiempos.

—Me imagino —Lupe encendió un cigarrillo, riendo y pensando cómo se habría visto aquel enorme león en el convertible rojo de Johnny en las avenidas de Beverly Hills.

—Un par de conductores aterrorizados, un borrachito que le preguntó a Jackie por dónde irse a Venice y que a esta hora debe estar en una clínica de desintoxicación.

Lupe estallaba en carcajadas, abrazándose a Johnny.

—Pero lo más importante es lo que este chico tiene para ti —se acercó a la fiera y le pidió—: a ver Jackie, abre la boca, enséñale a la señorita Vélez lo que le trajiste de la selva.

Era una cajita de terciopelo que Lupe sacó de las fauces del felino. Al abrirla, se encontró con un enorme anillo de diamante.

—¿Quieres casarte conmigo? —pidió Johnny muy serio, arrodillado en el sofá.

—Mmmh, está bien —dijo Lupe, bromista—, ¡pero el león no entra a mi casa!

Se casaron en Reno, en octubre de 1933, una vez que el plazo obligatorio de espera después del divorcio de Johnny se cumplió. Lupe estaba filmando cerca de ahí y Johnny viajó en su Roadster con la periodista Ruth Biery y su esposo. Esa misma madrugada, en total secreto y sólo sus amigos como testigos, un juez los declaró marido y mujer. Y ahí de pie, a pesar de estar vestidos de manera informal, parecían las figuras de azúcar de un pastel de bodas, los novios que daban vueltas eternamente al compás de un vals en una cajita de música, como Lupe siempre había soñado.

—¿Para siempre, Lupe? —preguntó él, con los ojos llenos de estrellas.

—¡Para siempre, Johnny! —aseguró ella, cegada por la luz de aquel héroe americano.

No tuvieron luna de miel, ya que los dos estaban trabajando hasta el agotamiento. No podían parar, no querían parar. Pero los primeros tiempos fueron de todos modos como una luna de miel. Tenían muchas cosas en común: los dos eran extranjeros, exiliados, por más que Johnny se hubiera criado en los Estados Unidos. A ambos los había abandonado su padre en la infancia, ¡y el padre de ambos había sido oficial en el ejército de su país de origen! Tanto

Lupe como Johnny habían tenido que mentir de niños sobre el paradero de su padre y como tantos otros emigrantes de la época, un pasado secreto siempre se cernía sobre ellos bajo la superficie glamorosa y triunfadora.

La luna de miel no duró mucho. La convivencia se hizo complicada muy pronto, ya que sus personalidades no podían ser más diferentes. Él era un deportista y no le gustaba desvelarse, se levantaba al amanecer para ir a jugar golf, que era una de sus pasiones, o a practicar algún otro deporte; no tomaba ni fumaba y odiaba las fiestas. Ella, por el contrario, quería tomar y fumar, ir a fiestas y desvelarse, ya que por entonces Lupe había empezado a sufrir de insomnio y podía quedarse las noches enteras despierta; muchas veces, cuando Lupe iba regresando de celebrar, Johnny estaba ya levantándose. Cuando Lupe decidía quedarse en casa, mientras Johnny dormía, ella pretendía llenar las largas noches en vela leyendo historias de crímenes en la cama, lo cual también a él le molestaba.

Pronto comenzaron a pelear por todo, por nada, por cualquier cosa. Las discusiones conyugales se convertían en verdaderas batallas campales que el representante de ambos, Bö Roos, tenía que ir a tranquilizar en la madrugada.

—¡Bö! ¡Yo lo mato! —gritaba Lupe desde la recámara—. ¡Lo corrí de la casa y rompió la puerta!, ¡rompió la puerta este salvaje!

En otras ocasiones, la ayuda que el atribulado mánager podía dar era a través del teléfono, porque la pareja, en Nueva York o en San Francisco, amenazaba con hacerse daño.

—¡Esta mujer no quiso subir a mi taxi! ¡Estuvimos media hora fuera del aeropuerto de Newark, congelándonos, en taxis separados peleando por quién tenía el auto correcto!, ¡es tonta como una res y terca como una mula! —explicaba Johnny a través del auricular.

—¿Y la dejaste ahí? —preguntaba Roos alarmado.

—¡Nah! Finalmente se vino conmigo, pero ¡ahora no me dirige la palabra y rentó su propio cuarto en el hotel!

Las quejas de uno y otro eran muchas veces infantiles y Roos tenía que ser el padre comprensivo que repartía regaños y admoniciones.

—¡No me dejó comprar un pingüino! —se quejaba Lupe.

—Bö, ¡quería un pingüino de cartón de diez metros de alto! ¡Además era parte de la publicidad de la película *Eskimo*!, ¡estaba en el lobby del Four Star Theater! ¿Dónde piensa ponerlo esta loca?

—¡Se comió mi comida mientras respondía una llamada! ¡Este troglodita se come todo, todo, todo!

Las agresiones físicas no se hicieron esperar, y muchas veces Bö tuvo que ir a tranquilizar a los vecinos que oían cómo se estrellaban muebles, jarrones y otras antigüedades, y cómo los gritos opacaban incluso el estruendo de la madera y el cristal.

Las peleas públicas fueron seguidas puntualmente por la prensa. En las raras ocasiones en que asistían a clubes nocturnos o restaurantes invariablemente uno o los dos terminaban sujetados por los clientes o los dueños de los locales. Aunque la prensa los adoraba, la gente bonita de Hollywood rara vez los invitaba a sus fiestas por temor al escándalo. Los novios del pastel, los novios de la cajita de música eran poco más que una imagen.

Tal vez la más publicitada de las reyertas conyugales, fue la que todos los comensales del lujoso restaurante Ciro's presenciaron. Era una de esas veces en que Johnny había accedido a acompañar a Lupe a cenar y a bailar al conocido local, favorito de la muchacha. La orquesta de música tropical llenaba con sus alegres ritmos el recinto.

—Johnny, ¡quiero bailar! —dijo Lupe agitándose en su silla.

Él estaba en medio de una acalorada plática con Art LaShelle y con Bö Roos sobre la posibilidad de comprar acciones en un campo de golf junto a la playa, ni siquiera la oyó.

—Johnny, ahí está Eddie Mannix, ¡voy a bailar con él!

El ritmo de los tambores agitaba a Lupe por dentro, se olvidó incluso de dónde estaba, escapándose en el furor de la música a un lugar salvaje donde todo era posible. Pronto el baile de la mujer fue cada vez más frenético: movía las caderas, agitaba la melena, levantaba las piernas y giraba en los brazos de su pareja. A los pocos minutos, el vestido vaporoso de la actriz se levantó más allá de lo permisible; con las arriesgadas vueltas que ella daba, pronto todos los asistentes pudieron apreciar las piernas torneadas, envueltas en las medias de seda y el duro trasero de Lupe, sólo cubierto por el liguero de encaje negro, ya que la mujer no usaba ropa interior.

Los compañeros de mesa de Johnny miraban en dirección a la pista de baile, estupefactos; pronto él también miró. Tarzán se sintió rebasado por la vergüenza y sin decir una palabra, arrastró a su mujer de regreso a la mesa, jalándola por un brazo. Lupe no se quedó callada y respondió con maldiciones y exclamaciones:

—¡A mí nadie me dice qué hacer! ¡Hago lo que me da la gana! ¿Entiendes? Y si no te gusta, no vengas, o lárgate, ¡déjame ya, que para nada te necesito!

A Johnny se le acabaron los argumentos, así que terminó aventándole la ensalada a la cara. Minutos después los amigos de Johnny se la tuvieron que quitar de encima; Bö la condujo a casa y esperó a su lado hasta que se serenó.

El amor de Lupe por sus joyas y la paranoia creciente que la invadió desde que inventó las amenazas contra Juanita, hicieron que la casa se convirtiera en una especie de cárcel, llena de rejas en puertas y ventanas, sirvientes armados y guardaespaldas.

Las medidas de seguridad también se extendían al automóvil: Lupe había mandado instalar gas lacrimógeno que se activaba oprimiendo un botón. La única vez que el adminículo se usó realmente, fue contra el mismo Johnny, ya que Lupe no recordaba cuál era el botón correcto y por abrir el cofre, apretó todos y el gas se disparó contra la cara de su esposo.

Además en el Duesenberg la pareja tenía a su disposición un revolver calibre .38 con cacha de perlas, uno más, calibre .44 para Johnny, otra pistola para casos de emergencia en la puerta del auto, y las dos armas asignadas a Max, el chofer.

Un guardaespaldas distinto los seguía siempre en el auto de atrás, armado hasta los dientes. Cuando llegaban a un lugar público, el guardia se mezclaba entre la gente, fuera en la premier de una película, entre los bailarines del Ciro's o entre los comensales del Brown Derby.

Johnny odiaba esa situación y más de una vez pelearon por esa razón, pero en ese punto, él nunca pudo convencer a Lupe de lo irracional de sus medidas de seguridad.

—Lupe, te pasas diciéndole a todo el mundo qué medidas has tomado, ¿crees que alguien en su sano juicio se atrevería a enfrentarlas? Además, en el caso de que te robaran las joyas, ¿no pagas un seguro carísimo por ellas? ¿No dejaste el collar más valioso en la bóveda del banco? ¿Qué sentido tiene que vivamos presos y perseguidos?

Nada la hacía entrar en razón. Aunque Lupe racionalmente entendía que era muy difícil que realmente entraran a robarle, algo allá adentro, un miedo absurdo, impedía que quitara los barrotes de aquella cárcel a su alrededor.

—¿No será que te estás encerrando a ti misma? —le preguntó un día Edelmira, que se había mantenido en contacto cercano con su amiga—. ¿No será que tienes miedo de que las fieras de adentro salgan, más que de que te roben algo?

—Se me hace que has estado leyendo a ese doctor Freud —respondió ella—, no te creas todo lo que dice. La única fiera adentro de mi casa es Johnny.

Los periódicos reportaban todos los días las novedades en aquella Casa Felicitas, que se había convertido en campo de batalla y se sabía que tarde o temprano la pareja se separaría, era sólo cuestión de tiempo. Algunas veces Lupe declaraba: "Todo el mundo se divorcia en Hollywood, ¿por qué nosotros no?", y por el contrario, en otras ocasiones confesaba: "Puede ser que nos matemos, pero Johnny y yo jamás nos separaremos".

Sin embargo, había también momentos agradables y una pasión surgida de ese estira y afloja, de esa montaña rusa en que se había convertido la relación. Cuando las cosas iban bien, podían ir *muy* bien. Lupe hacía reír a Johnny como nadie y él disfrutaba los momentos que pasaban juntos.

La pasión erótica era algo que Johnny jamás había vivido con nadie antes. Lupe lo esperaba en la enorme cama, envuelta en transparentes camisones de encaje, con poses provocativas y, una vez en sus brazos, le arrancaba gritos de placer y de dolor, dejándole la espalda marcada con los rasguños; el cuello, el pecho, las piernas, los brazos, cubiertos de mordidas que los expertos en maquillaje de los estudios sufrían para cubrir, en las escenas de la nueva película de Tarzán.

Otras veces lo esperaba en la alberca, donde él religiosamente nadaba una hora diaria. De pronto se encontraba con Lupe desnuda, despertando su deseo con aquel cuerpo esbelto de piernas torneadas, pequeños pechos enhiestos de pezones endurecidos por la frialdad del agua y miradas sugerentes. Lupe lo obligaba a hacer el amor ahí mismo y los gritos de lujuria se perdían entre los trinos de los canarios y los ladridos de los perros.

Incluso parecía que las peleas en público no eran más que el preámbulo del amor. No era poco frecuente que después de casi sacarse los ojos y gritarse de todo delante de la gente, llegaran a la casa y en el sillón de la sala, en la escalera, dieran rienda suelta a la pasión.

Hubo muchos otros días felices, como los compartidos en el yate Allure, propiedad de Johnny, a donde fueron de viaje hasta Ensenada, ahí estuvieron varios días disfrutando del Casino Riviera, elegante construcción estilo morisco, con sus amigos Jack Dempsey y Estelle Taylor. Ahí, en suelo mexicano, apostando y tomando tequila con hielo y jugo de limón, parecía que todo era perfecto, que aquella ilusión de felicidad podría prolongarse por siempre.

—¿No te gustaría quedarte aquí por toda la eternidad? —preguntaba Lupe, tirada en su camastro de teca junto a la alberca, un poco ebria después de más de una de esas bebidas alucinantes que el barman del casino había bautizado como "Margaritas"—. Sólo tomando el sol, disfrutando del agua tibia…

En eso Johnny estaba de acuerdo: sólo asentía con la cabeza, cerrando los ojos y disfrutando del calor de mediodía.

—Algún día, cuando nos retiremos, podremos vivir en un pueblito de la costa mexicana. ¿Te gustaría?

—¡Claro que me gustaría, Johnny! —Lupe sonreía, Lupe se entusiasmaba, Lupe se le montaba encima y empezaba con las caricias lujuriosas y los besos con sabor a tequila que finalmente los conducían a la habitación, a la cama, a un éxtasis continuado y salvaje.

Pero no había realmente mucho más que pudieran disfrutar juntos: incluso los deportes marinos se convirtieron pronto, de pretexto para unirlos, en punto de conflicto. Johnny quiso enseñar a Lupe a navegar y le compró un yate pequeño al que bautizó Santa Guadalupe. Pero ella no pudo o no quiso aprender: mujer de tierra adentro, no le hacía mucha gracia el mar. El primer día golpeó el bote y aventó a Duke, el ayudante más querido de Johnny, por la borda. Johnny le prohibió desde entonces acercarse al timón y a la cabina de control.

No era que Lupe no hubiera hecho un esfuerzo, hizo cortinas y cojines para el yate de Johnny e incluso le ayudó a pintarlo con sus propias manos; había pasado innumerables horas de aburrimiento y mareo en el barquito hasta que decidió quedarse en tierra con sus amigos, mientras Johnny se iba a competir hasta la Isla Catalina contra Humphrey Bogart en su yate Santana.

Aquellas competencias se convertían en verdaderos festines, una vez que Johnny cambiara sus sanas costumbres por la vida disipada junto a sus amigos. Ese grupo de hombres comenzó a autonombrarse The Hollywood Pack; sus correrías por la costa de Newport, incluyeron llevar una locomotora hasta la Isla Catalina y transportar un yate hasta Las Vegas. Cuando John Wayne se les unía con su lancha de motor Wildgoose, ruidosa y llena siempre de alcohol, Lupe se iba furiosa a casa, dispuesta a emprender otras aventuras, lejos de aquella pandilla de adolescentes.

Mientras "el príncipe de las olas" se divertía en alta mar, Lupe encontró otros placeres más terrenales como ir al box con uno de los tres únicos hombres con quienes Johnny le daba permiso de salir: el actor Bruce Cabot, que era uno de los mejores amigos de ambos, Eddie Mannix, vicepresidente de la Metro, o Bö Roos.

En otras ocasiones, Johnny también acompañaba a Lupe al Hollywood Legion Stadium, donde la actriz tenía un asiento reservado en *ringside*. Los aficionados ya la conocían y les encantaba verla allí y cuando iba con Johnny, los asistentes gritaban: "Ya llegaron Tarzán y Lupe".

Siempre seguían una rutina: Lupe y Johnny pasaban al restaurante Brown Derby de la calle Vine, a cenar un rico filete con papas y un pastel de crema, para luego dirigirse al Hollywood Legion, cuando la pelea ya había empezado. Casi siempre la pareja hacía su triunfal entrada en el segundo round de la pelea estelar; las luces estaban ya apagadas, pero en cuanto ella aparecía, la pelea se detenía y los reflectores seguían desde la puerta a la chaparrita cubierta de pieles y deslumbrantes brazaletes de diamantes; desde allí, ella saludaba y lanzaba besos, hasta su asiento. Cuando se levantaba al baño, la luz de los potentes reflectores también la acompañaba, mientras que los aficionados seguían sus pasos y sus golpes de cadera con aplausos.

Pero no sólo era una estrella luciéndose; ella era siempre quien más gritaba, animando a su contendiente favorito, mucho más si era mexicano. Daba instrucciones a gritos, lanzaba insultos si el contrincante se aprovechaba y en una ocasión llegó a subirse al ring, a golpear con el bolso y con los puños al réferi, que había marcado mal y vendido la pelea. Algunos otros aficionados, como Al Jolson, la siguieron esa vez hasta el ring y se armó tal escándalo que Lupe tuvo que ir a la corte y pagar una multa de mil dólares.

Esto no la detuvo de ser protagonista de otros escándalos en las peleas de los viernes. Algunos de ellos eran compartidos y disfrutados por Johnny. Un día, al terminar la pelea, un chaparrito que vio a Tarzán en persona, enardecido por el alcohol, insistió en pegarle para demostrar que era más fuerte que él. Johnny no quiso aprovecharse de la situación y ante la terca insistencia del hombre, le dijo a Lupe:

—Es más o menos de tu tamaño. ¡Te lo dejo!

Y Lupe, a quien le divertían profundamente esas oportunidades, ni tarda ni perezosa, lanzó tal puñetazo contra el ojo del individuo que éste perdió el equilibrio y cayó entre las butacas. La multitud la ovacionó y Johnny le levantó el brazo derecho, declarándola vencedora, entre los gritos de su público:

—¡Así se hace, Lupe! ¡Nuestra campeona!

Por entonces, otra de las actividades que Johnny disfrutaba con ella eran los almuerzos junto a la alberca los domingos. En la dorada mañanas de California, entre los ruidos de los animales, compartiendo la conversación y la bebida con los amigos, de nuevo parecía que todo era posible y que el matrimonio de Lupe y Johnny lograría sobrevivir. Un domingo de agosto de 1934, Lupe se dispuso a recibir a sus invitados, ataviada a la última moda. La parte superior del vestido se envolvía a su cuerpo, dejando al descubierto una parte de su pecho y los anchos pantalones *palazzo* caían casi hasta el piso, cubriendo las zapatillas plateadas. No podían faltar sus famosos brazaletes de diamantes y rubíes que Lupe siempre lucía de dos en dos y de tres en tres, en ambos brazos.

Había pollo frío, ensalada y mucho champagne en una mesa junto a la alberca y los amigos invitados fueron llegando poco a poco alrededor del mediodía. Estaban Ramón Novarro y Gilbert Roland, que eran infaltables; Tom Mix con su esposa Mabel, Estelle Taylor, que era de los incondicionales, así como algunas columnistas de Hollywood como Louella Parsons que le preguntó a la anfitriona cuando estuvieron a una distancia prudente de los otros invitados:

—¿Has visto los periódicos?

—¿Ahora qué están diciendo de nosotros? —preguntó Lupe con fastidio, harta de que su vida personal con Johnny fuera publicitada sin pudor.

—No querida. Esto es algo más serio. Un fiscal de Sacramento está acusando a Ramón Novarro, Dolores del Río, James Cagney y a ti de financiar al comunismo.

—Sí, eso vi. ¡Esto es lo más ridículo que he escuchado en mucho tiempo!

—Averigua qué hay de fondo, querida, porque esto puede ser muy malo para tu carrera. ¡Te podrían meter a la lista negra! Y entonces sí estarías fastidiada.

Lupe llamó a Ramón que se acercó a las mujeres con una copa de champagne en la mano.

—No había podido preguntarte si sabes de qué se trata el asunto del fiscal loco de Sacramento.

La acusación era que todos ellos sostenían financieramente al comunismo. Ray Kunz, detective y miembro de la Red Squad, unidad de inteligencia dentro del departamento de policía que buscaba información en contra de los sindicatos y del comunismo, había dicho que los nombres de los actores se habían encontrado en una hoja de papel entre los objetos confiscados a Caroline Decker, secretaria del Sindicato de Empacadores y Trabajadores Agrícolas, una organización comunista e ilegal.

Johnny, al escuchar lo que se estaba discutiendo, se acercó también al grupo, con la intención de defender a su esposa y, hablando alto para que las columnistas de chismes invitadas lo escucharan, exclamó:

—Los cargos son tontos y ridículos. ¡Lupe nunca ha dado dinero a ninguna de esas causas! Le damos dinero a los necesitados, a los inválidos que nos piden una moneda o algo que comer, pero ¡una organización comunista! ¡Por Dios santo!

Lupe también estaba enojadísima:

—Yo, ¿una comunista? ¡Ja! ¡Ni siquiera sé qué carajo es un comunista! ¿Qué le pasa a este hombre de Sacramento? ¡Deberían ponerle una camisa de fuerza!

Curiosamente, sólo se buscaron las pruebas que incriminaran a James Cagney, sin encontrar ninguna. En el caso de los otros actores, todos de origen mexicano, la acusación nunca pasó de la declaración pública y en las siguientes semanas las cosas volvieron a la normalidad: no fue más que un susto para todos los involucrados.

La misma Lupe no podía entender sus sentimientos con respecto a Johnny. Más de una vez, mirando dormir a su esposo junto a ella, admiraba su hermoso rostro, el perfil delicado, las largas y rizadas pestañas rubias y el cuerpo como cincelado en mármol; el pecho fuerte y sin vello, las piernas duras, el vientre plano. Sentía una admiración enorme por aquel varón perfecto, ternura ante su sueño, y sin embargo, sin saber por qué, el instinto la obligaba a lanzarle un puñetazo en la nariz. No sabía si era la desesperación de estar ante algo tan bello, las ganas de romper una figura de porcelana, de profanar la belleza, o tal vez era rabia contra ella misma, por no poder amarlo como había amado a Gary.

Cuando Johnny se despertaba, asustado, ella se disculpaba, contrita:

—Lo siento mucho, papi. ¡Pégame tú también! Me lo merezco, anda, ¡pégame en la cara!

—No te preocupes, mami, estabas dormida, lo hiciste sin querer.

Eso aumentaba la culpa de Lupe, que nunca le pudo confesar la verdad.

Capítulo diecinueve

No hallarás nuevas tierras, no hallarás otros mares.
La ciudad te seguirá. Vagarás por las mismas
Calles. (…)
Siempre llegarás a esta ciudad. Para otra tierra —no lo esperes—
No tienes barco, no hay camino.
Como arruinaste aquí tu vida,
En este pequeño rincón, así
En toda la tierra la echaste a perder.
C.P. Cavafis

1934-1936. América del Sur- Europa.

La actriz era cada vez más requerida y ella aceptaba todas las invitaciones para alejarse de Johnny. Primero se fue con su nueva ama de llaves, Beulah Kinder a mediados de 1934, a una larga gira por América del Sur; el presidente de Brasil, Getúlio Vargas, le otorgaba una condecoración y aprovechó aquel honor para presentarse a sus admiradores por las principales ciudades de América. Bogotá, Lima, Buenos Aires, nada le impresionó demasiado. Incluso pedía a la señora Kinder, a quien había tomado aprecio por los hermosos vestidos que había confeccionado para ella, que se fuera a pasear, a recorrer las ciudades, mientras ella descansaba en la habitación con las cortinas cerradas.

Las noches eran largas para Lupe. Desde las ventanas del hotel veía cómo las luces de las capitales de América se iban encendiendo y luego apagando otra vez, sin que ella pudiera cerrar los ojos. Con dificultad los somníferos iban haciendo efecto al amanecer, entonces dormía hasta bien entrada la mañana y la señora Kinder traía el desayuno hasta su cama alrededor de las dos de la tarde, junto con las noticias de lo que había visto:

—¡Tendría que salir a ver los palacios coloniales!

—¡Tendría que recorrer las anchas avenidas!

—¡No se puede perder la vista del Río de la Plata…!

Lupe la escuchaba desde muy lejos, hojeando los periódicos y luego preparándose para los compromisos de la tarde. No decía que nada de eso le entusiasmaba. No decía que estaba cansada de todo y que por las noches no podía dormir. No decía que le tenía miedo a la oscuridad. No decía que quería prolongar la fiesta porque no se sentía capaz de volver a la habitación y luchar contra los monstruos del miedo hasta que volviera a salir el sol.

Beulah Kinder era una mujer de más de cincuenta años que había quedado viuda con tres hijas y una madre enferma qué mantener. Conoció a Lupe en los estudios cuando arregló el vestuario que la actriz tendría que usar en la película *Hollywood Party*. Sus maneras maternales y la rara disposición a cuidarla hicieron que Lupe la contratara como su secretaria particular, su ama de llaves, su madre sustituta, "su equilibrio". Discreta y amorosa, Beulah siempre estaba ahí para todo lo que Lupe necesitara. Su honradez a toda prueba y las sabias y honestas palabras con que siempre aconsejaba a la actriz la hicieron indispensable.

Cuando Bö consiguió que contrataran a Lupe en Europa para protagonizar tres películas, Johnny y Beulah también iban con ella. Las primeras semanas, Lupe estaba emocionada. Era su primera vez en el continente y paseó con su marido por varios países. También le parecía que la película *The Morals of Marcus* podría ser para ella un debut europeo exitoso que sólo sería el inicio de nuevos proyectos.

Pero poco a poco las esperanzas de un éxito rotundo en Europa se fueron desvaneciendo. Johnny volvió a Estados Unidos unas cuantas semanas más tarde, a cumplir con sus propios compromisos de trabajo; entonces regresó el insomnio de Lupe y se fue instalando una creciente depresión que quienes estaban a su alrededor no podían notar. Como siempre, Lupe se la pasaba divirtiendo a la gente, haciendo bromas, bailando, insistiendo en ir a otra fiesta, a otro bar, a otra pista de baile.

—¡Tenemos sólo una vida para divertirnos! —solía decir cuando los compañeros de farra estaban ya cansados—. Ya descansaremos cuando estemos muertos.

Los amigos de la realeza que la invitaban a sus castillos y a quienes ella divertía con sus chistes y anécdotas de Hollywood, los actores, los innumerables pretendientes, sólo servían para ayudar a pasar las noches en vela y para acompañarla en aquella película personal filmada en Inglaterra, donde ella personificaba a una actriz que se divertía, bebía, tenía aventuras y estaba interesada en conocer castillos, ruinas druidas, casas del siglo XII y hasta las verdes costas de Irlanda. A pesar de que viajó por toda Europa recorriendo sus capitales, se entusiasmaba poco y de pocas cosas: una tela de encaje en Granada, la luz sobre el agua del Sena en París, las noches interminables en Madrid…

El conde D'Auberville no logró sacarla de la indiferencia. Era un joven exquisitamente educado y hermoso que se divertía de lo lindo con las historias y chistes de Lupe. La llevó a recorrer los castillos de la Loire y la hospedó en su villa mientras que ella no tuvo compromisos cinematográficos. Había terminado de filmar *The Morals of Marcus*, que a pesar del éxito de la crítica no tuvo ninguno comercialmente hablando; antes de iniciar *Gypsy Melody*, a mediados de 1935, Lupe se embarcó en aquella aventura que sabía no la conduciría a ningún lado. Sin embargo aquel hombre ¡era tan guapo!, ¡tenía un acento tan romántico…! Volvió a Inglaterra después de aquel romance con una deslumbrante tiara de diamantes como obsequio del joven.

—Al ver aquellas mesas frente a mí, mi querida señora Kinder —le contó Lupe a su regreso—, le juro que me aterrorizaba: ¡diez tenedores!, ¡cinco o seis copas! ¿Cómo carajo se usan esas cosas? ¿Cuál de los tenedores? Yo nomás esperaba ver qué hacían los demás para imitarlos.

Como siempre, hacía burla de sí misma y resultaba siendo atractiva y entrañable para los demás.

El único que lograba entretenerla, era un joven actor australiano, Errol Flynn, cuyas aventuras en los mares del sur la mantenían interesada por horas, mientras que su deseo inagotable por la juerga y el alcohol, muy parecidos a los de Lupe, lo convertían en el compañero ideal de las largas noches londinenses. Era un aventurero nato: no había droga o sustancia que no hubiera probado e introdujo a la joven actriz al mundo del opio y la cocaína, que, mezclados con sexo, eran una combinación explosiva. Estaba en Inglaterra filmando *Murder at Monte Carlo*, en los estudios ingleses de la Warner. En cuanto terminara la película, regresaría a los Estados Unidos. Además de ser divertido, era devastadoramente atractivo y Lupe no quiso resistirse a sus encantos. La droga más poderosa que él le suministró fue la adrenalina, a la que Lupe ya era adicta. Aquello duró sólo unas cuantas semanas, pero la relación con el actor, ya de regreso en Hollywood, se prolongaría durante años.

Cuando Flynn se fue, la actriz se dejó caer de nuevo en ese humor oscuro que era la contraparte de su euforia; entonces se echaba a llorar en los brazos de su secretaria:

—¿Qué me pasa, señora Kinder?, ¿lo sabe usted? ¿Qué me pasa que me deshago de todo lo que amo? Cuando estoy con Johnny ¡no lo soporto! Me molesta todo de él, su petulancia, su ignorancia y falta de refinamiento, su agresividad… Pero cuando estamos separados, ¡lo extraño! Podría tener a cualquier hombre que yo quisiera, pero ¡lo extraño a él! No me entiendo, la verdad. Quería estar casada y ahora que lo estoy, ¡quisiera salir corriendo de este matrimonio que me agobia, me ahoga! Y si Johnny me deja libre, no sé qué hacer conmigo misma, puras tonterías, puras locuras. ¡Necesito que alguien me cuide!, ¡que alguien me someta y me obligue a obedecer! Ni siquiera Johnny que es Tarzán puede conmigo.

Johnny regresó en 1936 a actuar junto a su esposa en una gira armada por un empresario europeo. El *Vaudeville Tour* triunfaría en las principales ciudades. Lupe cantaba e imitaba a sus rivales y el show se completaba con un *sketch* de Tarzán en el que ella interpretaba a Jane, que era la delicia del público, tanto en Londres como en París y en Madrid, donde las películas de ambos eran conocidas.

Ganaron más de cinco mil dólares por semana entre los dos, lo cual les permitió pasear sin limitaciones económicas.

De nuevo en Francia, los empresarios le ofrecieron a Lupe la exorbitante suma de cuatro mil dólares semanales por aparecer con Maurice Chevalier en una obra de teatro, *Casino de París*, pero ella rechazó la oferta.

—No quiero aprender francés —dijo simplemente—, y estoy harta de hacer teatro.

Tampoco quiso filmar *Wrecks of Paradise* en su versión francesa, para continuar con su gira por el resto de Europa. En Hungría, Lupe conoció el pueblo donde Johnny había nacido, Freidorf; y luego fueron también a España, justo antes de que empezara la guerra que luego vieron a través de los periódicos. Cuando Johnny regresó a los Estados Unidos, Lupe se quedó extrañándolo todavía más.

Mitigó el extrañamiento estableciendo una amistad platónica con el joven heredero de la fortuna Woolworth, Jimmy Donahue, conocido homosexual, quien la invitó a formar parte del elenco de *Transatlantic Rhythm* que iba a estrenarse en el Teatro Adelphi de Londres en octubre de 1936, después de haber tenido una breve temporada en Manchester sin mucho éxito.

Aquella noche del día primero de octubre, en que todavía no empezaban los rigores del invierno, en medio de la neblina londinense, las multitudes se arremolinaban en los alrededores del teatro para ver el espectáculo, sin sospechar que, tras bambalinas, otro drama muy distinto estaba teniendo lugar en ese mismo momento: el elenco de la obra exigía el pago atrasado de sus honorarios y amenazaba con abandonar el proyecto aun antes del estreno de esa noche si no se cumplían las condiciones de contratación.

—Si no me pagas ahora mismo, y quiero decir ¡ahora mismo!, te juro que no salgo a escena —gritaba Ruth Etting, agitando la melena rubia platino en medio de su rabieta—. ¡Estoy harta de tus mentiras!

El joven Donahue, de apenas veintitrés años, intentaba calmar a la intérprete de *Mean to me*, sin saber bien cómo hacerlo.

—¡Te juro que todo se te pagará mañana! Me he quedado sin liquidez sólo con el montaje y en Manchester más bien tuvimos pérdidas. Estoy seguro de que aquí en Londres todo será distinto.

Las chicas del coro se unieron a la amenaza e incluso se despojaron del vestuario.

—¡No salimos! —gritaba una.

—¡Páganos! —insistía la otra.

Jimmy convencía a una cuando la otra comenzaba a rebelarse.

—¡Por favor, chicas! ¡Esto va a ser un éxito! Tienen que tener fe.

Alguna de las chicas se unía a la causa del productor y les decía a las demás:

—Ya hemos perdido bastante. Dejar la obra antes del estreno aquí en Londres no nos compensará en absoluto. ¡Vístanse!

Ya comenzaban a vestirse todas cuando alguna otra ordenaba:

—¡No! Si nos rendimos ahora, este tipo no nos va a pagar jamás.

Lupe entonces decidió defender a su amigo, a quien veía como un niño frágil, aunque talentoso.

—Niñas, vístanse y vamos a salir a escena. ¡A mí también me deben mucho dinero! Nada menos que siete mil dólares, pero si ahora cerramos el show, no tendremos nada. ¿Qué irá a suceder? No sabemos si esta obra va a tener éxito o no. Tenemos una obra en nuestras manos que puede cerrar mañana o que será para siempre recordada. Aquí en Londres todo puede ser muy distinto que en Manchester. La gente de acá tiene otros gustos teatrales. Ah, ¡dulce misterio de la vida! No sabremos si nos esperaba un éxito rotundo a menos que salgamos ahora mismo al escenario.

En ese momento, se subió a un taburete y comenzó a cantar, medio en serio, medio en broma:

Ah! Sweet mystery of life
At last I've found you.
Ah! At last I know the secret of it all.
For the longing, seeking, striving, waiting, yearning,
The burning hopes, the joy and idle tears that fall.*

Los actores no sabían si reírse o tildarla de loca, pero sin duda aquel acto liberó la tensión y la compañía decidió darle una oportunidad al productor. El elenco aplaudió a Lupe con ganas, entre carcajadas la ayudaron a bajar del banquito al que se había subido mientras que ella guiñaba un ojo a Donahue, que se secaba el sudor, aliviado.

La obra se estrenó aquella noche con el teatro lleno pero, a pesar de ello, las críticas fueron feroces en los periódicos al día siguiente. Se le calificó como "entretenimiento brillantemente hueco" y Ruth Etting renunció después de la primera función.

Johnny fue a reunirse con Lupe a principios de 1937, después de la promoción de su nueva película: *Tarzan Escapes*. Encontró a su esposa deprimida y con muchas ganas de verlo, por lo que lo recibió con toda la pasión de que era capaz. Hicieron el amor con la furia contenida en tantos meses de ausencia. En medio de los abrazos, de los suspiros, Lupe le juraba que lo amaba con todo su corazón, le hacía prometer que jamás la abandonaría y le demostraba su cariño con sus mordidas y arañazos ya acostumbrados.

Después del amor, Johnny cerró los ojos por un momento, satisfecho y feliz, mientras Lupe se levantaba al baño. Estaba a punto de dormirse, en ese sopor placentero, cuando sintió un zapatazo en la cabeza.

—¡Johnny, sinvergüenza! —estalló Lupe.

Luego esperó un momento a que él abriera los ojos y se espabilara.

---

* ¡Ah! Dulce misterio de la vida/por fin te he encontrado/¡ah! Por fin conozco el secreto de todo/del extrañamiento, la búsqueda, el esfuerzo, la espera, el anhelo/las esperanzas ardientes, la felicidad y las inútiles lágrimas derramadas.

—¿Qué demonios…?

—¿Crees que no sé lo que haces sin mí en Hollywood? Mientras yo estoy en este maldito país congelándome el trasero y extrañándote tanto, tú te la pasas en Ciro's, en el Brown Derby, en el Cocoanut Grove… ¡Todo lo que no quieres hacer conmigo lo haces solo, o peor, acompañado! ¡Y sobre todo, haciendo tus bromas adolescentes con tu Hollywood Rat Pack! ¿Crees que no me entero que te pasas días enteros haciendo escándalo en el bar de LaShelle en Newport? Si yo estoy aquí sufriendo, ¡lo único justo es que tú sufras también! Si yo soy miserable, ¡tú también!

—Espera un momento, puedo explicar —Johnny se levantó para acercársele.

Lupe no lo dejó aproximarse y siguió aventándole lo que encontró a mano. Él, dispuesto a no dejarse intimidar, siguió caminando hacia ella, esquivando los dardos lo mejor que pudo. Cuando Lupe lo vio más cerca, amenazante, no dudó en abrir la puerta del cuarto de hotel y salir al pasillo gritando:

—¡Auxilio! ¡Asesino!

—¡Shhhh! —suplicaba Johnny corriendo medio desnudo detrás de ella por el pasillo.

El Hotel Claridge's era el más exclusivo y elegante de Londres, el lugar donde se hospedaba la realeza, y Johnny se sentía profundamente avergonzado de los gritos de su mujer; quería alcanzarla y taparle la boca antes de que alguien despertara, así que corrió a toda velocidad detrás de ella, dando vueltas por el pasillo. En la segunda vuelta, una señora de unos sesenta años salió de su cuarto con un camisón y gorro de encaje a juego. Al ver pasar a Johnny, desnudo de la cintura para abajo, con sólo la camisa de la pijama puesta, le gritó:

—¡Corre más rápido Johnny!, ¡tú puedes!, ¡en la siguiente vuelta la alcanzas!

Y sí, la alcanzó en la siguiente vuelta entre carcajadas de ambos, que pronto olvidaron todo el asunto, prodigándose caricias y besos. Sin embargo, al día siguiente, antes del desayuno, recibieron una atenta nota del gerente, pidiéndoles que dejaran la habitación.

—¡Hasta en Inglaterra nos vienen a echar! —se rio Lupe.

—¡Qué reputación tenemos! —se burlaba también Johnny.

Muertos de risa reunían sus cosas para marcharse, cuando de nuevo tocaron a la puerta. Esta vez era el gerente en persona, quien le dijo imperturbable al joven actor.

—Acepte usted mis más cumplidas disculpas, señor. Espero que nos hagan el honor de quedarse con nosotros todo el tiempo que gusten.

—¿Pero qué fue lo que pasó? —preguntó Johnny.

—Fue orden de Su Majestad.

—¿Quién? —preguntó él, atónito.

—Tengo entendido que Su Majestad, la reina Wilhelmina de Dinamarca, tuvo un encuentro con usted y su esposa en la escalera anoche. Parece tenerle un gran aprecio, señor, desde antes de que usted fuera Tarzán: ella tuvo el placer, así lo dijo, de entregarle las medallas de oro en las Olimpiadas de 1928. Esta mañana amenazó con irse del hotel de inmediato si usted salía. Sería un honor que se quedara.

Lupe ahogó una carcajada y Johnny esperó hasta cerrar la puerta para levantarla en brazos y exclamar:

—¡Salvados por la realeza!

Capítulo veinte

Tú que de Pan comprendes el lenguaje,
ven de un drama admirable a ser testigo.
Ya el campo eleva su canción salvaje;
Venus se prende el luminoso broche…
Sube al agrio peñón y oirás conmigo
lo que dicen las cosas en la noche.
Manuel José Othón

Julio de 1937. México-Hollywood

El ferrocarril entraba a la estación de Buenavista entre silbidos furiosos de la locomotora que por momentos desaparecía entre las nubes de humo negro. La gente abarrotaba los andenes y sólo se oía el griterío de hombres y mujeres que intentaban hacerse oír por encima del rugido de la bestia de acero. Los fotógrafos preparaban sus cámaras, los reporteros acechaban, esperando ser los primeros en acercarse, en preguntar, en cosechar las palabras de la diva.

Lo mismo había ocurrido en cada estación de tren que habían ido pasando desde Ciudad Juárez, donde Lupe se bajó a besar el suelo patrio: el mariachi, la banda del pueblo, las autoridades municipales y la gente de toda clase esperaba la llegada del pulman "del otro lado" para ver, aunque fuera un momento, a Lupe Vélez.

Este viaje era el regreso ritual a casa, el regreso triunfal de la hija pródiga cargada de gloria. La tiple que había dejado el país antes de cumplir veinte años, estaba de vuelta para recuperar su lugar como legítima heredera, como retoño amado, como hermana querida de todos los mexicanos.

Y ahí aparecía la actriz, de pie en el estribo del último vagón del tren, saludando a sus seguidores, radiante y elegantísima, custodiada por Bö Roos y Bobbie, su esposa. Graciosa, recibía los enormes ramos de flores que en cada ciudad habían dispuesto para ella y arrojaba besos a las multitudes que le cantaban las mañanitas, que le gritaban "Bienvenida".

Al regresar de Europa en julio de 1937, Lupe había corroborado que su carrera en Hollywood estaba estancada y que su matrimonio con Johnny no iba a mejorar. Por eso, cuando llegó la propuesta de los hermanos Calderón para que actuara en una película mexicana dirigida por don Fernando de Fuentes, Lupe aceptó aliviada. *La Zandunga* se filmaría en exteriores en Tehuantepec, y ella sería la protagonista junto a un actor poco conocido, Arturo de Córdova.

Pedro Calderón, el productor de la cinta, había desplegado un gran aparato publicitario para promocionar su película; eso incluía contratar a Lupe y avisar de su llegada a México en cada pueblo que iban pasando para crear expectativas en la capital. La estrategia había funcionado mucho mejor de lo que cualquiera hubiera imaginado.

La estación del tren en la Ciudad de México se convirtió en un pandemónium. En cuanto el ferrocarril hizo su entrada y se confirmó que en efecto la actriz iba a bordo, la multitud rompió ventanas y arrancó puertas; muchos niños y ancianos fueron arrollados por la gente que gritaba histérica, esperando ver a Lupe.

No hubo manera de que los reporteros la entrevistaran, que le preguntaran qué sentía de estar de vuelta en su terruño. No fue posible que los ejecutivos y el productor anfitriones pudieran llegar hasta donde estaba. La multitud había roto el cerco oficial que se había formado para que los recién llegados pudieran pasar. Las mujeres jalaban a Lupe por el vestido, rompiéndolo sin querer; los niños subidos en hombros de sus padres querían acariciar su pelo teñido de castaño claro, arañándole la cara al no alcanzarla; un par de adolescentes, empujados por la turba la arrollaron, torciéndole un tobillo. Bö Roos y su esposa se fueron quedando muy muy atrás, mientras que la muchedumbre parecía querer tragarse a Lupe. La policía tuvo que intervenir y, por fin, dos motociclistas de tránsito la rescataron y la sacaron en brazos de la estación, para luego llevársela fuera del alcance de sus admiradores en el sidecar de una motocicleta.

Lupe no podía creer lo que veía. Jamás se imaginó tal recibimiento por parte de sus paisanos. Estaba a la vez conmovida y aterrorizada al verse en medio de la turba enloquecida.

—¿A quién esperan? —se preguntaba Lupe—. ¿Quién es esa Lupe Vélez? ¿En quién me he convertido?

El personaje que Lupe interpretaba, vivía en Hollywood, y en la Ciudad de México parecía estar totalmente fuera de lugar. ¿No era ahí donde Lupe había tenido sólo ilusiones de triunfo? ¿No era allí donde había empeñado joyas y cedido a la lubricidad de quien podía mantenerla? Lupe Vélez era otra, estaba en otra parte. No podía ser de carne y hueso y recorrer las calles de la Ciudad de México. Pero para los mexicanos, Lupe Vélez existía más allá de ella misma, era la mexicana que había triunfado en Hollywood, era la esperanza realizada de todos. Era un sueño hecho realidad.

Lupe fue alojada en el Hotel Reforma, uno de los mejores de la ciudad, y desde ahí daba entrevistas a los periodistas y publicitaba el film. Fuera de las escenas que se filmaron en Tehuantepec, donde Lupe aprovechó para descansar, la experiencia de la película fue de muchas y encontradas emociones.

Feliz de haber regresado a México, quería verlo todo, conocer los lugares de moda para bailar y divertirse. Aquella ciudad de su juventud, en buena parte había desaparecido. Algunos actores habían evolucionado y de las tandas habían pasado a las películas, como su querido Joaquín Pardavé; pero los viejos teatros, las viejas rutinas no existían más.

Aunque se pasó muchas noches de fiesta con los ejecutivos de la empresa y con su agente, su nueva disciplina adquirida en Hollywood impresionó a todos. Incluso un día, ante la enfermedad de don Fernando de Fuentes, ella tomó la dirección, para que la filmación no se suspendiera. Le tocó dirigir una secuencia especialmente difícil, en la que cantaba *Espejito compañero* precisamente frente a un espejo. Posteriormente, debido a que la película iba acumulando retrasos por la enfermedad del director que se pro-longó más de lo esperado, Lupe hizo sentir su influencia y trajo a quien había sido el marido de su hermana Josefina, Miguel Delgado, para que la cinta pudiera concluir.

Arturo de Córdova era un joven actor que aún no tenía un gran currículum, pero poseía en cambio un elegante porte y una voz varonil y sensual. Trataba con galantería a Lupe, la hacía sentir como una reina y ella no podía sino ser aquella explosiva y brillante mujer que aunque no se lo propusiera, conquistaba a todos. En la película, tanto como fuera de ella, Arturo y Lupe se enamoraron.

Constantemente se les veía juntos, fuera de las horas de trabajo, bailando en el salón México, comiendo y bebiendo en la concurrida fonda La Oriental en la calle de Brasil, junto con algunos miembros del elenco hasta el amanecer. Las ganas de abrazarse, la alegría de estar juntos, era mucho más fuerte que el deber marital. Arturo estaba casado con Enna Arana y Lupe con Johnny, pero eso no parecía importar.

Cuando Edelmira se dio cuenta de que Lupe estaba verdade-ramente enamorada de su coestrella, le preguntó:

—¿Y Johnny, Lupe?

—¡Ay, viejita! Con los hombres ocurre lo mismo que con las casas: una ve la casa preciosa y la compra en seguida, pero cuando empieza a vivir en ella, se da cuenta de que el sótano está lleno de polillas. Para que me entiendas: las polillas tirarán la casa en cualquier momento y no pretendo quedarme enterrada en los escombros.

El profesionalismo de Lupe se dejaba ver en el día en el escenario, pero cuando llegaba la noche, la euforia de estar en su país y en la compañía de un hombre tan joven y tan guapo la hacía olvidar que existía Johnny. Al girar interminablemente en los brazos de Arturo, al ver el amanecer en las fondas como antaño, parecía que los años podían borrarse y que al lado de ese hombre por fin podría ser feliz.

Una tarde, cuando todo estaba listo para asistir a una recepción que ofrecía Pedro Calderón en su casa, Arturo y su madre, acompañados por Edelmira, llegaron a la suite el Hotel Reforma a conversar y tomar una copa con Lupe mientras que daba la hora de encaminarse a la fiesta.

Lupe le pidió a Arturo que fuera con ella a la habitación mientras las acompañantes conversaban en la sala. Quería darle a su enamorado un hermoso pisacorbatas de oro con incrustaciones de diamante.

—Para que pienses en mí cuando no esté.

—¡Lupe!, ¡qué joya más hermosa! —se acercó a darle un beso, luego prosiguió—, ¡pero no puedo usarla!

—¿Por qué? —ella comenzó a alterarse.

—¡Tú sabes por qué!

—¡Entonces no es verdad lo que me dijiste!, ¡que ella ya no te importa nada! ¿Me mentiste? ¿Estás jugando conmigo?

La voz de Lupe se escuchaba hasta la sala. Arturo intentaba calmarla sin éxito. Edelmira justificaba a su amiga, susurrando:

—Está muy nerviosa con los retrasos en la filmación, ya perdió dos oportunidades en Hollywood y en Broadway, su matrimonio está destruido.

Mientras tanto, Arturo respondía también a gritos dentro del cuarto:

—¿Cómo puedes decir eso? —besó sus manos, su cuello—. ¡Es sólo que todo ha sido tan rápido! La cabeza me da vueltas, ¡no puedo creer que todo esto esté ocurriendo!

—¡Ahora me vas a decir que en realidad no quieres dejar a tu mujer! ¡Eres un cobarde! ¡Todos los hombres son iguales!

Arturo salió furioso de la habitación y un súbito silencio se hizo en la recámara. Tras unos momentos de silencio, doña Carmen se atrevió a tocar la puerta. No hubo respuesta. Con los ademanes de acuerdo de Edelmira, la señora se atrevió a entrar. En la penumbra de la habitación estaba Lupe, con un frasco de pastillas en la boca, apurándolas todas a un tiempo. Era Seconal, la droga que

Lupe usaba para dormir, cada vez con más frecuencia. La mujer, entre gritos de susto, corrió hacia ella y le sacó las pastillas de la boca.

—¡Es una barbaridad lo que ibas a hacer! —exclamó, mientras mostraba a Edelmira las píldoras—. ¡Pídele perdón al cielo por tu atrevimiento, muchacha loca!

Lupe sólo se echó a llorar.

—¿Por qué no me quiere? ¿Por qué nadie me quiere? ¿Qué es lo que me falta?

—¡Sensatez y juicio! —le gritó doña Carmen, furiosa—. Nomás eso te falta, niña estúpida.

Unos días más tarde, Lupe decía a los periodistas que la entrevistaron en su habitación:

—Lucas, y no Lupe, es como debo llamarme, sí, Lucas Vélez debería ser mi verdadero nombre.

Estaba seria, parecía que iba a llorar de un momento a otro, como si estuviera haciendo una declaración de culpa, pero luego, sin que mediara un momento, estalló en carcajadas.

—Lo de Lucas no por estar loca, que hay algo de eso. ¿Por qué me gusta que me llamen Lucas Vélez? Porque a veces, muy pocas, me gustaría ser hombre para realizar muchas cosas. Sobre todo por tantos pobres que existen. Y que hubiera más escuelas, más que cantinas. ¡Ése sería mi mayor deseo! Que las generaciones que van llegando recibieran adecuada instrucción.

Pero mientras decía eso, mientras hacía esas declaraciones estandarizadas que la prensa quería oír, pensaba otra cosa: si fuera hombre podría tomar lo que quisiera, podría hacer lo que quisiera y no sufriría igual. Tomaría a Arturo, dejaría a Johnny y tendría muchas menos complicaciones. ¡Tomaría a Arturo aunque él no quisiera! Y él no tendría más remedio que someter su voluntad a la de ella. "¡Los hombres sin duda sufren menos y hacen lo que les da la gana!", pensaba. Atendía distraída a la pregunta de la reportera:

—¿Que qué podemos hacer por los demás? Mantenerlos alejados de nuestras preocupaciones y contratiempos personales, que son un motivo constante de pena para quienes nos quieren, nuestros familiares y amigos.

Era verdad que se arrepentía de hacer sufrir a su familia, a su amiga Edelmira, a Arturo, a Johnny, a todos los que estaban cerca de ella. Sabía que les hacía daño, pero no podía actuar de otra manera.

¡Pobre Johnny! Nunca había tenido la malicia, los dobleces en el alma para poder comprender a una mujer como Lupe. ¡Qué fastidio ser tan complicada! ¡Qué fastidio tener que pelearse con los hombres una y otra vez y nunca, nunca lograr sentirse dominada, apaciguada, segura en sus brazos!

Aunque Pedro Calderón le ofreció un contrato por cuatro películas muy bien pagadas (4,500 dólares por semana), Lupe lo rechazó y volvió a Estados Unidos a empezar los ensayos de la obra *You never know* en Nueva York.

¿A qué se quedaba? Arturo no hacía más que despreciarla. Ya había perdido suficientes oportunidades: debido a los retrasos en la filmación de *La Zandunga*, ya no había podido filmar una película con Simone Simon: *Josette*, ni aparecer en la obra de Broadway *7/11*.

Antes de irse, Lupe suplicó a Arturo:

—Ven conmigo a Hollywood. Bö Ross es el mejor agente del mundo y te conseguirá oportunidades que aquí no podrías ni soñar; te garantizo que triunfarás.

—No puedo dejar a mi mujer, a mi familia, no ahora.

Aquella respuesta terminó de romperle el corazón.

Lupe regresó a México acompañada de Johnny a la premier de la película el 18 de marzo de 1938. A las ocho de la noche, el cine estaba completamente lleno y cuando Lupe apareció en la pantalla, el aplauso se convirtió en atronador. Al finalizar la película, la ovación fue tumultuosa para la actriz. Le aplaudieron a Johnny también y él dirigió unas palabras al auditorio en español entrecortado y en inglés: amaba mucho a México, porque le había dado a su querida Lupe.

El coctel de celebración por el éxito de la película en el Hotel Reforma se convirtió en escenario de otro acontecimiento. A las diez de la noche, el presidente de México, Lázaro Cárdenas, se presentó ante los medios de comunicación para anunciar la expropiación petrolera. La radio fue encendida y todo el elenco y trabajadores de la película escucharon juntos el mensaje presidencial. Al final, brindaron llenos de júbilo por aquella decisión.

La fiesta se aprovechó para que actores y actrices organizaran de improviso la donación de dinero y diversas prendas para cubrir la indemnización a las compañías extranjeras. Lupe en el calor de la celebración, cedió uno de sus brazaletes para aquella causa. De pronto, la champagne hacía que se desdibujaran las fronteras y se mezclaran las razones de tanta dicha. Entonces Arturo de Córdova, que estaba sentado junto a ella, le murmuró al oído con su hermosa voz:

—Iré a Hollywood. Espérame.

En sus prolongadas ausencias, Johnny se ocupaba de los animales de Lupe. Melitón había muerto y Lupe se había consolado de su ausencia con una pareja de chihuahuas llamados Mr. Kelly y Mrs. Murphy. Johnny odiaba a los latosos perritos que ladraban por todo y por nada, tanto como al famoso perico que Gary le había regalado a su novia y que no paraba de repetir el nombre del antiguo galán.

Por su parte, Johnny tenía un perro llamado Otto, un san bernardo que esperaba a su amo en cuanto llegaba a la puerta para subir sus patas delanteras a sus hombros y lamerle la cara. Y Lupe, por supuesto, lo odiaba, siempre temerosa de que pudiera lastimar a sus chihuahueños, pero sobre todo, porque era de Johnny y por quererlo a él más que a ella.

En cuanto Johnny entró a la casa de Rodeo Drive esa tarde de junio de 1938 después de una gira, se dio cuenta de que había algo raro: su perro Otto que siempre llegaba a saludarlo, no estaba.

Lupe lo esperaba más silenciosa que de costumbre y cuando él le preguntó dónde estaba Otto, ella respondió en un tono neutro:

—Alguien se metió a la casa y lo envenenó.

De inmediato Johnny se dio cuenta de que mentía. Montó en cólera como nunca. Todos los enojos anteriores por nimiedades, todas las rabietas, se convirtieron de súbito en una furia asesina.

—¡Eres una perra mentirosa! ¡Tú lo mataste! ¡Dime la verdad!

Finalmente Lupe confesó.

Ante aquel acto de crueldad tan gratuito, Johnny sintió cómo el desamor se convertía en algo claro, nítido en su mente. ¡Amaba tanto a ese animal! La conciencia del dolor que le causaba la muerte del perro, le dejó claro de pronto que ¡amaba más a Otto que a su mujer! Enceguecido de rabia, sorprendido ante aquella revelación, cogió al perico de Lupe e hizo lo que había querido hacer desde hacía mucho tiempo. Le torció el cuello.

—¡Adiós, Gary!

Tiró el pájaro a los pies de Lupe, subió a su habitación y recogió sus cosas. Luego salió de prisa, arrancó ruidosamente el motor del poderoso Roadster convertible rojo y dejó atrás la solariega mansión de Rodeo Drive para siempre.

El juicio de divorcio fue ampliamente publicitado en las revistas del corazón y las declaraciones de Lupe reproducidas con lujo de detalles:

—Señor juez, a Johnny no le gustaba nada de lo que yo hacía, siempre me estaba diciendo que debería pedir el divorcio, hasta que finalmente le hice caso. Señor juez, Johnny era muy insultante conmigo y no le importaba hacer berrinche delante de nuestros invitados, una vez delante de ellos rompió una lámpara. ¡Hasta amenazó con matar a mis queridos perros! Señor juez, yo no quería un divorcio. Traté tanto, pero llegó a un punto que no lo soporté. Johnny no quería que yo fuera a ninguna parte, ¡ni al salón de belleza!

El juez Burnell, un hombre entrado en años pero con la mirada pícara, rompió los protocolos y le respondió:

—Tal vez pensaba que no necesitaba usted tratamientos de belleza.

Lupe se rio con el juez, mirándolo con un dejo de complicidad, con esos ojos negros que se escondían bajo el tul del sombrerito.

No le dijo al juez que a pesar de la prohibición —hecha más en broma que en serio—Lupe siempre se escapaba.

—Yo le di todo a mi marido, yo cociné todas las comidas que Johnny comió en mi casa, yo zurcía sus calcetines y arreglaba sus camisas, yo le compraba la ropa, porque a él le gustaban mis gustos en moda. Tuve que dejar a todos mis amigos por los de él porque ¡se ponía tan celoso!

—Con una esposa tan bonita —la halagaba el juez.

Lupe sonreía y le hacía un guiño cómplice y coqueta.

No confesó que los celos de Johnny estaban plenamente justificados. Al volver de Europa Lupe usaba una tiara digna de una reina; una joya como ésa, lejos de ser "una baratija", como aseguraba ella, valía una fortuna que de ninguna manera hubiera podido costear. Tampoco dijo que alguna vez Johnny había ido a sacarla a la fuerza de la casa de Gary Cooper, cuando "platicaba" desnuda con su antiguo enamorado, mientras la esposa de él estaba de viaje.

—Yo era su sirvienta y su esclava, pero aun así, a él no le bastaba. ¡Ay, señor juez!, ¡ya no deben repetirse las escenas de humillación!, fíjese, hasta los sirvientes se fueron. Nuestros amigos también se fueron, me llegaron a decir que me habían perdido todo el respeto porque yo ya me lo había perdido a mí misma al tolerar tantas cosas de Johnny. Por cinco años y medio hice todo lo posible para ser feliz y hacerlo feliz a él. Y sin embargo, fui más infeliz que nunca. ¡Estamos mucho mejor separados!

El juez asentía con la cabeza en silencio.

—Señor juez, Johnny a veces no regresaba por las noches y ¡llegó a quedarse fuera de casa hasta cuatro noches por semana! Pero yo, señor juez, no tenía permitido salir. Él amenazaba con romperme el cuello si me encontraba en algún lugar que él no aprobara —Lupe hacía ademanes con sus manos para completar la descripción.

—No se le podía olvidar que era Tarzán, ¿verdad? —le preguntó el juez, comprensivo.

Y ella se rio de nuevo, ya en plena confianza con el viejo.

No dijo que Johnny la había encontrado también en el yate de Errol Flynn, un fin de semana en que el exceso de alcohol había trastornado a todos. Medio ebrio, Johnny había entablado un "duelo" con el actor, retándolo a una carrera hasta la Isla Catalina. Cuando Johnny ganó y quiso cobrar la apuesta que habían hecho, además de vengarse de la infidelidad de su mujer, Flynn, aún más tomado que él, encendió un pequeño cañón que tenía en la cubierta del Sirocco, amenzando con hundir el Allure. Johnny logró desviar la boca del cañón, pero la bala cayó casi encima de ellos, abriendo un agujero en la cubierta del viejo yate de Flynn. Lo que pudo ser una tragedia, terminó en carcajadas.

—Señor juez, a Johnny no le importaba tirarme los platos a la cabeza, diciéndome groserías cada vez que se enojaba, ¡es un energúmeno!

—Debe haber sido difícil conservar una vajilla. Tal vez debieron comprar platos desechables.

Lupe se dio cuenta de que el juez estaba burlándose y se mantuvo seria, y sin embargo el fallo fue favorable para ella. Johnny tuvo que darle manutención durante casi tres años.

Tarzán no peleó nada, no compareció siquiera ante el jurado. Pronto se supo que iba a casarse con Beryl Scott, una *socialité* mucho más joven que él.

Un día Lupe se encontró con su ex marido en el Toots Shor's y no dudó en preguntarle:

—¿Que te vas a casar con esa chica de sociedad? Me lo dijeron todos, pero no quiero creerlo hasta que tú me lo digas. ¿Es cierto?

—Sí, Lupe, me voy a casar con ella.

—Pero no es actriz, ¡no te vas a divertir, papi!

—Ya me divertí suficiente, ahora quiero paz.

Se despidió de él con afecto y cuando iba alejándose, le susurró a su amiga Ruth Biery, con quien iba a comer:

—¡Pobre Johnny! No sabe que la paz sólo se encuentra en la tumba.

En verdad Lupe le tenía cariño a su ex marido y al ver que él no hizo contrademanda alguna, la mujer se sintió agradecida. Johnny pudo haberla acusado de muchas cosas. Había preferido la paz y Lupe, en el fondo, se sentía aliviada aunque a la vez culpable.

Cuando Lupe volvió a quedarse sola, su madre insistió en pasar una temporada con ella en Casa Felicitas.

Aparentemente Lupe no estaba deprimida y había tomado la separación de Johnny con alivio. Sin embargo, una noche en que doña Josefina se levantó al escuchar ruidos en el jardín de atrás, vio cómo Lupe se metía a la alberca, ataviada con un vestido de chiffon rojo, mientras el pequeño tocadiscos portátil tocaba *Moonlight serenade*. La imagen era de una escalofriante belleza: dentro del agua, la tela se extendía en olas color sangre bajo la luz de la luna llena.

La madre de Lupe miró aquella escena a través de la ventana del balcón, sin entender muy bien el sentido de todo aquello, pero cuando vio que su hija hundía la cabeza en el agua, se aterrorizó y bajó la escalera a toda prisa, gritándole a Beulah Kinder que saliera a ayudarla.

Sin pensarlo, la señora se lanzó al agua para rescatar a su hija, que estaba en la parte más profunda de la alberca, bajo una estela de burbujas y de grandes olas de tela roja, sin escuchar los gritos angustiados de su madre.

Josefina Vélez no sabía nadar y en pocos instantes era ella quien lanzaba gritos de auxilio, sintiendo que moriría ahogada junto a su hija. Pero Lupe por fin se dio cuenta de lo que ocurría y en dos brazadas alcanzó a su madre; logró sacarla de la alberca entre exclamaciones de susto y luego entre carcajadas.

—¿Qué pensabas hacer, hijita de mi alma? —preguntó doña Josefina.

—Nada mamá. Estaba viendo cómo se mira el mundo desde abajo del agua.

Ninguna de las dos volvió a mencionar lo ocurrido aquella noche, pero doña Josefina no olvidaría aquella imagen sangrienta bajo la luna llena, convencida de que su hija había querido quitarse la vida.

Capítulo veintiuno

De pronto salimos del sueño,
sólo vinimos a soñar,
no es cierto, no es cierto
que vinimos a vivir sobre la tierra.
Tochihuitzin Coyolchiuhqui

14 de diciembre de 1944. Hollywood, California
6:15 AM

Ahora, mientras escuchaba los ruidos crecientes de la avenida cercana y los trinos de los pájaros que iban aumentando en intensidad, Lupe se preguntaba cómo había sido capaz de matar a Otto, el san bernardo de Johnny. Matar no era tan difícil, pensó. Sólo un poco de veneno para ratas en el jugoso *steak* que le preparó con sus propias manos al perro aquel día. El gigante gentil no sospechó nada al acercarse, incluso la miró agradecido al comprobar que aquel festín era todo suyo y no tendría que compartirlo con los latosos chihuahuas. Horas después, cuando se quedó inmóvil en un rinconcito del jardín, Lupe había ordenado a Max darle sepultura.

Matar no era tan difícil y a veces la rabia cegaba de tal modo que no había otro camino. Como cuando amenazó a Libby Holman, su coestrella en la malhadada obra *You never know*. El personal del teatro tenía que acompañarla del escenario a su camerino, temiendo que las amenazas de Lupe fueran reales. ¡Y lo eran! ¿Cuántas veces dijo haciendo un puño feroz con la mano donde traía su anillo de diamante que con esa piedra, con ese puño iba a matar a Libby Holman?

El odio es algo muy peculiar: se va metiendo bajo la piel, se va acumulando lentamente y de pronto, ¡bam, bum! Resulta intolerable tenerlo dentro y hay que tomar acciones, hay que hacer lo que sea necesario para librarse de él. A veces sólo podía ser con violencia, con golpes, orinando odio en el piso, en el camino del enemigo para que tropezara, cayera y se matara; otras, era posible hacerlo de manera callada, silenciosa, envenenando su alimento.

¿Por qué había matado al perro de Johnny? Él tomaba el lugar de Libby Holman, él tomaba el lugar de Arturo de Córdova y del mismo Johnny. Él era la víctima sacrificial. En él, Lupe se vengaba de la frustración del fracaso en la obra de teatro que finalmente decidió abandonar a media gira; en él Lupe se libraba de aquella "perra" que le había lanzado un maleficio.

—Lupe, deja de decir que vas a matar a Libby, esas cosas tarde o temprano se revierten —le había dicho Clifton Webb, la estrella del show.

"Tarde o temprano esas cosas se revierten". ¡Ay! ¡Qué miedo si realmente todo el odio, toda la rabia que sentía por sus enemigos llegara a revertírsele! A veces el odio hay que llevarlo a sus últimas consecuencias en el propio cuerpo, en el propio ser, antes de que los monstruos, antes de que el castigo divino llegue y haga justicia y se lleve todo. ¡Alguien que tenga esos pensamientos no merece estar viva! ¡Alguien que es capaz de dar muerte a un perro gentil no merece vivir! Y cuando no baste con la propia destrucción, también se puede destruir al enemigo con palabras.

Del cajón del escritorio sacó algunas hojas blancas en medio del creciente marasmo que le iban produciendo las pastillas mezcladas con el brandy. Revolvió entre las notas, los pequeños objetos, hasta encontrar la pluma. Por fortuna tenía tinta, suspiró aliviada y se dispuso a escribir, apartando las barajas, las fotografías.

A medida que garabateaba en el papel, fue encontrando algún alivio. De una sola ojeada revisó lo que había escrito y procedió a llenar una segunda hoja. Escribía con prisa, con rabia, apoyando la punta de la pluma con todas sus fuerzas. Se detenía de pronto, enjugándose las lágrimas. Revisó otra vez y escribió con torpeza algunas líneas más en el reverso de la hoja. Corrigió lo escrito, añadió palabras, tachó con rabia la última frase hasta que sólo quedó un borrón de tinta. Cuando releyó las dos hojitas no pudo contenerse más y se echó a llorar, pero más que de tristeza, era de agotamiento.

Estaba muy cansada y sin embargo tuvo fuerzas para servirse una nueva ración de brandy.

Llegó a la cama, dejó las dos hojas escritas sobre la almohada, para revisar de nuevo por si se había escapado algo. Comenzaba a sentir el bienestar que producía el alcohol y el sedante. Aún no llegaba el sueño. Pero no, pensó enseguida, el verdadero sueño había sido la vida de lujos y *glamour*, la experiencia del amor en los brazos de impactantes jóvenes, bellos como dioses. El éxito, que el mundo entero conociera su nombre y sintiera lujuria o envidia al pensar en ella, ése era el verdadero sueño.

Y sin embargo, con el sueño venía también el terror de perderlo todo. Todos los días, a cada instante, aquel monstruo había acechado. Estaba cansada, no podía pelear más contra él, había que provocar el despertar.

Se rio muy bajito. Todo iba cayendo poco a poco en su lugar. Había que agotar los víveres. Diez, veinte, treinta demonios rojos, cinco, seis, siete tragos de brandy. El alimento perfecto para acabar con Lupe.

¿Cuántas tabletas le habían traído de Tijuana? ¿Cuántas habría puesto Beulah Kinder en el frasquito de cristal? ¿Cuántas tendría que tomar antes de que llegara el descanso?

De una en una tardaría mucho. Había que acabar con los demonios colorados que seguían habitando en el frasco, esos genios que vivían en la botella, lo antes posible. Pronto llegaría la luz y se rompería el hechizo.

¿Cómo era la historia? Algo así como que "con la primera luz del día los seres infernales de la noche se volverían ceniza". Pero no, por el contrario, con el primer rayo de sol regresaría la angustia creciente sin que nadie pudiera ayudarla.

Bö Roos llegaría a las diez, había prometido una solución, pero Lupe no creía que hubiera alguna que ella misma no hubiera pensado. Estelle le llamaría para saber su decisión. Su madre insistiría en lo mismo que había repetido diez veces y que Lupe ya no estaba dispuesta a considerar. ¡Qué fastidio, carajo!

Dos tabletas, luego tres, con cada traguito de brandy.

—Que la virgen me perdone, pero los demonios viven también en la luz.

Ya pronto amanecería y él no había llegado. Había que enfrentarse a la verdad, no vendría ya. Y si llegara, ¡qué susto tan merecido le daría! ¡Para que supiera que iba en serio!

—El secreto es no pensar en nada. Y si pienso en el secreto es que estoy pensando en algo. Nomás otras cinco y por fin abriré los ojos y despertaré en la vida real.

Capítulo veintidós

El apostol de la aflicción, el que lanzó
el encantamiento sobre la pasión, y desde la desdicha
hizo surgir la avasalladora elocuencia, primero extrajo
el aliento que lo hizo desgraciado…
Lord George Gordon Byron

Abril de 1939. Hollywood, California

La habitación se había llenado de humo. Una vasija de barro con copal esparcía un aroma embriagante que por momentos hacía toser. Sentada en la alfombra blanca estaba Lupe mirando llena de expectación cómo la adivina tiraba las cartas y le leía la suerte.

—Has tenido éxito en los proyectos que has emprendido —dijo la mujer vestida con una túnica vaporosa color esmeralda; tenía la cabeza cubierta con un turbante de la misma tela. Señalaba a una de las cartas: la emperatriz.

Era verdad, pensó Lupe. Su más reciente película *The Girl from Mexico* había arrasado con la taquilla y a raíz de ese triunfo le habían ofrecido interpretar a Carmelita, el mismo personaje, en una serie: *The Mexican Spitfire*. Aquello era en honor del nuevo avión de combate *spitfire*, provisto de potentes ametralladoras, y ella, como ese avión, dispararía insultos a gran velocidad contra sus adversarios. Como *La mexicana que escupía fuego* no se oía tan bien en español, se convirtió en *La dinamita mexicana,* tal como Jacobo Villalobos había prefigurado veinte años antes.

—¡Mi última película tuvo lleno completo en el Rialto de Nueva York durante tres semanas! —exclamó—. Y *La Zandunga* todavía se exhibe en México y en varias ciudades de Estados Unidos desde hace un año.

—Y sin embargo, no eres feliz en el amor —siguió la mujer, mostrándole la carta de los amantes de cabeza.

Y de nuevo Lupe asintió. Aunque Arturo había llegado a Hollywood a principios de 1939 como lo había prometido, había logrado escabullirse de cualquier compromiso en serio con ella.

—¿Qué tengo que hacer? ¡Dime qué puedo hacer para que se decida este hombre!

—La situación es complicada —la adivina sacaba otras cartas, no estaba convencida y las reintegraba al mazo para sacar otras—, pero si haces exactamente lo que yo te diga, él va a llegar a tus brazos.

Lupe la miraba anhelante, era de nuevo una niña a punto de recibir un premio.

—Antes que nada, déjame sola aquí un momento. Quiero sentir las vibraciones de la habitación y hacer una oración de amor sobre la cama, para que puedas atraer al hombre con el poder del cuerpo, con el poder de tu corazón.

Lupe obedeció como colegiala. Estuvo esperando afuera de la habitación varios minutos que le parecieron horas. Por fin la adivina abrió la puerta. Se veía pálida, agotada.

—Fue difícil acabar con el mal que andaba por aquí —dijo con un hilo de voz—. Ahora ya todo será más fácil. Voy a hacerte un amuleto, dame un pedacito de tela de uno de tus fondos o de un negligé. Tiene que ser algo íntimo, algo muy personal, de preferencia de color rojo.

Con pena, la actriz cortó un pedacito de satín de un camisón.

—¡Muy bien! Ahora dame unos billetes, la mayor cantidad que tengas disponible, mientras más dinero sea, mejor, porque más prosperidad y abundancia llegarán a tu vida.

La mujer buscó en su cartera e incluso en alguno de los cajones de la cómoda donde a veces guardaba dinero. Logró reunir dos mil dólares.

—¡Perfecto! ¡Obtendrás el doble de lo que pidas! ¡Ya verás! Ahora escúchame bien. Tienes que tomar el amuleto que te estoy haciendo en la mano derecha y apretarlo con todas tus fuerzas. Así vas a dormir con él esta noche. Por nada del mundo lo vayas a abrir antes del amanecer, porque entonces atraerás toda la mala suerte sobre ti. Enciende dos velas rojas y, con el amuleto en la mano, repite el nombre de tu amante, mirando las flamas.

A la mañana siguiente, cuando Lupe despertó con el trocito de tela en la mano, presintió algo malo y lo deshizo, tan sólo para encontrarse con un pedazo de periódico doblado adentro. Luego se dio cuenta de que la adivina había desaparecido no sólo con su dinero, sino con varios pares de sus medias seda.

Aunque Lupe la acusó formalmente, nunca dieron con ella y sin duda, las promesas de buena fortuna en el amor no se cumplieron. "¿Sería acaso la maldición de Libby?", pensó Lupe con creciente terror; de que aquella mujer era una bruja no cabía duda, se decía que había matado a sus padres y a su marido. La gente le tenía miedo. ¿En qué habría estado pensando al hacerse su enemiga?

Arturo la visitaba pero mantenía una casita aparte para no despertar las sospechas de su esposa, que se negaba a darle el divorcio; además, el actor no quería salir a lugares públicos con ella y exigía el más completo secreto sobre sus relaciones.

Un día, entre broma y en serio, Lupe se confabuló con su amiga Nancy Torres, una actriz mexicana que estaba buscándose la vida en Hollywood desde algunos años atrás, para hacerle pasar un susto al indeciso.

Fue un sábado de abril de 1939; Arturo se había negado a acompañarla al Grace Hayes Lodge en Ventura Boulevard, donde cada noche los propios asistentes llevaban a cabo una sátira de alguna película u obra de teatro. El mexicano arguyó cansancio y la inconveniencia de ser vistos juntos con demasiada frecuencia, así que, en venganza, Lupe le pidió a Nancy que llamara a Arturo, diciéndole que tenía que ir a Casa Felicitas de emergencia.

—¡Lupe hizo una locura! ¡Tienes que venir ahora mismo! ¡Se está muriendo porque se tomó unas pastillas!

Arturo llegó a los pocos minutos y Nancy ya lo esperaba en la puerta. Cuando entraron a la habitación, encontraron a Lupe, rígida, tendida en la enorme cama con la boca llena de espuma.

El actor logró superar la parálisis y el terror. La llamó por su nombre, le dio unas palmaditas en las mejillas, le abrió la bata para que le entrara un poco de fresco y le puso alcohol en las sienes. Lupe abrió los ojos y, súbitamente consciente de su situación, corrió al baño a vomitar. Desde el canapé de la habitación Nancy y Arturo escucharon las arcadas, la tos y el agua que corría en el excusado. Luego apareció Lupe con un pañuelo sobre la boca, con la mirada baja y culpable.

—¿Estás bien? ¡Tenemos que llamar al médico!

—No, por favor —le pidió a Arturo con un hilo de voz—, no llames a nadie. Estoy bien, estaré bien.

Volvió a acostarse en la cama, desfallecida por el esfuerzo.

—¿Quieres que me quede?

—Nancy estará conmigo, no te preocupes. Ya pasó. ¡Perdóname! Es que me siento tan sola.

—¡Insensata! ¡Loca! Si estoy aquí contigo —le cubrió las manos de besos—. Prométeme que no lo vas a hacer de nuevo.

Lupe, después de un momento, lo prometió en voz muy baja, por debajo del pañuelo que le cubría la boca.

Arturo se fue y cuando Lupe se aseguró de que había salido de la casa, se transformó: abrió los ojos, se sentó en la cama y estalló en sonoras carcajadas, ésas tan características de ella, especie de cocleo, que era inconfundible y contagioso.

—Por un momento pensé que era de verdad —le confesó Nancy, un poco pálida—. ¿Cómo le hiciste?

—¡La espuma era de jabón! ¡Por eso tenía que taparme la boca, para que Arturo no oliera el aroma a Lux! ¡Ahora ya está avisado de lo que puede pasar si no se casa conmigo!

Su amiga la miró sonriendo, convencida de que Lupe era una gran actriz.

De inmediato, Lupe se arregló para ir con su amiga al pequeño teatro donde aquella noche su viejo amigo Groucho Marx iba a montar una parodia de *Lo que el viento se llevó*, antes de que la película se estrenara en Hollywood. Lupe interpretó a Scarlett O'Hara, mientras que Jack Benny actuaba en el papel de Rhett Butler y Groucho Marx aparecía como el patriarca Gerald O' Hara. Fue una noche hilarante, que sacó a Lupe del aburrimiento y el marasmo de esperar a Arturo y vivir según la voluntad del yucateco.

Ante el aburrimiento y la imposibilidad de salir a pasear con Arturo, se le ocurrió una idea. Había visto en los estudios RKO al joven actor Clayton Moore, llegado a Hollywood dos años antes, quien hasta el momento sólo había hecho pequeños papeles que ni siquiera alcanzaban créditos en algunas películas de vaqueros de bajo presupuesto; algo de él le recordaba a Gary: su estatura, su apostura, su encanto, el hecho de hacer películas de vaqueros como Gary había hecho en sus inicios… Y también le conmovió la manera en que estaba intentando sobrevivir, triunfar en Hollywood.

A través de Art LaShelle que era amigo de ambos, Lupe invitó a Clayton a uno de sus ya tradicionales almuerzos dominicales junto a la piscina. Al llegar, el joven se sintió cohibido frente a toda esa gente que conversaba, bebía y comía en el jardín. Cuando Lupe lo vio, se dirigió a él con la copa en la mano; lucía espectacular con el vestido entallado de chiffon y Clayton se quedó mudo frente a ella. Lo tomó del brazo como si lo conociera de toda la vida y lo presentó a Errol Flynn y a su mujer, haciéndose oír por encima del trío de jazz que interpretaba *I'm in the mood for love*. Pronto Clayton se sintió en casa, como uno más de los actores que presumían sus propiedades, sus viajes, sus autos o sus mujeres, hasta que las conversaciones fueron languideciendo y la música se detuvo. Cuando quedaban pocos invitados, Lupe se le acercó de nuevo y susurró:

—¿Puedes quedarte a cenar? Quisiera que charláramos en privado.

Era una invitación misteriosa y sugerente que él no podía rechazar. A eso de las cinco, cuando todos los demás se fueron, la misma Lupe junto a Beulah Kinder sirvieron la cena en el antecomedor de la casa. Cuando el ama de llaves de Lupe se retiró y después de que la anfitriona se aseguró de que su invitado tuviera qué beber, inició una conversación llena de ingenio sobre sus propios inicios en Hollywood. Hasta que sirvieron el café con el coñac, Lupe llegó al grano:

—Escúchame Clayton, quiero confesarte una cosa. Mi carrera no está yendo todo lo bien que yo quisiera.

—Pero señorita Vélez, yo sólo veo los triunfos suyos por todas partes.

—Por favor, llámame Lupe —pronunciaba la u muy cerrada, haciendo un círculo con su hermosa boca pintada de rojo—. ¿A ver?

—Lupe —obedeció Clayton, azorado.

— Eres muy gentil, de verdad, pero no todo son triunfos. Mira, en este negocio, si quieres triunfar y mantenerte triunfando, necesitas publicidad, ¿me entiendes? ¡Tienes que estar todo el tiempo en la vista del público! ¡Todo el tiempo! Que la prensa hable de ti, que te vean en los lugares adecuados en el momento adecuado.

Clayton asintió comprensivo, aunque no entendía muy bien por qué Lupe le confiaba aquello.

—Ahora necesito toda la publicidad positiva que pueda conseguir, ¡y tú puedes ayudarme! Lo tengo todo planeado.

Para entonces ya habían pasado a la sala, donde Lupe se sentó junto a él en el sofá. Le palmeó una pierna y sonrió. Clayton estaba atónito.

—Pero señorita…, Lupe, no sé cómo puedo ayudarte.

—Mi querido Clayton, eres un hombre muy guapo y ¡estás soltero! Yo ya no estoy casada y no es correcto que me vean sola en ciertos lugares. ¡Necesito circular! ¡Que los productores, directores, la "realeza" de Hollywood me vea y no se olvide de mí! Necesito estar con la persona adecuada en los lugares adecuados, ¿me entiendes?

Aunque Clayton asintió, estaba cada vez más confundido. ¿Aquella hermosa actriz le estaba coqueteando? ¡No lo parecía! Toda la explicación parecía llevar a un trato de negocios. Lupe continuó:

—Querido, ¡eres la pareja perfecta! ¿Qué te parece si tú y yo vamos a los lugares donde hay que ser vistos: Macombo, Ciro's, Trocadero?

Lupe le estaba hablando de los lugares más caros y exclusivos de Hollywood, destinados a las estrellas, mientras que Clayton Moore apenas sobrevivía de hamburguesas en las cafeterías baratas. La simple mención de aquellos lugares le parecía un sueño.

—Lo siento, señorita Vélez.

—¡Lupe! —lo interrumpió ella.

—Es que no creo que pueda ayudarte. No me mal interpretes, ¡me encantaría ayudarte!, pero no me alcanza.

Lupe lo miró con ternura, negando con la cabeza y con el índice que al final fue a posarse sobre los labios de él para hacerlo guardar silencio:

—No me has entendido —dijo por fin—, no tienes que preocuparte por eso. ¡No son citas de verdad! Sólo son negocios. Tú me ayudas a mí y yo te ayudo a ti. Yo me ocupo de todo, sin ningún compromiso.

Clayton se quedó un momento en silencio. ¿Era verdad que Lupe Vélez le estaba ofreciendo compañía, noches de gala en los más lujosos restaurantes de la ciudad y todo gratis? Dada su carrera casi inexistente en Hollywood, el hecho de aparecer en los periódicos al lado de la actriz no podía más que beneficiarle.

—Mira, lo más pesado de tu trabajo será sonreír ante las cámaras. ¿Qué dices?

—¡Está bien! Lo haré.

Lupe gritó y aplaudió primero y luego lo abrazó, entusiasmada. Cuando el abrazo llevó a un beso en la boca para sellar el trato, Clayton se dejó llevar, sin saber si abrazar a la mujer o permanecer inmóvil. La lengua cálida de Lupe le despertaba aún más increíbles sensaciones dado el hecho de que todo aquel día había sido extraordinario. Él no sabía cómo reaccionar y, aferrándose a los últimos vestigios de sensatez y sobriedad, la separó gentilmente de él.

—Todo lo que ocurra entre nosotros es sin ningún compromiso —le murmuró Lupe, mirándolo a los ojos como ella sabía hacerlo—, sólo parte del trato.

Clayton entonces no pudo resistirse más y la cubrió de besos, emocionado por el convenio, excitado por la presencia de la belleza mexicana, su perfume, el seno medio desnudo bajo el vestido de seda, el brillo de sus ojos, la humedad de los labios que prometían un paraíso, y le hizo el amor ahí mismo en el sillón de terciopelo de la sala.

El plan funcionó muy bien, no sólo para reactivar la imagen de Lupe ante la prensa, sino que despertó los celos de Arturo de Córdova que había vuelto a México. Los periodistas incluso comenzaron a hablar de boda y los fotógrafos no se cansaban de captar a la pareja en los centros nocturnos de moda: los sábados bailaban en Ciro's, el Cocoanut Grove o en el Macombo, cualquier día de la semana pasaban a tomarse una copa al Trocadero; los domingos en los almuerzos de casa de Lupe, él siempre estaba ahí, jugando con los perros y por supuesto era su acompañante en las peleas del Legion Stadium de los viernes.

Como era ya una tradición, Lupe llegaba a sus asientos del *ringside*, ataviada como si fuera a un gran baile de gala: vestidos descubiertos de pedrería, abrigos de armiño, broches de diamantes para sujetar la larga cabellera oscura... Los porteros ya la conocían y estacionaban su nuevo modelo de Duesenberg —amarillo con las puertas forradas de mimbre— sabiendo que recibirían estratosféricas propinas de diez y quince dólares. Una vez que Lupe ocupaba su lugar, después de la ceremonia habitual de saludar al público iluminada por los reflectores, se quitaba todos los anillos y los depositaba en la bolsa del abrigo de Clayton, cubriéndolos con un pañuelo a manera de precaución. Entonces empezaba el verdadero espectáculo que la gente iba a ver tanto como a los boxeadores. Lupe, vestida de gala, cubierta de pieles, gritando a voz en cuello hasta quedarse ronca:

—¡Mátalo! ¡Mata a ese infeliz!

Mientras la gente volteaba a otro lado, llena de asco ante el ojo hecho pulpa del boxeador, ella seguía exclamando:

—¡Levántate! ¡No seas cobarde! ¡Pégale, pégale!

Podía salir emocionada de la pelea, ronca de tanto girar instrucciones a los contendientes, con la cara coloreada por el esfuerzo y la excitación, pero unas horas más tarde, ya en su casa junto a Clayton, lloraba hasta quedarse dormida frente a una fotografía de Gary, diciéndole a su amigo entre sollozos:

—Éste es el único hombre que he amado de verdad.

La relación profesional y los eventuales acercamientos eróticos no impidieron que se hicieran amigos cercanos y sintieran la confianza de hacerse confidencias, por lo que la boda de Clayton con Mary Francis, una bailarina y actriz en agosto de 1940, no resultó una sorpresa para Lupe, aunque sí marcaba el final de su "contrato".

—¡Felicidades! —le dijo Lupe cuando él se lo comunicó—. No pudo haberle pasado a una mejor persona, te deseo mucha suerte y mucho amor.

—Y yo, Lupe querida, espero que encuentres a un hombre que sepa apreciarte y amarte de verdad, como te mereces.

Así terminó una relación de negocios que había resultado muy exitosa. Lupe había vuelto a las columnas de chismes de Hollywood y Clayton había conseguido contratos prometedores. Diez años después se convertiría en *El Llanero Solitario*.

Capítulo veintitrés

La ausencia de alguien que aún no se despide
pasará a tu lado
con trinos relámpagos y soles pequeños en los ojos
tocando apenas cables
que son recuerdos y están perdidos.
Homero Aridjis

Diciembre de 1940-diciembre de 1942. Hollywood, California

Sólo el ruido de cristales rotos. El ruido de cristales rotos por encima de los gritos, por encima de los insultos y las maldiciones. La furia de los vidrios rotos era lo único que podía distinguir en medio de la gente que la miraba, que los miraba. Eran caras de amigos y desconocidos que señalaban en su dirección y reían o murmuraban cubriéndose la boca. Lupe no podía escuchar nada más que el estruendo de los cristales rompiendo el festejo, rompiendo cualquier posibilidad de amor. Y en medio de la confusión y el odio, también sentía la satisfacción enorme de ser vista, de ser admirada como siempre por el público.

¿Cómo había empezado aquello? Hacía dos años, en esa misma casa, en circunstancias semejantes. Era la fiesta de fin de año de 1940. A Errol Flynn le gustaba divertir a sus amigos y era un excelente anfitrión, además de que adoraba a Lupe. Después de las doce campanadas y los abrazos del nuevo año, Errol, como era su costumbre, le pidió a Lupe que "hiciera lo que sabía hacer".

—Ay, Errol, ¡siempre la misma cosa! —respondió ella fastidiada, ya que no estaba para espectáculos: había peleado por enésima vez con Arturo por larga distancia antes de llegar a la fiesta.

—¡Ándale chiquita! —suplicó Errol en español—. Tú sabes cómo hacerlo.

—Está bien, Errol, para ti —le lanzó un beso con las puntas de los dedos.

Sin dejar de mirarlo a los ojos, empezó a hacer girar uno de sus pechos hacia un lado y hacia el otro, luego los dos, cada vez más rápido bajo la blusa de seda.

—¿No crees que son los pechos más bonitos de Hollywood? —preguntaba Flynn a sus amigos con gran entusiasmo—. ¿Habías visto algo así antes?

Los hombres la miraban embobados, incluso las mujeres presentes consideraron el espectáculo increíble; un aplauso atronador dio por concluida la función y Lupe agradeció a sus admiradores con una caravana teatral.

Acababa de regresar sola a su canapé, con la copa en la mano, cuando vio dirigirse en su dirección a Guinn "Big Boy" Williams, quien había trabajado con ella en *Palooka,* en 1934; se veía decidido a probar suerte y abordarla. Lupe se acordó de él, miró sus ojos azules como los cielos de Texas y su cabello rojo, de una sola ojeada apreció los músculos de los brazos y las piernas y la anchura de los hombros y le brindó una de sus amplias sonrisas. Se lamentó de no haberlo visto con suficiente cuidado en aquellos años, demasiado ocupada en sus peleas con Johnny.

A Lupe le gustó que él fuera un verdadero ranchero, antes de serlo en la pantalla; muchas cosas de él le recordaban a Gary, como su gran estatura y su gusto por los caballos. Big Boy no era ningún aficionado; era campeón de polo y muy hábil para las artes del rodeo que había perfeccionado en los espectáculos de Will Rogers; todo el mundo sabía que era el mejor jinete de Hollywood. Antes de acabar el año, corrían los rumores de que Lupe iba a vender su casa de Rodeo Drive y que ambos estaban ocupados en la remodelación del rancho de Big Boy para que se acomodara mejor a los gustos de la actriz.

Ella disfrutaba la vida campestre; cuidaba los caballos, las vacas, los cerdos y los ponies Shetland. Aquellas actividades le recordaban la paz que tuvo a los catorce años, mientras esperaba a su bebé en el ranchito de sus tíos en Texas. La posibilidad de revivir aquella época de inocencia la hacía trabajar con gusto en las faenas del campo y, por la noche, quedarse largas horas frente a la chimenea en los brazos de su novio sin tener que decir nada. Eso era lo más cerca que había estado de la felicidad desde hacía muchos años. Por supuesto Big Boy no era Gary, jamás sería Gary y Lupe lo sabía, pero el talante sereno de Williams le daba una paz que no había disfrutado en sus relaciones sentimentales.

También era como estar jugando a los vaqueros en una película del oeste; la actriz había transformado totalmente su imagen en consecuencia: se vestía con anchas pantaloneras de cuero, camisa de cuadritos y chaleco de piel, botas, látigo a la cintura y mascada al cuello. Se había pintado el pelo de rojo y se lo sujetaba en unas colitas a los lados de la cabeza bajo el sombrero. Si tenía que salir de casa, sólo se ponía uno de sus elegantísimos abrigos de armiño encima de su ropa de vaquera. Era como si hubiera utilizado su relación con Big Boy y el escenario del rancho del Oeste como ensayo de su personaje en *Mexican Spitfire Out West*, que estaba filmando justo por esas semanas. Una vez más, para ella, la realidad era el cine y la vida era una mera película.

Big Boy, por su parte, compartía con Lupe más que las tareas del rancho. Él también había sido despreciado por su padre, un político de Texas que hubiera querido tener un hijo abogado; cuando Guinn le expresó su deseo de ser actor, su padre lo corrió de la casa y le pidió que no volviera a buscarlo.

Sintió que con Lupe podía compartir esos sentimientos de soledad y rechazo que ni el dinero ni los aplausos lograban apagar. Además, estaba sorprendido de la mujer tranquila y doméstica que era la mexicana, en contraste con todo lo que le habían dicho sobre ella. Le encantaba que a Lupe le gustara hacer cosas con sus propias manos en la casa y en el rancho. Ella estaba muy pendiente de no desperdiciar nada, además de ser una gran cocinera.

Un día que Guinn regresó de improviso de un viaje, encontró a Lupe ataviada con un ancho overol de mezclilla que le encantaba usar para las faenas de la casa, componiendo el calentador de agua. Después de algunos minutos y antes de que él lograra llamar al plomero, Lupe lo había logrado, de la misma manera en que había arreglado el excusado y pintado la casa.

—Lupe, ¿te quieres casar conmigo? —le preguntó Big Boy en un arranque de emoción.

—¡Claro que sí! —respondió ella, incrédula, avergonzada por su aspecto en aquel momento tan trascendental de su vida.

Se casarían en Reno y se irían de pesca o de cacería como luna de miel. Lupe estaba conmovida, pensó que por fin había llegado la hora de ser feliz. Pero pasó noviembre y diciembre y enero… Llegó la primavera de 1942 y la boda no llegaba, llegó el invierno de 1942 y la boda no llegó.

De nuevo estaban en la fiesta anual en casa de Errol Flynn. De nuevo sonaron las campanadas de fin de año y cuando todos estaban felicitando al prójimo, brindando con interminables copas de champagne y repartiendo buenos deseos, se oyó la inconfundible voz de Lupe:

—¡Lo que pasa es que tú no quieres casarte conmigo! ¡De pretextos ya estuvo bien!

—Tú sabes que no es eso.

El tono de Big Boy era conciliador. Sabía que estaban llamando la atención de todo el mundo, tal como le gustaba hacer a Lupe.

—Mira vaquerito, no trates de engañarme. Más vale que me digas de una vez qué es lo que te impide casarte conmigo.

Era verdad que Lupe había bebido más de cuatro de sus bebidas favoritas: *French seventy fives* —champagne con brandy—, pero su espíritu belicoso estaba más relacionado con la frustración creciente que con el alcohol.

Big Boy se enfureció. Para entonces, ya se habían peleado varias veces. Aunque Guinn era mucho más alto que Lupe, ella no había dudado en agredirlo verbal y físicamente cuando él hacía algo que a ella no le gustaba. Más de alguna vez, Guinn lloró después de una andanada de insultos y golpes de Lupe. Y aquella noche anunciaba ser una de esas ocasiones.

—¿Crees que me voy a casar con una loca como tú? ¡Me tienes harto!

—¡Pues yo no me casaría contigo ni aunque fueras el último hombre de la Tierra!

Selló su afirmación con una bofetada que Guinn esquivó. Eso hizo que Lupe se enfureciera más.

En un ataque de rabia, Lupe tomó una foto enmarcada que Big Boy le había dedicado al anfitrión Errol Flynn, y le pegó con ella en la cabeza hasta que el marco y el cristal se rompieron.

Sacó la foto de entre los cristales, la rompió en pedacitos y luego orinó sobre ella, de pie, delante de todo el mundo, mientras profería una andanada de groserías en español.

Lupe se estaba vengando de la vida con aquellas acciones; Lupe se orinaba en el destino que se le tornaba adverso. Lupe rompía en la cabeza de su prometido todas sus esperanzas de matrimonio y todos los recuerdos de la edad dorada de la ilusión. Era eso lo que le causaba una rabia asesina, la certeza de que no sería feliz con ningún hombre, de que todos los hombres tarde o temprano la abandonarían, de que nadie la aceptaría y querría como ella era, a pesar de todos los esfuerzos que hiciera por ser una "buena mujer".

Sabía perfectamente que estaba acabando con la posibilidad de ser feliz con aquel hombre tranquilo y amoroso, pero no podía detenerse. Rompía la imagen de Guinn y la de Gary y la de su padre y la de todos los hombres de su vida, orinaba, echaba a perder todo lo bueno, todo lo sano, todo lo tranquilo que pudiera haber en su vida, incluyendo su propia imagen de mujer doméstica. ¡Jamás sería una dama!

Desde esa noche, Lupe regresó a su casa de Rodeo Drive y nunca se volvió a hablar de boda. De nuevo estaba sola. La maldición de Libby había sido efectiva, pensaba Lupe, o tal vez el decreto que su madre había implantado en ella: el matrimonio no es para Lupe, Lupe tiene que triunfar sola, por todas las mujeres de la familia Vélez.

Había aprendido a mentir para sobrevivir; mentía para presentar al público una interesantísima película de misterio, de aventuras, una comedia hilarante o un dramón. Siempre había dicho que la actuación era para ella como la vida y así era. ¿Dónde había terminado una e iniciado la otra? A veces sentía que había mentido tanto que ya no sabía cuál era la verdad. Con una escena de alto dramatismo, había acabado con el romance vaquero. Cuando Louella Parsons le preguntó los motivos del rompimiento, no supo decirle.

—Después de ver a un hombre más de cinco veces, me aburro, le veo nariz de perro —confesó.

Pero, ¿era verdad? ¿Existía realmente la verdad? ¿Existía algo más que las películas y las columnas de chismes? Y en caso de existir, ¿valía la pena?

Capítulo veinticuatro

¿Qué se hace a la hora de morir? ¿Se vuelve la cara a la pared?
¿Se agarra por los hombros al que está cerca y oye?
¿Se echa uno a correr, como el que tiene
las ropas incendiadas, para alcanzar el fin?
...
Porque a esta hora ya no hay madre ni deudos.
Ya no hay sollozo. Nada más que un silencio atroz.
Todos son una faz atenta, incrédula del hombre en la otra orilla.
Porque lo que sucede no es verdad.

Rosario Castellanos

14 de diciembre de 1944. Hollywood, California
7:00 AM

Estaban llegando los monstruos del tedio. El auditorio empezaba a bostezar y ella ya no tenía fuerzas para levantarse y bailar el *shimmy* o contar una historia divertida. Y tampoco los monstruos de la noche parecían alejarse a pesar de que ya los rayos de sol entraban por debajo de la cortina.

Por suerte no importaría tanto lo que había pasado, mientras los pequeños demonios rojos pudieran conjurar las sombras, las culpas, los arrepentimientos. Era curioso, los diablillos le iban robando la memoria. ¿Por qué había estado tan enfurecida como para romperle a Big Boy un cuadro en la cabeza? Él había sido bueno con ella, él había despertado una vez más la posibilidad de vivir en paz en aquel rancho de Texas.

Ahora, con las primeras luces del nuevo día, los rostros de Big Boy y de Clayton Moore se confundían, ya pasada la rabia asesina. El rostro de Arturo de Córdova se sobreponía a los otros dos como un recuerdo entrañable y todavía doloroso.

Alargó la mano para tomar la fotografía que el coronel Villalobos había enviado a finales de 1941 y que descansaba sobre la

261

mesa de noche. Los rasgos del militar permanecían duros y atrevidos a pesar de la edad. Ése era el recuerdo más doloroso de todos, ese primer abandono sin explicación. Con la fotografía, su padre había enviado una carta de perdón y aunque entonces ella se había conmovido y lo había buscado sin éxito, ahora ese rostro amado no hacía más que confundirse en el recuerdo de los otros abandonos, de los otros dolores del pasado.

¿Sería que su vida había sido una sucesión de abandonos? Lupe no era más que una niña abandonada en medio de las balas de la revolución. Y la guerra no había hecho sino repetirse incesantemente. La luz de la mañana no lograba conjurar los fantasmas; los muertos de Pearl Harbor parecían venir a perseguirla, los muertos queridos venían también: la hermosa Carole Lombard muerta mientras vendía bonos de guerra, John Barrymore muerto de tanto beber. ¿Podría la risa conjurar la muerte? ¡No cabía duda de que ella lo había intentado! Pero la muerte seguía ahí a pesar de las comedias, a pesar de las bromas, a pesar de todo.

¡Que sólo quedara el ruido de los cristales al romperse!, ojalá que eso pudiera borrar el terror de la guerra y la angustia de saber que no había logrado escapar a los designios de Hollywood que ponía a cada quien en su lugar. La habían hecho repetir las rutinas de la *Mexican Spitfire* hasta la exasperación y ella había terminado creyendo que era "la escupefuego", "la dinamita mexicana", "la polvorilla"… Las películas de la serie iban a ser, todavía más, una prolongación de su propia vida, mientras que sus escándalos personales habían contribuido a generar expectación y, con ello, las ganancias para los estudios RKO fueron enormes. Ni una sola película relevante…Todas artísticamente frívolas, ninguna digna de un premio, aunque hiciera reír al público, aunque lograra sacar del marasmo de la guerra, de la crisis, del dolor, a millones de personas… ninguna de sus películas había sido digna de un Oscar.

Los primeros rayos de sol no lograban aclarar las ideas. En la confusión creciente que iba haciendo presa de ella, ya no sabía si era Carmelita, la *Mexican Spitfire*, Pepita Zorita de *Ladies Day,* la "mataora" Carmen del Toro de *Playmates*, Rita de Silva en *The Redhead from Manhattan*, la sensual bailarina de hula-hula en *Honolulu Lu*, que para su mala fortuna se estrenó dos días después de Pearl Harbor, lo que aseguró el fracaso. El fracaso que fue poca cosa ante el horror de la guerra, ante el modo en que cambió la vida cotidiana a partir de ese día. El fracaso no significaba mucho frente a la culpa, ante la muerte ajena, ante el dolor de las viudas, las hijas, las madres, que perdieron a sus hombres y que tuvieron que salir a trabajar en esa nueva economía de guerra.

Se consolaba pensando que con aquellas comedias lograba paliar un poco la angustia, el dolor de los demás. Sin embargo, todos aquellos personajes eran una burla de sí misma y un estereotipo de la latina ardiente. Era como si en las películas además de haber imitado a los seres que odiaba como Hitler, o que envidiaba, como Marlene Dietrich, Greta Garbo y Dolores del Río, se hubiera imitado a sí misma una y otra vez.

Quiso levantarse pero las fuerzas no le alcanzaron. Una lasitud maravillosa se iba apoderando de su cuerpo. Los recuerdos uno a uno iban quedando atrás, los hombres amados, odiados, deseados, poco a poco se iban convirtiendo en un solo anhelo vago entre las últimas sombras de la noche.

—Que Dios me perdone.

Y de pronto, un dolor en el vientre. La vida que no quiere quedarse atrás, la vida que se sobrepone a todo como una gozosa carcajada que sale desde el fondo del pecho en la tragicomedia del amanecer.

Capítulo veinticinco

Cuando sientas mi calor
mírame a los ojos
es el lugar donde se esconden mis demonios.
"Demons"
Imagine Dragons

Enero de 1943. Hollywood, California

Lupe entró a la oficina de Bö Roos en Wilshire Avenue, ataviada como siempre con su querido abrigo de armiño y un sombrerito con el tul cubriéndole la cara. Bö ya la esperaba y se levantó del escritorio para darle un beso. Más que su representante, era su amigo; era ya uno de los hombres más poderosos de Hollywood y tenía por Lupe más que sincero aprecio, admiración, deseo, ¿amor?

—Bö, querido, necesito dinero.

—Lupe, ya hemos hablado de esto…

Roos había creado en Hollywood la figura del representante. Su firma proporcionaba a los actores un agente publicitario, un mánager y un administrador de negocios. Sabía que muchos actores después de su éxito inicial habían acabado en la miseria y la propuesta que hacía a todos, era que le entregaran sus ganancias íntegras y él las administraría. Su compañía se hacía cargo de pagar alquileres, pensiones alimenticias, sirvientes, impuestos, así como de entregarles a las estrellas una mesada razonable que les permitiera vivir con holgura, pero sobre todo, ahorrar para el futuro. También aconsejaba a las estrellas cómo invertir en negocios redituables para cuando la fama hubiera desaparecido. En los casos de emergencia, Bö Roos conseguía préstamos, médicos, abogados… Lo que fuera necesario para mantener a los actores y actrices libres de problemas. Cualquier necesidad que surgiera, había que consultarla con Roos y cualquier ganancia no reportada era causal de una discusión amarga con el representante.

Esa mañana, Lupe había acudido precisamente a una consulta financiera.

—Ya sé que hemos hablado de esto, pero necesito dinero.

—¿Se puede saber para qué?

—Voy a comprar un rancho en México.

El hombre se puso de pie. Era alto, estaba impecablemente vestido con un traje azul marino y camisa blanca, y en ese momento, la desesperación había coloreado sus mejillas rasuradas.

—¡Otra vez con eso! Lupe, te dije que si quieres invertir en algo seguro, el hotel Los Flamingos de Acapulco es una buena opción. Ese lugar será uno de los sitios turísticos más importantes de México, verás.

—Bö, no quiero que me sermonees ahora. ¡Voy a comprar un rancho en San Luis Potosí y quiero mi dinero!

Después de buscar los ojos de la actriz inútilmente, pareció entenderlo todo.

—¡Es ese tipo otra vez! Lupe, yo no puedo decirte lo que debes hacer, pero piénsalo, no te conviene que se te relacione con un hombre casado que no va a dejar a su mujer.

—¿Tú qué sabes de Arturo? ¡No te metas en mi vida!

—Me tengo que meter en tus inversiones, para eso me pagas —respondió él sin amilanarse—. Y esto, créeme, no es una buena inversión, ni financiera ni personal.

Lupe confiaba en Bö enteramente. Cuando había llegado a su oficina la primera vez en 1932, por sugerencia de Johnny, ella, como muchos actores que ganaban cifras millonarias, estaba arruinada; tenía deudas por más de cincuenta mil dólares, pero al cabo de unos años, Roos la había hecho ahorrar aún a costa de sus propios deseos e impulsos. Lupe le había perdonado su intromisión cuando con sus ganancias en una carrera de caballos había dado el adelanto de un nuevo yate para Johnny, y Roos al saberlo, había mandado devolver aquel lujo innecesario. Pero esta vez, Lupe no estaba dispuesta a ceder.

—Es mi dinero, Bö, yo sé si lo tiro en el desierto o me lo como o me lo fumo si me da la gana.

—No —respondió él, retador.

—Entonces me voy. Me voy en este momento de tu compañía —Lupe se puso de pie, amenazante.

Bö Roos no era un hombre que se dejara intimidar y aunque adoraba a Lupe, levantó el intercomunicador y pidió a su sobrino Charles Trezona:

—Entrégale a Lupe sus libros.

Ésa era la frase demoledora que Roos pronunciaba cuando dejaba de representar a un actor. En los libros estaban las cuentas detalladas de todos los movimientos financieros. Trezona no podía creerlo, su voz sonó insegura del otro lado del cable.

—¿A Lupe?

—Entrégale los libros —repitió. Y luego, dirigiéndose a ella—: Adiós Lupe. Buen día y mucha suerte. La vas a necesitar.

Ella no se esperaba eso y cuando salió de la oficina le temblaban las piernas. Roos había sido como su padre durante diez años. Se sentía perdida sin él y sin embargo, ¡era libre para hacer lo que quisiera! Incluso equivocarse, invertir mal, fuera el dinero o los bonos del corazón. Iba a tomar su vida en sus propias manos, iba a hacer lo que hubiera tenido que hacer desde hacía tiempo.

Los hermanos Calderón, productores de *La Zandunga*, le hicieron el ofrecimiento de regresar a México y hacer tres películas: *Naná*, *Anna Karenina* y *La dama de las camelias*. Con el antecedente del triunfo comercial de *La Zandunga*, ofrecieron a Lupe un jugoso anticipo por las tres películas. Aquella propuesta parecía augurar un triunfo seguro, ya que los Calderón se habían asociado con Azteca Films, distribuidora de las películas en español en Estados Unidos, y la familia Jenkins, que tenía el monopolio de la distribución en México.

¡Por fin iba a escapar de las comedias intrascendentes en las que estaba atrapada como la mexicana ardiente y temperamental! ¡Por fin iba a hacer un drama que la colocaría entre las actrices serias! Estaba entusiasmada por interpretar, más que a la propia *Naná*, a Margarita, de *La dama de las camelias*. Tal vez ése fuera sólo el inicio de una carrera en el cine mexicano, como había hecho ya Dolores del Río después de triunfar en Hollywood.

En julio, antes de que iniciara la filmación de esa primera película, Lupe se enteró que la producción de *La dama de las camelias* ya había iniciado y que habían dado el estelar a Lina Montes, una actriz mucho más joven que ella. Sin que Bö Roos estuviera a su lado para aconsejarla, Lupe buscó a su madre.

Doña Josefina estuvo más que deseosa de ofrecer sus consejos.

—¡Qué maravilla, criatura! Te podré ver todos los días cuando estés acá en México, además, es un buen momento para que fortalezcas tus lazos con el cine nacional. ¡Serás un éxito, preciosa! ¡No lo pienses más!

—¡Pero estos cabrones me traicionaron, mamá! Tengo que filmar *Naná* y seguro me van a dejar *Anna Karenina* en compensación, ¡cuando lo único que yo realmente quería era hacer *La dama de las camelias*!

—Pues ¡qué mejor! Así tendrás que trabajar menos este año y podrás descansar un poco con tu familia. ¡Podríamos irnos a Veracruz! ¡Vieras qué ganas tengo de ir a la playa! ¡Todavía mejor, vámonos a Acapulco, a ese hotelito donde todos tus amigos han invertido! ¡Tal vez así te animes tú también! Esto es sólo el comienzo de tu regreso triunfal a México. ¡Debiste haber alternado proyectos desde que hiciste *La Zandunga*! Otros lo han hecho…

—Pero ahora me sustituyeron por una más joven. ¡Me estoy haciendo vieja!, ¡tengo que aprovechar todo el tiempo posible! Luego me voy a retirar del cine, me casaré con Arturo y seré una buena esposa para él.

Lupe se sentía aterrorizada ante la mera idea del fracaso y la vejez. Era el equivalente a regresar a la línea del coro, a los teatros de provincia, al silencio. ¡Más valía retirarse por propia voluntad a tiempo y Arturo era su boleto hacia ese destino pastoril tan anhelado!

—¡Tonterías, mijita! Aquí te vas a reinventar. Vas a ver que te sentirás a gusto de regreso en tu país. Ésta es tu casa. Lo de Arturo ya lo veremos. Créeme, preciosa, el amor va y viene, lo importante es el éxito, el dinero.

Y Lupe obedeció. Pero antes de irse, le había llamado a su amiga Louella Parsons para decirle que después de *Naná* se iba a retirar del cine y se casaría con Arturo de Córdova. La columnista de inmediato quiso conocer a quien había logrado dominar a "la fiera". ¿Quién era el hombre que había logrado que ella renunciara a su carrera, la cosa más importante para Lupe?

La actriz sabía que Louella publicaría la noticia en su influyente columna y así, ayudada por la prensa, parecería que era ella quien rechazaba las oportunidades, que era ella quien tenía otros planes y no que la habían traicionado. Era su manera de reaccionar ante los fracasos y desdenes: con orgullo y con una declaración escandalosa donde ella apareciera como dueña de su propia vida.

Una tarde de septiembre Louella invitó a la pareja a su departamento en las Villas Carlota de Franklin Avenue; los recibió en la sala. Los tenues rayos del sol que se alcanzaban a filtrar a través del vidrio coloreado hacían brillar las joyas de la columnista. Arturo parecía haber nacido para moverse en esas esferas: encendió un cigarrillo con naturalidad mientras Louella lo miraba intrigada.

—¿Cómo es que habla usted un inglés tan perfecto?

—Mi familia dejó México durante la revolución y crecí en Nueva York, ahí aprendí el idioma —dio un par de sorbos al Martini y continuó—. Usted sabe que lo que uno aprende de niño se queda para siempre. Luego fuimos a vivir a Argentina y allá estuvimos también muchos años; he estado en Chile, he viajado por otros lugares, así que me considero ciudadano de América.

Lupe no dejaba de mirarlo, arrobada.

—Cuando Arturo termine *Frenchman's Creek*, regresaremos a México y él se va a divorciar. ¿Verdad mi amor? —preguntó ansiosa, tomándole la mano.

Arturo le sonrió benévolo, dándole palmaditas en el dorso blanco.

—Y tú cocinarás para siempre —dijo Louella burlona, dirigiéndose a Lupe.

—…y tendremos pollos, vegetales y una granja.

La mirada de Lupe trasmitía el entusiasmo y el amor por Arturo.

Esta vez, a diferencia de lo que había pasado cuatro años antes, Lupe se lucía con su nuevo galán por todos los lugares que a
ella le gustaban: la pareja fue vista demostrándose gran cariño en
los cabarets como Ciro's y Clover.

Arturo había filmado con gran éxito para Paramount en 1942
For Whom the Bell Tolls con Gary Cooper e Ingrid Bergman, luego
Hostages, estrenada en agosto de 1943, y ya tenía el contrato para
filmar en el siguiente año *Frenchman's Creek*, con Jean Fontaine,
en la que interpretaría a un apuesto pirata, por lo que estaba decidido a dejarse ver en los "lugares apropiados" de Hollywood. Esta
vez tenía toda la determinación de triunfar en los Estados Unidos.

Dado el incipiente éxito de Arturo, éste no estaba nada ilu-
sionado con la idea de regresar a México —de hecho no había
trabajado allá en todo el año— y menos tener una granja, pero el
entusiasmo de Lupe era contagioso:

—Yo lo haré todo, no te preocupes —le había dicho—, podemos ir y venir y ¡tú triunfarás y yo me dedicaré a hacerte feliz!,
¡cocinaré para ti todos los días!

Lupe se fue a México en octubre de 1943, para iniciar la filmación
de *Naná*. Al principio, estuvo feliz de estar de regreso, arropada
por su madre, acompañada de Edelmira Zúñiga que ya había regresado también a su tierra. Incluso Arturo también la acompañó
algunas semanas, aunque pudieran verse poco, pero luego él volvió
a Hollywood a filmar la nueva película.

Lupe se hospedaba en el Hotel Reforma como en la otra ocasión, y la acompañaban ahí intermitentemente doña Carmelita, la
madre de Arturo, así como doña Josefina, ya que Lupe podía tolerar
la soledad cada vez menos y sentía una gran melancolía, aunque
no quería que otros lo notaran.

Las horas de trabajo se alargaban y ella insistía en repetir las escenas hasta que quedaran perfectas; por ello, los días empezaban antes de las seis de la mañana y se prolongaban hasta las diez de la noche o incluso más tarde. Una enfermedad de las vías urinarias comenzó también a complicarse entonces, pero a Lupe no le importó repetir una y otra vez alguna escena, incluso ardiendo de fiebre; no podía parar, como hechizada, como víctima de alguna maldición.

¿Sería acaso la de Libby? ¿La habría condenado a seguir y seguir como aquel cuento de los zapatos de charol rojos encantados por el diablo? Pero a pesar de ese "hechizo", de aquella "maldición", Lupe se presentaba como siempre ante la prensa, ante sus compañeros y ante la gente, llena de alegría y entusiasmo, aunque por dentro la tristeza la estuviera carcomiendo.

De noche, los demonios siempre estaban al acecho. Pocas veces se lograba dormir antes del amanecer y casi a diario el timbre del teléfono rompía las sombras de la madrugada. Arturo quería saber si estaba en su habitación. Arturo quería saber si estaba sola.

—¿Con quién me engañas? —era su primera frase del otro lado del teléfono, a dos mil kilómetros de distancia.

—Estás loco, Arturo. Tu madre está en el otro cuarto.

—¿Es Crox Alvarado? Ese muchachito imbécil.

Alvarado era su coestrella. Aunque ella compartía con el costarricense la pasión por las luchas y admiraba su talento artístico, no había nada entre ellos, aseguraba Lupe a su novio, pero él no creía, no aceptaba aquello.

—Arturo, tengo que levantarme a las cinco de la mañana. Te voy a colgar el teléfono. No quiero seguir oyendo estupideces.

Arturo noche tras noche volvía a llamar, enloquecido de celos, perturbándola tanto que al día siguiente Lupe con dificultad podía seguir sus parlamentos.

Cuando su amante fue a encontrarla en México para Navidad, la filmación de *Naná* había terminado. Lupe se quedó hasta mitad de enero para hacer la promoción de la película pero su corazón estaba destrozado. Arturo había pasado las fiestas navideñas con su familia, limitándose a llamar a Lupe por la noche. Esto, aunado a las peleas, con insultos cada vez mayores como resultado de los celos de él, la tenían en un estado de postración nerviosa que sólo ocultaba durante las entrevistas y las sesiones fotográficas.

Regresó a Los Ángeles en febrero de 1944, cansada, triste y enferma, como si hubiera querido emular a su personaje. Cuando le preguntaron qué había ocurrido con Arturo, Lupe dijo a la prensa que habían terminado por los celos absurdos de él. No dijo que la esposa del actor había rehusado a divorciarse y tampoco dijo que él no había insistido en ello.

—Quiero regresar, Bö —dijo la actriz menudita cubierta de pieles y joyas cuando estuvo frente al representante. Traía sus libros bajo el brazo—. Tenías razón.

El hombre la abrazó y le ofreció un whisky, aunque eran apenas las doce del día. Luego mandó llamar a Charles Trezona y comenzó a dar instrucciones a su personal.

Pronto, el desventajoso contrato con los productores mexicanos estuvo cancelado sin que Lupe tuviera que filmar *Anna Karenina*. Gracias a los manejos de Roos, no hubo multa para la actriz y ellos asumieron toda la culpa, por haber incumplido el trato en cuanto a *La dama de las camelias*.

En junio de 1944, cuando se estrenó *Naná* en la Ciudad de México, Bö fue a acompañarla. El representante fue testigo del recibimiento frío que le hizo el público a la película, a pesar de que Lupe lucía espléndida en los números musicales donde se presentaba tan coqueta, tan pícara como siempre, luciendo además un cuerpo escultural ya embarnecido, en las escenas en que aparecía muy ligera de ropas.

—Me parece que tus admiradores están sorprendidos —le comentó a la actriz ya de regreso a Los Ángeles—. No están acostumbrados a verte en un papel tan denso. Francamente, me temo que aquí esta película no pase la censura.

En los Estados Unidos la película fue estrenada en septiembre con mucha cautela. En San Antonio, donde había un vasto público hispanoparlante, *Naná* se estrenó a la media noche, y eso sólo ocurría cuando no se esperaba que la película fuera un gran éxito, además de que los contenidos no eran aptos para todas las audiencias.

En Nueva York la cinta fue prohibida por el Comité Estatal que se encargaba de la vigilancia de contenidos en las producciones fílmicas. Se determinó que *Naná* tenía un "tono moral bajo y, con excepción de algunas escenas iniciales y finales, mostraba de manera atractiva la inmoralidad y la conducta licenciosa". Se referían a algunas tomas muy sugestivas que mostraban la desnudez parcial de Lupe, aunque la película por supuesto, sólo mostraba la obra de Zolá en sus aspectos menos sórdidos. Las ilusiones de Lupe de ser reconocida como una actriz dramática se vinieron abajo. Tendría que empezar de nuevo.

Harald Maresch era un joven autor austriaco que acababa de cambiar su apellido por el de Ramond, pensando que con ello triunfaría más fácilmente en Hollywood. Lupe lo había visto en una de las visitas que hizo al set en donde Arturo filmaba *The Frenchman's Creek*, incluso antes de irse a filmar *Naná* a México. A su regreso a Los Ángeles, cuando la relación con Arturo estaba terminada, tomó el teléfono y llamó a la secretaria de Paramount para conseguir el teléfono del joven y atractivo actor.

—¿Harald? Soy Lupe Vélez.

—Señorita Vélez, ¡qué sorpresa! ¿Qué puedo hacer por usted?

—Quiero decirte que me encantó tu actuación como Edmond en la película. Seguro que serás un éxito. Te auguro una gran carrera querido. ¿Puedo invitarte a cenar?

Después de recuperarse del impacto de aquella invitación, le dijo que sí, tartamudeando, e hicieron cita para verse en el restaurante favorito de Lupe: el Brown Derby de la calle Vine. Lupe se acicaló con todo cuidado, dispuesta a impactar al joven. Quería que

Arturo se muriera de celos y si él no reflexionaba, por lo menos ella se divertiría con un muchacho guapo, ingenuo, con ganas de triunfar.

Maresch tenía veintiséis años, casi diez menos que ella, pero contrariamente a lo que Lupe hubiera pensado, no era un ingenuo; había recorrido mucho mundo antes de llegar a Hollywood.

Había nacido en Viena, le dijo, mientras bebían los aperitivos. Y Lupe lo miraba a los ojos, comiéndose voraz la aceituna del Martini.

Había estudiado dos años de medicina en la Sorbona en París, pero había comprendido que aquello no era para él y se había ido a vagar y buscar fortuna por toda Europa. "Mmmh, un gitano", pensó Lupe, bebiéndose la crema de avellanas a pequeños sorbos. "Mejor aún, ¡un médico gitano!".

Cuando regresó a Austria, actuó brevemente en el teatro y filmó dos películas de las que estaba muy orgulloso: *La condesa Walewska* en Austria y *Hotel Savoy 217* en Alemania en 1936, luego huyó, pasando por Checoslovaquia, Suiza y Marsella.

—Muy interesante —dijo Lupe, mientras partía su filete. El cine alemán era algo que ella conocía poco, pero sonaba bien. Todo eso había ocurrido cuando ella estuvo en Europa. De haber sabido…

Harald se alistó luego en el ejército francés y llegó a tener el grado de sargento, pero cuando cayó Francia se fue a América en busca de refugio.

"Un sargento", pensó Lupe mientras pedía que le sirvieran otra copa de Bordeaux, imaginándoselo en uniforme.

Entró como alemán, pero se registró como austriaco en el Departamento de Justicia en 1942, ya que los residentes de Austria antes de la ocupación nazi en el 38 no se tenían que registrar como extranjeros enemigos.

"¿Será acaso un espía nazi?" sospechó Lupe por un momento, devorando el pastel de chocolate con una copita de oporto.

Su trabajo principal, además de algunos pequeños papeles, era el de doblar los diálogos en francés, ganando 600 dólares a la semana, que él consideraba una fortuna, en relación con sus trabajos anteriores.

Lupe lo escuchaba con toda atención, en parte porque quería fascinarlo a él, pero también genuinamente interesada en las historias que él podría contarle de sus aventuras en Europa durante la guerra. El muchacho era bien parecido, alto, rubio, y con ese interesante acento alemán que Lupe encontró atractivo. Pensó en que podía llegar a algún acuerdo de negocios, como el que había hecho con Clayton Moore, en el que Harold se dejara ver con ella en los lugares adecuados; eso podría servir para que él fuera contratado en otras producciones y ella saliera dignamente del rompimiento con Arturo, a fin de retomar su carrera en Hollywood.

Se lo llevó a su casa aquella noche y le planteó el arreglo. Harald estuvo de acuerdo y se mostró en los meses siguientes como amigo solícito primero, y tras el fracaso de *Naná*, como el más enamorado de los pretendientes. Ella misma esparció el rumor de que había propuesto matrimonio a Harald en los primeros días de julio. Le dijo a su amiga Louella que el novel actor estaba apenado de no poder darle un anillo muy costoso y que ella le había dicho:

—Mi amor, quiero algo muy sencillo, yo ya tengo muchas joyas, lo que necesito es un matrimonio que dure.

Le dijo también que ella le había dado a él un hermoso anillo de oro con un pequeño diamante. Harald estaba orgulloso y lo mostraba a quien quisiera verlo.

Pocos días después de que el compromiso se había anunciado, Lupe recibió una sorpresiva llamada:

—¿Señorita Vélez? Mi nombre es Francesca Bittiner y le estoy llamando desde Nueva York.

Mucha gente llamaba a Lupe, así que aquello no le sorprendió en absoluto.

—Acabo de enterarme del compromiso que Harald hizo con usted. No parece una mala persona y no tengo ninguna intención de lastimarla, pero quiero informarle que acabo de entablar una demanda judicial contra Harald por dos mil quinientos dólares, es lo que mi abogado recomendó.

—¿De qué me está hablando? —preguntó Lupe impaciente.

—Cuando Harald llegó a Nueva York hace dos años, se quedó a vivir conmigo y me prometió matrimonio.

—No entiendo —Lupe se quedó helada.

—Un día desapareció sin pagarme un centavo de hospedaje y sin cumplir su palabra. No supe dónde estaba hasta que vi su nombre en el periódico que anunciaba el compromiso con usted.

Lupe no supo qué hacer, sólo colgó el teléfono. De inmediato llamó a Harald.

—Es cierto —reconoció contrito—. Pero ¡fue hace dos años, Lupe! Ya no siento nada por esa mujer que claramente quiere aprovecharse de nosotros. ¿No lo ves? ¡Deja que demande! Yo no tengo con qué pagarle eso que pide.

Pero a Lupe no le convenía que su nombre se viera mezclado en tan bochornoso asunto. Todo le pareció un poco ridículo de pronto. Estar comprometida públicamente con un actorcito desconocido, bastante menor que ella, quien estúpidamente había prometido matrimonio a una vividora; estar involucrada en un lío judicial que ni siquiera tenía que ver directamente con ella y hacer lo que estaba a punto de hacer, pagar lo que la mujer pedía a cambio de que guardara silencio: todo eso era absurdo.

Se asombró al descubrir que no estaba pensando en romper su pacto con Harald, por el contrario, consideraba que ese compromiso que podía prolongarse un tiempo más, era la única manera digna de salir de la tormentosa relación con Arturo, incluso no descartaba la posibilidad de casarse con él realmente. Ya había dicho demasiadas veces a los periodistas que iba a casarse y su orgullo estaba muy lastimado con lo que había ocurrido con el mexicano.

Harald se fue a Nueva York desde que Francesca Bittiner había dado señales de vida, para componer el asunto de la mejor manera, llevando instrucciones de Lupe de pagar si era necesario, y allá estuvo durante más de dos meses. Lupe tenía el presentimiento de que aquél era un mal arreglo y que se estaba poniendo en riesgo de algún modo.

Para colmo, sus perritos Chips —un *sealyham* de un año— y Chops —un *scottie* de ocho meses— nuevos favoritos que habían reemplazado a sus chihuahuas, se le perdieron un día y después de andarlos buscando por todo el vecindario, por fin uno de los vecinos los encontró vagando en su propiedad. Él, al ver los collares, le llamó a Lupe, que salió corriendo a buscarlos. Sin embargo la sensación de que algo ominoso se cernía sobre ella no cedía. Tenía la sensación de tenerlo todo y al mismo tiempo, no tener nada. Poco a poco iba instalándose en su pecho la certeza de que el sueño estaba a punto de derrumbarse y se quedaría sin absolutamente nada.

Una tarde a principios de agosto en que Lupe manejaba sin rumbo, pensando en qué lío se había metido, se encontró con Gary que conducía su auto de manera distraída. Cuando vio a Lupe detenida en un semáforo a su lado, la saludó tocándose la cabeza con la punta de los dedos. Ella le guiñó un ojo, coqueta.

—Hola extraño —le sonrió Lupe.

—Hola extraña —respondió Gary, con los ojos azules brillando.

—Invítame una copa —le pidió ella.

—Por supuesto, madame, será un placer.

Terminaron refugiándose en una suite del fastuoso hotel Roosevelt, donde bebieron martinis e hicieron el amor hasta el amanecer del día siguiente, en honor a los viejos tiempos. No hubo peleas ni reclamos, sólo la pasión de dos cuerpos que se reconocían después de una larga separación. En el pecho que ella amaba, que había amado tanto, se guarecía de todas las humillaciones, de los rechazos de sus hombres, de la mala crítica que *Naná* había recibido en Estados Unidos… Con los embates de su amante, sentía que por fin el cuerpo se llenaba de una nueva vida, que el vientre recuperaba su función y que su vida recobraba de algún modo el sentido. Al amanecer, Lupe lo besó con cariño antes de cerrar la puerta detrás de ella. Lo último que Gary escuchó fue un silbido que se perdió en el pasillo del hotel, Lupe entonaba una balada de moda. Por un momento, era feliz.

Capítulo veintiséis

Van llegando sin Dios y sin María,
présagos de catástrofes y muertes
pienso que el cielo llora…¿no lo adviertes?…
Venus es una lágrima muy fría
Manuel José Othón

Agosto-diciembre de 1944. Hollywood, California.

Apenas un mes más tarde, Lupe se sintió físicamente enferma. Los dolores de cabeza, las náuseas matutinas y el cansancio la hicieron llamar al médico, temiendo que la afección del riñón se hubiera agudizado. Cuando el doctor Michelina le informó que estaba embarazada, la chispa de felicidad fue inmediatamente nublada por el pánico. Haciendo cuentas, supo que el bebé no podía ser de Harald, ya que siempre había estado perfectamente preparada para tener relaciones sin quedar embarazada, además de que después de la última vez ella había tenido su periodo normalmente.

¡Tenía que ser de Gary! ¡Qué vergüenza! No había pensado en tomar ninguna providencia al encontrarlo. No llevaba el diafragma y él tampoco usó condón que de por sí aborrecía por ser demasiado estrecho para su enorme miembro e impedirle sentir. ¡Claro! Había estado en sus días más fértiles y habían hecho el amor como locos, como jovencitos, una, dos, tres, cuatro, ¡cinco veces! De todas las maneras posibles… Una oleada de calor la invadió primero, luego un frío de muerte.

"¡Un hijo de Gary!", pensaba por momentos, "¿qué más podría desear en la vida?", pero luego se daba cuenta de que en su situación sería imposible darlo a conocer.

Los meses que siguieron no contribuyeron en nada a que Lupe se tranquilizara. En septiembre la premier de *Naná* en Los Ángeles no fue prometedora, por el contrario, se reportó como un

279

gran fracaso; a las molestias del embarazo que había mantenido cuidadosamente oculto, se sumó la depresión creciente.

Lupe no quiso decirle nada a Harald sobre su embarazo, simplemente porque no le incumbía. En todo momento, la actriz buscaba una salida a su situación, pero iban pasando los meses y ella no encontraba la manera de solucionar el problema.

Tampoco podía decirle a Gary. Estaba segura de que su amado no aceptaría la paternidad de la criatura y no quería enfrentar su rechazo. ¿Deshacerse del bebé? Esa opción era impensable. Había clínicas en Hollywood que se encargaban fácilmente de las "apendicitis" de las actrices, pero Lupe sentía que se quemaría en el infierno si se libraba de la criatura. Además, ese bebé era verdaderamente hijo del amor, era el hijo del amor de su vida.

La relación con su dizque prometido no era ya la más amable, ni siquiera para la prensa; desde que Harald se había ido a Nueva York nada había sido igual. Lupe no había vuelto a confiar, imaginando un complot entre Francesca y él, y a Harald no le habían pasado desapercibidos su frialdad y alejamiento. Pocas veces le llamaba por teléfono y no había querido seguir saliendo con él.

Pensando en alguna solución, tuvo que confesarle lo ocurrido a Bö Roos, haciéndole jurar, aunque sabía que no era necesario, que conservaría el secreto de quién era el padre. Unos días más tarde, el mánager tenía todo arreglado:

—Te irás a Los Flamingos, compré acciones para ti ahí. Acapulco es un pueblito aislado donde nadie te va a molestar. Haremos los arreglos correspondientes para que alguien críe al bebé y después de un año tú puedas adoptarlo, ya de regreso en los Estados Unidos.

A Lupe se le iluminaron los ojos. Aquello era una posibilidad, aunque no le hacía gracia pasar varios meses metida en un pueblito de la costa. ¿Qué pasaría con su carrera? ¡Tenía compromisos pendientes! ¿Y a quién dejarle el bebé? ¿Quién podría criarlo y permanecer en silencio? De pronto Lupe tuvo una idea.

El 6 de noviembre organizó una fiesta de cumpleaños para su cuñado Gordon Anderson, oficial retirado del ejército norteamericano, ya que sería una buena oportunidad para compartir su secreto con su hermana Josefina. Invitó a los amigos de su hermana y de su cuñado, pero no avisó a Harald que representara su papel de fiel consorte.

En cuanto los invitados se sintieron en casa, Lupe apartó a su hermana y le pidió que subiera con ella a la habitación.

—Necesito hablarte, Josie.

Cuando acababa de cerrar la puerta, Harald llegó a la casa, pensando en que podría hablar con Lupe sobre su tensa situación, y al ver que había una fiesta a la que no había sido invitado, se enfureció. Tuvo que golpear la puerta un buen rato antes de que Beulah Kinder le abriera. Se detuvo ante la escalera al ver que Lupe no estaba entre la gente y gritó:

—¡Lupe! ¡Aquí estoy!

—Estoy ocupada con mi hermana. Quiero estar sola, vete —gritó Lupe a su vez, fastidiada.

Harald se fue, azotando la puerta al salir, ofendido.

Lupe tardó un momento en decirle a su hermana el secreto que la tenía angustiada.

—Josie, voy a tener un hijo. Tengo cuatro meses ya.

—¿De quién es? —preguntó Josefina de inmediato—. ¿Es de Harald?

—No te lo puedo decir. No importa. Pero quiero que sepas que tú eres la única en la que puedo confiar, eres mi hermana favorita. Escúchame, quiero que tú finjas tener al bebé. Estás casada, eso no puede dañarte. ¿Qué dices? Podemos irnos juntas a Acapulco. Bö tiene todo planeado, nos quedaremos en el hotel que tiene él por allá: se llama Los Flamingos. Ahí nadie nos molestará.

Josefina guardaba silencio, agitaba la cabeza y miraba al piso. No entendía nada.

—Pero ¡estás a punto de casarte con Harald! ¿Por qué no adelantas la boda? ¡Podrías decir que se casaron desde julio y que lo habías mantenido en secreto!

Lupe parecía no escucharla, caminaba de un lado al otro de la enorme habitación, haciendo sus castillos en el aire.

—Tú llegarás antes de que nazca el bebé y regresarás con él, pretenderás que es tuyo por un tiempo y luego yo lo adoptaré. ¿Qué me dices?

—¿Así como "adoptaste" a Juanita? ¡No creo!

Josefina no estaba de acuerdo. No le parecía posible hacer que Gordon aceptara un plan como ése, negaba con la cabeza mientras hablaba del poco espacio que tenían en el departamento de West Hollywood, de lo pobre que era la pensión de su esposo, de la falta de apoyo de la familia de él a pesar de que eran ricos, de lo poco que podían comprar.

—No te preocupes por eso, te daré dinero, lo suficiente para una casita en el Valle de San Fernando y para mantener al bebé durante el tiempo que sea necesario.

Josefina no tenía ningún deseo de criar a un hijo, mucho menos si era ajeno. Sabía que Lupe podría quitárselo en cualquier momento o bien no cumplir su promesa. La mujer estaba profundamente resentida con su hermana, por el éxito, por la fortuna, por la suerte que había tenido y consideraba ese embarazo no deseado un justo castigo, una evidencia de que su hermana no merecía su suerte.

No le hacía gracia ayudarla a salir avante de aquella situación, ya otra vez Lupe había acudido a su familia para cubrir su irresponsabilidad, pero ella, Josefina, no era su hermana Mercedes.

No se podía olvidar tampoco de que por culpa de Lupe, ella había tenido que pasar casi dos años en un internado rezando a todas horas y sufriendo con las materias en inglés. "Who´s sorry now?" pensó Josefina malévola. Por fin podía cantarle a su hermana aquella canción en su cara.

Le molestaba que Lupe quisiera cobrarle lo que había hecho por ella a través de los años. La había llevado a Hollywood, le había buscado acomodo y había usado sus relaciones para que Josefina pudiera filmar algunas películas. Luego le había conseguido trabajo a su esposo de aquel entonces, Miguel Delgado, y cuando no hubo más, lo colocó como secretario de Gary.

Después del divorcio de la pareja, Lupe estuvo al lado de su hermana siempre y le sugirió volver a buscar fortuna en Hollywood, donde conoció a Gordon y se casó con él. Incluso en los últimos tiempos, Lupe siempre tenía algo qué regalarle: unos zapatos, un vestido que ya no le venía bien, pero aquellos regalos, lejos de ser agradecidos, eran una espina más clavada en el corazón de Josefina. Lupe tenía tanto y ella tan poco...

La atribulada mujer se tomó un buen rato para convencer a su hermana, pero Josefina no quería aceptar, aunque no podía pensar en algo convincente que apoyara su negativa. Por fin, fingió que estaba de acuerdo, para acabar con aquella tortura.

—Está bien, Lupe, pero antes tengo que ir a San Antonio, ya sabes que estamos construyendo una casita allá. Tengo que ir a dejar todo en orden antes de ausentarme tanto tiempo, dejarla encargada, ya sabes. Te vas tú primero, cuando juzgues conveniente, yo te alcanzaré después.

—¡No, Josie! ¡No me hagas esto! —Lupe se echó a llorar.

—Te prometo que iré. En cuanto deje todo listo me voy para allá.

—¡No me vayas a abandonar en esto, por favor!

Josefina salió de la habitación y Lupe le gritó desde el marco de la puerta:

—¡Por favor, escríbeme pronto!

Y luego, ya del brazo de Gordon, Josefina dejó la casa. La actriz vio desde la ventana cómo la pareja se alejaba a toda prisa y su hermana se sacudía la melena con alivio. Por más que deseara equivocarse, en ese momento Lupe supo que no podría contar con ella.

A medida que pasaba el tiempo, Lupe se desesperaba más. No sabía en quién confiar. Un día, en el exclusivo salón de belleza de Sunset Boulevard al que acudía con regularidad, se encontró a Beryl, que ya se había separado también de Johnny Weissmuller. Lupe había hecho amistad con ella desde tiempo atrás e incluso habían intercambiado confidencias.

—Necesito hablar contigo en privado —le dijo antes de que la empleada le metiera la cabeza al secador de pelo—. Por favor, ven a verme cuando puedas.

Beryl escuchó la súplica de Lupe e intuyó desesperación tras la ronca voz de la mexicana.

—Iré lo antes posible —prometió.

Más tarde, cuando Willy, el estilista de Lupe, la pasó a su sillón, al verla demacrada supo enseguida que había algo muy grave en la vida de una de sus clientas favoritas. En vez de bromear con él, Lupe permanecía abstraída, mirando su propia imagen en el espejo.

—Qué está pasando, chiquita —preguntó por fin, cuando las asistentas estuvieron a prudente distancia.

El ruido de las secadoras de pelo y la cháchara animada de las clientas hacían que los demás no pudieran oír la conversación. Lupe dijo por fin:

—Voy a tener un hijo.

El estilista ahogó un gritito de júbilo.

—¡Felicidades! ¡Lo sabía! ¡Sabía que tenías ojos de embarazada! Pero dime, ¿de quién es? ¡Anda! ¿Es del tipo ese?, ¿de Harald?

Después de unos minutos, ya ahogándose por decírselo a alguien, por fin lo confesó en un susurro, como para sí misma, mirándose a los ojos en el espejo, con Willy como testigo a sus espaldas:

—Es de Gary.

Willy ahogó otro grito entre las manos.

Ya está, ya lo había dicho. No era tan difícil. Lo difícil era saber qué hacer después.

—¡Tienes que decírselo! —aconsejó él.

—No lo va a aceptar. Lo conozco bien. ¡Y cómo me va a doler si me manda al demonio!

—No importa, Lupe. Tienes que decírselo. Él tiene que saberlo.

Entonces se atrevió a buscarlo.

—Gary, odio hacerte esto, odio decírtelo por teléfono, pero no hay manera de poder encontrarnos. Quiero que sepas que estoy esperando un hijo tuyo.

Gary del otro lado del auricular se quedó callado varios segundos que a Lupe le parecieron horas. Por fin dijo:

—¿Y qué te hace pensar que es mío? De seguro es de ese idiota de Harald.

—¡Carajo Gary! Jamás te hubiera llamado si pensara que es de él.

—Estuvimos juntos un día, con él estás a diario, y quién sabe con quién más.

Lupe le colgó el teléfono después de gritarle:

—¡Vete al diablo!

La señora Kinder entró a la habitación en ese momento, para decirle que al día siguiente, 13 de noviembre, tendrían que viajar a una breve gira de presentaciones para paliar el fracaso de *Naná*.

—Señora, ¿prefiere que cambiemos el plan para otra fecha?

Beulah sabía que su patrona era muy supersticiosa y se negaba en redondo a viajar en cualquier día 13, mucho menos si era viernes o martes.

—No creo que esas cosas importen ya —contestó Lupe, fastidiada.

Robert Slatzer, un reportero de Ohio que estaba haciendo sus pininos en Hollywood, pidió entrevistar a Lupe a fines de noviembre. Ella accedió, en uno de esos momentos en que su inquietud era tal, que sentía que tenía que tener gente alrededor para no morirse de la angustia. Cuando llegó, Lupe lo recibió con una jarra de la bebida que estaba haciendo furor entre la gente bonita de la meca del cine: la Margarita, y comenzó a contarle, una vez más, las mismas anécdotas sobre su llegada a Hollywood y lo que todo el mundo ya sabía.

En ese momento, sonó el teléfono y Beulah Kinder entró a la sala a avisarle a Lupe que su madre llamaba de larga distancia desde México. La mujer se disculpó. Slatzer escuchó la conversación en español que tenía lugar en el estudio y como hablaba el idioma, se pudo enterar de todo lo que doña Josefina y Lupe comentaron.

—No, mamá, ¡tengo que tener al bebé! Ya es demasiado tarde.

—…

—No, por favor, ¡no se te ocurra hablarle a Gary!

—…

—Sí, es muy posible que sea de él, pero ya no quiero decirle nada. ¡No tiene caso! ¡No vayas a llamarle!

—…

—Sí, mamá. Hablamos mañana, un beso.

Cuando Lupe regresó a la sala con una nueva jarra de Margarita, el reportero no pudo contenerse y le preguntó por el bebé.

—Así que hablas español.

—Lo suficiente —contestó él en ese idioma.

—Pues ahora ya lo sabes. El bebé es de Gary y él está enterado, pero no quiso reconocerlo. Por favor, ¡te suplico que no escribas sobre esto! Sé que lo que te estoy pidiendo es algo difícil, pero ¡te lo ruego!

Ante la mirada suplicante de la mujer, el reportero juró no divulgar lo que había oído y cumplió su palabra, atado al silencio por el sufrimiento de la actriz.

A principios de diciembre Lupe llegó a la conclusión de que tendría que hablar con Harald, muy a su pesar. En su desesperación, tendría que hacerle una nueva propuesta de negocios, sólo que en esta ocasión, la propuesta sería aún más desventajosa para ella. Cada vez desconfiaba más de su socio, ya que los acuerdos a los que había llegado con Francesca Bittiner habían sido muy sospechosos y finalmente aquella desconocida se había quedado con bastante dinero de Lupe.

Para resarcirse con él, organizó una fiesta en la casa de Rodeo Drive, a la que invitó a varios amigos de diversos círculos. A lo largo de la noche, estuvo presentándolo a todo el mundo, cariñosa. En un momento de distracción de la dueña de la casa, el doctor Michelina se acercó a hablar con Harald.

—Soy el médico de Lupe, sólo quiero felicitarlo por el bebé.

Harald disimuló la sorpresa. Asintió con la cabeza y alzó la copa para brindar con él.

—¿Y todo está en orden? —preguntó con casi genuina preocupación—, ¿cuánto tiempo tiene exactamente?

—Cuatro meses, la criatura nacerá en mayo. Una mujer extraordinaria, Lupe, ¿no es así?

—Sin duda, doctor. Nos casaremos lo antes posible, en cuanto logremos ponernos de acuerdo en los compromisos; a veces es muy difícil que las agendas coincidan. Pero no hay nada que quiera yo más que casarme con ella y hacerla feliz —Harald se convenció a sí mismo y actuó a la perfección el papel de novio enamorado.

Cuando los invitados se fueron, Lupe le ofreció a Harald una última bebida y le pidió que tomara asiento en la sala.

—¿De quién es el bebé, Lupe? Me lo dijo tu doctor.

La pregunta la tomó por sorpresa, pero se rehízo de inmediato.

—Tuyo —mintió—. Por eso te invité esta noche, tenemos que hablar.

—No lo creo. Ya hice las cuentas, querida. El buen doctor dice que tienes cuatro meses de embarazo y yo no estaba siquiera en la ciudad. Lo que pasó entre nosotros fue antes y tuvimos buen cuidado de que esto no ocurriera.

Lupe se derrumbó. Ocultó la cara entre las manos.

—Evidentemente el padre de la criatura no ha querido asumir su responsabilidad, ¿no es cierto? Y en este lapso no has encontrado alguna otra solución, ¿no es así? Por algo has mantenido en secreto el asunto, por algo no has querido romper el compromiso conmigo —se hizo un silencio opresivo, luego Harald continuó—. Quiero decirte que estoy dispuesto a casarme contigo y que querré a tu bebé como si fuera mío.

La actriz lo miró aliviada. Le echó los brazos al cuello:

—¡Oh, Harald! ¡Gracias!

—Sólo hay un pequeño problema. El matrimonio no puede ser de verdad, Francesca y yo estamos casados y habrá que convencerla de aceptar el divorcio. Me parece que no se va a conformar con lo que ya ha conseguido. Tengo que hablar con ella, convencerla.

La expresión de Lupe cambió inmediatamente.

—¡Lo sabía! ¡Sabía que eras un canalla! ¡Un vividor! —Lupe siguió con los insultos en español hasta que se quedó sin voz.

Harald no se conmovió en absoluto.

—Sabes dónde encontrarme —le dijo antes de salir de la casa.

Louella Parsons habló con Lupe al día siguiente para saber las novedades sobre el compromiso que se había prolongado demasiado por diversas razones y Lupe le dijo que no se casaría con Harald en el corto plazo.

La columnista quiso saber más del asunto y buscó a Harald; él le dijo que iba a dejar Warner Brothers y que su agente le tenía dos ofertas. No quería casarse con Lupe hasta que tuviera un empleo fijo, no le parecía digno hacer las cosas de otro modo. Pero un negocio estaba por resolverse en breve, entonces él contaría con los recursos necesarios y ya verían entonces.

Ya muy desesperada, profundamente deprimida y furiosa, Lupe se vio obligada a pedir ayuda de nuevo a Bö Roos.

—No te preocupes, Lupe. Hablaremos con Harald, veremos qué se puede hacer —le dijo su amigo—. ¿Estás dispuesta a pagarle? Buscaremos que sea un acuerdo claro.

Roos tomó a su cargo la tarea de hablar con Harald, pero llegar a un acuerdo fue más difícil de lo que pensaba; el muchacho era un experto negociante. Tuvo que llamarle varias veces y él le respondía que tendría que pensarlo bien, que necesitaría tiempo para hacer una propuesta.

Por fin Harald accedió a reunirse con ellos en la casa de Lupe unos cuantos días más tarde. Bö y Charles Trezona hablaron con el actor, mientras Lupe permanecía en su habitación.

—Mi abogado me aconsejó seguir adelante; podemos hacer una falsa ceremonia. Incluso podríamos anunciar que ya nos casamos desde septiembre o algo así; y tal vez luego, si todo se arregla y logro el divorcio, nos casaremos de verdad. Francesca está dispuesta a aceptar, siempre y cuando Lupe firme un documento en el que declare que sólo me caso con ella para darle nombre a su hijo y que extienda un cheque por diez mil dólares.

Cuando Roos subió a notificarle a Lupe la propuesta de Maresch, ella bajó la escalera hecha un torbellino de furia.

—¡Todo esto era una broma! ¡Una prueba para ti, asqueroso vividor! Quise probar quién eras y quería tener testigos. Ahora me queda claro quién eres. ¡Devuélveme el anillo que te di y lárgate de esta casa! No quiero volver a verte nunca. ¡Y de mi cuenta corre que no tengas trabajo en Hollywood ni en ninguna otra parte!

Harald salió y Lupe se derrumbó una vez más, a pesar de que sus dos amigos intentaron consolarla.

—Vamos, Lupe, encontraremos una solución. ¡Ya verás! —dijo Roos—. Sigue en pie Acapulco, la adopción, el secreto. No lo descartes tan rápido.

—Ya pasaron casi tres semanas y Josefina no ha dado señales de vida. Se fue y no ha mandado ni una carta, nada.

— Si no es Josefina, será alguien más que pueda cuidar a tu hijo, déjame arreglarlo.

—Tenemos que hacer público el rompimiento antes de que ese hombre comience a comentarlo —dijo Trezona.

—Hablaré con Louella de inmediato —dijo Lupe entre lágrimas.

Le dijo que ella y Harald habían tenido una terrible pelea y que lo había corrido de la casa.

—Lo lamento mucho querida. ¿Qué fue lo que pasó?

—Peleamos por razones políticas —dijo Lupe torpemente, luego añadió—. ¡Es un imbécil!

—Ya encontrarás a alguien mucho mejor. ¿Quién era ese tipo de todos modos? Ni siquiera sé cómo deletrear su apellido. ¿Cómo se escribe? Digo, para no cometer un error en el artículo.

—¡No sé!, ¿a quién le importa?

—¿Alguna oportunidad de que regresen? —preguntó Louella después de un momento, dando oportunidad a que Lupe se calmara un poco.

—¡Prefiero a mis perros Chips y Chops mil veces! Me voy a ir a Nueva York, tengo un contrato de presentaciones y me olvidaré de una vez por todas del amor.

Era verdad que estaba contratada para aparecer en diversos escenarios de la Costa Este. Tendría que estar presente en un programa de radio antes de Navidad, y el 28 de diciembre iniciaría una gira que duraría hasta marzo, entonces sería primavera y habría un nuevo comienzo, pensaba Lupe. Lo importante iba a ser ocultar su embarazo hasta entonces, el vestuario tal vez podría ayudar aunque no ocultaría un vientre de ocho meses. Además ¡tenía treinta y seis años! ¿Podría actuar en ese estado? Tal vez podría interrumpir la gira antes, argüir el problema del riñón. Cuando llegaba a ese punto, dejaba de pensar y se ocupaba en otra cosa, para no volverse loca.

Ese lunes 11 de diciembre, Lupe se dedicó a empacar junto a la señora Kinder, escogía los vestidos más apropiados para la gira, a fin de olvidarse de su situación. Quedaban pocos días para el viaje y había mucho qué hacer, además de que había que preparar muchas cosas aún para la fiesta del día siguiente. Como era ya una tradición, el 12 de diciembre Lupe hacía una enorme fiesta para celebrar su santo; invitaba a todo el mundo, particularmente a los mexicanos que trabajaban en la industria del cine, a honrar a la santa patrona, la virgen de Guadalupe.

Hacía listas de cosas que podrían faltar, con la mirada alucinada y febril:

—Las gladiolas blancas, las veladoras, la comida mexicana, el tequila, los mariachis, ¿ya le hablaron a los mariachis? ¿Consiguieron los totopos para el guacamole? Faltan las invitaciones a los técnicos y tramoyistas mexicanos, a Estelle, al doctor Michelina, a Bö, a Errol que está tan solo, hay que apuntar todo para que no se nos quede nada fuera.

Luego sacó las joyas y las extendió sobre la alfombra blanca de la habitación, tenía que ver qué iba a usar al día siguiente, cuáles brazaletes se iba a llevar a la gira. Tardó unas cuantas horas en contar una a una las piezas y escribir en una lista qué eran:

El brazalete de oro con diamantes.

El collar transformable de diamantes y rubíes

El juego de collar y brazalete de rubíes, diamantes, zafiros azul pálido, amarillos…

El brazalete de esmeralda y diamantes…

Y cuando terminaba, volvía a empezar, hasta que la señora Kinder, alarmada, sugirió:

—Es una hermosa tarde, señora, ¿por qué no va a hacer el pedido de las flores de mañana?

Lupe pareció despertar de un sueño y sonrió. Beulah Kinder tenía razón. Tomó el auto y pronto estuvo recorriendo las tiendas de Sunset antes de pasar a la florería. Aprovechó para comprar pollitos deshuesados rellenos de arroz salvaje, la especialidad de Sardi's: tenía antojo de algo exótico como eso.

Ya iba de regreso cuando se encontró con George Morgan, a quien ella conocía muy bien, ya que había trabajado con su padre, Frank Morgan, en *The Half Naked Truth* doce años antes. Ante el pensamiento de cómo había pasado el tiempo tan rápido, se sintió deprimida, sola, vacía, pero sobre todo ¡vieja! El atractivo joven de veintiocho años de edad era un adolescente imberbe cuando iba a espiarla a su camerino entonces.

Lupe se paró a su lado, le cerró un ojo como solía hacer y le hizo señas de que la siguiera. Se fueron a la casa de ella y después de servirle un par de Margaritas, la intimidad inició fácilmente. ¡Qué manera de sentirse viva! Que un muchacho más joven que ella la encontrara atractiva, sin notar en absoluto el embarazo. ¡Todavía podía conquistar a quien ella quisiera!, ¡todavía su cuerpo era hermoso! Lupe respiró con alivio. En momentos así, calculaba que tal vez podría salir de aquel aprieto. Cuando George se estaba vistiendo, Lupe le preguntó:

—¿Quieres ir conmigo este viernes a la pelea del Legion Stadium?

—¡Claro! Me encantaría —George conocía la fama de Lupe en esos espectáculos y cuánto la gente iba a verla a ella también—. ¿Cómo hacemos?, ¿paso a buscarte?

—Te llamo el jueves para ponernos de acuerdo.

Lupe le aventó un beso y le guiñó un ojo al joven que contaba ya ansioso los días que faltaban para volver a verla: martes, miércoles, jueves…

Se vistió enseguida, tenía hambre y los pichones esperaban en la mesa de la cocina; comería sola, con la señora Kinder: no quería ver a nadie más y quería ultimar con ella los detalles de la fiesta del día siguiente.

Capitulo veintisiete

Es más de la una.
Ya debes haberte acostado.
La Vía Láctea corre atravesando la noche como un río plateado.
No tengo prisa
Y no hay necesidad de despertarte y preocuparte
Con telegramas urgentes.
Como ellos dicen,
El incidente está cerrado.
El barco del amor chocó contra las convenciones.
Ahora la vida y yo hemos terminado.
Ya no necesitamos
Contarnos nuestras mutuas heridas
¡Ve qué callado está el mundo!
La noche ha puesto un pesado impuesto de estrellas en el cielo.
En horas como éstas, te levantas y le hablas
A las épocas, a la historia y al universo
Vladimir Mayakovsky

14 de diciembre de 1944. Hollywood, California
7:45 AM

No podía recordar qué había ocurrido el día anterior. Ni la semana pasada. Ya no podía recordar el rostro de su hermana, ni el de su madre, ni a Harald, aquel Lotario egoísta, como lo llamaba la hija de Bö Roos, para dar a entender que era un vividor irresponsable. No importaba. Nada parecía importar ya y Lupe sabía que también se mata con palabras. Estaba satisfecha de su venganza.

De Gary, en cambio, no podía vengarse, a pesar de que no había llegado aquella noche. Eso sí recordaba todavía. La espera de tantas horas, la expectación y el dolor al saber que no vendría. Tal vez la única venganza posible era el silencio. Ya nunca volvería a molestarlo, a perseguirlo, a llamarle en la madrugada. Pero sobre todo, la venganza más terrible que le dejaba como obsequio de despedida era la culpa.

En medio del mareo, Lupe se sorprendió de encontrar el frasco vacío, de seguro se le habían caído algunas píldoras. Aunque tenía la vista borrosa, las buscó a tientas sobre la colcha de seda, luego sobre el buró. El frasco encima de la mesa de noche era lo único nítido a su alrededor, el vacío del frasco, el mágico vacío traslúcido, el vacío donde cabía toda la eternidad.

Sintió incontenibles arcadas y alcanzó a doblarse. La vida exigía, la vida quería imponerse por encima de los demonios de la muerte. Alcanzó a ponerse de pie y caminar unos pasos, buscaba algún alivio al mareo con el vómito. Tenía que llegar al baño.

Unos pasos, sólo unos pasos más. Pero con setenta y cinco Seconales no hay escape posible. Con setenta y cinco, no hay vuelta atrás. Y Lupe estaba muy cansada para atravesar la espesa neblina, llegar hasta el baño y regresar del vacío.

SEGUNDA PARTE

Yo sólo así habré de irme,
con flores cubriendo mi corazón.
Se destruirán los plumajes de quetzal,
los jades preciosos
que fueron labrados con arte
Tlaltecatzin

La mañana del 14 de diciembre de 1944, Edelmira Zúñiga había llegado a trabajar como todos los días, a la Secretaría de Salubridad Pública en la Ciudad de México. Antes de sentarse en su escritorio, una compañera le gritó:

—Te llaman por teléfono, amiga.

A través del auricular, escuchó la voz de Reyna, llorosa.

—Edelmira, ¡tienes que venir de inmediato! Ha ocurrido una desgracia. ¡Te lo suplico!

Edelmira no necesitaba más. Pidió permiso a su jefe con carácter de emergencia y salió del edificio. Por fortuna pudo abordar un taxi y unos cuantos minutos más tarde estaba en la casita de Azcapotzalco donde vivía doña Josefina con Reyna y cinco perros de diferentes razas.

La casa tenía un patio frontal muy amplio, protegido por un portón de metal y hasta ahí salió Reyna a encontrarla. Era una mujer que pasaba los cuarenta; estaba vestida de luto, tenía los ojos rojos y el hermoso rostro descompuesto.

—Lupe está muerta.

La noticia hizo que a Edelmira le temblaran las rodillas, estuvo a punto de caerse, pero se repuso a tiempo.

—¿Cómo fue?

—No sabemos bien, la encontraron en su cuarto esta mañana —de nuevo Reyna estalló en sollozos convulsivos.

—¿Y tu madre?, ¿dónde está?

—En el cuarto, le di una pastilla; está muy mal y con eso de la falla cardiaca, tenía mucho miedo de que le pasara algo. Por eso te llamé, mamá se empeña en ir al funeral y Josefina se niega a hacer el reconocimiento oficial del cuerpo. Mi mamá de ninguna manera puede ir sola y yo tengo el pasaporte vencido, también la visa y ¡qué esperanzas que se consigan tan pronto! ¡No tengo cabeza, Edelmira!, ¡no puedo pensar! ¡Por favor, ve tú con ella!

Reyna había sido siempre la más frágil de las hermanas, le costaba mucho tomar decisiones y realizar cualquier trámite, además de permanecer soltera y seguir viviendo con su madre, en los meses que pasaba en México.

—¡Claro! ¡Cuenta conmigo para todo! —Edelmira la abrazó, ocultando sus propias lágrimas.

Las dos mujeres entraron a la casa que permanecía en penumbra. No se habían abierto las cortinas aquel día y había una sombra lúgubre que cubría todo. Por fin llegaron a la habitación de doña Josefina. La señora, que acababa de cumplir sesenta y un años, gruesa y vestida siempre de oscuro, permanecía de espaldas en la cama con los ojos abiertos, mirando al techo, como muerta. Cuando sintió la presencia de las dos mujeres, se incorporó lentamente.

Edelmira se sentó junto a ella, la abrazó en silencio. Era su amiga querida de muchos años y los miembros de aquella familia eran como sus hermanos.

—No lo puedo creer —comenzó doña Josefina—. Ayer hablé con ella todavía.

Eso fue lo único que alcanzó a decir antes de que el llanto se le viniera a los ojos, a la garganta y ahogara las palabras.

—Yo voy a arreglar todo, doña Jose, y me voy con usted a Estados Unidos —le dijo Edelmira, al extenderle un pañuelo limpio.

Edelmira se ocupó de todo, en efecto, desde hablar a la ANDA y notificarles lo ocurrido, hasta responder las preguntas de los periodistas que empezaron a llamar con tal insistencia que ella acabó por mantener el teléfono descolgado.

La ANDA, a través de Jorge Negrete, les facilitó los trescientos pesos necesarios para comprar los boletos de avión, pero entre conseguir el dinero y los pasajes no hubo manera de llegar a Los Ángeles antes del domingo 17 de diciembre.

En el campo de Balbuena aquella mañana, los periodistas abordaron a las dos mujeres y doña Josefina lo único que pudo decirles, con los ojos arrasados en lágrimas fue:

—¡Mi Lupe, mi pobre Lupe!, ¿qué locura fue ésta? ¡Dios mío, perdónala!

Edelmira la alejó de ahí enseguida, arrepentida de haber permitido que la prensa se acercara.

En el aeropuerto de Burbank las esperaba Josefina, con su esposo Gordon. La hermana de Lupe apenas saludó a Edelmira, ya que nunca se habían llevado muy bien, y se dirigió a su madre:

—Antes que nada tenemos que ir a la casa de Lupe —dijo a toda velocidad, con esa voz ronca y el tono de mando tan desagradable que la caracterizaba—. Tenemos que sacar las joyas y el dinero que tenía ahí, sé que guardaba siempre una cantidad fuerte en su misma habitación. ¡Sobre todo las joyas! ¡Tenía las pulseras por todos lados! Es más, tendríamos que llamar a la policía y a la prensa para que den fe de todo. ¡No se vaya a robar las cosas esa Beulah Kinder, la secretaria!

Edelmira no podía creerlo, la indignación le había subido por la garganta y había estado a punto de gritarle a aquella majadera que su hermana estaba tendida desde hacía tres días en una funeraria y que alguien tenía que ir a reconocerla oficialmente.

—La señora Kinder me avisó que la policía selló la casa desde antier —dijo en cambio Edelmira—. No podemos entrar sin permiso de las autoridades.

La hermana de Lupe se quedó por fin callada y Gordon preguntó si irían de inmediato a la funeraria. Doña Josefina respiraba cada vez más rápido y mantenía los ojos cerrados; Edelmira dijo que sí, que lo más pronto posible.

Fue un trago muy amargo y doña Josefina no pudo pasarlo. Antes de entrar a la salita donde tenían a Lupe, se desmayó. Tuvo que ser Edelmira, con Josefina, quienes reconocieran finalmente el cuerpo.

Era ella. Todavía traía puesta la bata de seda con la que había muerto y su rostro era de una serenidad envidiable; de no ser por la dureza de los músculos, un cierto rictus, se hubiera dicho que estaba dormida.

Después de firmar los permisos de traslado y la autorización para realizar la autopsia, la comitiva se encaminó al departamento de West Hollywood donde vivían Josefina y Gordon para que doña Josefina descansara y Edelmira encontrara hospedaje con los vecinos. Ella apenas pudo descansar un momento, comer cualquier cosa, antes de que Charles A. Trezona llegara a buscarla. Era un hombre alto, de unos veinticinco años, vestido de manera sobria y elegante, que no soltaba el cigarrillo jamás. Sus ojos azules reflejaban la tristeza que la muerte de Lupe le había causado, estaba sinceramente conmovido.

—Miss Zúñiga, vengo a ponerme a sus órdenes, soy el sobrino de Bö Roos y trabajo en su agencia. Entiendo que usted nos prestará ayuda para realizar todas las diligencias necesarias en este doloroso trance.

—Así es, señor Trezona.

Era bueno contar con un aliado gentil y servicial como aquel hombre, pensó Edelmira.

—Tenemos permiso de la policía para entrar a la casa de Lupe, allí nos veremos con la señora Kinder que, en presencia de un oficial, nos va a entregar las prendas con que se vestirá a Lupe para el sepelio.

Edelmira estaba ya en un estado de shock desde que había recibido la noticia hacía tres días y cada nuevo movimiento la hundía en un marasmo cada vez más espeso. Así que atravesó la ciudad en el Packard del señor Trezona en completo silencio.

Las altísimas palmeras que hacían contraste perfecto con el cielo azul cobalto sólo entristecieron más a Edelmira. Hollywood parecía vacío, sin sentido, ante la ausencia de Lupe.

Antes de ir a la casa de North Rodeo Drive, pararon en el cementerio Forest Lawn para hacer las diligencias del sepelio en la Church of the Recessional. Ahí estaba Bö Roos, el agente de Lupe, un hombre de más de cuarenta años, con grandes entradas en la frente, elegantemente vestido y de sonrisa gentil, a quien Edelmira también conocía. Ella admiraba su sensatez y la honorabilidad con que había conducido siempre los asuntos de su amiga.

—Permítame darle mi más sentido pésame, Miss Zúñiga —le dijo extendiendo su mano para saludarla—. Sé que usted es... era... una de las mejores amigas de Lupe.

Al agente le tembló la voz, sacó un pañuelo blanquísimo y se limpió la nariz.

—Ya tendremos tiempo de hablar más ampliamente. Ahora tenemos que ocuparnos de los temas urgentes.

Había que resolver varios detalles, como la negativa de cualquier sacerdote de oficiar una misa, dadas las circunstancias de la muerte.

—Me encargaré de mandar una carta al obispo, pidiendo una dispensa, sé que Lupe era muy católica.

En aquel lugar de paz, entre los prados verdes y las fuentes, Edelmira sintió un poco de consuelo, a pesar de que cada una de las noticias que iba recibiendo le resultaba más desagradable que la anterior.

—Tendremos que esperar los resultados de la autopsia, que no estarán listos hasta el miércoles o jueves, luego se embalsamarán los restos. Hasta entonces podremos velarla en esta capilla que es la más hermosa del cementerio. Lupe dejó hechos todos los preparativos con lujo de detalles de cómo y dónde quería que se hicieran las honras fúnebres. Hizo un testamento, ¿sabe usted? Desde 1942. Es como si estuviera esperando que... —se le cortó la voz, pero enseguida se repuso—. No me haga caso... Vamos preparando todo, en particular lo relacionado con el regreso de Lupe a México, ya que ésa era su voluntad.

Regresar a México era lo que Lupe había querido, descansar para siempre en paz en la ciudad que la había visto triunfar.

Cuando llegaron a la casa de North Rodeo Drive a buscar la ropa de Lupe, la señora Kinder ya estaba ahí. Su pequeña figura de mujer mayor pero fuerte se distinguía en la cochera. Ahí estaba también una patrulla de la policía de Los Ángeles y un joven oficial permanecía al lado de quien había sido, más que ama de llaves, verdadera amiga, casi madre, "el equilibrio" de Lupe.

En medio del revuelo que se vivía en Hollywood por la muerte de la artista, la Casa Felicitas permanecía en silencio. Desde la cochera se podían escuchar los trinos de los más de cien canarios que vivían en la pajarera de clima controlado en el jardín, pero nada más. Edelmira por un momento sintió que no podría hacerlo, no podría entrar a la casa, subir la escalera, entrar a la habitación. Roos se dio cuenta de su angustia y, solidario, la tomó del brazo al bajar del auto.

Edelmira conocía muy bien a Beulah Kinder y cuando la vio ahí, frente a la puerta, intentando mantenerse en pie sobre sus delgadas piernas, corrió a abrazarla.

—¡Qué desgracia! ¡Qué horror! ¡Lo lamento tanto!

Parecían consolarse una a otra, ya que ambas querían a Lupe, pero no lo lograban. Las palabras sonaban huecas, sin sentido.

—Todavía no puedo creer que se haya ido —decía Beulah, abriendo la puerta.

La casa tenía una placidez que no hubiera sido posible en vida de Lupe. ¡Tanto silencio! ¡Tanta paz! Parecía increíble.

Todavía había flores y veladoras en el nicho de la virgen de Guadalupe, todavía se respiraba el perfume de las gladiolas y los nardos en descomposición. La comitiva subió la espectacular escalera en silencio. Cuando Edelmira, Charles Trezona y Bö Roos entraron al cuarto de Lupe, Beulah se resistió. La habitación tenía una sensación extraña y aunque todo ahí seguía estando en el mismo orden, los objetos parecían estar muertos también, yacer sin sentido en lugares absurdos: la enorme cama de dos metros y medio de ancho, cubierta con la colcha blanca de seda, la cabecera de madera de ébano, con incrustaciones de oro y plata, ¿para qué, si ella ya nunca descansaría en ella? El armario de los perfumes abierto, con frascos de carísimas esencias importadas que ya ella no se pondría; los adornos, la zebra de porcelana, las fotografías desde donde Lupe los miraba hurgar entre sus cosas, las barajas que ella ya no usaría en las tertulias con sus amigos Bruce Cabot o Errol Flynn a deshoras de la madrugada; los enormes espejos de cuerpo entero en donde la imagen de Lupe jamás volvería a reflejarse. La ropa que Lupe iba a usar en la gira que ya nunca haría, se acumulaba sobre los sofás tapizados de blanco, eran hermosos vestidos de lentejuela, pedrería, el famoso vestido de "mataora" bordado en hilo de oro con el que había hecho un gran revuelo en el Ciro's cuando filmaba *Playmates* y que Lupe jamás volvería a usar.

El reloj de la mesa del vestidor se había detenido a las 2:22 ¿de la mañana?, ¿de la tarde? ¡Ojalá que el tiempo también se hubiera detenido! ¡Ojalá que las horas no siguieran acumulándose una tras otra, dejando a su paso sólo el silencio! El pequeño tocadiscos portátil todavía tenía el último LP que Lupe había oído antes de morir: *Where is the song of songs for me?* La canción se había extraviado y Lupe no había logrado encontrarla. ¿Por qué se había detenido la música?

La señora Kinder por fin se había animado a entrar y pudo buscar entre las cosas del clóset el vestido blanco, las zapatillas plateadas —entre más de cien pares de zapatos—, las medias de seda, la ropa interior, un abrigo de armiño que era el favorito de Lupe y que, conforme a su voluntad, la acompañaría hasta la sepultura.

—La amo como a una de mis hijas —dijo Beulah extendiéndole las cosas a Edelmira—. Pero siempre está o arriba o abajo, es como si no pudiera encontrar la manera de estar feliz, simplemente feliz.

Hablaba en presente, sin aceptar que Lupe ya no estaría más ahí, que ya nunca arrasaría con todo y con todos a su paso como un huracán. Lupe sería ya sólo silencio.

Beulah Kinder tenía consigo los recortes de periódico donde había salido la noticia; en ellos, la vida de Lupe se había hecho pública a tal grado que todos se sentían calificados para hablar de sus cambiantes estados de ánimo además de sus triunfos, de sus amores, además de su familia; todos se sentían capaces de lanzar hipótesis sobre las razones profundas, sobre el acomodo del cuerpo, sobre los primeros minutos después de la muerte.

Cualquiera que leyera las noticias o las columnas de espectáculos, sabría la historia completa de Lupe y tendría una opinión sobre lo que había hecho. Cualquier mujer en los Estados Unidos estaría enterada; era mejor saber los pormenores de esa muerte que pensar en la posibilidad terrorífica de recibir el telegrama que anunciara la muerte del marido, el hermano, el hijo, en el frente de batalla. Mucho mejor saber el nombre de la última persona que había visto a Lupe con vida, a sentir el rigor del cansancio después de la jornada de trabajo en las fábricas de armamento. Más deseable conocer la identidad de quien la había encontrado en la habitación el 14 de diciembre que corroborar lo poco que había para comprar, lo escaso de los fondos disponibles en aquella economía de guerra.

Las joyas de Lupe, los vestidos de Lupe, eran los bienes de todas; los novios guapos y glamorosos también pertenecían a todas las mujeres abandonadas y solas de aquel país. El auto de lujo, los restaurantes carísimos, la sofisticación de Hollywood, los gozaba Lupe por cada una de aquellas mujeres de Norteamérica que no tenían más que el recuerdo de los buenos tiempos y pocas esperanzas de que los tiempos presentes volvieran a ser mejores. Lupe, a los ojos cansados y tristes de aquellas mujeres, era de la misma sustancia que los sueños.

Muchas versiones contradictorias habían llenado los periódicos sensacionalistas: que el cadáver estaba en el suelo cuando Beulah Kinder entró al cuarto aquel 14 de diciembre, que el cadáver estaba sobre la cama, sobre la colcha de seda blanca, que se había quedado dormida como una muñequita en aquel lecho enorme, que el teléfono estaba descolgado, que tenía la fotografía de su padre en la mano, que el agua estaba derramada sobre la alfombra, que las cartas, que Harald, que Arturo, que Gary, incluso se dijo que podría haber sido asesinada. Hubo algún infame que inventó la peor de todas las calumnias y por ello la más repetida: que Lupe había muerto en el baño, ahogada en el excusado. Otros llegaban más lejos, diciendo que Beulah Kinder era la principal sospechosa de homicidio. ¡Encima del dolor por la muerte de Lupe, había que soportar tales infundios! ¡Qué vergüenza! Parecía que hasta más allá de la muerte, habría siempre varias versiones sobre los actos de Lupe. ¿Cuál habría sido la verdad?

Hasta el día 21 de diciembre muy temprano el cuerpo de Lupe pudo ser trasladado, desde la funeraria Cunningham y O'Connor, donde los peritos hicieron la autopsia y posteriormente se embalsamó el cadáver, hasta la Church of the Recessional en el Forest Lawn Memorial Park en Glendale. Ahí el hermoso cuerpo que había sido tan codiciado, deseado en vida, sería expuesto a familiares, amigos y admiradores.

Cuando el féretro llegó a la capilla, Bö Roos le murmuró a Edelmira al oído que Josefina había ordenado cambiar el ataúd de bronce que originalmente estaba previsto, por uno de madera pintado de plata, diez veces menos costoso que el anterior. Edelmira tuvo que aguantar la rabia que se le estaba acumulando en el estómago y tomar su lugar al frente de la hermosa iglesia, en silencio.

Ya había ahí más de cincuenta arreglos florales de los amigos de Lupe, admiradores, compañeros de trabajo y magnates de la industria del cine. En la cabecera había una cruz de claveles, crisantemos y rosas blancas; dentro del ataúd, un cojín de gardenias enviado por Harald; un discreto arreglo de rosas en un rincón había sido enviado por Gary, pero a Edelmira le llamó sobre todo la atención un sencillo arreglo que consistía en dos rosas blancas con una nota. Era un admirador anónimo de la Ciudad de México que había hecho su orden a la florería por teléfono. ¿Quién podría ser? ¿Arturo tal vez?

Lupe vestía una túnica de crepé blanco y zapatillas plateadas con pedrería. En el dedo anular de la mano derecha traía su anillo más amado, de platino con un enorme diamante de dieciséis quilates, cortado de manera rectangular; en la otra mano, tenía el otro anillo que jamás se quitaba, era un clavo doblado y trabajado de tal forma que pareciera una herradura; Lupe lo había recibido de un pobre hombre a quien había ayudado con un generoso cheque para alimentar a su familia. Bien visto, pensó Edelmira, el contraste entre la paranoia de su amiga y su generosidad estaba bien mostrado en sus dos manos ahí adentro del féretro; en una usaba el clavo doblado que era su "anillo de la suerte, para nunca olvidar su origen" y en la otra, el anillo que tenía un enorme diamante y que era objeto de la codicia de mucha gente.

Entre sus manos tenía también su rosario de oro, que Beulah Kinder había insistido en llevar, porque Lupe nunca lo abandonaba. Sobre el vestido de crepé, estaba su capa de armiño, conforme a su voluntad. Estaba perfectamente maquillada y Willy, su mismo peinador de muchos años, había arreglado su cabello por ultima vez. Se veía imponente.

A las diez de la mañana se abrió la capilla y una multitud se arremolinó para ver el cadáver. Antes que nadie, Harald llegó hasta al ataúd y después de persignarse rápidamente, se retiró ante las miradas de pocos amigos de los integrantes de la primera guardia: Charles Trezona y Bö Roos, así como Josefina Vélez y Gordon Anderson; ninguno le dirigió la palabra. La gente, la mayor parte mexicanos y descendientes de mexicanos con niños pequeños, lloraba al verla.

—Parece una santa, una virgen.

—¡Parece la virgen de Guadalupe!

—Parece un sueño.

A la una de la tarde, cuando se cerró la capilla para el almuerzo, más de mil personas habían desfilado para presentar sus respetos ante el féretro de la actriz. Edelmira permanecía en un rincón, mirando a los que desfilaban con caras contritas y pasos lentos. Junto a ella estaba Beulah, quien le iba explicando quiénes eran muchos de los que presentaban sus respetos.

—Ahí van los técnicos del estudio. Siempre quisieron mucho a Lupe, le regalaron un espejo de plata que ella siempre tenía a su lado.

—Ése es Frank Woodward, quien ayudó a Lupe a su llegada a Hollywood. ¡Cómo arrastra los pies! Aunque después se pelearon, creo que siempre apreció a Lupe y estaba un poco enamorado de ella.

—Ahí vienen Schenck y Victor Fleming.

—Allá está Douglas Fairbanks Junior.

—Y del otro lado, allá atrás, Mary Pickford con Buck Rogers.

Desfiló la realeza de Hollywood, unos realmente conmovidos, otros por compromiso, por el afán de ser vistos, admirados por los otros asistentes.

Sin embargo ahí no estaban los dos hombres que Lupe había amado más en la vida. ¿Cómo era que hasta en la muerte la habían abandonado?

Hacía poco un reportero le había preguntado a Cooper cuál había sido la emoción más grande que le había dado el cine. Él había respondido sin chistar:

—Lupe.

Y en el funeral, Edelmira se había enterado por un amigo mutuo que al saber de la muerte de Lupe, Gary había llamado a Clara Bow y había llorado sin consuelo en el teléfono, pero no había puesto un pie en la capilla del Forest Lawn Memorial, se había limitado a mandar un arreglo.

Arturo no sólo no se había aparecido ahí, sino que el mismo día de la llegada de Edelmira a Hollywood, ella recibió una llamada del actor. Qué hermosa voz, qué sensual el timbre, qué suave el acento, pero qué duras sus palabras:

—Edelmira, querida, te suplico que mi nombre no salga a relucir en todo este lamentable asunto de Lupe. No quisiera que este escándalo dañara mi carrera que todavía está muy frágil en los Estados Unidos.

Ella no supo qué contestarle, así que le colgó el teléfono.

Después del almuerzo de ese 21 de diciembre —uno de los más tristes de su vida—, cuando la capilla se abrió de nuevo, entró doña Josefina flanqueada por su yerno Gordon y la hermana de Lupe. También ella misma, Edelmira, se quedó haciendo guardia junto al féretro, pero doña Josefina al ver a su hija, tan hermosa en su ataúd, con el rostro bañado por la luz a través de los vitrales de la capilla, no aguantó el dolor, sintió que le flaqueaban las piernas y que el alma la abandonaba por un momento. Por fortuna Gordon la sujetó antes de que se cayera.

Unos momentos después, logró recuperarse para rezar el rosario, pidiendo a todos los presentes que rezaran con ella por el alma de su querida, de su adorada hija. Pero mientras su madre rezaba contrita, Josefina contaba los dólares que lucía Lupe en aquel féretro. Edelmira había visto ya su cara, la mirada calculadora y había considerado que la ambición, la envidia, la miseria espiritual de Josefina eran despreciables. "Más vale ser pobre que ser infame y negra de corazón. Lupe jamás hubiera hecho esto con ella", había pensado Edelmira en aquel momento sin que la rabia lograra desvanecerse.

Al terminar el rosario y al apenas sentir el aire fresco del cementerio en la cara, doña Josefina ya no pudo más. Esta vez sufrió un desmayo mucho más grave y tuvieron que conducirla al departamento de West Hollywood. Ya no podría ir a la ceremonia del día siguiente, había sufrido una apoplejía que la había paralizado y no podría moverse en mucho tiempo. Lupe tendría que regresar sola a la Ciudad de México, así que Edemira se ofreció de inmediato a acompañarla.

Al día siguiente, 22 de diciembre, tendría lugar la parte más penosa del funeral. Las únicas honras fúnebres que tuvo Lupe las pronunció el reverendo Patrick Concannon y duraron diez minutos: fueron cinco padre nuestros y cinco avesmarías que finalizaron con la bendición del cadáver en latín y en inglés. Y en esta breve ceremonia sólo estuvieron además de la familia, los más íntimos amigos de Lupe: Johnny, Gilbert Roland, Ramón Novarro, su agente y su representante y Néstor Michelina, el médico personal de Lupe.

Tal vez las verdaderas honras fúnebres de Lupe habían sido paganas. El viernes 15 de diciembre, un día después de su muerte, la pelea estelar de box en el Legium Stadium se detuvo en el segundo round, momento en que generalmente Lupe se aparecía en el lugar y mientras el locutor pronunciaba unas palabras de tributo para Lupe, los reflectores se posaron por última vez en el que había sido su lugar en la primera fila y que permanecía vacío. Un aplauso de más de un minuto, con todos los asistentes de pie, fue la despedida para la fogosa actriz, en el que había sido uno de sus lugares preferidos y escenario improvisado de sus actuaciones.

Fue en las últimas horas de la tarde del 22 de diciembre cuando Josefina finalmente llevó a cabo el plan que había estado tramando desde que el féretro llegó a la capilla.

—Es una lástima que Lupe vaya a ser enterrada con ese anillo —le había dicho a los que todavía estaban ahí, entre ellos, varios periodistas—. Y menos con esa capa de armiño que debe ser muy valiosa.

Se refería al querido anillo de diamante cortado en forma rectangular que Lupe traía en el dedo de la mano derecha, y al abrigo favorito de Lupe, aquel que había defendido a punta de insultos y golpes de los asaltantes. Ante los ojos incrédulos de los presentes, Josefina se adelantó hasta el cuerpo de su hermana y la despojó del anillo y de la capa.

—Ya está. Mi hermana, a donde va, no necesitará esto.

Una exclamación de rabia y pena salió involuntariamente del pecho de Beulah Kinder y de la misma Edelmira. Ambas salieron tomadas del brazo de la capilla, a respirar un poco de aire fresco, incapaces de tolerar aquella afrenta sin decir nada. Más allá, en el sendero de arena, estaba Josefina dando todos los pormenores a la prensa; desde donde ellas estaban podían escucharlo todo.

—Mi hermana hizo su testamento en 1942. Y dejó un tercio de la fortuna y a sus perritos, a la señora Beulah Kinder, el ama de llaves, que además será su testaferro. ¿No es absurdo? Con otro tercio se hará un fideicomiso en bonos del gobierno para mi madre, a razón de 150 dólares mensuales. Lo mismo iba a recibir nuestro padre a quien Lupe destinó el otro tercio de la herencia. Lamentablemente mi padre murió hace ya un año. Por eso, ese tercio pasó a los cuatro hijos de mi hermano Emigdio. Si mi madre muere antes de que se acabe el fondo, se entregara el sobrante a mis sobrinas, las hijas de nuestra hermana Mercedes Villalobos del Valle.

—Ni usted ni Reyna están contempladas en el testamento —observó uno de los periodistas, con bastante mala leche.

—Exactamente. Es por eso que cuando el abogado de mi hermana sometió el testamento a juicio de la corte para ratificar su validez hace unos días, pedí invalidarlo y quise presentarme como acreedora de Lupe.

—Se dice que la fortuna está calculada en más de doscientos mil dólares —dijo otra periodista.

—Y gracias a mí, se acaban de salvar otros cuarenta mil dólares del patrimonio. ¡Este anillo vale como dieciséis mil dólares y esta capa de armiño por lo menos quince mil! Imagínense, esto se hubiera enterrado con el cuerpo de mi hermana. Además, los arreglos que se hicieron eran un desperdicio. ¡El féretro de bronce original costaba doce mil dólares! ¡Iba a convertirse en polvo! El espíritu de mi hermana ya no está aquí, da lo mismo en qué ataúd se entierre su cuerpo. Con el nuevo féretro le ahorré a mi familia más de diez mil dólares que serán muy útiles para la educación de mis sobrinos, como era la voluntad de Lupe. Yo solamente pediré la mitad de lo que les he ahorrado.

Edelmira apenas pudo controlarse.

—¡La voluntad de tu hermana era enterrarse con sus cosas amadas, víbora!

Josefina no la oyó, ocupada en responder las preguntas de los periodistas y Beulah Kinder le pidió a Edelmira evitar una escena desagradable. Josefina continuó su declaración informando a quien quiso oírla, que haría una segunda demanda como acreedora, pidiendo veinticinco mil dólares que Lupe le había prometido, con el acuerdo de cuidar a su hijo no nacido durante un año. Veinte mil eran para comprar una casa en el Valle de San Fernando y cinco mil para la manutención del bebé por un año.

—¡Qué desvergüenza! —se indignó la señora Kinder al oír aquello—. ¡No quiso hacerse responsable! ¡Si viera usted cuánto sufrió Lupe al no recibir ya ninguna respuesta de su hermana!

Esa tarde, ahí, mirando el sol ponerse detrás de los árboles y descomponerse en mil rayos de colores, las dos mujeres que habían querido tanto a Lupe, Edelmira y la señora Kinder, se sintieron huérfanas; era como si hasta ese instante calibraran la magnitud de lo ocurrido. Entonces Edelmira por fin se atrevió a preguntarle a Beulah:

—¿Cómo fue? ¿Cómo la encontraron realmente? ¡Se ha dicho tanto!

La señora Kinder había contado una versión de esa historia varias veces a los periodistas y a todos los que quisieron escucharla, pero no había dicho la verdad. Tenía que decírsela a alguien, volver a hacerla presente para creer que lo que había ocurrido era real y no sólo un sueño angustioso, una pesadilla.

La mañana del 14 de diciembre, cuando ella había entrado a la habitación de Lupe, igual que el día anterior y que todos los días, con la bandeja del desayuno en las manos y había corrido las cortinas para dejar entrar la luz, se dio cuenta de que algo estaba muy mal.

Lupe no estaba en su cama, estaba tirada en la puerta del baño. Al intentar despertarla, la señora Kinder vio que no se movía, que no respiraba. Luego encontró el vaso volcado en la alfombra. Pensó que se había desmayado e intentó reanimarla, pero todo fue inútil. Entonces la mujer había pedido ayuda a gritos, luego levantó el teléfono y llamó a Bö Roos diciéndole que algo estaba terriblemente mal.

En los pocos minutos que mediaron entre su llamada y la llegada del mánager, la señora Kinder revisó una vez más la habitación: encontró algunos Seconales tirados sobre la colcha y otros derramados en el piso. Apenas el día anterior ella misma había llenado el frasquito de somníferos que conseguían en México con un paisano de Lupe. Apenas el día anterior ella misma había contado las cápsulas de color rojo: eran noventa las que cupieron en el frasco de cristal. Beulah Kinder empezó su paciente búsqueda y después de recolectar una, dos, tres, quince semillas de muerte sembradas en la alfombra y en la colcha de satín plateado, se dio cuenta de que Lupe se había tomado ¡setenta y cinco!

Sobre la almohada encontró dos notas escritas con la letra puntiaguda de Lupe. Una de ellas estaba dirigida a Harald:

Que Dios te perdone y me perdone a mí también, pero prefiero quitarme la vida y la de mi bebé, antes de traerlo al mundo con vergüenza o matarlo. ¿Cómo pudiste, Harald, fingir tanto amor por mí y por nuestro hijo, cuando nunca nos quisiste? No veo otra salida para mí, así que adiós y buena suerte para ti. Con amor, Lupe.

Había también otra nota dirigida a ella:

Mi querida señora Kinder: sólo usted conoce los hechos por los cuales he tomado la decisión de matarme. Que Dios me perdone y no piense usted mal de mí, yo la quiero mucho. Cuide a su madre. Adiós y trate de perdonarme. Por favor, despídame de todos mis amigos y de la prensa americana que siempre fue muy buena conmigo.

Al leer las notas y darse cuenta de que aquello era una estratagema de Lupe para ocultar al verdadero padre de su hijo y culpar de todo a Harald, no hizo por esconderlas. Todo debía estar a la vista, como había sido la voluntad de su patrona. Bö Roos estuvo de acuerdo, el nombre del verdadero padre no podría salir jamás a la luz.

El oficial Clinton Anderson fue el primero en llegar, junto con la ambulancia; al ver lo que ocurría, acomodaron a Lupe sobre la alfombra para tener espacio de maniobra e intentar reanimarla con el pulmotor sobre una superficie dura, pero después de una hora se habían dado cuenta de que todo era inútil. Antes de permitir la entrada a los oficiales que levantarían las evidencias y tomarían las fotografías de la escena, Beulah pidió que le permitieran pintarle los labios a Lupe y peinarla, que le dejaran un poco de dignidad a la hora de la muerte. Cuando todo estuvo terminado, se llevaron a la actriz en la ambulancia.

Al final le había dicho a Edelmira entre sollozos:

—¿Cómo no me di cuenta? ¿Qué pude haber hecho para salvarla? ¡Si tan solo me hubiera dado cuenta! ¿Estaría ya pensando matarse cuando fui a darle las buenas noches? ¡Yo no me di cuenta! Todo fue igual que cada noche. Se durmió tarde, es verdad, pero ¡muchas veces se dormía a las siete de la mañana! No quiso que me quedara a jugar con ella a las cartas; a veces me quedaba con ella mientras le daba sueño, jugando Russian Bank, pero ese día me mandó a dormir. Estaba esperando a alguien que nunca llegó. Me dijo que esperaría a alguien, pero no me dijo a quién. De todos modos estuve pendiente, sólo dormitando toda la noche, a ver si lograba distinguir la voz del visitante. Oí la música, oí que ella cantaba bajito, pero jamás oí llegar a nadie. ¿Será que esperaba a la muerte? ¿Ése era su amante? ¡No sé si podré perdonarme algún día por no haberla cuidado hasta el final! Por no haber oído cuando ella...

No pudo continuar su relato, la voz se le quebró y se perdió en los sollozos. Edelmira la consolaba, pensando que hubiera sido imposible darse cuenta, que ella no era culpable de nada.

Otras personas se fueron acercando para despedirse y al ver a dos de las mujeres más cercanas a Lupe juntas, compartían con ellas sus pensamientos de dolor o de culpa. Otros le contaban de la última vez que habían visto a Lupe, de cómo la habían percibido en las últimas semanas antes de su muerte.

Beryl había estado ahí desde el día anterior y esa tarde, ella, una señora joven de cabello rubio que traía un sobrio vestido de lana oscura bajo un abrigo de *mink*, se acercó con el semblante descompuesto:

—¡Ella me pidió que fuera a verla! ¡Me lo pidió varias veces! En el salón de belleza hace algunas semanas, luego del día de su santo, el 12, ¡y yo le prometí ir! Pero el miércoles pasado estuve retrasada todo el día y no pude llegar a la hora que le dije. Pasé a su casa ya en la noche, pero vi varios autos estacionados afuera y como no reconocí ninguno preferí no entrar. No quería molestar y tampoco quería que se rumorara nada, ¡con mi separación es preciso ser ciudadosa! —las lágrimas de arrepentimiento llenaban sus ojos azules—. ¿Por qué no entré? ¡Tal vez ella seguiría viva! ¡Tal vez yo hubiera podido ayudarla!

Johnny Weissmuller llegó más tarde, tenía los ojos rojos después de haber llorado tanto.

—¡Todavía no lo creo! —exclamó casi a gritos—. Lupe no se hubiera matado por un hombre… ¡No me lo creo! Aun así, si veo aquí a ese imbécil de Harald, ¡yo sí lo mato a golpes!

Edelmira comprendió por qué el joven actor había llegado el día anterior y sólo había permanecido en la capilla el tiempo preciso para persignarse, luego había salido corriendo.

Poco después de que Johnny se fue, llegó a saludar José Greco, un bailarín de flamenco muy amigo de Lupe.

—Fue a visitarme en noviembre, después de la función y cuando vio mi frasco de vitaminas sobre la mesa, me preguntó con ese tono entre burlón y serio que tenía: "¿Se puede saber para qué quiere vitaminas un muchachote como tú?". Yo le contesté que seguramente ella sabía cuánta energía te quita el baile y que estoy intentando cuidar mi salud, pero entonces ella, entre carcajadas me dijo: "¡Salud! Mírame, te apuesto diez dólares a que, incluso sin vitaminas, yo vivo el doble que tú". Y yo acepté la apuesta —dijo el español entre lágrimas—. Lupe me obligó a sellar la apuesta con un apretón de manos. Creo que gané. ¡Es la peor apuesta que he ganado en mi vida y daría lo que fuera por no haberla hecho nunca!

Más tarde llegó Robert Slatzer, el periodista que había estado en casa de Lupe unos días antes de su muerte.

—Lo lamento de verdad. Ella me lo dijo todo cuando yo me enteré sin querer a través de una conversación telefónica con su madre. Sé que su hijo era de Gary.

Cuando tanto Edelmira como Beulah lo miraron con terror, él las tranquilizó.

—Le prometí a ella no decir nada y lo cumpliré. Lo he cumplido hasta ahora, así que pueden confiar en mí. Si les sirve un poco de consuelo, puedo decirles que Gary está en shock, me dijo muy en confianza que en efecto pudo haber sido su hijo y no ha parado de llorar desde que se enteró de la noticia.

Aquello no podía servir de consuelo, pensó Edelmira, nada podía servir de consuelo, pero de cualquier modo, la revelación de aquel muchachito pelirrojo que no tenía todavía la malicia de los periodistas de Hollywood, la conmovió y lo abrazó, agradecida.

Siguió el desfile todavía, ahí, en la penumbra.

Un apuesto joven vestido del más riguroso luto se acercó a las dos mujeres.

—Mi nombre es George Morgan y fui amigo de Lupe. De hecho estuve con ella la semana pasada. ¡Me invitó a las peleas del viernes en el Legium Stadium! ¿Cómo es que me invitó a las peleas y ya ni siquiera estaba viva para el jueves? ¿Cómo es que hizo planes para el viernes si pensaba matarse? —se limpió la nariz con un pañuelo oloroso a lavanda—. Cuando oí la noticia pensé que tal vez había sido por mi culpa, por algo que yo hice o que no hice pero ¡todo estuvo tan bien la última vez que nos vimos! ¡Quedamos de hablarnos antes del viernes! Sé que es ridículo, pero ¡me siento tan culpable!

Se perdió en la penumbra, con los hombros gachos y todavía limpiándose la nariz.

Edelmira se tuvo que sentar en una banca por un momento. Sentía que estaba cargando con las penas, con las culpas ajenas tanto como con las suyas y súbitamente se sintió agotada.

El 23 de diciembre, un luminoso sábado en que, a pesar de la baja temperatura se respiraba la calidez del sol californiano, antes de que dieran las siete de la mañana, el féretro de Lupe fue llevado hasta la carroza que la transportaría hasta Union Station para tomar el tren Southern Pacific hasta El Paso. Cargaron el féretro su querido amigo Gilbert Roland, Johnny Weissmuller, Charles Trezona y Bö Roos.

A las 10:40 de la mañana del domingo 24 de diciembre de 1944, el ferrocarril Southern Pacific proveniente de Los Ángeles llegó a la estación de El Paso. El silbido agudo del tren hizo que los ojos de Edelmira se humedecieran otra vez. No había dormido en toda la noche y tenía frío. Le habían reservado un lugar incómodo, el único que se pudo encontrar con las prisas: cama baja número 5 en el carro 34 de ese tren de la desesperanza y el dolor. No es que hubiera estado mal, pero la rabia, la pena, le habían impedido conciliar el sueño a pesar de ya casi diez noches de vigilia.

Se levantó despacio, cerrándose el abrigo hasta el cuello. Un pasajero solícito le ayudó a cargar la pequeña maleta de piel hasta la puerta del carro y desde ahí, paseó la mirada por la estación.

Era una mañana luminosa. Había sol, pero el viento helado barría el andén en el que se encontraban algunas personas. Más de alguna familia venía a recibir a sus parientes que los visitaban con motivo de las fiestas. Un niño con los cabellos al aire corría entre la gente sin atender los gritos de su madre que venía a toda velocidad detrás de él, los ojos brillantes, las mejillas rojas por el esfuerzo y por el frío. Buscaba a alguien en las ventanillas del tren, alguien a quien no lograba encontrar. Seguía corriendo.

Edelmira quiso ser, por un momento, ese niño. Era el día de Navidad. Hubiera sido bueno correr por el andén de una estación buscando a Lupe con la seguridad de que vendría en ese tren, que bajaría de él y le sonreiría. Ahogó un sollozo. Por más que corriera, aunque se quedara sin aliento, ella no estaría ahí.

El silbido del tren era también un gemido. La máquina se detuvo de súbito y un chorro de vapor fue liberado. Se abrieron las puertas y el garrotero exclamó:

—El Paso, Texas. Punto final del recorrido.

Bajó del tren con cuidado. A pesar del abrigo, el viento frío le congeló las piernas cubiertas sólo por las medias de seda. No había avanzado ni unos cuantos pasos cuando oyó su nombre.

—Miss Zúñiga.

Era un hombre alto, rubio, con un elegante abrigo de pelo de camello.

—¿Mr. Bailey?

El hombre le extendió su tarjeta. Era un contratista de la firma Bailey-Mora and Company, tal como le habían indicado en Los Ángeles, quien se encargaría de todos los trámites con la aduana.

El agotamiento de los días anteriores le cayó encima. Parecía que no iban a responderle las piernas, insensibilizadas con el frío. El hombre hablaba y hablaba en una jerga incomprensible sobre "trámites" e "impuestos". Otro hombre vestido de negro se acercó a ellos y Mr. Bailey lo presentó como Mr. Harris, quien habría de ocuparse del traslado adecuado de "los restos" de manera que se cumplieran las reglas de ambos gobiernos.

Edelmira cerró los ojos por un momento. Cuando volvió a abrirlos, la estación apenas se vislumbraba entre la bruma. No podía enfocar a sus interlocutores. Parecían hablarle desde el otro lado de un largo túnel. El cuerpo no le respondía, le pareció absurdo sentir cómo sus piernas no eran sus piernas, cómo ese cuerpo parecía ser de trapo.

—Miss Zúñiga —oía que la llamaban y no podía contestar.

Entre los dos la sujetaron por los brazos y uno de ellos la abanicó con el sombrero.

—Hay un cuarto de hotel reservado para usted, sería bueno que pudiera descansar un rato. La llevaré yo mismo y Mr. Harris entretanto se ocupará de todo. Su tren a la Ciudad de México sale hasta las cuatro de la tarde.

Y vaya que estaba cansada. Después de diez días de infierno, había abordado el tren el día anterior a las ocho y media de la mañana con su triste, tristísimo cargamento. No pudo descansar. Cayó rendida en la cama del pequeño aunque cómodo cuarto de hotel cercano a la estación, pero no había pasado ni siquiera una hora cuando la campanilla del teléfono la despertó.

Mr. Harris había llevado el cuerpo a una funeraria para que las autoridades norteamericanas completaran los trámites y entregaran los restos a los agentes de una funeraria mexicana, quienes continuarían el papeleo exigido por el gobierno de México.

—Señorita Zúñiga —oyó una voz masculina del otro lado del hilo—. Soy el señor Martínez, de la funeraria Martínez y Asociados en Ciudad Juárez. Lamento comunicarle que han surgido algunos contratiempos con el traslado de los restos de su amiga.

Edelmira suspiró, intentando sacudirse el sueño.

—Tendremos que llevar el ataúd a Ciudad Juárez en una carroza. Las autoridades de migración no aprobaron el traslado directo en el tren. Insisten en revisarlo de nuevo de este lado de la frontera. Hay que llamar a las autoridades de Salubridad y a la Aduana en Ciudad Juárez. Necesito además un comprobante de la nacionalidad de la señorita.

—No tengo nada parecido, señor.

—Entonces necesitamos hablar con un juez que dé fe —se hizo un silencio en el teléfono—. Es domingo y es Navidad. Usted comprenderá que todo eso no será fácil.

Edelmira encendió un cigarrillo de manera automática. Quería quitarse un sentimiento creciente de impotencia con el humo. En cambio, cuando colgó el teléfono, se echó a llorar.

En las horas que siguieron, Edelmira tuvo que sobreponerse al cansancio y al dolor. Se vio obligada a llamar a médicos, empleados de Salubridad, agentes aduanales y de migración americanos y mexicanos. Mandó telegramas a toda la gente que pensó podría ayudarla y esperó llena de rabia.

Y cuando ella llegó en el tren a Ciudad Juárez acompañada del señor Martínez, la angustia de nuevo la invadió. La carroza funeraria no llegaba y los empleados del ferrocarril insistían en ponerse en marcha. No atendían las súplicas, las lágrimas; fue necesario entregarles una buena gratificación navideña para que accedieran, con caras de pocos amigos, a esperar su triste carga.

Parecía que la estación del otro lado de la frontera estuviera todavía más fría, sin duda era más incómoda. Por más que el señor Martínez intentara hacerle más tolerable el trance, no había manera.

El jefe de estación, un hombre gordo, moreno y cacarizo estaba enojado. ¡Cuarenta minutos de retraso! ¡Cuarenta! ¡Había multas por eso!, le hizo saber a Edelmira, quien fumaba incansablemente, intentando conservar la calma.

Le dijeron que el cuerpo ya había llegado, pero que tenían que comprar un embalaje y pasar de nuevo las revisiones aduanales ahí mismo, así que Edelmira se dirigió a hacer los pagos en la ventanilla de la agencia, donde un hombre de mirada turbia le revisaba las piernas desde el otro lado del cristal sucio. Edelmira, incómoda, en cuanto tuvo el recibo en la mano se alejó de ahí, sintiendo los ojos de aquel cerdo vigilando sus pasos.

Hubo que sacar un nuevo certificado médico con un doctor de Ciudad Juárez quien pidió una gratificación generosa; así como una acta nueva de defunción sacada en pleno domingo en un juzgado de la ciudad para que las autoridades mexicanas no pusieran reparo. Se enjugó las lágrimas de rabia antes de pedir al juez de Ciudad Juárez que diera fe de la nacionalidad mexicana de la finada.

No estuvo tranquila hasta ver cómo los restos de su amiga, en su nuevo embalaje que era exactamente igual al que traía de los Estados Unidos, estuvieron en el vagón de carga de aquel tren de la desesperanza. Edelmira se despidió del señor Martínez y cuando por fin estuvo sentada en su lugar, frotándose las manos para calentarse, respiró aliviada. La estación de Ciudad Juárez, la frontera,

Estados Unidos se iban quedando atrás, muy atrás. "Paso del Norte, qué lejos que estás quedando", tarareó Edelmira aquel corrido que le venía a oleadas desde lo más recóndito de su infancia.

Mirando por la ventanilla las casas pobrísimas, los llanos desérticos, recordó que su amiga Lupe había pasado por ahí, llegado a esa misma estación varias veces, la primera había sido en 1923, en su camino al Colegio de Nuestra Señora del Lago, cuando su madre la había enviado acompañada de Josefina para ocultar su embarazo.

¿Quién iba a decirle a Edelmira cuando escuchaba a su amiga recuperar su adolescencia que a ella iba a tocarle acompañarla en ese último viaje de regreso?

Nada le quitaba a Edelmira el frío, a pesar de la calefacción del pullman; nada le podía quitar de la cabeza a la mujer que su amiga allá atrás, en el vagón de carga, debía estar igualmente congelada. ¡Cómo tendría de heladas las manos! ¡Cómo estaría sufriendo sin el abrigo de armiño!

Aquel tren parecía tomar una eternidad en pasar de una estación a otra. Chihuahua, Delicias, y nada más que el desierto helado. En los desolados andenes, algunas mujeres rarámuri ofrecían manzanas o panes, sosteniendo una canasta en la cabeza.

A pesar de que Charles Trezona le había dado cien dólares para cubrir las irregularidades que él sospechaba que se presentarían en el trayecto, Edelmira se daba cuenta de que su capital menguaba a pasos agigantados. A la desazón y profundo dolor, tuvo que añadir la angustia de no tener dinero para comer en los tres días que duraba el trayecto. Iba a ser imposible cubrir los veinticinco pesos diarios que costarían los tres alimentos.

Cuando recordó la treta que había usado Lupe para regresar a su casa al salir del colegio, pensó que ella no sería capaz de usar sus armas femeninas. Era demasiado tímida, demasiado insegura. Tal vez por eso Lupe nunca se había peleado con ella, no significaba ninguna competencia.

Había pagado las gratificaciones de todos los agentes, jueces y médicos en la frontera y, para su espanto total, se dio cuenta de que el desagradable hombre de la aduana le había robado al pagarle ella el permiso con dólares y darle él el cambio en pesos. Entonces Edelmira se echó a llorar.

—Una mujer tan hermosa y tan triste no debe estar sola —escuchó Edelmira una agradable voz de barítono a su lado.

Levantó la cabeza y se encontró con un viejo amigo suyo que había conocido en los tiempos en que vivió en Los Ángeles. El oficial de la Marina norteamericana, el capitán James Wilson le extendió su pañuelo y se sentó a su lado. Edelmira no cabía en sí de júbilo, las lágrimas, sin embargo, no dejaban de salir; se abrazó de su amigo sin poderse contener.

—¡Esto es más que una casualidad! ¡Es un milagro! ¡No sabes cuánto gusto me da encontrarte aquí! ¿Cómo es que viajas en Navidad?

—Vengo de San Francisco y voy a visitar a mis familiares en México para el Año Nuevo antes de zarpar con rumbo a Japón y créeme que ha sido lamentable estar aquí en plenas fiestas. ¡Para mí también es genial haberte encontrado! Ya no será una cena de Navidad tan triste… Porque ¡vas a cenar conmigo! ¿Verdad? ¡Insisto!

Edelmira se secó las lágrimas. "¡Qué bendición encontrar a un amigo en estas circunstancias!", pensó, "Lupe debe habérmelo mandado para que me cuidara".

La cena de Navidad en el tren no fue nada extraordinario, pero para la guardiana de Lupe aquello fue un festín, un oasis de paz, una tregua. James sabía de la muerte de Lupe, cuya noticia se había publicado en todos los periódicos de Estados Unidos, pero no sabía que ese mismo tren conducía sus restos hasta la última morada. Como hombre discreto y respetuoso, no quiso preguntar detalles. Cuando Edelmira le contó las peripecias vividas en Ciudad Juárez, el robo en la Aduana, las limitaciones de presupuesto, James tomó bajo su responsabilidad que a su amiga no le faltara nada.

Aquella noche Edelmira apenas pudo dormir un poco, agotada de todo lo vivido en aquellos diez días inacabables, pero antes de que amaneciera, de nuevo estaba despierta, recordando, recordando, incapaz de olvidar los detalles de lo que había vivido.

En el silencio de la madrugada, la luz plomiza iluminaba el rostro pálido de Edelmira. Sólo el traqueteo del tren la traía de regreso a ese día, a esa hora, 25 de diciembre a las seis de la mañana. En ese momento muchos niños en los Estados Unidos estarían despertando para encontrar los regalos que dejara Santa Claus debajo del pino. En ese momento muchos niños en México estarían jugando con los regalos que trajera el Niño Dios y, sin embargo, Edelmira sólo podía pensar en lo que se había dicho de la muerte de Lupe: medias verdades, infundios, calumnias. Las seis de la mañana. Más o menos a esa hora había muerto Lupe hacía once días, en medio de esa misma luz que ya no es la noche, pero que tampoco es el día, con esa luz de plomo besándole la sien, como la habían besado sus amantes. ¿La habrían alcanzado los monstruos finalmente? ¿Fueron los monstruos furiosos del miedo? ¿Fueron el tedio y la desesperanza? El miedo al fracaso, de seguro.

Torreón apenas. Y aunque Edelmira se sentía mucho más protegida en compañía de James que había asumido como misión personal entretenerla y asegurarse de que comiera a sus horas, no dejaba de pensar en los nuevos inconvenientes del viaje. La llegada a aquella estación, una de las principales, le provocó escalofríos.

Estaba con James en la sobremesa del desayuno; él le contaba anécdotas de la guerra en el Pacífico y auguraba el triunfo indiscutible de las tropas norteamericanas cuando el garrotero llegó hasta la mesa de la pareja.

—Señorita Zúñiga, es necesario que baje. El jefe de estación quiere hablarle.

Una vez más el golpe helado del viento en las mejillas, en las piernas tan precariamente cubiertas. Una vez más, la estación llena de viajeros y vendedores. Aunque hacía sol, el frío calaba los huesos. Se dirigió del brazo de James Wilson hasta la oficina.

Detrás del escritorio cubierto de papeles, estaba un hombre delgado, con cara de pocos amigos. Era uno de esos hombres que ejercen su pequeño poder como venganza por los sinsabores de la vida.

—El tren tiene casi dos horas de retraso y entiendo que en parte es culpa suya.

—Los empleados del ferrocarril y de la aduana exigieron revisiones adicionales en Juárez —respondió Edelmira—. Eso no es culpa mía.

—Ahora mismo están haciendo una nueva revisión al embalaje de los restos.

—Cambiaron también el embalaje en Juárez, señor —interrumpió ella, ya impaciente—, a pesar de que el que traía de Los Ángeles estaba en perfectas condiciones.

—Necesita un fleje adicional, señorita, si no es que cambiar totalmente el embalaje.

—¡Pero señor!

—Pase a pagar a la ventanilla, haga el favor. Si no, tendré que bajar el cuerpo, no puedo dejar que los restos viajen así.

De nuevo las lágrimas se asomaron a los ojos oscuros de Edelmira, de nuevo la rabia asesina. ¿Cuándo acabaría esa tortura? James Wilson se ofreció a vigilar personalmente el flejado y de asegurarse que nadie abriera la caja. Una vez cubiertos los costos, Edelmira se quedó esperando en el restaurante de la estación. James regresó un rato después.

—El jefe de estación quiere verte otra vez.

Era escandaloso el retraso acumulado por las maniobras, dijo el hombre una vez que Edelmira llegó a su oficina, había multas por eso, reiteró.

—¿Quién se va a hacer responsable?, ¿a ver?

Edelmira sacó un billete de diez pesos.

—Espero que sea suficiente, señor.

Estaba ya fastidiada cuando volvió a su lugar en el tren, decepcionada de la corrupción de los empleados que no se detenían ante el dolor ajeno. Aquello sólo era otra oportunidad para sacar unos pesos, una dizque merecida Navidad, suponiendo que los acompañantes del cuerpo de Lupe Vélez iban forrados de dólares. ¡Nada más falso!

El ferrocarril volvió a ponerse en marcha y Edelmira, con la vista perdida en los campos cubiertos por una delgada capa de hielo, rogaba porque aquél fuera el último inconveniente del camino.

El tren llegó por fin a la Ciudad de México el día 26 de diciembre, con más de siete horas de retraso. En la estación de Buenavista esperaba una enorme multitud que rebasaba la capacidad de los andenes. Edelmira alcanzó a ver a Reyna y a Mercedes, las dos hermanas de Lupe, en la parte central del andén, a la altura del vagón 34, acompañadas por una comisión de recepción del Sindicato de Trabajadores de la Industria Cinematográfica. Junto a ellas estaban los secretarios de la sección 7 de la ANDA: Jorge Negrete, Mario Moreno "Cantinflas" y Jorge Mondragón.

Los trabajadores de la ANDA sacaron por fin el ataúd en su empaque especial flejado del vagón de carga. Miles de manos querían tocar aquel empaque, miles de personas se acercaban a él por lo menos para verlo.

Fue muy difícil llegar hasta la carroza blanca que la agencia funeraria Alcázar había enviado. La carroza estaba rodeada de gente por todas partes, tanto, que era muy complicado maniobrar con la caja y luego dejar atrás la multitud para dirigirse al centro de la ciudad. En la carroza, acompañando el cuerpo de Lupe iban las dos hermanas, Jorge Negrete y Mario Moreno. Edelmira, a quien nadie esperaba, ignorada por la turba, se fue en otro de los autos de los directivos de la ANDA, acompañada por James que no quiso dejarla sola.

La funeraria Alcázar estaba situada en la esquina de Tacuba y San Juan de Letrán, frente al Correo Mayor. Cuando la carroza llegó ahí, de nuevo la muchedumbre la esperaba. Finalmente el cadáver fue llevado a la Capilla Dorada y no fue sino hasta pasadas las nueve de la noche cuando le quitaron el empaque, destornillaron la caja plateada y levantaron la tapa. Ahí estaba Lupe, después de tres días de viaje y quince revisiones "de rutina" en diversos puntos, con el peinado y maquillaje intactos; como única huella del trajín, tenía el rostro inclinado sobre el hombro derecho.

Reyna y Mercedes se echaron a llorar al ver a su hermana muerta. También mucha gente del pueblo que sólo la conocía por sus películas lloraba afuera de la funeraria. La primera guardia estuvo formada por Jorge Negrete, Mario Moreno "Cantinflas", Jorge Mondragón, Susana Cora, Beatriz Ramos y Anita Blanch. Alrededor de las diez llegó la primera corona, de actores de cine y teatro de México, y a ésa le sucedieron muchas otras hasta el día siguiente. El cuerpo de Lupe ya no le pertenecía, tampoco a su familia. Era ya propiedad de los actores y actrices, de la ANDA, del pueblo de México.

En el transcurso del 27 de diciembre, mucha gente llegó a darle el último adiós a Lupe, desde actrices de primera línea como María Félix, que con la cara cubierta por un velo negro se hincó a orar frente al féretro, hasta gente del pueblo y periodistas que la habían conocido desde sus años mozos. A las doce del día, el padre Ávila condujo un responsorio frente al féretro y una hora después, Reyna y Mercedes trajeron a su confesor personal, el padre Aurelio Casas, para que bendijera el cadáver.

Al concluir la última ceremonia de bendición de los restos, Edelmira se acercó al féretro acompañada por las hermanas de Lupe y por el presidente de la ANDA, Jorge Negrete. Doña Josefina había mandado una carta al actor para pedirle que permitiera un último acto de adiós. La que fuera amiga querida de Lupe, procedió a desprenderle el rosario de oro que tenía entrelazado en las manos pálidas y yertas, así como el anillo en forma de herradura. Cortó también un mechón de la melena cobriza de la actriz y lo envolvió en un pañuelo de seda. Aquellos objetos serían el último recuerdo de Lupe que su madre guardaría hasta su muerte.

Edelmira ya no supo quién cerró la tapa de la caja, quiénes sacaron el féretro. Sólo recordaba el pesado sol del invierno todavía a las cuatro de la tarde, que la dejó medio ciega. Y luego siguió el maremágnum: más de cincuenta mil personas fueron a presentarle sus respetos a Lupe a la funeraria y a seguir el cortejo hasta el Panteón de Dolores; hubo tal escándalo y bloqueos de tráfico, que se armaron trifulcas entre los automovilistas desesperados por avanzar entre los dolientes. Edelmira y las hermanas tuvieron que abrirse paso casi con violencia hasta los vehículos.

La multitud llenó el cementerio, se subió a los árboles, tiró los monumentos, se agolpó encima de las criptas, todo para escuchar las palabras de Jorge Negrete despidiendo a Lupe y para presentar sus respetos a la mexicana que había triunfado en Hollywood; la policía nada pudo hacer para controlar a aquella gente.

Mientras el ataúd bajaba a la fosa, el padre Aurelio Casas derramaba agua bendita y oraba bajo los últimos rayos del sol de diciembre; al ver cómo le derramaban las primeras paletadas de tierra encima a su hermana, Reyna se desmayó. La muchedumbre no se conmovió ante la escena; pasó por encima de la mujer, intentando rodear a Jorge Negrete antes de que saliera del panteón. Reyna resultó lastimada por los jaloneos y golpes de aquella turba y sólo tras mucho trabajo fue rescatada por Mercedes, Edelmira y algunos otros amigos solícitos.

Oscurecía ya cuando la gente terminó de salir del panteón. Edelmira se tomó todavía un momento para rezar un último padre nuestro por el alma de la mexicana que triunfó en Hollywood, la mexicana que fracasó en el amor, la mexicana que más que humana, fue de la misma materia de los sueños.

ANEXO

Filmografía de Lupe Vélez

What Women Did For Me (1927). Director: James Parrott. Productor: Hal Roach. Compañía: Hal Roach Studios. 20 minutos. Muda. Con Charley Chase y Lupe Vélez (un papel pequeño).

    Sailors, Beware! (1927). Directores: Fred Guiol, Hal Roach y Hal Yates. Productor: Hal Roach. 20 minutos. Comedia. Muda. Con Lupe Vélez, Stan Oliver y Laurel Hardy.

    The Gaucho (1927). Director: F. Richard Jones. Productor: Douglas Fairbanks. Productora: Elton Corporation (Fairbanks usaba también el nombre de Elton Thomas), distribuida por United Artists. 115 minutos. Aventura-romance. Blanco y negro con secuencias en Technicolor. Muda. Con Douglas Fairbanks, Lupe Vélez, Eve Southern y Mary Pickford. En México se llamó *El Gaucho*.

    Stand And Deliver (1928). Director: Donald Crisp. Productor: Ralph Block. Compañía: De Mille Pictures Corp. Drama romántico. 58 minutos. Blanco y negro. Muda con efectos de sonido. Con Rod la Rocque y Lupe Vélez. En México se llamó *Bésame*.

    Lady Of The Pavements (1929). Director: D.W. Griffith. Productor: Joseph M. Schenck. Compañía: Joseph M. Schenck Productions for Art Cinema Corporation. Distribuidor: United Artists. Drama en blanco y negro. Sonora, con mezclas Mono (*Movietone*) con secuencias habladas y cantadas y efectos de sonido en técnica Vitaphone. Con Lupe Vélez, William Boyd y Jetta Goudal. Soundtrack: "Where is the song of songs for me?" de Irvine Berlin, cantada por Lupe Vélez. También cantó "Ay que ver" y "Nena". En México se llamó *La melodía del amor*. En Inglaterra se llamó *Lady of the Night*.

The Wolf Song (1929). Director: Victor Fleming. Productor: B.P. Finneman. Compañía productora: Paramount Pictures. 80 minutos. Con Gary Cooper, Lupe Vélez y Ross Columbo. Western mudo con secuencias de sonido. El tema de la película, cantado por Lupe Vélez fue "Mi amado". En México se llamó *El canto del lobo*.

Where East Is East (1929). Productor: Tod Browning. Productores: Hunt Stromberg e Irving Thalberg. Director de arte: Cedric Gibbons. Productora y distribuidora: MGM. Drama, acción. 66 minutos. Blanco y negro. Muda. Con Lon Chaney y Lupe Vélez. También actuó Estelle Taylor. En México se llamó *Oriente*.

Tiger Rose (1929). Director: George Fitzmaurice. Productora y distribuidora: Warner Brothers. Totalmente sonora. Drama. 63 minutos. Blanco y negro. Con Lupe Vélez y Monte Blue, además de Rin-tin-tin. En México se llamó *La tigresa rosa*. En España se llamó *La tigresita*.

Hell Harbor (1930). Productor-director: Henry King. Producción: Inspiration Pictures. Distribuidor: United Artists. Drama, romance. 90 minutos. Blanco y negro. Sonora, hablada en inglés. Con Lupe Vélez y Jean Hersholt. Música: Sexteto Habanero y Ernesto Lecuona. En México se llamó *Puerto infernal*.

The Storm (1930). Director: William Wyler. Productor Carl Leammle. Escritores: John Huston y Tom Reed. Compañía distribuidora: Universal Pictures. Aventura, drama del oeste. 80 minutos. Sonora, hablada en inglés. Blanco y negro. Con Lupe Vélez, William Boyd y Paul Cavanagh. En México se llamó *La tormenta*.

East Is West (1930). (No confundir con **Where east is east**, de 1929). Director: Monta Bell. Productores: E.M. Asher. Monta Bell, Carl Laemmle Jr. Compañía productora: Universal Studios. Crimen. 75 minutos. Blanco y negro. Sonora, hablada en inglés. Con Lupe Vélez, Lew Ayres y Edward G. Robinson.

Oriente y occidente (1930). Director: George Melford y Enrique Tovar Ávalos. Productores: Paul Kohner y Carl Laemmle Jr. Distribuidora: Universal Pictures. 93 minutos. Sonora, hablada en español. Lupe interpretó a Ming Toy en ambas cintas. Con Barry Norton.

Resurrection (1931). Basada en la obra de Leon Tolstoi. Director: Edwin Carewe. Productores: E.M. Asher, Edwin Carewe y Carl Laemmle Jr. Productora: Universal Pictures. Drama. 81 minutos. Sonora, hablada en inglés. Música de Dimitri Tiomkin. Lupe Vélez canta "Gypsy Song". Con Lupe Vélez y John Boles.

Resurrección (1931). Versión en español de la anterior. Directores: Eduardo Arozamena y David Selman. Productor: Paul Kohner. Compañía: Universal Pictures. 85 minutos. Sonora, hablada en español. Con Lupe Vélez y Gilbert Roland. Se adaptó la música de Dimitri Tiomkin con letras en español.

The Squaw Man (1931). Director-productor: Cecil B. DeMille. Productora-distribuidora: MGM. Drama del oeste. 107 minutos. Blanco y negro. Sonora, hablada en inglés. Con Lupe Vélez y Warner Baxter. En México se llamó *El fugitivo*.

The Cuban Love Song (1931). Director: W.S. Van Dyke. Productor: Albert Lewin. Director de arte: Cedric Gibbons. Productora y distribuidora: MGM. Comedia romántica musical. 86 minutos. Sonora, en inglés y español. Con Lupe Vélez, Lawrence Tibett y Jimmy Durante. Música: la orquesta de los Hermanos Palau y Ernesto Lecuona. Lupe Vélez canta dos canciones: "The Cuban Love Song" y "El Manisero".

Hombres en mi vida (1932). Directores: Eduardo Arozamena y David Selman. Productora y distribuidora: Columbia Pictures. Drama romántico. Blanco y negro. Sonora, hablada en español. Con Lupe Vélez y Gilbert Roland.

The Broken Wing (1932). Director Lloyd Corrigan. Productora y distribuidora: Paramount Pictures. Drama romántico. 71 minutos. Blanco y negro. Sonora, hablada en inglés. Con Lupe Vélez, Melvyn Douglas y Leo Carrillo. Fue prohibida en México.

Kongo (1932). Director: William J. Cowen. Director de arte: Cedric Gibbons. Productora y distribuidora: MGM. Horror. 86

minutos. Blanco y negro. Hablada en inglés. Con Lupe Vélez, Walter Huston, Conrad Nagel y Virginia Bruce.

The Half Naked Truth (1932). Director: Gregory LaCava. Productores: Pandro S. Berman y David O. Selznick. Productora y distribuidora: RKO Radio Pictures. Comedia romántica musical. 77 minutos. Blanco y negro. En inglés. Con Lupe Vélez, Lee Tracy, Eugene Pallete, Frank Morgan. En México se llamó *La verdad desnuda*. Lupe cantó "Oh mister Carpenter".

Hot Pepper (1933). Director: John G. Blystone. Productora y distribuidora: Fox Film Corporation. Comedia. 76 minutos. Blanco y negro. En inglés. Con Edmund Lowe y Lupe Vélez.

Palooka (1934). Director: Benjamin Stoloff. Productor: Edward Small. Compañía: Edward Small Productions. Distribuidor: United Artists. Comedia. 86 minutos. Con Lupe Vélez, Jimmy Durante, Stuart Erwin, William Cagney, Guinn *Big Boy* Williams. Lupe Vélez canta el tema estelar.

The Laughing Boy (1934). Director: W.S. Van Dyke. Productores: Hunt Stromberg y W.S. Van Dyke. Productora-distribuidora: MGM. Drama romántico. 79 minutos. En inglés. Con Lupe Vélez y Ramón Novarro.

Strictly Dynamite (1934) Director: Elliott Nugent. Productores: Pandro Berman H.N. Swanson. Producción y distribución: RKO Radio Pictures. Comedia musical. 71 minutos. Blanco y negro. Con Jimmy Durante, Lupe Vélez, Eugene Pallete y los hermanos Mills. Las canciones "Hot Patatta", "I'm Putty in your Hands", "Money in my Clothes, "Oh, me, oh my, oh you", "Swinging sister" cantadas por Jimmy Durante, Lupe Vélez y los Hermanos Mills

Hollywood Party (1934). Directores: Richard Boleslawski, Allan Dwan, Edmund Goulding, Rusell Mack, Charles Reisner, Roy Rowland, George Stevens, Sam Wood (ninguno de ellos tiene créditos). Productores: Howard Dietz, Louis Lewyn, Harry Rapf (ninguno de ellos tiene créditos). Productora y distribuidora: MGM. Comedia musical. 68 minutos. Blanco y negro con una secuencia animada en Technicolor. Con Lupe Vélez, Jimmy

Durante, Laurel y Hardy, Charles Butterworth, Polly Moran y Mickey Mouse.

The Morals Of Marcus (1935). Director: Miles Mander. Productor: W.J. Locke. Productora y distribuidora: Gaumont British Picture Corporation. 75 minutos. Comedia. Blanco y negro. En inglés. Con Lupe Vélez, Ian Hunter y Adrianne Allen. En español se llamó *Moralidad*.

Gypsy Melody (1936). Director: Edmond T. Gréville. Productor: Leon Hepner. Productora: British Artistic Films. Distribuidora: Wardur Films. Comedia muscial. 77 minutos. En inglés. Con Lupe Vélez y Alfred Rode.

Stardust (1937). Director: Melville W. Brown. Productor: William Rowland. Productora: William Rowland Productions. Distribuidora: British Lion Film Corp. (Inglaterra) y Grand National Pictures (Estados Unidos). Comedia romántica musical. 75 minutos en Inglaterra y 67 en Estados Unidos. Con Lupe Vélez y Ben Lyon.

High Flyers (1937). Director: Edward F. Cline. Productor: Lee S. Marcus. Productora y distribuidora: RKO Radio Pictures. Comedia. 70 minutos. Con Bert Wheeler, Robert Woolsey, Lupe Vélez y Marjorie Lord

La Zandunga (1938). Director: Fernando de Fuentes. Co-director: Miguel M. Delgado. Productor: Pedro A. Calderón. Compañía productora: Films Selectos. En Estados Unidos: Cinexport Distributing. Diálogos: Salvador Novo. Fotografía: Alex Phillips. Música: Lorenzo Barcelata. Filmada en Tehuantepec y México. Drama romántico. 100 minutos. Blanco y negro. En español. Con Lupe Vélez, Arturo de Córdova, Rafael Falcón y Joaquín Pardavé. Lupe Vélez canta la canción "Espejito compañero".

The Girl From Mexico (1939). Director: Leslie Goodwins. Productor: Robert Sisk. Productora y distribuidora: RKO Radio Pictures. Comedia romántica musical. 71 minutos. Blanco y negro. En inglés. Con Lupe Vélez, Donald Woods, Linda Hayes y Leon Erroll. En México se llamó *La señorita ciclón*.

Mexican Spitfire (1940). Director: Leslie Goodwins. Productores: Lee S. Marcus, Cliff Reid. Compañía productora y distribuidora: RKO Radio Pictures. Comedia romántica. 67 minutos. Blanco y negro. En inglés. Con Lupe Vélez, Leon Erroll, Donald Woods, Linda Hayes.

Mexican Spitfire Out West (1940). Director: Leslie Goodwins. Productores: Lee S. Marcus, Cliff Reid. Compañía productora y distribuidora: RKO Radio Pictures. Comedia romántica. 75 minutos. Blanco y negro. En inglés. Con Lupe Vélez, Leon Erroll, Donald Woods, Linda Hayes.

Six Lessons From Madame La Zonga (1941). Director: John Rawlins. Productor: Joseph Gershenson. Compañía productora y distribuidora: Universal Pictures. Comedia musical. 62 minutos. Blanco y negro. En inglés. Con Lupe Vélez, Leon Erroll y Guinn *Big Boy* Williams. Canción del mismo nombre.

Mexican Spitfire's Baby (1941). Director: Leslie Goodwins. Productor: Cliff Reid. Compañía productora y distribuidora: RKO Radio Pictures. Comedia romántica. 69 minutos. Blanco y negro. En inglés. Con Lupe Vélez, Leon Erroll y Charles Buddy Rogers.

Honolulu Lu (1941). Director: Charles Barton. Productor: Wallace MacDonald. Productora y distribuidora: Columbia Pictures Corporation. Comedia musical. 72 minutos. Blanco y negro. En inglés. Con Lupe Vélez, Bruce Bennett y Leo Carrillo.

Playmates (1941). Director y productor: David Butler. Compañía productora y distribuidora: RKO Radio Pictures. Comedia musical. 96 minutos. Blanco y negro. En inglés. Con Lupe Vélez, Kay Kyser y John Barrymore.

Mexican Spitfire At Sea (1942). Director: Leslie Goodwins. Productor: Cliff Reid. Compañía productora y distribuidora: RKO Radio Pictures. Comedia romántica. 72 minutos. Blanco y negro. En inglés. Con Lupe Vélez, Leon Erroll y Charles Buddy Rogers.

Mexican Spitfire Sees A Ghost (1942). Director: Leslie Goodwins. Productor: Cliff Reid. Compañía productora y distribuidora: RKO Radio Pictures. Comedia romántica. 75 minutos. Blanco y negro. En inglés. Con Lupe Vélez, Leon Erroll y Charles Buddy Rogers.

Mexican Spitfire's Elephant (1942). Director: Leslie Goodwins. Productor: Bert Gilroy. Compañía productora y distribuidora: RKO Radio Pictures. Comedia romántica. 64 minutos. Blanco y negro. En inglés. Con Lupe Vélez, Leon Erroll y Walter Reed.

Ladies' Day (1943). Director: Leslie Goodwins. Productor: Ben Gilroy. Compañía productora y distribuidora: RKO Radio Pictures. Comedia. 62 minutos. Blanco y negro. En inglés. Con Lupe Vélez y Eddie Albert.

The Redhead From Manhattan (1943). Director: Lew Landers. Productor: Wallace MacDonald. Compañía productora y distribuidora: Columbia Pictures. Comedia. 64 minutos. Blanco y negro. En inglés. Con Lupe Vélez en tres papeles distintos, Michael Duane y Tim Ryan.

The Mexican Spitfire's Blessed Event (1943). Director: Leslie Goodwins. Productor: Ben Gilroy. Compañía productora y distribuidora: RKO Radio Pictures. Comedia romántica. 63 minutos. Blanco y negro. En inglés. Con Lupe Vélez, Leon Erroll y Walter Reed.

Naná (1943). Basada en la novela de Emile Zolá. Director: Celestino Gorostiza. Co-dirección: Roberto Gavaldón. Productores: C. Camacho Corona, Alberto Santander. Fotografía: Alex Phillips. Filmada en los estudios Azteca, en México. Con Lupe Vélez, Miguel Ángel Ferriz, Crox Alvarado, Chela Castro y Mimí Derba. Lupe Vélez canta varias canciones.

Fuentes: Michelle Vogel. *Lupe Velez: The Life and Career of Hollywood's Mexican Spitfire*. McFarland and Company, Inc. Publishers. USA, 2012; Jules Etienne, http://unaserenataparalupe.blogspot.mx/; Moisés Vázquez Corona: *Lupe Vélez. A medio siglo de ausencia. La novia latina de Norteamérica*. Edamex, México, 1996. IMDb (Internet Movie Data Base, www.imdb.com) y www.tcm.com

Agradecimientos

Esta novela no hubiera podido escribirse sin la colaboración directa e indirecta de diversas personas.

Agradezco de todo corazón a quienes leyeron y criticaron las primeras versiones: Jaime, Isabel, Alberto y Margarita. Una y otra vez hicieron correcciones atinadas. Gracias. Su apoyo y solidaridad, su cariño, sus palabras, son mi sostén a través de los años. Así mismo, ha sido fundamental el apoyo de Sergio Stern en todo el proceso de escritura; de todo corazón, gracias. A Alberto agradezco el haberme metido en este embrollo: su atracción por Lupe y su firme convicción en mi capacidad para escribir esta novela me trajeron hasta aquí. Gracias también por su complicidad y compañía en Los Ángeles, en busca del 732 de North Rodeo Drive y en las callecitas del barrio de San Sebastián en San Luis Potosí, tras las huellas de Lupe.

Vaya mi gratitud especial a Laura Lara, directora del sello Suma de Letras, y a Jorge Solís Arenazas, por el apoyo y estímulo, por los acertados comentarios y el tiempo dedicado a la corrección de errores y omisiones.

Mucha gente ayudó también en la compilación de documentos. Un lugar especial merece Rafael Figueroa, quien me facilitó materiales impresos y fílmicos, y Bina Lara Klahr, quien me hizo llegar libros de su biblioteca personal que hubieran sido de otro modo inubicables. Agradezco igualmente la disposición de Peter Rashkin para hacer de guía en Los Ángeles y, por supuesto, a Elissa Joy Rashkin por facilitar el contacto. También quiero agradecer a F.G. Haghenbeck, quien me señaló bibliografía que yo había omitido, para la recuperación de anécdotas específicas de la relación entre Johnny y Lupe. De igual forma agradezco a Raquel Guerrero Viguri por su disposición para escanear y organizar materiales.

Muchos fueron los libros y artículos consultados. Existen diversas biografías de Lupe Vélez publicadas y en línea, desde las páginas sin mayor sustento documental, hasta los esfuerzos bien estructurados que reúnen una gran cantidad de información. Sobresale entre estos últimos la biografía más completa y mejor documentada sobre la actriz: *Lupe Velez: The Life and Career of Hollywood's Mexican Spitfire*, de Michelle Vogel. Ningún otro libro o documento consultado combinó de manera tan acertada el profesionalismo con la sensibilidad para acercarse a la vida de la infortunada diva mexicana. Vaya un caluroso reconocimiento a la autora; esta novela es deudora incondicional de su trabajo.

Este libro se nutrió de una amplia bibliografía histórica y contemporánea, páginas de internet, materiales fílmicos y fotografías que parecían multiplicarse a medida que más buscaba, terminando por ser inabarcables. Podría decirse que casi cada acto de la diva fue registrado y comentado en alguna parte; esto, lejos de facilitar la tarea, la complicó enormemente porque Lupe fue capaz de ocultarse hábilmente detrás de la aparente transparencia y accesibilidad, creando su propio mito. Solo menciono aquí con gratitud a algunos de los autores que me fueron más útiles: Rosa Linda Fregoso, William A. Nericcio, Kay Redfield Jamison, Henry Jenkins, Pablo M. Prida, Amaya Garritz, Héctor Jaime Treviño Villarreal, Gabriel Ramírez, Jules Étienne, James Robert Parish, Javier Padrón, Janet Ceja Alcalá, Moisés Vázquez Corona, Kristy Rawson, Barbara Schroeder y Clark Fogg, Floyd Conner, Kenneth Anger, Pablo Dueñas, Marylin Hudson y Carolyn Roos Olsen, Johnny Weissmuller Jr., Clayton Moore y Frank Thompson, David Fury…

Las traducciones de los poemas de Edgar Allan Poe, Lord George Gordon Byron, John Keats, Percy Bysshe Shelley, Delmore Schwartz y Vladimir Mayakovsky fueron tomadas del libro de Kay Redfield Jamison, *Marcados con fuego. La enfermedad maniaco-depresiva y el temperamento artístico*. Fondo de Cultura Económica, México, 1998. Traducción de Angélica Bustamante de Simón.

Los poemas de Carlos Pellicer, Manuel M. Flores, Homero Aridjis, Jaime Sabines, Concha Urquiza, Tomás Segovia, Manuel José Othón, Tochihuotzin Coyolchiuhqui, Tlaltecatzin y Rosario Castellanos fueron tomados de la *Antología general de poesía mexicana. De la época prehispánica hasta nuestros días*. Ed. Océano. México, 2012. Selección, prólogo y notas de Juan Domingo Argüelles.

Los poemas de C.P. Cavafis fueron tomados de *Poesía completa*. Alianza Tres, Alianza Editorial. Madrid, 1991. Traducción de Pedro Bádenas de la Peña.

El poema "Bataclanesa", de Ignacio Medellín Espinoza, fue tomado del artículo "Lupe Vélez, soy potosina por la cuna y por abolengo", de Javier Padrón en la revista *La Corriente*, año III, número 18, enero-febrero de 2011. San Luis Potosí. El poema "Lupe Vélez" atribuido a los poetas del Ateneo de la Juventud y publicado el 30 de agosto de 1925, fue tomado de la biografía de Gabriel Ramírez. *Lupe Vélez, la Mexicana que escupía fuego*. Cineteca Nacional, México. 1986. También se encuentra en Jules Etienne: http://unaserenataparalupe. blogspot.mx/2013/08/los-poetas-enamorados-de-lupe-velez.html

Los fragmentos de la letra de "Demons", de Imagine Dragons, están tomados del álbum *Night Visions*. Alex Da Kid y Josh Mosser. Interscope Records, 2013. La traducción es mía.

De la filmografía menciono, además de las propias películas de Lupe Vélez que aún se conservan y son accesibles, el cortometraje de Andy Warhol y el *bioptic* de Martín Caballero.

Finalmente, para los curiosos, existen algunas canciones inspiradas en la vida de la diva: "Lupe Velez", de Bob Wilders, "Lupe Vélez", de Il Palco della Musica y "The funeral of Lupe Velez", de Naruyoshi Kikuchi, sin embargo debo confesar que nada me inspiró más durante la elaboración de esta novela que oír una y otra y otra vez "Demons" de Imagine Dragons.